De kaasfabriek

Meer lezen van Simone van der Vlugt?

Zie p. 401

Simone van der Vlugt

De kaasfabriek

Ambo|Anthos
Amsterdam

MIX
Papier van verantwoorde herkomst
FSC® C014496

Eerste druk augustus 2020
Tweede druk augustus 2020 (dwarsligger®)
Derde druk augustus 2020
Vierde druk september 2020

ISBN 978 90 263 5163 1

Het gedicht 'In Flanders Fields' van John McCrae op p. 383 is vertaald door Tom Lanoye en afkomstig uit *Niemands Land. Gedichten uit de Groote Oorlog* (Prometheus, Amsterdam 2002)
Omslagontwerp Marry van Baar
Omslagillustratie © Wim van der Vlugt
Foto auteur © Wim van der Vlugt

Verspreiding voor België:
Veen Bosch & Keuning uitgevers nv, Antwerpen

I

Juli 1892

1

Het is stil in huis. Lydia zou er inmiddels aan gewend moeten zijn, maar af en toe begint de ochtend nog met dat besef. De bedienden lijken hun best te doen om zo min mogelijk geluid te maken, alsof dat te veel voor haar zou zijn, terwijl het juist de stilte is die haar op de zenuwen werkt.

In de vele kamers, die ooit gevuld waren met gasten, muziek en gelach, heerst nu een complete rust. De piano waar haar moeder zo graag op speelde staat onaangeroerd in de salon, en de rook van haar vaders sigaren heeft niets meer dan een vage, muffe geur achtergelaten.

Een deel van het jaar woont Lydia in Amsterdam, al is ze liever hier in Purmerend, op Welgelegen. Het is alsof de stemmen van haar ouders hier duidelijker klinken dan in het huis in Amsterdam, alsof ze te ijl zijn om de geluiden van de stad te kunnen overstemmen.

Lydia slaat het laken en de dunne zomerdeken van zich af en komt uit bed. Voor ze zich aankleedt, opent ze de balkondeuren en stapt ze naar buiten om van de aanblik van de achtertuin te genieten. De hortensia's, haar moeders trots, bloeien als nooit tevoren, alsof ze willen bewijzen dat ze wel zonder Paulines liefdevolle zorg kunnen.

Maandenlang heeft de leegte van al die kamers langs Lydia's zenuwen geschuurd. Inmiddels is de pijn draaglijker geworden, maar een halfuurtje geleden, toen ze wakker werd, was het gevoel van gemis er opeens weer.

Misschien komt het doordat ze gisteravond de sleutel van haar vaders bureau heeft gevonden. Ze had er lange tijd naar gezocht, en opeens, toen ze een boek pakte uit de bibliotheek, vond ze hem.

Dat was een opluchting, al betekent het ook dat ze haar vaders bureau zal moeten doorzoeken.

Lydia draait zich om, kleedt zich aan en loopt naar de keuken. Daar is Fiene al bezig het ontbijt klaar te maken.

'Goedemorgen, Fiene,' zegt ze. 'Ik wil graag in mijn vaders studeerkamer eten. Met koffie vandaag, geen thee.'

Haar dienstmeisje draait zich naar haar toe. 'Goedemorgen, juffrouw Lydia. Wilt u niet liever buiten op het terras zitten? Het is zulk heerlijk weer.'

Gedecideerd schudt Lydia haar hoofd. 'Nee, in mijn vaders kamer. Ik heb gisteren eindelijk de sleutel van zijn bureau gevonden en ik wil kijken wat erin zit.'

'Zoekt u iets?'

'Niet echt. Hij bewaarde daar allerlei persoonlijke dingen. Brieven, en een soort dagboek. Ik hoop dat er ook foto's in zitten. Het zou fijn zijn om er nog een paar van mijn ouders te hebben.'

Lydia loopt naar de hal en gaat de werkkamer van haar vader in, in de rechtervleugel van het huis, met uitzicht op het theehuis. Daar zat haar moeder graag, lezend in een boek, of pratend met haar vriendinnen. Lydia's vader vond het prettig om tijdens zijn werk af en toe naar zijn vrouw te kijken.

Even blijft Lydia voor het raam staan en gunt zich een blik in het verleden. Dan draait ze zich abrupt om en neemt plaats achter het bureau. Ze steekt de sleutel in het slot en trekt de la open. Het eerste wat ze ziet is een dik schrift met een bruin, leren omslag.

Ze legt het voor zich neer en slaat het open. Het vertrouwde handschrift van haar vader bezorgt haar een brok in haar keel, maar ze vermant zich en begint te lezen.

In eerste instantie kan ze totaal geen wijs worden uit de slordig opgeschreven gedachten en berekeningen. Ze lijken te maken te hebben met een fabriek, wat ze niet begrijpt, want haar vader had geen fabrieken. Hij was makelaar, en op het moment van zijn dood al jaren gepensioneerd, terwijl de datering in het logboek een klein halfjaar voor zijn dood begint.

Ze werpt een blik in de la en ziet een stapel papieren liggen. Op dat moment komt Fiene binnen met een dienblad met koffie, broodjes en een gekookt ei. Ze zet het op het bureau neer.

'Dank je wel,' zegt Lydia afwezig. Ze haalt de papieren uit de la en neemt ze snel door. Tot haar verbazing zijn het offertes voor roomcentrifuges en stoommachines. Wat moest hij daar nou mee?

Helemaal onder op de stapel ligt een opgevouwen vel papier. Lydia spreidt het uit. Het is een schetsmatig ontwerp van een kaasfabriek. Ze kijkt er aandachtig naar, pakt dan het logboek er weer bij.

Al bladerend kan ze er niet omheen: haar vader wilde op zijn oude dag een fabriek beginnen. Een káásfabriek!

Eigenlijk zou haar dat niet moeten verbazen. Hoewel hij al tegen de zeventig liep toen hij stierf, was hij nog fit en gezond – dat dachten ze althans – en altijd in voor iets nieuws. Het grootste deel van zijn kapitaal had hij verdiend met grondspeculatie. Hele stukken braakliggend terrein buiten Amsterdam had hij per hectare opgekocht en toen de restanten van de middeleeuwse stadsmuur werden weggehaald, had hij de percelen als bouwgrond verkocht.

De oprukkende industrie heeft zich er gevestigd en grote gebouwen, zoals het American Hotel en het Amstel Hotel, zijn er verrezen. Van het oorspronkelijke wandelgebied is nog maar weinig over, het staat er vol fabrieken. De wereld verandert, en snel ook. Geen wonder dat haar ondernemende vader daar deel van wilde uitmaken.

Lydia bladert verder in het logboek, waarin ze steeds meer schetsjes van apparatuur tegenkomt, en namen en adressen van mensen. De meeste zeggen haar niets, maar haar ogen blijven hangen op Huib Minnes. Haar vader heeft een ferme streep onder zijn naam gezet, met daarachter de vermelding: bedrijfsleider.

Nadenkend kijkt Lydia voor zich uit. Huib Minnes, dat is een boer die hier in de buurt woont. Als ze langs de grote stolpboerderijen in de omgeving rijdt, werpt ze altijd een blik op de fraai versierde gevels, op de verzorgde tuinen met hun perken vol hortensia's, en koperen zonnewijzers en smeedijzeren hekken. Bij de eenvoudige boerderij van Minnes ontbreekt dat soort opschik. Zijn bedrijf ademt een en al functionaliteit.

Heeft haar vader contact met Huib gezocht? Blijkbaar, want er staat 'bedrijfsleider' achter zijn naam. Huib Minnes is een van de grootste kaasboeren in de omgeving, dus dat begrijpt ze wel. Maar was dat alleen een gedachte van haar vader of heeft hij dat idee ook met Minnes besproken?

Afwezig eet Lydia haar ontbijt op en drinkt van haar koffie. Ze blijft nog een hele tijd in het logboek zitten lezen, en daarna gaat ze naar de bibliotheek. Twee planken van de kastenwand zijn gevuld met boeken over kaasbereiding. Vreemd dat die haar niet eerder waren opgevallen. Ze begrijpt nu waarom ze de sleutel van het bureau uitgerekend daar vond.

In een van de boeken zijn reepjes papier gestoken en als ze het pakt en openslaat, valt het boek vanzelf open op de meest gelezen pagina. Een uur later klapt ze het boek dicht, zet het terug in de kast en loopt naar de hal. Daar komt ze Hendrik tegen en ze draagt hem op de koets voor te rijden.

'Nu nog, juffrouw? Er is slecht weer op komst.' Hendrik werpt een bezorgde blik naar buiten.

Lydia gaat voor het raam staan en kijkt naar de lucht, waar de zon, die vanochtend nog volop scheen, het inmiddels moeilijk heeft gekregen door stevige bewolking.

'We hoeven niet ver. Ik wil naar de boerderij van Huib Minnes. Als we meteen gaan is er niets aan de hand,' zegt Lydia terwijl ze haar mantel aantrekt.

Zonder verder commentaar loopt Hendrik weg, en na een kwartiertje rijdt hij de koets voor. Even later verlaten ze het uitgestrekte grondgebied van Welgelegen en slaan een landweg in.

Een gans, gevolgd door kuikens, komt uit de berm gelopen en steekt de weg over. Hendrik ziet het op tijd en houdt in.

Terwijl hij de ganzenfamilie laat passeren, neemt Lydia de tijd om te genieten van de landelijke omgeving. Ze heeft het raampje opengezet zodat er frisse lucht de koets in kan komen. Als ze verder rijden, moet ze de neiging onderdrukken om haar hoofd naar buiten te steken.

Het is zomer en de lucht is vol van geuren. In Amsterdam kan ze hartstochtelijk verlangen naar de rust en schone lucht van het platteland. Vooral 's zomers is het in de stad met al die fabrieken en stinkende grachten niet uit te houden.

In de omgeving van Purmerend ruikt het naar mest, koeien, hooi en de wilde bloemen in bermen en langs sloten.

Iedereen van haar stand ontvlucht in de zomermaanden de stad om zich onder te dompelen in een soort landelijke idylle, te midden van mensen op wie ze de rest van het jaar enigszins neerkijken.

Dat doet zij niet, maar zodra de dagen korter worden vindt ze het wel prettig om terug te keren naar Amsterdam, en het landelijke leven te vervangen door het amusement van de stad. Maar de winter duurt lang, en iedere keer dreigen de sociale regels van de rijke burgerij haar na een paar weken alweer te verstikken.

Ze heeft weleens overwogen om haar huis aan de Kloveniersburgwal te verkopen en zich op haar buitenplaats te vestigen. Maar wat zou ze hier moeten doen het hele jaar? Hoe zou ze in haar eentje de lange winter moeten doorkomen?

In Amsterdam heeft ze als alleenstaande vrouw niet veel vrijheid, maar haar vrienden en het grootste deel van haar familie wonen er. Ze kan er moeiteloos haar dagen vullen met winkelen, het organiseren van diners en bezoekjes aan het theater. Maar dat is allemaal zo... onbevredigend.

Lydia weet niet precies naar wat voor leven ze verlangt, maar het is in ieder geval niet dát. Steeds vaker heeft ze het gevoel dat ze maar half bestaat, dat er ergens, achter al die plichten en conventies, een ander soort bestaan moet zijn.

Het rijtuig versnelt en Lydia schrikt op. Op de bok spoort Hendrik het paard aan tot een stevige draf, en dan roffelen er regendruppels op het dak. In de koets wordt het donker. Lydia sluit het raam met een klap.

In de verte klinkt een dof gerommel, en slecht op haar gemak schuift ze heen en weer op de bank. Voor omkeren is het nu te laat, waarschijnlijk probeert Hendrik de boerderij van Minnes te bereiken voor het onweer losbarst.

Maar als de eerste bliksemflits door de loodgrijze lucht schiet, weet Lydia dat dat niet zal lukken.

2

De lucht is veranderd. Vanochtend strekte de hemel zich nog stralend blauw boven de velden uit, maar nu verschijnt er een donkergrijze rand aan de horizon, alsof de hemel zijn wenkbrauwen fronst.

Huib plant de tanden van de hooivork in de grond en kijkt naar boven. Ze zijn bijna klaar, nog even flink doorwerken en het hooi is binnen. Samen met zijn knechten en seizoenarbeiders is hij als een gek aan de slag gegaan om het laatste beetje van het land te halen.

Met zijn mouw veegt hij het zweet van zijn voorhoofd en hij kijkt om zich heen.

Tussen de sloten liggen de velden, uitgestrekte zachtgroene vlaktes, waar het gemaaide en gedroogde gras in hooioppers klaarstaat om binnengehaald te worden. De hooiwagen rijdt af en aan tussen het veld en de boerderij, waar de lading in de schuur wordt gelost.

Het is zwaar werk waar veel arbeiders voor nodig zijn. Die heeft Huib gelukkig genoeg: Siem en Klaas, zijn vaste knechten, en Jantine, zijn huishoudster. Bovendien heeft hij de beschikking over vier seizoenarbeiders die twee dagen eerder zijn komen aanlopen, zeis en plunjezak in de hand.

Na nog een blik op de lucht steekt Huib met grote passen het veld over. 'Opschieten, mensen!' roept hij.

Zijn arbeiders hebben het al gemerkt, werpen zelf ook blikken naar boven. In de verte is de grijze rand zwart geworden. Gejaagd gooien ze de laatste hooioppers op de wagens.

Intussen schuift de dreigende lucht als een gietijzeren deksel over de weilanden. Langzaam nemen de wolken het licht weg en dan vallen de eerste druppels.

Aan de ronde tafel bij het raam kijkt Huib zo nu en dan naar de ontlading terwijl hij in een landbouwvakblad bladert. De seizoenarbeiders schuilen in de stallen en op de hooizolder, waar ze 's nachts ook slapen. Ze hebben het gered, waren net op tijd klaar.

Jantine komt binnen met een bord boterhammen met ei en spek, legt even haar hand op zijn schouder en verdwijnt zonder iets te zeggen.

Huib eet en leest. Buiten is het zo donker geworden dat hij de petroleumlamp heeft moeten aansteken. Het dondert, in de wei loeien de koeien.

Even lijkt het alsof hij ook iets anders hoort, geschreeuw, ratelende wielen. Hij kijkt op en luistert, maar het geluid herhaalt zich niet.

Misschien was het een rijtuig dat passeerde, maar het klonk wel erg dichtbij. Huib staat op om poolshoogte te nemen. Nog voor hij de gang door is, komt Jantine haastig aanlopen.

'Er staat een rijtuig op het erf. Zal ik het binnenlaten?'

'Ja, natuurlijk,' zegt Huib. 'Hij kan wel op de deel.'

Hij schiet meteen in zijn klompen en loopt binnendoor naar

de los- en laadruimte bij de stallen. Samen met twee knechten opent hij de deeldeuren, en onder de oversteek kijken ze naar het rijtuig dat in de regensluiers staat.

De koetsier heeft moeite het angstige paard onder controle te krijgen, zodat Huib en zijn mannen de stromende regen in moeten om het dier naar binnen te leiden. Achter het raampje ziet Huib het gezicht van Lydia Oorthuys. Dat verrast hem niet, hij heeft haar rijtuig al herkend.

Zodra de koets in de deel staat, gaat het portier open en maakt Lydia aanstalten om uit te stappen. Huib schiet toe en helpt haar. Een paar seconden voelt hij haar gehandschoende hand in de zijne, dan staat ze op de dorsvloer en laat hij haar los.

'Goddank dat we binnen zijn,' zegt ze. 'Ik was even bang dat het paard op hol zou slaan.'

'U kunt hier schuilen tot het onweer voorbij is. Het is gevaarlijk om nu op de weg te zijn,' zegt Huib. 'Komt u verder. Jantine, zet jij thee?'

Hij duwt de deur open die naar het woongedeelte leidt. Lydia en Hendrik volgen hem en terwijl ze door de gang lopen, maakt Huib zich zorgen over de staat van de opkamer. Jantine heeft vanmiddag geholpen het hooi binnen te halen, wat betekent dat ze geen tijd heeft gehad om veel aandacht te besteden aan het huishouden. Niet dat het een puinhoop is, hij is netjes van aard, maar is het opgeruimd genoeg om een vrouw van stand te ontvangen?

Slecht op zijn gemak stapt hij de kamer in. Zijn bezoekers volgen zijn voorbeeld, maar hebben weinig oog voor het interieur. Lydia's blik gaat naar de ramen, waar de regen langs spoelt. Een donderslag doet haar ineenkrimpen.

'U hoeft niet bang te zijn. Ik heb een bliksemafleider op het dak staan,' zegt Huib.

'Werkelijk?'

'Ja, ik heb hem zelf gemaakt. Hij werkt prima.'

'Hoe weet je dat? Is de bliksem dan weleens ingeslagen?' vraagt Hendrik met opgetrokken wenkbrauwen.

Huib schudt zijn hoofd.

'Dan kun je onmogelijk weten of hij werkt.'

'Hij werkt,' zegt Huib vol rustig zelfvertrouwen.

Het hoogtepunt van het noodweer lijkt alweer voorbij te zijn. De regen klettert niet meer zo en er zit steeds meer tijd tussen de bliksemflitsen en de donderslagen. Terwijl Jantine met de thee binnenkomt en de kopjes op tafel zet, loopt Lydia wat rond. Zonder dat hij opvallend naar haar kijkt, is Huib zich van elke beweging van haar bewust.

'Wat een mooi, groot vertrek,' zegt ze, terwijl ze van de grote schouw met sierborden en Delfts blauwe tegeltjes naar een kunstig beschilderde kast loopt.

'De boerderij is al vele generaties in de familie, juffrouw.'

Ze loopt verder, naar de eettafel, en pakt het maandblad van de Maatschappij van Landbouw op. 'De Laval's Alfa-Separator.'

'Dat is een centrifuge,' zegt Huib. 'Een machine die de room van de melk scheidt. Wat nu door boerinnen urenlang met de hand wordt gedaan, doet dat apparaat in een ommezien. Het verwerkt honderddertig liter melk per uur.'

Ze knikt. 'Dat zou je natuurlijk goed kunnen gebruiken.'

'Ik heb er al een.'

'O ja? Maar is zo'n apparaat niet ontzettend duur?'

'Ik heb de erfenis van mijn ouders ervoor gebruikt. Die was niet groot, maar net genoeg.'

'Hm,' zegt Lydia, terwijl ze door het blad bladert. 'Al die dingen die ze tegenwoordig uitvinden... De wereld verandert zo snel. Als je bedenkt wat een technische vooruitgang er de afgelopen jaren heeft plaatsgevonden en wat er op dit moment allemaal wordt uitgevonden, dan kan ik me bijna niet voorstellen hoe de wereld er over vijftig jaar uit zal zien. De veranderingen voor de komende tien jaar zijn al bijna niet voor te stellen. Nog niet zo lang geleden deden we alles met de trekschuit en nu rijden er treinen door het hele land. Ik moet zeggen dat ik nog steeds niet helemaal begrijp hoe dat werkt, met stoom.'

'Als water wordt verhit tot stoom, zet het uit en oefent het druk uit. Kracht dus, die je overal voor kunt gebruiken. Ik begrijp niet waarom daar hier geen gebruik van wordt gemaakt.'

'Maar veel fabrieken maken toch gebruik van stoomkracht?'

'Met "hier" bedoel ik het platteland. Op de boerderijen wordt al het werk nog steeds met de hand gedaan, terwijl het zoveel efficiënter kan. Stoomkracht is misschien wat te veel van het goede, maar de aanschaf van een melkcentrifuge is haalbaar. In Denemarken staat er op elke boerderij een, hier ben ik een van de weinigen die er een heeft. Ik heb er een aparte ruimte voor gebouwd.'

'Echt waar? Kan ik hem zien?'

'De centrifuge? Natuurlijk, maar dan moeten we naar buiten en het is nog niet helemaal droog. En het is nu ook erg donker in het gebouw.'

'Dan kom ik er een keer voor terug.' Lydia wendt zich tot Hendrik. 'Het onweert niet meer, we kunnen gaan.'

'Goed, juffrouw.' Hendrik draait zich om en loopt de gang in. Lydia volgt, en Huib eveneens.

Het paard is gekalmeerd en staat rustig in de deel. Hendrik opent het portier. Lydia bedankt Huib voor zijn gastvrijheid en stapt in.

'Ik meende het toen ik zei dat ik graag een keer terugkom

om die melkcentrifuge te bekijken,' zegt ze.

'Natuurlijk. U kunt altijd langskomen.' Huib kijkt toe hoe de koetsier het paard en de koets keert en dan op de bok klimt. Hij loopt naar de deur en zet hem wijd open. Hendrik tikt met zijn zweep de paardenrug aan, en het dier komt in beweging. Even later rijden ze het erf af, het modderige pad op dat naar de openbare weg leidt.

Huib kijkt het rijtuig na en sluit de deuren van de deel.

3

De volgende dag is van het noodweer niets meer te merken. De lucht is weer blauw en de vogels zingen. Het enige verschil met de afgelopen week is dat de drukkende warmte is verdwenen.

's Morgens, na het melken, betaalt Huib de extra arbeiders; hij heeft ze niet meer nodig. Vervolgens gaat hij aan het werk in de kaasmakerij.

Halverwege de dag loopt hij terug om wat te eten, en net als hij zijn klompen van zijn voeten schudt, ziet hij over de landweg een sjees aankomen. Verrast blijft hij staan. Lydia Oorthuys heeft gezegd dat ze terug zou komen, maar hij had niet verwacht dat ze dat echt zou doen. En zeker niet zo snel.

Terwijl de sjees het erf op rijdt, trekt Huib zijn klompen weer aan en loopt naar het rijtuig toe.

'Goedemiddag,' zegt Lydia.

Hij beantwoordt haar groet, zijn pet in de hand. Hendrik springt op de grond en helpt zijn mevrouw met afstappen.

Ze draagt een eenvoudige japon en praktische rijglaarzen, die eigenlijk nog steeds te mooi zijn voor een modderig boerenerf, maar daar lijkt ze zich niet druk om te maken.

'Ik zou terugkomen om je centrifuge te bekijken. Heb je daar tijd voor?' vraagt Lydia.

Dat ze hem dat vraagt, waardeert hij. Over het algemeen lijken rijke mensen het vanzelfsprekend te vinden dat de wereld zich naar hun wensen voegt. Het komt hem niet heel goed uit, maar hij is wel bereid om tijd vrij te maken.

'Natuurlijk, juffrouw. Loopt u maar mee.'

Ze lopen naar het bijgebouw, Hendrik volgt op enige afstand.

In de kaaskamer liggen tientallen kazen op houten stellingen. Er hangt een sterke, kruidige geur.

'Deze kazen zijn klaar voor transport, de rest ligt beneden,' zegt Huib. 'De centrifuge staat daar ook.'

Hij gaat Lydia en Hendrik voor de trap af naar de kelder, waar zijn moeder nog kaas heeft staan maken, evenals zijn groot- en overgrootmoeder.

Bij de laatste treden van de trap ontbreekt een stuk van de leuning en Huib helpt Lydia veilig naar beneden.

Terwijl zij wat rondloopt, steekt hij onwennig zijn handen in zijn zakken. Wat komt ze doen? Vanwaar die interesse? Natuurlijk kent hij haar, althans, hij weet wie ze is. Ze groeten als ze elkaar tegenkomen, maar echt gepraat hebben ze nooit.

Hij heeft geen idee wat hij moet zeggen, en dus kijkt hij naar Lydia die stilstaat bij het stenen bassin midden in de ruimte. Er stroomt water doorheen, afkomstig uit de sloot.

'Waar dient dat voor?' vraagt ze.

'Om de kelder te koelen.' Huib gaat naast haar staan en legt uit dat hij een zinken pijp heeft aangelegd om slootwater door het bassin te laten stromen. Toen hij een jaar of zestien was, en zijn moeder tijdens een hete zomer klaagde dat de melk bedierf voor ze er kaas van kon maken, heeft hij dit bedacht.

Zonder iets te zeggen kijkt Lydia om zich heen. Haar blik blijft rusten op een gietijzeren apparaat. 'Dus dat is 'm. Hoe werkt hij?'

'Het enige wat je moet doen is de melk erin gieten, hierboven, en aan deze hendel draaien. Dan stroomt de melk uit deze kraan, en de room komt uit de andere.' Huib wijst naar de beide kranen en voegt eraan toe: 'Het is een geweldige uitvinding. Vroeger moest je uren roeren en scheppen, nu is het zo gebeurd.'

Lydia loopt om de melkcentrifuge heen en bekijkt hem vol belangstelling. 'En wat gebeurt er als de melk van de room gescheiden is?'

Huib vertelt dat als het stremsel goed met de melk is vermengd, er een dikke brij ontstaat; de wrongel. Die wordt vervolgens in ronde kuipjes gedrukt, waarna het persen kan beginnen. Na het persen gaan de kazen in een zoutbad, dat zich boven in de schuur bevindt. Na vier dagen kunnen ze eruit en moeten de kazen drogen en rijpen.

Terwijl Huib praat, houdt hij Lydia's gezichtsuitdrukking in de gaten om te zien of hij haar niet verveelt. Ze blijft aandachtig luisteren.

Het is die oprechte interesse waardoor hij zijn terughoudendheid verliest en hij haar meeneemt naar de kaaskamer, waar tientallen bolle, ronde kazen op houten stellingen liggen.

'Hier moeten de kazen een paar weken rijpen. Dat moet in een zo koel mogelijke ruimte gebeuren. Deze hier zou goed moeten zijn.' Huib pakt een kaas, legt hem op de snijtafel. Hij snijdt een stuk af en geeft het aan Lydia.

Ze neemt een hapje en glimlacht. 'Heerlijk.'

'Wat proeft u precies?'

'O,' zegt ze, in verwarring gebracht. 'Ik ben bang dat ik niet zoveel verstand heb van kaas.'

'Maar u weet toch wel wat u proeft?'

Ze neemt nog een hap, kauwt langzaam en bedachtzaam. 'Zoetig,' zegt ze na een tijdje. 'Heel zacht, maar ook licht kruidig.'

'Dat komt door het zomergras, door de witbol, het vlotgras en de vossenstaart. Die geven de kaas een rijkere smaak.'

'Hij is heerlijk.'

Ze glimlacht naar hem en hij glimlacht terug. Ze is mooi, en veel aardiger dan hij dacht, lang niet zo verheven als ze, gezien haar stand, zou kunnen zijn. Niet dat ze hem als een gelijke behandelt, maar ook niet als de eenvoudige boer die hij in haar ogen moet zijn.

Lydia laat haar blik weer ronddwalen. 'Als je kon aanpassen wat je wilde, wat zou je dan doen?'

'Ik zou uitbreiden, gebouwen erbij zetten om nog meer machines in onder te brengen. En ik zou op stoomkracht willen overstappen. Maar dat zal allemaal niet gaan. Dat geeft niet, ik ben blij met wat ik heb, want dit maakt het werk nu al een stuk eenvoudiger.'

Er valt een stilte waarin hij zich afvraagt of hij zich niet te veel heeft laten meeslepen. Ongemakkelijk schuift hij met zijn klomp een rondslingerende borstel aan de kant.

Het is Lydia die uiteindelijk de stilte verbreekt. Ze kijkt hem vriendelijk aan en zegt: 'Interessant. Je hebt heel vernieuwende ideeën.'

'Dat valt wel mee. Het zijn trouwens niet mijn ideeën, ik maak gebruik van de ontdekkingen van anderen.'

'Als een van de weinigen dan toch. Ik ken geen andere boeren die apparaten gebruiken om de melk te ontromen. Zij doen alles met de hand.'

Hij vraagt zich af op hoeveel boerderijen ze doorgaans komt, maar spreekt die gedachte niet uit. 'Noord-Holland loopt erg achter. Niet alleen op het buitenland, ook op Friesland. Daar worden al boterfabrieken opgericht. Een aantal veehouders heeft zich verenigd om machines voor de productie te kunnen aanschaffen.'

'En voor kaas, neem ik aan.'

'Ook, maar niet veel. Boter is het belangrijkste product. In de Purmer en de Beemster is dat kaas, en ik denk dat het hoog tijd wordt dat we de productie ervan beter gaan aanpakken. Het is prijzig, maar als we willen concurreren met het buitenland zullen we wel moeten.'

'Ja, dat ben ik met je eens.' Aandachtig laat Lydia haar blik door de ruimte glijden. 'Heb je al geprobeerd andere boeren te interesseren om een fabriek op te richten?'

'Ik doe niet anders, maar niemand durft.'

'Je zou het benodigde bedrag kunnen lenen bij de Boerenleenbank.'

'Ook dat heb ik geprobeerd. Ze vonden het te hoog.'

'En particuliere geldschieters? Notabelen of handelaren?'

Hij aarzelt even. 'Ik was met uw vader in gesprek.'

'Dat weet ik, ik heb zijn notities gelezen.'

Opnieuw valt er een ongemakkelijke stilte. Huib zoekt koortsachtig naar iets om te zeggen, maar de woorden willen niet komen.

'Goed, ik moet maar weer eens gaan. Hartelijk dank voor de rondleiding.' Lydia loopt terug naar de trap. Huib en Hendrik volgen haar, en op het erf klimt ze meteen op de sjees.

Hendrik gaat naast haar zitten en laat de leidsels even op de rug van het paard neerkomen. Lydia knikt Huib toe, en dan, zonder nog iets te zeggen, vertrekt ze.

4

'Wat moest de juffrouw?' vraagt Jantine met opgetrokken wenkbrauwen.

Huib was liever zonder verslag te doen weer aan het werk gegaan, maar Jantine loopt hem op het erf tegemoet.

'Kijken,' zegt hij.

Verwonderd kijkt ze hem aan. 'Waarom?'

'Ik weet het niet. Ik hoopte eigenlijk dat ze wilde investeren.'

'Dat zou geweldig zijn.'

'Waarschijnlijk overweegt ze het, maar weet ze het nog niet zeker.' Peinzend kijkt Huib uit over het zonovergoten erf en de velden erachter. 'Maar het zou inderdaad geweldig zijn.'

Ze glimlacht hem toe en hij glimlacht terug. Dan zegt hij: 'Ik ga weer aan het werk.' Met grote stappen loopt hij het veld in, zijn gedachten bij zijn bedrijf.

Hij heeft altijd het gevoel gehad dat het anders moest kunnen. Sneller, en minder zwaar. Als hij zijn moeder en zijn zusje Nora zag zwoegen observeerde hij elke handeling die ze verrichtten en dan dacht hij daarover na. Als jongen van vijftien probeerde hij met kleine, slimme uitvindingen hun werk wat gemakkelijker te maken. Zo bedacht hij een roermechanisme voor de kaasbereiding. Het werkte met de kracht van stromend water, dat in beweging werd gebracht door een tredmolentje, waar hij zijn hond voor zette.

Op de veemarkten van Alkmaar, Hoorn en Schagen, die hij met zijn vader bezocht, ging hij altijd meteen naar het tentoonstellingsterrein, waar uit het buitenland geïmporteerde apparaten werden gedemonstreerd. Gefascineerd keek hij dan naar uitvindingen als hooischudders, grasmaaimachines en paardenharken.

Helaas had zijn vader er het geld niet voor over. Hij besteedde het liever aan nieuw vee. Ontelbare keren heeft Huib geprobeerd hem ervan te overtuigen dat een minder grote veestapel niet betekende dat ze minder inkomsten zouden hebben, dat die prachtige nieuwerwetse hulpmiddelen het werk gemakkelijker en efficiënter zouden maken, waardoor ze meer tijd over zouden houden voor andere dingen. Fruit uit de boomgaard inmaken bijvoorbeeld, iets waar zijn moeder het altijd al over had, maar waar ze door de intensieve kaasbereiding geen tijd voor had.

Toen hij wat ouder was, werd hij lid van de Hollandse Maatschappij van Landbouw. Hij betaalde de contributie uit eigen zak, net als het reisgeld voor de tentoonstellingen die de vereniging door het hele land organiseerde.

Zijn broer Arjan ging vaak mee, voor de harddraverijen, de volksspelen en de gezelligheid in de kroegen na afloop, maar daar had Huib geen belangstelling voor. Zíjn interesse ging uit naar de nieuwste uitvindingen op het gebied van werktuigen en gereedschappen die gedemonstreerd werden. De techniek stond niet stil, er kwam steeds meer op de markt, en intussen was hij in staat om het een en ander te kopen. Zuinig als hij was, en zonder veel belangstelling voor meisjes of geldverslindende uitjes als de kermis, had hij een flinke spaarpot opgebouwd. Zijn eerste aankoop was een grasmaaimachine. Vol enthousiasme kwam hij ermee thuis, zijn vader schudde alleen het hoofd. Maar na een tijdje pakte hij toch de machine en bleef de zeis in de schuur liggen.

Zijn dromen zijn nooit kleiner geworden, eerder groter. Hij had het werk op de boerderij in de praktijk kunnen leren, en het kunnen voortzetten zoals zijn vader had gedaan, maar in plaats daarvan ging hij naar de Rijkslandbouwschool in Wageningen. Tijdens zijn opleiding overleden zijn ouders aan tyfus, en vlak na hen ook Arjan en Nora.

Huib was radeloos van verdriet, maar keerde toch terug naar Wageningen. Hij maakte de Rijkslandbouwschool af en deed een cursus op de Zuivelschool. Daarna was het tijd om terug te gaan naar de boerderij, waar niemand meer was om zijn plannen mee te delen, maar ook niemand om hem tegen te houden.

In de afgelopen jaren heeft hij geleerd met eenzaamheid om te gaan. Het liefst zit hij, als het werk op de boerderij gedaan is en hij niet meer op pad moet, aan tafel met een kop koffie te lezen.

Niet dat hij een hekel aan mensen heeft, of dat hij zich ongemakkelijk voelt in gezelschap, maar hij heeft moeite met prietpraat.

Er is geen groter genoegen dan rondlopen over zijn erf, door de boomgaard en de moestuin. Het meest houdt hij van de vroege ochtend in de stal, als hij de koeien melkt en het eerste licht door de stoffige raampjes valt. Hij houdt van het gesnuif van het vee, de malende kaken en zwiepende staarten, en de manier waarop ze hun snuit tegen hem aan duwen als hij voor ze staat en hun kop streelt.

Huib loopt verder het veld in, waar zijn koeien staan te grazen. Er zijn er een paar drachtig en hij controleert een paar keer per dag hoe het met de dames gaat.

Hij inspecteert ze een voor een, geeft ze een klapje op de flank en gaat terug naar de boerderij. Zoals die daar ligt, beschenen door de zomerzon en omringd door fruitbomen, is het een plaatje om te zien.

Met een glimlach loopt hij door. Jantine steekt het erf over, ziet hem aankomen en houdt haar pas in. Ze strijkt een bruine krul uit haar gezicht en lacht uitnodigend.

Huib doet alsof hij het niet merkt en buigt af naar de stal, waar een zieke koe op het stro ligt. Terwijl hij het dier onderzoekt en geruststellend toespreekt, denkt hij aan Jantine. Hij vindt haar aantrekkelijk, maar hij is niet verliefd. De laatste tijd bekruipt hem echter het gevoel dat zij wel meer voor hem voelt.

Hij had nooit met haar naar bed moeten gaan, dat heeft te veel verwachtingen opgeroepen. Gelukkig is er geen zwangerschap van gekomen, dan had hij met haar moeten trouwen, en dat zou hij ook zeker gedaan hebben.

Af en toe betrapt hij zich op de gedachte dat hij best een vrouw en een gezin zou willen hebben. Hij is er klaar voor, maar haast heeft hij niet.

5

Diep in gedachten verzonken laat Lydia zich door Hendrik naar huis rijden. Een bijzondere man, die Huib Minnes. Ze begrijpt waarom haar vader in hem was geïnteresseerd.

Huib Minnes had het over een investering, maar uit het logboek bleek dat haar vaders ambitie veel verder reikte. Ze had verwacht dat Minnes daarvan op de hoogte zou zijn, maar dat was duidelijk niet het geval. Aan de data in het logboek te zien heeft haar vader niet de tijd gekregen om zijn plannen voor een fabriek aan Minnes te ontvouwen.

Voor het eerst in weken wordt de lethargie die Lydia in haar greep houdt verdreven. Er gloeit een vonkje belangstelling in haar, dat haar afleidt van het verdriet om haar ouders. Ze herinnert zich de gesprekken die haar vader voerde met Nicolaas Brantjes, de echtgenoot van haar vriendin Clementine, en met Jan Boissevain, hun overbuurman in Amsterdam. Die gingen altijd over de snelheid van de vooruitgang en alle interessante uitvindingen die werden gedaan, dingen die ook háár erg interesseerden.

Opeens kan ze niet wachten om het logboek beter te bestuderen.

'Rijd een beetje door, Hendrik,' zegt ze.

Ze verlaten de doorgaande landweg, slaan een met bomen omzoomd zijweggetje in en dan, aan het einde ervan, wordt Welgelegen zichtbaar. Het is een kloek herenhuis met een oranjerie en een boomgaard, waarvan de opbrengst niet alleen voor eigen gebruik is, maar ook op de markt verkocht wordt. Hendrik en zijn vrouw Mies, die het landgoed beheren en er ook wonen, dragen daar zorg voor.

De sjees komt tot stilstand voor het bordes. Hendrik springt eraf en steekt zijn hand uit naar Lydia.

'Dank je, Hendrik.' Nog voor Lydia de vijf traptreden van het bordes op is, wordt er al opengedaan door Fiene. Ze laat Lydia passeren en pakt intussen haar hoed aan.

'Eindelijk kan hij af. Het was warm,' zegt Lydia, terwijl ze haar handschoenen uittrekt. 'Is er nog iemand langs geweest, Fiene?'

'Ja, mevrouw Brantjes. Ze was teleurgesteld dat u niet thuis was.'

'Was Clementine aan de deur? Wat jammer dat ik net weg was!'

'Ze zei dat ze een paar dagen in Purmerend blijft, bij haar zwager. En o ja, er is post voor u.' Fiene pakt een brief van het tafeltje onder de kapstok.

Lydia neemt hem aan en kijkt naar de afzender. Een glimlach breekt door op haar gezicht en ze loopt snel naar de salon.

'Wilt u thee, juffrouw?' vraagt Fiene in de deuropening.

'Ja, graag. Maar geen cake erbij.' Lydia laat zich op de sofa zakken en maakt de envelop open.

Een brief van Helena, wat fijn. In Amsterdam zien ze elkaar een paar keer per week, maar nu ze allebei op hun buitenplaats verblijven, ziet Lydia haar helemaal niet meer.

'Lieve Lydie,' schrijft Helena. 'Even een briefje om je te laten weten dat ik je verschrikkelijk mis. Het is zo saai op Vogelenzang zonder jou. Zoals je weet is Elisabeth op 7 juli jarig en geven we een feestje. We hopen dat je komt en dat je blijft logeren. Op elk heel uur zal er die dag een rijtuig bij het station staan om de gasten op te halen.'

Ze schrijft nog meer, over grappige gebeurtenissen, ze vertrouwt Lydia de laatste roddels toe, en besluit dan met 'liefs van je vriendin, Helena'.

Met een zucht laat Lydia de brief zakken. Natuurlijk gaat ze, het is ondenkbaar om af te zeggen. Ze is erg gesteld op Helena's ouders, Jan en Petronella. De Boissevains zijn als een tweede familie voor haar. Haar eigen ouders waren al wat ouder toen ze haar kregen, en ze gunden haar de gezelligheid van het grote gezin van hun overburen in Amsterdam.

Elke zomer huurt Jan Boissevain een huis op het uitgestrekte landgoed Vogelenzang, in de Kennemerduinen. Daar verblijft het gezin van mei tot september. Nog niet zo lang geleden zou het met koets en trekschuit een hele onderneming zijn geweest om daar te komen, maar tegenwoordig kun je gewoon de trein nemen.

De deur gaat open en Fiene komt binnen met de thee. 'Er komt iemand aan, juffrouw. Verwacht u bezoek?'

Lydia werpt een blik uit het raam en ziet een rijtuig naderen. Ze zucht.

'Freule Simmens. Ik heb nu geen tijd en zin, hoor. Zeg maar dat ik er niet ben.'

'Maar misschien heeft ze uw rijtuig langs zien komen.'

'Dan ben ik net een wandeling aan het maken. Laat haar niet binnen als ze op me wil wachten.' Lydia staat op en loopt haastig weg. Ze opent de terrasdeuren, sluit ze achter zich en gaat naar buiten.

Zoals altijd breekt er een glimlach door op haar gezicht als ze de tuin in loopt.

Een licht briesje streelt de bladeren van de bomen, het soort briesje waarin ze graag de liefdevolle aanwezigheid van haar moeder ziet.

Net als haar moeder vroeger is ze graag in de tuin, die in Engelse stijl is aangelegd, met een gazon, slingerende paden, prieeltjes, een doolhof van hagen en een paviljoen. Als kind kon ze hier heerlijk spelen. Broers en zusjes miste ze niet, want er waren dikwijls familieleden en vrienden met kinderen te gast.

Haar vader heeft het huis destijds gekocht voor haar moeder, die uit Purmerend kwam. Zelf had hij er niet veel behoefte aan om zich de hele zomer op het platteland terug te trekken. Een maand vond hij lang genoeg. Dankzij de geregelde postvoorziening kon hij contact houden met zijn zaakwaarnemer in Amsterdam, en toen het spoorwegennet eenmaal goed functioneerde, was hij in een mum van tijd terug in de stad als dat nodig was.

Bij de vijver blijft Lydia staan en kijkt naar de waterlelies die in het water drijven. De laatste maanden van zijn leven wilde haar vader opvallend vaak naar Purmerend. Ze dacht dat de dood van haar moeder daarmee te maken had, dat hij op de plek wilde zijn waar zij gelukkig was geweest, maar nu begrijpt ze dat er een andere reden was.

In plaats van het slingerende pad te volgen, loopt ze in een rechte lijn over het gazon naar het huis. In de salon botst ze bijna tegen Fiene op.

'Freule Simmens heeft haar kaartje achtergelaten,' zegt het meisje.

Lydia pakt het aan en legt het weg zonder er een blik op te werpen. In Purmerend worden de sociale conventies minder rigide nageleefd, maar ook hier hebben de notabelen de vermoeiende gewoonte om voortdurend beleefdheidsbezoekjes af te leggen. De enige manier om daaraan te ontkomen, is door niet thuis te geven, maar een afgegeven kaartje is zoveel als een gebod voor een tegenbezoek.

Zo langzamerhand wordt er van haar verwacht dat ze weer gaat deelnemen aan het sociale leven, wat precies de reden is dat ze in april al naar haar buitenplaats is vertrokken. Helaas ontkomt ze ook hier niet aan die theevisites.

Maar ze zullen toch moeten wachten. Morgen gaat ze naar Helena en Elisabeth.

6

De volgende ochtend staat Lydia vroeg op. Het is een prachtige dag en ze wil er zo veel mogelijk van profiteren. Fiene heeft haar bagage al ingepakt.

Wat zullen Elisabeth en Helena blij zijn als ze opeens voor hun neus staat!

Na een licht ontbijt brengt Hendrik Lydia en Fiene met het rijtuig naar het station van Purmerend, een rit van tien minuten. Lydia geniet volop van het tochtje langs weilanden, boomgaarden en hofsteden. Bij aankomst op het station wenkt Hendrik een kruier, die de bagage van Fiene en haar op een karretje stapelt en naar de trein brengt. Die staat al klaar, omgeven door wolken stoom.

Lydia en Fiene stappen in de wagon. Meteen daarna roept de perronmeester dat ze gaan vertrekken en worden de deuren met een klap dichtgedaan. Er gaat een lichte trilling door het voertuig, en dampend als een oud paard dat moeite heeft om op gang te komen, zet het zich in beweging.

Het wordt een reis van bijna twee uur, met meerdere overstappen, en als ze eindelijk het kleine station Vogelenzang-Bennebroek naderen, is Lydia moe en doet haar zitvlak pijn. De gecapitonneerde bekleding in de eerste klas ziet er gerieflijker uit dan hij is.

Opgelucht ziet ze het zachtgeel geverfde stationsgebouw met zijn houten veranda dichterbij komen.

'We zijn er,' zegt Fiene. 'Eindelijk. Kijk, er staat al een koets klaar. Ik neem tenminste aan dat die op ons wacht.'

Ze stappen uit, laten hun bagage uitladen en naar het rijtuig brengen. Terwijl Lydia plaatsneemt vraagt ze zich af waarom ze niet eerder naar Vogelenzang is gegaan. Ze weet immers hoe welkom ze er is, en dat ze als de verloren dochter onthaald zal worden. Misschien is dat wel het punt. Ze ís geen verloren dochter, en hoe gastvrij iedereen ook is, af en toe heeft ze er behoefte aan om alleen te zijn. Bij de Boissevains wordt ze er voortdurend aan herinnerd dat ze zelf geen broers en zussen heeft. Dat er niemand is die deel uitmaakt van het nest waar zij uit komt. Niemand die haar ouders net zo mist als zij. Hoeveel vrienden en familie ze ook heeft, en hoeveel steun ze ook ontvangt, uiteindelijk staat ze er alleen voor.

Onderweg praat ze wat met Fiene, tot de paarden een brede, door een dicht bladerdek overhuifde beukenlaan in slaan. Lydia valt stil, en ook Fiene zwijgt.

'Wat is dit toch mooi,' zegt Fiene dan.

'Ja, hè? Mia noemt het altijd de geheime gang naar een sprookjeswereld.'

'Daar heeft het inderdaad wel wat van weg. Ik kan me voorstellen dat je dat denkt op die leeftijd.'

'Nou, ze is anders al veertien. Maar het is nog zo'n kind, en ze heeft zoveel fantasie.'

Ze verlaten de beschutting van de bomen, en de frisgroene velden van het landgoed Vogelenzang worden zichtbaar, afgebakend door de zoom van het bos. Geflankeerd door hoge bomen rijst het landhuis op, omgeven door bijgebouwen.

Het rijtuig ratelt over de oprijlaan en als ze het huis naderen, komt een meisje in een witte, niet zo heel schone, jurk en met verwarde haren aanlopen. Ze zwaait uitbundig.

'Als dat juffrouw Mia niet is,' zegt Fiene, en Lydia lacht.

Ze stappen uit en zodra Lydia beide voeten op de grond heeft, vliegt Mia op haar af. Ze slaat haar armen om Lydia heen en roept: 'Eindelijk! Daar ben je!'

Lydia kust het meisje op de wang. 'Dag lieverd, wat fijn je te zien.'

'Waarom kwam je dan niet eerder?'

'Dat ging helaas niet. Maar ik ben er nu toch? En ik blijf de hele week.'

Mia knikt tevreden en maakt zich pas los als haar oudere zus aan komt lopen.

'Wat heerlijk dat je er bent,' zegt Helena met een stralende lach. 'Ik heb je gemist! Hoe gaat het met je? Je ziet een beetje bleek.'

'Ik voel me prima. Maak je maar geen zorgen.' Lydia begroet haar vriendin met een omhelzing.

'Echt?' Helena neemt haar kritisch op. 'We hadden het er net over dat je wel erg lang alleen zit, daar in Purmerend. Mijn ouders bleven maar vragen of je kwam logeren.'

'Nou, daar ben ik dan! Had je echt verwacht dat ik niet op Elisabeths verjaardag zou zijn?'

'Eigenlijk niet, maar ik hoopte dat je veel eerder zou komen. De anderen ook. Mia vroeg de hele tijd naar je. O, daar is Elisabeth. Lies, kijk eens wie er is!'

Lydia draait zich om en een glimlach trekt over haar gezicht als ze haar vriendin ziet. Ze omhelzen elkaar en Lydia feliciteert haar.

'Dank je wel! We houden het feest klein. Ik heb alleen mijn beste vrienden en dierbaarste familieleden uitgenodigd.'

'Ik kreeg mijn uitnodiging gisteren pas.'

'Ik weet het, ik was laat. Maar het was ook eigenlijk een herinnering. Iedereen wist allang dat ik een feestje geef. Het wordt trouwens heel informeel, dus doe je korset en handschoenen straks maar uit.'

'Ik kan niet wachten,' zegt Lydia lachend.

Nella Boissevain komt met een brede glimlach en uitgestoken handen naar Lydia toe lopen. In haar witte zomerjapon en met losjes opgestoken donker haar oogt ze jonger dan drieënvijftig.

'Lydie!' Nella omhelst haar langdurig. 'Wat fijn dat je er bent. Ik was net van plan om je zelf te schrijven. Waarom duurde het zo lang, lieverd?' Ze houdt Lydia een stukje van zich af en kijkt haar vragend aan.

'Ik had het even nodig,' zegt Lydia zacht. 'Ik weet dat ik welkom ben, en daar ben ik ook heel dankbaar voor, maar ik had er behoefte aan om een tijdje alleen te zijn. Mijn ouders... we zijn zo gelukkig geweest in Welgelegen.'

'Dat begrijp ik,' zegt Nella op meelevende toon. 'Maar ik maakte me zorgen over je.' Ze bekijkt Lydia kritisch en voegt eraan toe: 'Je bent magerder geworden. Daar moeten we wat aan doen.'

'Dan ben ik hier in goede handen,' zegt Lydia, en ze lachen samen.

Intussen is Jan Boissevain naar buiten gekomen. Hij is reder, en toen hij het jaren geleden voor het zeggen kreeg in het familiebedrijf, heeft hij een aantal stoomschepen besteld en de Stoomvaart-Maatschappij Nederland opgericht.

Jan begroet Lydia met wijd open armen. 'De verloren dochter is terug!' zegt hij, terwijl hij haar even tegen zich aan trekt. 'Fijn dat je er bent, meisje.'

Ook de andere leden van de familie begroeten Lydia hartelijk. Ze wordt omhelsd, iedereen informeert hoe het met haar gaat en drukt haar op het hart om niet vóór het einde van de zomer weg te gaan.

De Boissevains vormen een groot gezin. Elisabeth is de oudste en viert haar achtentwintigste verjaardag. Daarna volgen Helena, Charles, Matthijs, Anna Maria, Nella, Walrave en Mia.

Mia ziet er zoals gewoonlijk verfomfaaid uit. Hier, op het landgoed, is ze de hele dag buiten, waar ze bloemen en planten bestudeert en die als het even kan mee naar huis neemt. Aan het begin van de zomer heeft ze tijdens een van haar omzwervingen een gewonde Vlaamse gaai gevonden, die ze tam gemaakt heeft.

'Kijk, Lydie, hij eet uit mijn hand,' zegt Mia, die het beestje op haar arm heeft.

'Wat lief,' zegt Lydia vol belangstelling. 'Vliegt hij niet weg?'

'Hij kan niet meer vliegen, er is iets met zijn vleugel. Ik help hem overal mee en nu is hij mijn vriend.' Mia buigt zich naar de vogel toe, haar donkere krullen vormen een gordijn waarachter het dier schuilgaat.

'Hoe moet dat als jullie weer naar Amsterdam gaan? Mag hij dan mee?'

'Nee,' zegt Mia. 'Maar meneer Barnaart, van wie we het huis huren, heeft beloofd dat hij dan voor hem zal zorgen. Anders zou ik niet mee teruggaan naar Amsterdam.'

Lydia knikt ernstig. 'Dat begrijp ik.'

'Hij houdt van cake. Ik gaf hem een stukje en hij lustte het.'

'Mia, je voert dat beest toch niet van mijn baksels?' informeert haar moeder, die die laatste woorden heeft opgevangen.

'Dat wil ik niet hebben, hoor. We krijgen zo gasten!'

'Hij had trek,' zegt Mia. 'Ik ook trouwens. Wanneer gaan we aan tafel, mama?'

'Wanneer je wilt. Pak maar een stuk cake of taart,' zegt Nella, en tegen Lydia: 'Jij zult ook wel trek hebben. Achter, op het gazon, staat de lunch klaar. Tast toe.'

Ze kijkt naar Fiene en zegt vriendelijk: 'Voor het personeel staat het een en ander klaar in de keuken.'

Fiene bedankt haar en kijkt naar Lydia. 'Ik zal eerst uw kleding uithangen in uw kast voor alles kreukt.'

Als Lydia de hoek om gaat, houdt ze verrast haar pas in. Nella deed het voorkomen alsof ze vlug het een en ander had neergezet, maar de tafel is met grote zorg gedekt. Op het fijne linnen staat een stapel witte porseleinen borden en een mandje met zilveren bestek. Water en wijn fonkelen in kristallen karaffen, en de uiteinden van de tafel worden gesierd door vazen met wilde bloemen. Tussen dat alles staan de gerechten, geserveerd op zilveren schalen. Er is koude kip, paté de foie gras, brood, fruit, fazant, vis, er zijn pasteitjes en er staat een grote etagère vol cake en taartjes.

'Wat heerlijk,' zegt Lydia.

Terwijl iedereen zich van het eten bedient, blijven Jan en Nella aan de voorzijde van het huis om nieuwe gasten te begroeten.

Als ze wat gegeten hebben, pakt Elisabeth Lydia bij de arm en voert haar mee over het pad dat om het huis heen leidt.

'Ik moet je even spreken,' zegt ze, terwijl ze een bruggetje oversteken dat naar het bos leidt. 'Eduard van Nijenbergh is er, ik zag hem net aankomen. Ik wilde je even waarschuwen. Toen hij hoorde dat jij hier zou zijn, zei hij meteen dat hij ook kwam, terwijl zijn vader nota bene ziek is.'

Lydia zucht. De vasthoudendheid waarmee Eduard haar het hof maakt, begint pijnlijk te worden. Wat het zo wrang maakt is dat ze hem graag mag. Hij is een zachtaardige, wat verlegen jongeman, niet bijzonder aantrekkelijk maar ook niet lelijk. Goed 'huwelijksmateriaal', zoals Nella het noemt. Maar niet voor haar.

'Is meneer Van Nijenbergh erg ziek?' vraagt ze bezorgd.

'Ja, het ziet er niet goed uit. Hij heeft zich onlangs officieel teruggetrokken uit het familiebedrijf en de leiding aan Eduard overgedragen. Vandaar dat hij vanavond alweer teruggaat.' Elisabeth kijkt opzij en voegt eraan toe: 'Maar eerst wil hij jou een huwelijksaanzoek doen.'

'Wát?'

'Daar zinspeelde hij op.'

'Op jouw verjaardag! Dat is niet zoals het hoort.'

'Wat maakt het uit? Hij weet dat wij ons niet zo bezighouden met dat soort beleefdheden. En hij klaagde dat hij je amper ziet.'

'Heeft hij dat echt gezegd?'

'Ja, hij polste of hij een kans bij je maakt. En wat een goed moment zou zijn om je te vragen.'

'Waarom heb je hem in hemelsnaam niet gezegd dat er helemaal geen goed moment is, en dat dat ook nooit zal komen?'

'Dat mag je zelf doen. Ik kan toch niet voor jou spreken? Bovendien zou daarmee duidelijk worden dat wij over hem gepraat hebben. Wat is er eigenlijk mis met Eduard? Hij is de enige zoon en dus erft hij straks een groot bedrijf. En hij houdt van je. Nu zit je altijd maar in je eentje thuis. Ik zou me een stuk minder zorgen maken als ik wist dat je niet meer alleen was.'

'Ik kan moeilijk met hem trouwen om jou een prettig gevoel

te geven,' zegt Lydia met een lach.

'Zo bedoel ik het niet. Het is een goede partij. Hij is zelfs van adel.'

'Ja, en?'

Elisabeth schiet in de lach. 'Ik weet het, een titel maakt geen indruk op jou.'

'Op jou toch ook niet? En het is zeker geen reden om te trouwen.'

'Je hebt gelijk. Als ik zou trouwen, zou ik het belangrijker vinden dat mijn man er geen bezwaar tegen heeft dat ik zoveel tijd aan liefdadigheidswerk besteed.'

Elisabeth zit niet alleen in diverse comités, ze bezoekt de armen ook zelf, in de armenwijken achter de Geldersekade. Dat is 'haar' buurt, waar ze vaak komt en een persoonlijke band heeft opgebouwd met de bewoners. Lydia is meerdere keren met haar mee geweest en lid geworden van het comité, maar zonder de bezieling te voelen die haar vriendin ervaart bij haar werk. Ze kan niet de belangstelling opbrengen waarmee Elisabeth naar de vrouwen uit de achterbuurten luistert, ze voelt zich te veel een buitenstaander, een voyeur.

De kans is echter groot dat als Elisabeth trouwt, haar echtgenoot een einde zal maken aan haar bezoekjes aan de armenwijken. Het is ook niet zonder gevaar om daarnaartoe te gaan, en echt nodig is het evenmin. Het comité leiden en fondsen werven is Elisabeths voornaamste taak, maar dat is niet genoeg voor haar. Net als Lydia zit ze er niet op te wachten om haar relatieve vrijheid kwijt te raken, en daarom stelt ze een huwelijk zo lang mogelijk uit.

'We moeten terug. Het staat een beetje vreemd als ik er niet ben om mijn gasten te begroeten, maar ik wilde je voor dat aanzoek waarschuwen,' zegt Elisabeth.

'Ja, dank je. Fijn dat ik even kan bedenken hoe ik zal reageren.'

Ze lopen langzaam terug en van een afstand ziet Lydia Eduard al op het grindpad voor het huis staan. Hij is onberispelijk gekleed in een zwarte pantalon, een wit overhemd en een lichtblauw jasje. Zijn haar is met pommade achterovergekamd.

Blijkbaar ziet hij hen aankomen, want hij kijkt in hun richting en steekt uiteindelijk met een glimlach zijn hand op.

Lydia en Elisabeth groeten op dezelfde manier terug en Eduard loopt hun tegemoet.

'Dames!' zegt Eduard opgewekt. Hij feliciteert Elisabeth met een handkus en buigt voor Lydia. 'Dag Lydia, leuk je weer te zien.'

'Dat vind ik ook. Hoe gaat het met je? Ik hoorde dat je vader ziek is.'

Er trekt een schaduw over Eduards gezicht. 'Ja, helaas wel. Daarom ga ik vanavond ook alweer terug. Hij hoest veel en heeft het vaak benauwd.'

'Wat akelig. Ik mag hem heel graag.'

'Hij jou ook. Voor ik vertrok vroeg hij me je de groeten te doen. Hij zei: "Zeg maar tegen Lydia dat ik de hoop nog niet heb opgegeven."'

'Welke hoop? Dat hij herstelt?'

'Nee, dat hij jouw schoonvader zal worden.' Eduard lacht, alsof het maar een grapje is, maar Lydia zet zich schrap. Mijn hemel, hij gaat wel heel recht op zijn doel af, denkt ze.

'Laat hij zich eerst maar eens op zijn gezondheid concentreren,' zegt ze vriendelijk maar terughoudend.

'Dat vind ik ook. Vertel, hoe is het nu met jou?' Eduard neemt haar bij de elleboog en voert haar iets verder weg, buiten gehoorsafstand van de andere gasten.

'Het voelt niet alsof het al helemaal achter de rug is. Ik heb het er nog steeds erg moeilijk mee. Eigenlijk ben ik nog niet toe aan feestjes.'

'Dat begrijp ik helemaal. Het moet erg zwaar zijn.'

'Het is moeilijk, ja. Gelukkig heb ik veel goede vrienden die me steunen. De Boissevains zijn als familie voor me.'

Ondanks haar voornemen om onder de mensen te blijven, wandelen ze nu toch samen over het gazon. Eduards vriendelijke, begripvolle houding doet Lydia goed, en ook al weet ze wat voor gesprek er komen gaat, ze is niet van plan om ervoor weg te lopen. Het moet een keer plaatsvinden.

'Ik hoop dat je mij ook als een vriend ziet, of als iemand bij wie je terechtkunt als je je hart wilt luchten,' zegt Eduard. 'Je bent altijd welkom.'

'Dat weet ik. Dank je.'

Ze praten een tijdje over hun ouders, over ziekte en dood, en hoe daarmee om te gaan. Als ze zich weer bij de anderen voegen, is de grote vraag niet gesteld en heeft Lydia ook niet de indruk dat Eduard dat van plan was. Misschien voelde hij aan dat dit niet het juiste moment was, of misschien heeft Elisabeth zich vergist.

Terwijl Lydia zich onder kennissen en vrienden begeeft, vangt ze Elisabeths vragende blik. Ze schudt haar hoofd en lacht als de wenkbrauwen van haar vriendin verbaasd omhooggaan.

7

Of het toeval is betwijfelt Lydia, maar bij het diner zit ze naast Eduard. Bij aankomst was het te druk om cadeaus aan de jarige te overhandigen. Dat wordt nu gedaan, tussen de verschillende gangen door. Charles en Matthijs hebben een gek gedicht gemaakt dat Elisabeth hardop moet voorlezen en waarin ze hun zus flink op de hak nemen. Althans, dat was hun bedoeling. Elisabeth laat eerst haar ogen over iedere regel gaan en past de inhoud vliegensvlug aan, in haar voordeel en in hun nadeel, wat een luidruchtig protest aan haar broers ontlokt.

Iedereen ligt dubbel van het lachen, en het eind van het liedje is dat ze allemaal door elkaar heen praten en er een vrolijke, chaotische stemming heerst.

'Gezellig hè? Ik geniet altijd zo van dit soort avondjes,' zegt Lydia tegen Eduard.

'Ik ook. Bij de Boissevains is de sfeer tenminste niet zo stijf. Ik dacht trouwens dat het maar een kleine viering zou zijn. Er zijn best veel gasten.'

'Veel mensen wonen in de buurt. Het buitenleven moet ook

weer niet té rustig zijn. En ze nodigen alleen mensen uit die wat lossere omgangsvormen hebben. De rest komt er gewoon niet in,' zegt Lydia.

Eduard schiet in de lach. 'Vandaar dat mijn zussen niet zijn uitgenodigd.'

'Zijn ze zo stijfjes?' Lydia heeft Véronique en Carolina weleens ontmoet, maar ze kent hen niet goed.

'Ach, dat is het woord niet. Zelf zouden ze het "fatsoenlijk" noemen, maar in feite zijn ze... ja, stijf.'

Ze lachen, en Lydia bekijkt Eduard wat beter. Hij is aardig, heel aardig. Eigenlijk voelt ze zich wel prettig in zijn gezelschap. Met een half oor luistert ze naar de anekdote die hij vertelt over een voorval in zijn jeugd, maar ze luistert vooral naar de klank van zijn stem en let op de beweeglijkheid van zijn gezicht. Eduard is in ieder geval niet stijf. Het is jammer dat ze, behalve vriendschap, niets voor hem voelt.

Ze beseft dat ze hem gadeslaat in een poging om door zijn fletse uiterlijk heen te kijken, en ze neemt het zichzelf kwalijk dat het haar moeite kost. Is ze dan zo oppervlakkig?

Ongemerkt is Eduard van onderwerp veranderd, hij heeft het nu over het bedrijf dat hij van zijn vader heeft overgenomen.

'Een suikerfabriek, toch?' vraagt Lydia.

'Suiker en stroop, ja.'

Hij vertelt haar een heel verhaal over ruw sap uit suikerriet en suikerbieten dat wordt gefiltreerd en ingedampt, tot er kristallen overblijven die worden gecentrifugeerd en gewassen.

'Maak je gebruik van stoommachines?' vraagt Lydia als Eduard een slokje water neemt.

'Natuurlijk, bijna iedere fabriek werkt tegenwoordig met stoom.'

'Is dat erg kostbaar?'

'Dat wel. Het is een flinke investering, maar die betaalt zich snel terug. Stoom kun je overal voor gebruiken.'

'Voor wat dan?'

'Wel, voor de aandrijving van allerlei apparaten, voor het schoonmaken ervan, en voor verwarming. Vanwaar die interesse?' Verwonderd kijkt Eduard Lydia aan.

'Ik ontdekte laatst dat mijn vader van plan was om een fabriek op te zetten, een waarbij hij ook gebruik wilde maken van stoomkracht.'

'Wilde hij ook in de suiker gaan?'

'Nee, in kaas.'

'Kaas...' Eduard kijkt even nadenkend voor zich uit. 'Die zijn er hier nog niet, kaasfabrieken.'

'Nee. Je vraagt je af waarom eigenlijk niet.'

'Waarschijnlijk omdat je dan op problemen stuit,' zegt Eduard. 'Om een fabriek te laten draaien heb je grondstoffen nodig. Ik kan zoveel suikerbieten bestellen als ik wil, maar voor kaas heb je melk nodig. Veel melk, die beperkt houdbaar is.'

Lydia kijkt hem peinzend aan. 'En dus snel verwerkt moet worden.'

'Ja, en dat is een probleem als er niet genoeg aanbod in de omgeving is. Dan moet de melk van elders komen. Maar wel snel, anders wordt hij zuur.'

'Toch moet het mogelijk zijn. Mijn vader dacht in ieder geval van wel.'

'Jammer dat hij niet de tijd heeft gekregen om zijn plannen te realiseren. Maar het zal wel niet lang duren voor iemand anders op dat idee komt.'

Lydia glimlacht en knikt.

Na het diner schuiven de bedienden de tafels en stoelen aan de kant zodat er kan worden gedanst. Lydia heeft net een uitbundige polka achter de rug als Eduard op haar afkomt. Ze overweegt om te zeggen dat ze moe is, maar er wordt een rustige wals ingezet. Vroeg of laat zal ze toch met hem moeten dansen als ze niet onbeleefd wil zijn, en dus laat ze zich naar de dansvloer leiden.

De muziek zet in en Eduard neemt haar in zijn armen. Lydia voelt de warmte van zijn hand op haar rug terwijl ze in het rond zwieren. Ze hoeft niet om zich heen te kijken om te weten dat vele ogen hen volgen.

Lange tijd zeggen ze niets tegen elkaar, maar halverwege de dans verbreekt Eduard de stilte.

'Lydie, je weet dat ik je heel graag mag,' zegt hij, met zijn mond vlak bij haar oor. 'Zo graag dat ik niets liever zou willen dan je verdriet en eenzaamheid een beetje verlichten.'

Daar is het moment dan toch. Gelukkig hoeft ze hem niet aan te kijken, maar zijn directe nabijheid en het lichaamscontact maken het moeilijk genoeg om dit gesprek te voeren.

'Ik weet het,' zegt ze. 'Je bent een goede vriend.'

'Ik bied je meer dan vriendschap alleen.'

'Dat begrijp ik, Eduard. Maar op dit moment ben ik niet in staat om over zo'n belangrijke beslissing na te denken. Ik ben nog in de rouw.'

'Waar ik je bij wil steunen.'

'Omdat je gevoelens voor me hebt, en hoopt dat die beantwoord worden. Als je me alleen vriendschap bood zou ik je steun graag aanvaarden, maar nu gaat dat niet. Ik wil je geen valse hoop geven.'

'Valse hoop? Dat klinkt niet goed.'

'Ik bedoel dat ik geen misbruik wil maken van je vriendschap.'

'En als ik beloof dat ik dat zal onthouden, en ik je de tijd geef om tot jezelf te komen en rustig na te denken over de toekomst?'

Opnieuw houdt Lydia een zucht binnen. Het gaat niet gebeuren, dat weet ze nu al. Wat moet ze in hemelsnaam zeggen? Een huwelijksaanzoek ontlopen is iets anders dan iemands vriendschap afwijzen. Zo hard is ze niet, en dus stemt ze in.

De dans is afgelopen. Een dienstmeisje komt zeggen dat het rijtuig klaarstaat om Eduard naar het station te brengen. Hij kust haar hand ten afscheid en kijkt haar in de ogen.

'Ik hoop je snel weer te zien,' zegt hij zacht, en dan loopt hij naar Elisabeth.

Lydia kijkt hem na en schrikt op als Helena op haar arm tikt.

'Die heeft het zwaar te pakken, hè?' fluistert ze. 'Wat vreselijk dat je het hele diner naar dat geklets over die suikerfabriek moest luisteren.'

'Ik vond het eigenlijk wel interessant. En Eduard is erg aardig. Ik vind het bijna jammer dat ik geen gevoelens voor hem heb. Volgens mij krijgt het meisje dat voor hem valt een heel lieve man.'

'Misschien moet je er dan nog maar eens over nadenken,' zegt Helena.

Die nacht ligt Lydia lang wakker. Niet vanwege Eduard, maar door de gedachten aan de kaasfabriek die maar door haar hoofd blijven malen.

Iets in haar bloed kriebelt. Verdwenen is het gevoel dat haar leven zich betekenisloos en voorspelbaar voor haar uitstrekt.

Voortzetten wat haar vader van plan was, ter zijner nagedachtenis en om haar eigen leven richting te geven, zou dat niet mooi zijn? Of denkt ze er te gemakkelijk over?

Rusteloos draait ze zich op haar andere zij.

Ze kent zichzelf, ze is altijd snel enthousiast, overal voor in. Althans, zo was ze vroeger, vóór de dood van haar ouders. Nu voelt ze iets van de oude Lydia terugkeren. Het is misschien ongebruikelijk, maar zeker niet onmogelijk om als vrouw een fabriek te beginnen. Ze heeft er alleen de hulp van een man bij nodig, want voor een vrouw is het wettelijk niet toegestaan.

Haar gedachten gaan naar Huib. Hij mag dan een man zijn, hij heeft net zo goed hulp nodig. Misschien kunnen ze iets voor elkaar betekenen...

8

Bij het eerste daglicht staat ze op en kleedt zich aan. Fiene laat ze slapen, ze heeft haar niet nodig bij het eenvoudige zomertoilet. Ze steekt haar blonde haar losjes op en gaat dan de brede trap af.

De hal is keurig opgeruimd door de bedienden en ook de eetkamer ligt er netjes bij. Op het buffet staat het ontbijt al klaar. Tot haar verrassing is ze niet de eerste; Jan Boissevain zit al aan tafel, de krant voor zich uitgespreid.

Hij kijkt op en zegt: 'Goedemorgen, Lydie. Jij bent vroeg. Heb je goed geslapen?'

'Goedemorgen. Ja, heel goed, dank u. Ik was alleen vroeg wakker en toen lag ik na te denken.' Lydia legt wat fruit en een broodje op een bord en gaat tegenover Jan zitten. Een dienstmeisje komt aanlopen en vraagt of ze koffie of thee wil, en ze kiest thee.

'Toch geen sombere gedachten, hoop ik?' informeert Jan, terwijl hij zijn krant opvouwt.

'Nee, hoor.'

Jan blijft haar vorsend aankijken, dan glijdt zijn blik naar een schilderij aan de wand. Het is het portret van Gideon, zijn oudste zoon. Hij is op zijn achttiende verdronken in de haven en zijn dood is nog altijd een diepe wond voor de familie Boissevain. Niemand had gemerkt dat Gideon in het water was gevallen. Zijn vader zat aan het einde van de dag in het Krasnapolsky op de Dam op hem te wachten om samen een hapje te eten, maar Gideon kwam niet opdagen. Pas een paar dagen later werd hij uit het water gehaald.

Jan, Nella en hun kinderen waren in diepe rouw, en eigenlijk zijn ze er nog steeds niet overheen. Ook voor Lydia was Gideons dood een enorme schok. Ze scheelden maar een jaar en waren goed bevriend.

Jan richt zijn blik weer op Lydia. 'Ik weet wat je doormaakt,' zegt hij zacht.

'Voor u moet het nog erger zijn. Mijn ouders waren op leeftijd. Het is de natuurlijke gang van zaken dat zij eerder zouden gaan dan ik. Maar het verlies van een kind...' Lydia zoekt naar het juiste woord, vindt het niet en maakt een hulpeloos gebaar.

'Verdriet is verdriet, het is niet meetbaar. Ik heb mijn vrouw en mijn andere kinderen nog, terwijl jij helemaal alleen bent achtergebleven.'

'Ik red me wel.'

'Ongetwijfeld. Je bent sterk, maar ook sterke jongedames kunnen af en toe wat steun gebruiken. Ik hoop dat je weet, écht weet, dat onze deur altijd voor je open zal staan.'

'Dank u. En ja, dat weet ik. Elisabeth en Helena hebben me herhaaldelijk gevraagd om te komen, maar ik had wat tijd voor mezelf nodig. Ik wílde graag alleen zijn.'

Jan knikt langzaam en nadenkend. 'Dat begrijp ik. Toen Gideon net overleden was, zochten Nella en ik ook rust.'

Er valt een korte stilte waarin ze allebei even in gedachten verzonken zijn. Dan zegt Lydia: 'Ik wilde u iets vragen. Iets waar ik vannacht aan lag te denken.'

Jan knikt haar aanmoedigend toe.

'Weet u iets van de plannen die mijn vader had, kort voor zijn dood?'

'Plannen?'

'Hij wilde een kaasfabriek beginnen. Dat verraste me nogal, want hij heeft het daar nooit over gehad.'

'Een kaasfabriek? Je vader?' zegt Jan verbaasd. 'Hoe kom je daar nou bij?'

'Ik heb een logboek gevonden waarin hij zijn ideeën uiteenzette, en een ontwerptekening en offertes.'

'Offertes waarvoor?'

'Stoommachines en ontroomapparaten. Kaas wordt nog altijd met handkracht gemaakt, maar het schijnt dat je ook stoomkracht kunt gebruiken.'

'Natuurlijk, stoomkracht kun je overal voor gebruiken. Er is bijna geen fabriek meer die zonder werkt.' Jan pakt een verzilverde kan en houdt hem omhoog. Lydia schudt haar hoofd en dan schenkt hij voor zichzelf een kop in. 'En waarom heeft dit alles jouw interesse gewekt?'

Dat houdt Lydia liever nog even voor zichzelf. Om tijd te winnen wendt ze zich tot het dienstmeisje en vraagt om een gekookt ei. Als het meisje de kamer uit is kijkt ze Jan aan.

'Omdat ik graag wil weten waar mijn vader zich tijdens zijn laatste weken mee bezig heeft gehouden. Heeft hij het er weleens met u over gehad?'

'Nee, maar hij wilde me wel ergens over spreken, vlak voor hij die hartaanval kreeg. En hij toonde erg veel belangstelling voor mijn bedrijf, en nu je het zegt, voor mijn stoommachines.'

'Als hij u had gevraagd of hij een kaasfabriek moest beginnen, wat zou dan uw antwoord zijn geweest?'

'Ik zou hem zeker hebben aangeraden dat te doen. Het is een uitstekend plan. Stoomkracht is de toekomst voor alle bedrijfstakken. Iemand moet de eerste zijn die het introduceert in die sector.' Jan neemt een slok koffie zonder zijn blik van Lydia af te houden. 'Waarom wil je dat allemaal weten, Lydie?'

Op de trap en in de hal klinken voetstappen, begeleid door stemmen en gelach. Even later komen Mia en Nella binnen en Jan richt zich op zijn dochters. Niet lang daarna druppelen de andere bewoners en gasten binnen, en als er stoelen aan tafel te kort zijn, staat Lydia op om plaats te maken.

Opgelucht gaat ze de trap op, naar haar kamer. Mia en Nella kwamen net op tijd binnen. Het is te vroeg om nu al te vertellen wat er in haar omgaat, niet voor ze precies weet waar ze aan begint.

Lydia gaat voor het venster staan en kijkt uit over het zonnige gazon en de bloemperken. Waarom zou ze het níét doen? Haar vriendin Clementine heeft immers ook de leiding over een fabriek. Samen met haar zwager weliswaar, maar toch.

Ze heeft Clementine Brantjes ontmoet tijdens de visites die ze vroeger met haar moeder in Purmerend aflegde. Pauline en Clementine mochten elkaar graag en wat begon als een sociale plicht, groeide uit tot vriendschap. Na haar moeders dood bleef Lydia contact houden met Clementine. Ze was een soort tante voor haar, en Lydia heeft veel steun van haar gehad.

Als geen ander weet Clementine wat het is om iemand van wie je houdt te verliezen. Zes jaar geleden is haar man Nicolaas op tweeënveertigjarige leeftijd overleden, en stond ze er alleen voor met haar kinderen. De jongste, Marie, heeft haar vader nooit gekend.

Een paar maanden voor zijn dood had Nicolaas Brantjes

de traankokerij van zijn vader gekocht om er een fabriek voor vuurvaste stenen en smeltkroezen in te beginnen. Maar in november van dat jaar, vlak voor de opening, stierf hij. Iedereen verwachtte dat Clementine de zaak van de hand zou doen, maar ze zette hem zelf voort.

Ik moet met Clementine praten, denkt Lydia. Als zij het een goed idee vindt, dan doe ik het.

Het liefst zou ze haar spullen inpakken en teruggaan naar Purmerend, maar ze weet dat ze dat niet kan doen. Elisabeth en Helena zouden er niets van begrijpen, misschien zelfs denken dat ze iets verkeerd hebben gedaan, en tegenover de rest van de familie, die zich uitslooft om het haar naar de zin te maken, zou het ook niet netjes zijn.

En dus blijft ze nog een paar dagen. Ze maakt met de anderen lange wandelingen door de bossen en de duinen, en 's avonds vermaken ze zich door tableaux vivants op te voeren, muziek te maken en te zingen. Lydia praat en lacht met de anderen mee, maar de fabriek is constant in haar gedachten.

Ze ziet het gebouw en de werkplaatsen voor zich, kan de melk en de kazen bijna ruiken. Elke keer als ze eraan denkt gaat er een plezierige tinteling door haar heen, die haar bloed sneller doet stromen. Ze voelt zich steeds ongeduriger worden. Ze wil terug naar haar vaders werkkamer om de ontwerptekeningen en offertes te bestuderen. Het is alsof haar geest al die jaren heeft geslapen en opeens ontwaakt, nu ze een doel heeft.

Het valt haar moeilijk om haar gedachten met niemand te delen, maar ze weet dat ze op onbegrip zal stuiten als ze het vertelt. Hoe liberaal en ruimdenkend de familie Boissevain ook is, *dít* hebben ze vast niet voor ogen als ze verklaren dat vrouwen het recht hebben om zich te ontwikkelen.

Na vier dagen houdt Lydia het niet langer vol. Ze neemt afscheid met het excuus dat ze naar de rust van haar buitenplaats verlangt.

'Ik vind het jammer, maar ik begrijp het,' zegt Helena. 'Als het je daar toch te eenzaam wordt, kom je gewoon terug. Wij zijn hier nog wel even.'

Lydia belooft het, omhelst haar en Elisabeth, en neemt afscheid van de rest van de familie.

'Waarom ga je nou weg?' Mia slaat haar armen om Lydia heen. 'Ik dacht dat je heel lang zou blijven.'

'Dat kan helaas niet, lieverd. Maar de zomer is al bijna voorbij en dan zien we elkaar weer in Amsterdam.'

'Dan moet ik weer naar school,' zegt Mia met een zucht.

Samen met haar moeder en haar twee oudste zussen zwaait ze Lydia uit als het rijtuig knerpend over het grind wegrijdt.

'Dus we gaan terug naar Welgelegen? Zo opeens?' Fiene kijkt nog een beetje teleurgesteld.

'Niet meteen,' zegt Lydia. 'Eerst gaan we naar Clementine.'

Even na het middaguur komen ze aan in Purmerend. Op het plein voor het station houdt Lydia een rijtuig aan en ze geeft de koetsier opdracht naar de Plantsoengracht te rijden. Daar, aan de rustieke gracht, heeft Nicolaas Brantjes jaren geleden een huis voor zijn gezin laten bouwen en het de naam van zijn vrouw gegeven. Villa Clementine is een prachtig pand met overhangende daklijsten vol houtsnijwerk, met dubbele paneeldeuren en zware houten pilasters bij de entree.

Lydia kan er nooit voorbijrijden zonder een weemoedige blik op het huis te werpen. Ze vindt het nog steeds jammer dat Clementine er niet meer woont.

Na Nicolaas' overlijden heeft Clementine de villa verkocht aan zijn zus Jozephina en haar man Willem, en is ze met haar kinderen naar Haarlem verhuisd. Gelukkig komt ze vaak naar Purmerend om haar familie en de fabriek te bezoeken, en dan logeert ze in haar vroegere woning, bij haar schoonzus en zwager.

Het rijtuig houdt halt en Fiene stapt uit om belet te vragen. Een dienstbode doet open en krijgt Lydia's kaartje overhandigd door Fiene. Even later loopt ze terug naar het rijtuig. 'Mevrouw Brantjes kan ontvangen.'

'Fijn,' zegt Lydia. Ze betaalt de koetsier en geeft hem wat extra's om haar bagage naar het huis te dragen. Terwijl hij alles in de vestibule neerzet, komt Clementine aanlopen. Ze is een stevig gebouwde vrouw, met donker haar dat ze in een wrong in haar nek draagt.

'Lydia! Wat een leuke verrassing! Ik ging laatst bij je langs, maar je was niet thuis.' Haar blik gaat naar de twee koffers en ze vraagt droog: 'Kom je logeren?'

Lydia lacht. 'Nee, ik ben op doorreis. Ik kom net van Vogelenzang.'

Ze omhelzen elkaar en Clementine zegt: 'Dus je bent bij de Boissevains geweest?'

'Ja, Elisabeth vierde haar verjaardag. Ik ben een paar dagen gebleven.'

'Zo kort?'

'Ik wilde je spreken voor je teruggaat naar Haarlem. Hoe gaat het met je? En met de kinderen?'

'Heel goed. De jongens vragen vaak naar je. Ik had ze graag meegenomen naar Purmerend, maar ze hadden andere plannen. Tja, daar hebben ze inmiddels de leeftijd voor, hè. Marie is wel hier, maar ze is net met haar gouvernante naar de veemarkt. Ze wilde per se de koeien zien. Haar schoenen zullen wel onder de mest zitten als ze terugkomt.'

Lydia lacht. 'Hoe oud is ze nu? Vijf?'

'Ja, en Clementine is net tien geworden. Nicolaas en Louis zijn alweer negentien en achttien. Ongelooflijk, hoe snel de tijd gaat.' Even betrekt Clementines gezicht. 'Laten we in de salon gaan zitten. Het is warm buiten,' zegt ze dan.

Lydia had liever in de tuin gezeten, maar ze ziet dat haar vriendin last heeft van de hitte. Haar ronde gezicht is bezweet en ze loopt wat moeizaam.

'Mijn enkels zijn helemaal opgezwollen,' zegt Clementine. 'Van mij mag het wel wat koeler worden.'

'Ja,' zegt Lydia, al houdt zij juist erg van het mooie zomerweer. Ze kijkt om zich heen, zoals altijd onder de indruk van het licht en de ruimte in de villa.

De entree in de hal is ronduit vrolijk door de bonte mozaiekvloer en de kroonluchter, die het zonlicht vangt dat door het raam boven de voordeur naar binnen valt. Ook de salon is voorzien van hoge ramen, al wordt de zon daar tegengehouden door fluwelen gordijnen. De inrichting is conform de mode: zware, houten meubels, donkerrode tapijten en zoveel schilderijen dat geen plekje op de muren onbedekt is.

Clementine geeft haar dienstmeisje opdracht om voor een uitgebreide thee te zorgen, en Fiene volgt het meisje naar de keuken. Lydia neemt plaats op de canapé.

'Zijn Willem en Jozephina niet thuis?' vraagt ze.

'Nee, Willem is aan het werk en Jozephina is uit. Maar vertel, waarover wilde je me spreken?'

'Geen gedraai, meteen ter zake. Goed dan.' Lydia lacht en vertelt dan over haar ontdekking van de papieren van haar vader en de ontmoeting met Huib Minnes en zijn toekomstdroom.

'Mijn vader wilde samen met hem een kaasfabriek beginnen, maar daar heeft hij de kans niet voor gekregen. En nu denk ik erover om het van hem over te nemen.'

'Werkelijk?' Clementines wenkbrauwen schieten omhoog. 'Ik dacht dat je advies wilde over een of andere man, of dat je Welgelegen wilde laten verbouwen, of zoiets, maar je wilt een bedrijf opzetten. Dat is nogal wat.'

'Ik weet dat er veel bij komt kijken, en dat het niet gepast is voor een vrouw, maar het is ook nieuw en opwindend. Ik wil niet langer mijn dagen vullen met theevisites en wandelen in het park. Als ik eraan denk dat dat mijn toekomst is...' Lydia haalt diep adem en schudt haar hoofd.

De deur gaat open en een dienstmeisje rijdt een wagentje binnen waarop een theepot, kopjes en een schaal met cake staan. Als ze weer alleen zijn, zegt Clementine: 'Je hoeft mij niet te overtuigen, Lydia. Ik vind het een uitstekend idee.'

'Echt? Ik was bang dat je het me zou afraden.'

'Waarom?'

'Omdat ik geen ervaring heb, en omdat ik een vrouw ben.'

'Dat eerste argument is het punt niet. Ervaring kun je kopen, je neemt gewoon vakmensen in dienst. Maar je sekse is wel een probleem. Als vrouw kun je geen contracten sluiten of grote aankopen doen. En je hebt toestemming nodig van je familie, al zou ik niet weten van wie.'

'Ik ook niet, ik heb niet veel familie. Mijn moeder was enig kind, zoals je weet, en mijn vader was de jongste van het gezin. En dan heb ik nog altijd de wet tegen. Ik dacht erover om het op dezelfde manier te regelen als jij, met een zaakwaarnemer.'

'Mijn situatie was anders, Lydia. Als weduwe had ik het recht om de leiding over de zaak op me te nemen. Ik heb met mijn zwager een vennootschap gesloten en de bedrijfsvoering laten we over aan een vakman.'

'Dat weet ik, en zo wil ik het ook aanpakken. Huib Minnes zou het bedrijf kunnen oprichten.'

Clementine knikt nadenkend. 'Dat zou kunnen, ja. Hoe goed ken je die man eigenlijk?'

'Nauwelijks,' bekent Lydia. 'Maar mijn vader vertrouwde hem genoeg om met hem in zee te willen gaan.'

Ze bedienen zich beiden van de cake en eten even in stilte. Dan zucht Lydia opeens diep.

'Wat is er?' vraagt Clementine.

'Ach, dromen en plannen maken is leuk, maar nu ik dicht bij een beslissing kom, schrik ik er ook opeens een beetje voor terug. Het is wel een groot financieel risico...'

'Waar ben je bang voor? Je hebt kapitaal genoeg, en je hoeft niet je hele vermogen in die fabriek te steken. Goed, je kunt een deel kwijtraken, maar je zult niet verhongeren. In het ergste geval verkoop je een van je huizen.'

'Dat klinkt wel heel gemakkelijk.'

'Wat ik bedoel is dat je je iets kunt veroorloven. Maar denk er een tijdje over na. Dit soort beslissingen neem je niet zomaar, geef het een paar weken de tijd. Laat je adviseren door een notaris en onderzoek wat de mogelijkheden zijn. En vraag je af of het alle offers waard is.'

'Offers?'

'Zodra je trouwt is de fabriek van je echtgenoot en bij een scheiding is alles van hem. Jij krijgt dan alleen alimentatie. Als je dat niet wilt, kun je niet trouwen.' Clementine kijkt Lydia ernstig aan en voegt eraan toe: 'Je sociale leven in Amsterdam zal sowieso veranderen, want de mensen zullen je initiatief volstrekt afkeuren. Hou er rekening mee dat er veel deuren voor je gesloten zullen worden.'

9

Zoals elke dinsdag is het druk op de veemarkt van Purmerend. Door de hele stad is het geschraap van hoeven over kasseien en het geloei van het vee duidelijk hoorbaar. Er hangt een doordringende geur van hooi en mest in de straten rond de Koemarkt. Op het plein staan de dieren met touwen aan de hekken gebonden, terwijl boeren met handjeklap onderhandelen.

Huib is die ochtend nog voor zonsopkomst van huis gegaan om zijn vee zo vroeg mogelijk op de markt te krijgen. Meer dan twintig koeien heeft hij niet nodig voor zijn bedrijf, dus het overschot verkoopt hij.

Zijn vee staat goed bekend in de omgeving, en aan het begin van de middag heeft hij al zijn kalveren verkocht. Om het te vieren neemt hij een pint bier in een van de vele cafés rond het plein, die barstensvol zitten.

Iedere dinsdag komt Purmerend tot leven. De veemarkt is veel meer dan een gelegenheid om koeien te kopen of te verkopen; het is een dagje uit, een kans om vrienden en familie te zien en te ontspannen.

Het is alweer een maand geleden dat Lydia Oorthuys een bezoek bracht aan zijn boerderij, en de hoop dat ze in zijn bedrijf wil investeren is afgenomen. Vandaag gaat hij opnieuw een poging doen om zijn vrienden en buren te interesseren voor zijn plannen.

'We moeten samenwerken,' zegt hij. 'Ieder voor zich krijgen we het niet voor elkaar om te mechaniseren, maar samen misschien wel.'

Hij kijkt het kringetje rond en stuit op dezelfde sceptische blikken als andere dinsdagen.

'Begin je daar nou alweer over?' zegt Theo Stoop, een wat oudere boer en zijn dichtstbijzijnde buur. 'Waarom zouden we mechaniseren? Ik heb niet eens de ruimte om apparaten neer te zetten, en ik heb er ook geen zin in.'

De anderen knikken instemmend.

'Er is niets mis met onze manier van kaas maken. We hebben het altijd zo gedaan, en zo blijven we het doen,' merkt een oudere boer op.

Uit zijn humeur, maar niet verbaasd, verlaat Huib een halfuurtje later de kroeg. Hij had het kunnen weten. Elke keer als hij dit onderwerp op tafel legt vangt hij bot. Ongelooflijk, hoe star en behoudend zijn collega's zijn.

Hij zal het op eigen kracht moeten doen. Zijn gedachten gaan naar Rudolf Oorthuys en hij zucht. Verdomd jammer dat hij is overleden. Als dat niet was gebeurd, hadden de zaken er nu heel anders voorgestaan. Even had Huib hoop dat Rudolfs dochter misschien interesse in zijn plannen had, maar na de rondleiding door zijn kaasmakerij heeft hij niets meer van haar gehoord. Stom om verwachtingen te koesteren. En om te hopen dat hij haar weer zou zien.

Huib steekt, zigzaggend tussen koeien en boeren, de Koemarkt over. Hij is lopend gekomen, zijn vee voortdrijvend, wat hem meer dan een uur heeft gekost. De terugweg legt hij aanmerkelijk sneller af. Hij stapt stevig door en na een halfuur ziet hij zijn boerderij liggen. Er staat een sjees op het erf.

Wanneer hij dichterbij komt ziet hij dat het die van Lydia Oorthuys is, en zijn hart begint onrustig te kloppen.

Misschien komt ze voor iets heel anders dan waarop hij hoopt, maar hij kan niet bedenken wát. Hij versnelt zijn pas en loopt het erf op. In de deel schopt hij zijn klompen uit en op zijn sokken gaat hij het woongedeelte binnen. Daar, in de opkamer, zit Lydia. Jantine schenkt net thee in.

'Goedemiddag.' Huib neemt zijn pet af en blijft ermee in zijn hand staan.

Lydia pakt haar theekopje op en glimlacht. 'Eindelijk, daar ben je. Ik zit al een tijdje te wachten.'

'Als ik had geweten dat u zou komen...'

'Ik maakte maar een grapje. Jantine vertelde dat je naar de veemarkt was en dat het wel even kon duren.'

'Wat kan ik voor u doen, juffrouw?'

'Om te beginnen kun je gaan zitten. Je bent per slot van rekening in je eigen huis. En dan zou ik graag even met je willen praten,' zegt Lydia.

Huib werpt een blik op Jantine, die wat staat te rommelen met suiker en koekjes. Ze kijkt hem vragend aan, en hij knikt naar Lydia. Met duidelijke tegenzin verlaat Jantine het vertrek.

'Wat kan ik voor u doen?' vraagt Huib nogmaals, terwijl hij gaat zitten.

'Ik heb nagedacht sinds mijn vorige bezoek,' zegt Lydia. 'Wat je me vertelde, over hoe we hier achterlopen op het gebied van mechanisering, hield me bezig.'

Afwachtend kijkt Huib haar aan. Dus toch! Ze is gekomen

naar aanleiding van zijn verhaal. Ze gaat hem het geld lenen.

'Het klopt dat mijn vader geïnteresseerd was in je bedrijf. Jouw naam staat in zijn aantekeningenboek, met een dikke streep eronder.' Lydia vouwt haar handen in haar schoot.

Huib besluit om de regie helemaal aan haar over te laten en knikt.

'En dus heb ik bij diverse kennissen advies ingewonnen, en ben ik me gaan verdiepen in de kaasbereiding en de nieuwste technieken om die effectiever aan te pakken,' zegt Lydia. 'Daar heb ik me de afgelopen maand mee beziggehouden. Ik heb in Amsterdam een notaris bezocht en me laten voorlichten. Om een lang verhaal kort te maken: ik zou graag met je willen samenwerken.'

Een golf van vreugde gaat door Huib heen. Het liefst was hij opgesprongen en had hij het uitgeschreeuwd, maar hij slaagt erin zich te beheersen. Alleen de brede glimlach die over zijn gezicht trekt, verraadt hoe blij hij is.

'Dat is goed nieuws,' zegt hij, terwijl hij wat rechter gaat zitten. 'Heel goed nieuws zelfs. En hoe stelt u zich die samenwerking voor?'

'Zoals mijn vader die voor zich zag. Ik neem het van hem over.'

'Uw vader wilde investeren in mijn bedrijf,' zegt Huib voorzichtig. 'Weet u dan wat voor een bedrag hij me wilde lenen?'

'Hij wilde je geen geld lenen, hij was van plan om een kaasfabriek te beginnen. Ik wil dat ook, maar ik kan het niet alleen, dus ik wil graag een compagnonschap met je aangaan.'

Verbijsterd kijkt Huib haar aan. Een compagnonschap met háár? Een vrouw?

Om zich een houding te geven staat hij op, pakt zijn pijp en stopt die vol met tabak, met de rug naar Lydia toe. Intussen denkt hij na over haar voorstel, en na een tijdje draait hij zich om. 'Ik ben altijd zelfstandig geweest, en dat blijft zo,' zegt hij zo rustig mogelijk. 'Uw vader heeft nooit gezegd dat ik bedrijfsleider of zoiets zou worden, hij zou investeren. Maar een paar dagen nadat hij dat had toegezegd overleed hij helaas.'

Iets in Lydia's gezichtsuitdrukking verandert. Heel subtiel, maar Huib ziet het.

'Wat natuurlijk een grote schok was,' zegt hij zacht, 'en echt niet alleen om die lening.'

Lydia knikt, wendt haar gezicht af en herpakt zich. 'Volgens mij had mijn vader hetzelfde in zijn hoofd als ik, maar heeft hij dat nooit kunnen voorstellen.' Ze speelt wat met de suikerschep en kijkt naar hem op. 'Weet je zeker dat je alleen een lening wilt?'

Huib gaat weer aan tafel zitten. 'Ik heb u al uitgelegd wat ik allemaal met dat geld kan doen. Mijn veestapel uitbreiden, de boerderij verbouwen, machines aanschaffen. Ik weet zeker dat ik binnen de kortste keren winst maak en de lening kan terugbetalen.'

'Al die dingen kan ik ook aanschaffen, en meer. We zouden de boerderij niet verbouwen maar een heel nieuwe fabriek kunnen neerzetten. Een waar goed over nagedacht is, die efficiënt is en waar ruimte is voor een stoommachine.'

Daar heeft ze hem. Met één woord zwiept ze al zijn bedenkingen aan de kant. Een stoommachine... Hij zal nooit genoeg kunnen sparen, en nooit het bedrag kunnen lenen om zich die te kunnen veroorloven.

'Ik begrijp dat ik je overval, Huib, maar het is echt een heel goed idee van mijn vader. Hij had alles uitgewerkt, kijk maar.' Lydia haalt een vel papier uit haar tas. Ze vouwt het open en spreidt het uit over tafel, een van de punten verdwijnt bijna in het kannetje room.

Huib zet het kannetje weg en bekijkt de tekening. Het is een ontwerpschets van een kaasfabriek, en hoe langer hij ernaar kijkt, hoe emotioneler hij wordt. Met een uitbreiding van zijn kaasmakerij was hij al blij geweest, maar dit is nog beter.

'Het ziet er geweldig uit,' zegt hij. 'Maar het zou úw fabriek zijn, niet de mijne.'

'Is dat het probleem?'

Hij knikt.

'Ik begrijp dat je zelfstandig wilt blijven,' zegt Lydia, als hij verder niets zegt. 'Maar om verder te komen moet je soms samenwerken. Jij zou de feitelijke oprichter van die fabriek zijn. Als vrouw kan ik die stap niet nemen, maar ik kan wel investeren. Met een gelijk aantal aandelen zou ik mede-eigenaar zijn, en de leiding zou bij jou liggen. Per slot van rekening weet ik niets van kaasmaken.' Ze buigt zich licht naar hem toe. 'Denk erover na, Huib. Jij zet die fabriek neer en ik steek mijn geld erin. In je eentje zou je nooit met stoomkracht aan de slag kunnen.'

Het duizelt Huib. Zijn hoofd kan het bijna niet aan, de glijvlucht van vreugde naar teleurstelling, en dan naar die prachtige kans waar hij onmogelijk nee tegen kan zeggen. Het enige wat hem dwarszit is dat niet alleen híj eigenaar zou zijn, maar ook deze vrouw. Een erg jonge, onervaren vrouw die, zoals ze zelf al zei, niets van kaasmaken afweet. Wat een groot voordeel is, want ze zou de leiding wel aan hem móéten overlaten. In feite zou ze hem op die manier toch een lening verschaffen, en zou hij zelfstandig werken.

Hij moet er niet te lang over nadenken, maar de kans gewoon grijpen.

'Een compagnonschap dus,' zegt hij op nadenkende toon, alsof hij de beslissing nog niet heeft genomen.

'Zoals ik het zie, hebben we elkaar nodig. De notaris zei dat dit voor mij de enige manier is om een bedrijf te kunnen beginnen. Als ik getrouwd was zou ik de toestemming van mijn man nodig hebben, maar dat is gelukkig niet het geval.'

Huib fronst zijn wenkbrauwen. 'En als u op een dag wél trouwt? Van wie zijn uw aandelen dan, juridisch gezien?'

'Van mijn echtgenoot.'

Ze kijken elkaar een paar seconden aan zonder iets te zeggen.

'Ik heb er niet zoveel behoefte aan om te trouwen,' zegt Lydia, in antwoord op Huibs onuitgesproken vraag. 'Ik begin liever een fabriek.'

'Wat hoor ik nou? Ga je met haar in zaken?' zegt Jantine als Lydia vertrokken is.

'Daar ziet het naar uit,' zegt Huib. 'Heb je aan de deur staan luisteren?'

'Hij was niet dicht, ik kon het zo ook wel horen. Is dit wel een goed idee?'

'Ik zou niet weten waarom niet. Heb je gehoord wat ze te bieden heeft?'

'Jazeker.' Jantines blik laat zijn gezicht niet los. 'Ik heb gezien hoe je naar haar keek. Ik neem het je niet kwalijk want ze is een mooie vrouw, maar haal je niets in je hoofd. Lydia Oorthuys is een dame.'

'Dat weet ik. Een dame met wie ik zaken ga doen. Verder niets. Ik ken echt mijn plaats wel.'

Jantine slaat haar armen om zich heen, alsof ze het opeens koud heeft.

'Dat hoop ik dan maar.' Ze zwijgt even en voegt er dan zachtjes aan toe: 'Je weet waarom ik dat zeg, hè?'

Secondenlang kijken ze elkaar aan. Huib ziet de hoop in haar ogen, en hij vraagt zich af waar hij mee bezig is. Hier staat een vrouw tegenover hem die van hem houdt, die hem kinderen kan geven, en hij doet er niets mee. Uit alle macht speurt hij naar enig gevoel van verliefdheid, íéts om mee verder te kunnen, maar het is er niet. Niet genoeg, in ieder geval.

Jantine maakt een gebaar van onmacht. 'Ik weet dat je twijfelt, maar ik kan niet eeuwig op je blijven wachten, Huib. Er zijn mannen genoeg die mij willen.'

'Dat weet ik,' zegt Huib, al had hij geen idee. 'Je hebt gelijk, je moet niet op mij wachten.'

'Maar dat wíl ik wel. Als jij denkt dat...'

Op dat moment komt een van de knechten aanlopen. Hij houdt zijn pas in als hij Huib en Jantine ziet staan en zegt: 'Eh, ik wilde even iets vragen over die drachtige koe. Maar als ik stoor...'

'Nee, helemaal niet. Wij zijn klaar. Toch?' Vragend kijkt Huib Jantine aan, en als ze langzaam knikt, draait hij zich om en loopt met de knecht mee. 'Vertel, wat is er aan de hand?'

10

In de dagen daarna ziet Lydia Huib elke dag en maken ze verdere plannen. Er is een officieel ontwerp van een architect nodig, er moeten vergunningen worden aangevraagd en hun compagnonschap moet worden vastgelegd bij de notaris. Maar er is nog niets officieel. Voor ze verdergaan wil Lydia de bouwplannen zien.

Als de architect de tekeningen heeft opgestuurd, bestudeert Huib ze kritisch. Lydia is erbij en slaat hem gade, aangenaam verrast door zijn op- en aanmerkingen en zijn kennis van zaken. Hij is intelligent. Aantrekkelijk ook wel, met die bruine krullen en dat prettige, open gezicht.

Huib zegt iets tegen haar en ze concentreert zich weer op de tekeningen.

'Wat weet je er veel van. Heb je vaker bouwontwerpen gezien?' vraagt ze.

'Nee, maar ik heb een reis gemaakt langs zuivelfabrieken in Denemarken, samen met Mindert Bokma de Boer, die toen hij terugkwam een kaasfabriek in Friesland is begonnen: Freia. Daar heb ik een keer een kijkje genomen, ook tijdens de bouw.

Vandaar. Maar Mindert is er een paar jaar geleden mee opgehouden en heeft de zaak overgedaan aan ene Hero Brouwer. En nu is Gentius Tigler Wybrandi de eigenaar.'

'Ik zou graag een keer naar die fabriek toe willen.'

'Het is een flinke reis, hoor. Ik denk niet dat het nodig is om helemaal naar Friesland te gaan. Ik ben er immers al geweest, ik kan alles vertellen wat u wilt weten.'

Lydia schuift wat opzij op haar stoel en kijkt hem indringend aan. 'Luister, Huib. Ik neem pas een definitieve beslissing als ik alle feiten ken en precies weet waar ik aan begin. En als er in Friesland al een fabriek staat, dan lijkt het me logisch dat ik daar eerst eens ga rondkijken. Eens?'

'Eens, maar u kunt daar moeilijk alleen naartoe. Wat gaat u zeggen tegen de directeur? Dat u zomaar even komt rondkijken?'

'Jij gaat natuurlijk mee.'

'Met alle respect, maar ik heb werk te doen. Mijn koeien kunnen zichzelf niet melken.'

'Je hebt toch arbeiders in dienst?'

'Die aangestuurd moeten worden. Ik kan de boel niet zomaar aan hen overlaten.'

'Maar je bent toch ook naar Denemarken geweest?'

'Toen heb ik mijn vee verkocht, en zodra ik terugkwam schafte ik nieuwe koeien aan. Nu zal ik er iemand voor in dienst moeten nemen, of mijn mensen extra moeten betalen.'

'Dan doen we dat,' zegt Lydia. 'Het is mijn voorstel, dus ik betaal. En de reiskosten zijn ook voor mijn rekening. Afgesproken?'

Huib zucht en knikt dan. 'Ik zal Gentius schrijven.'

'Fijn,' zegt Lydia. 'Ik moet naar Amsterdam en blijf daar een paar dagen. Als je nieuws hebt, laat het me dan weten.'

Het kost Huib weinig moeite om een afspraak voor een bezichtiging van Freia te regelen. Gentius Wybrandi beantwoordt zijn brief per omgaande met de mededeling dat Lydia en hij van harte welkom zijn. Ze kunnen zelfs bij hem thuis logeren, want in het dorp 'is voor juffrouw Oorthuys geen passende gelegenheid te vinden'.

'Dus je gaat met haar op reis,' zegt Jantine als Huib haar over het bezoek aan Freia vertelt.

'Ja, ze wil die fabriek bekijken.'

'En jij moet per se mee?'

'Ik kan haar toch moeilijk in haar eentje laten gaan? En ik wil er zelf ook graag nog eens naar toe.'

Jantine zwijgt en Huib wendt zich van haar af. Dat verongelijkte gedoe begint hem een beetje te storen. Als hij eerlijk is, voelt hij zich inderdaad tot Lydia aangetrokken en natuurlijk voelt Jantine dat aan. Nou, daar hoeft ze zich geen zorgen over te maken. Alsof hij kans maakt...

Huib schrijft aan Lydia dat hij antwoord heeft gekregen van Gentius en dat ze welkom zijn in Friesland. Een week later komt Lydia naar Purmerend en de dag erna vertrekken ze.

Ze hebben afgesproken om elkaar op het station te treffen. Huib komt met paard-en-wagen, die hij kwijt kan in een logement met stallen in de buurt. Hij wacht op Lydia voor het stationsgebouw, en als haar rijtuig aan komt ratelen, loopt hij er meteen naartoe.

Nog voor de koets stilstaat heeft hij het portier geopend, en hij helpt Lydia uitstappen. Het zal wel weer tegen de gedragsregels zijn, maar dat kan hem niet schelen. Haar ook niet, zo te zien, want ze bedankt hem.

Hij had verwacht dat Hendrik of Fiene Lydia zou vergezellen, maar Hendrik haalt de bagage uit het rijtuig en keert weer om.

'Hij is getuige op de bruiloft van zijn broer, dus hij kan niet mee. Ik heb hem een halfjaar geleden al vrij beloofd, dus dat kon ik moeilijk intrekken,' zegt Lydia. 'En Fiene is ziek. Nu heb ik geen chaperonne, maar het is niet anders.'

'Ik zal het niet doorvertellen dat u met mij op reis gaat.'

Lydia haalt haar schouders op. 'Ik heb nu al zoveel voorschriften overtreden, dit kan er ook wel bij. Bovendien is in Purmerend de moraal wat losser, en op het platteland van Friesland ook, vermoed ik.'

'Geen idee,' zegt Huib. Met dat soort problemen heeft hij zich nooit hoeven bezighouden. Niet voor het eerst vraagt hij zich af in wat voor wereld Lydia leeft. In ieder geval in een heel andere dan die van hem. Hij vraagt zich ook af hoe ze zich dat samen reizen voorstelt, want er zijn verschillende klassen. Tot zijn verrassing koopt Lydia twee kaartjes voor de eerste klas.

Speciaal voor vandaag heeft Huib zich in zijn beste pak gestoken, en zijn pet heeft hij thuisgelaten. Toch voelt hij zich bijna een indringer als hij plaatsneemt op de roodfluwelen bank van de meest luxe wagon.

Onwennig glimlachend zitten ze tegenover elkaar. Ondanks zijn nette kleren voelt Huib de blikken van andere passagiers op hem rusten, alsof ze de boer zien die onder zijn nette kleding schuilt. Lydia lijkt het niet op te vallen, ze praat even vrij als anders.

De stoomfluit gilt, de trein vertrekt. Sissend zet de locomotief zich in beweging en komt langzaam op gang. Steeds sneller rijden ze door het zonovergoten landschap van weiden, boomgaarden en akkers, tot ze een flink vaartje hebben.

'Zo,' zegt Huib. 'Daar gaan we dan. Het wordt een hele reis.'

'Je hebt het allemaal goed voorbereid.'

'Dat moest wel. De laatste keer dat ik naar Friesland ging, was er nog niet overal een spoorlijn. Toen deed ik er bijna de hele dag over. Nu een halve, als alles meezit.'

Ze nemen het reisschema nog eens door. Deze trein brengt hen naar Enkhuizen, waar de veerboot klaarligt. Aan de overkant van de Zuiderzee, in Stavoren, zullen ze op de trein naar Leeuwarden stappen.

Lydia lijkt zich op de reis te verheugen. Ze zit heel recht op haar bank, praat opgewekt en kijkt geïnteresseerd naar het voorbijglijdende landschap.

Huib kan niet ophouden naar haar te kijken. Naar haar blauwe ogen, de lachrimpeltjes eronder en haar stralend witte tanden.

Ze is mooi. Ze is aardig.

'Ik vraag me voortdurend af wat mijn vader hiervan gevonden zou hebben,' zegt Lydia.

Eén moment denkt Huib dat ze het samen reizen bedoelt, maar dan beseft hij dat ze het over de fabriek heeft.

'Geweldig natuurlijk,' zegt hij. 'Uw vader was zo geïnteresseerd in de uitvindingen van de afgelopen jaren. Wat u ook beslist, uw vader zou trots op u zijn geweest.'

'Dank je.' Lydia staart een tijdje uit het raam en kijkt dan weer naar hem. 'Jouw ouders leven ook niet meer, hè?'

'Nee, en mijn broer en zusje ook niet. Ze zijn allemaal aan tyfus overleden, vlak achter elkaar.'

'Wat vreselijk! Hoe heb je daarmee leren omgaan?'

'Niet. Ik kan het nog steeds niet helemaal accepteren. Ik draag mijn vaders klompen, probeer mijn moeders appeltaart te maken, ik slaap in mijn oude bedstee en niet in die van hen, ik draag Arjans petten, en Noortjes gouden kettinkje heb ik altijd om.' Huib haalt het sieraad onder zijn hemd vandaan en laat het haar zien. 'Het was te klein, ik heb er een stukje tussen laten zetten.'

Dit heeft hij nog nooit aan iemand verteld, en hij waardeert de belangstelling waarmee Lydia naar voren buigt en het kettinkje bekijkt.

'Ze had het voor haar vijftiende verjaardag gekregen,' zegt hij.

'Hoe oud is je zusje geworden?'

'Vijftien,' zegt hij, en daarna zijn ze beiden lange tijd stil.

11

'Wakker worden, juffrouw Oorthuys. We zijn er bijna.'

Lydia schrikt op. Ze wilde alleen even haar ogen sluiten, maar blijkbaar is ze in slaap gevallen. Huibs hand ligt op haar arm, en zijn vriendelijke gezicht is heel dichtbij, maar hij trekt zich terug als ze rechtop gaat zitten.

Haastig ordent Lydia haar hoed en kleding. 'Heb ik zo lang geslapen? Mijn hemel!'

'Het was een lange reis,' zegt Huib begripvol.

Dat kun je wel zeggen, denkt Lydia. De treinreis naar Enkhuizen duurde anderhalf uur, de overtocht met de veerboot een uur en vervolgens moesten ze nog eens twee uur in de trein naar Veenwouden zitten.

Beschaamd vraagt ze zich af of ze met haar mond open heeft geslapen. Of nog erger, of ze geluiden heeft gemaakt. Huib heeft natuurlijk naar haar zitten kijken, dat kan niet anders. Ze had wakker moeten blijven.

Haar wangen branden van gêne, maar Huib wekt niet de indruk erg met haar bezig te zijn geweest. Op zijn schoot ligt een tijdschrift van de landbouwvereniging, waarin hij kennelijk heeft zitten lezen.

De trein mindert vaart en loopt fluitend het station van Veenwouden binnen.

'Dat is Freia,' zegt Huib met een knikje naar buiten.

Lydia kijkt opzij en ziet een groot gebouw dat uit twee delen bestaat: een hoog deel, waar met grote blauwe letters FREIA op staat, en een langgerekt laag deel. Een lange fabriekspijp steekt boven het complex uit.

'Handig, naast de spoorlijn,' zegt ze.

Als enige passagiers stappen ze uit op het kleine perron. Minder handig is dat er zich geen rijtuigen bevinden op station Veenwouden, maar Lydia vindt dat ze het stukje naar de fabriek gemakkelijk kunnen lopen. Graag zelfs, ze is stijf van de lange zit en verlangt naar beweging.

Ze geeft Huib haar bagagebiljet zodat hij hun koffers kan halen, en zet haar hoed op.

Huib pakt hun koffers op en ze lopen in de richting van Freia. De weg die naar de fabriek voert is een lange laan met aan weerszijden beukenbomen, die ook langs villa El Dorado leidt, het huis van de fabrieksdirecteur.

Een arbeider groet beleefd. Misschien denkt hij dat ze een stel zijn, schiet het door Lydia heen. Maar nee, Huib draagt de koffers en hoewel er niets is aan te merken op zijn linnen pak, is het niet de kleding van een heer. Een heer zou een hoed dragen, hij zou de mouwen van zijn hemd en jasje niet opgestroopt hebben, en er zouden niet van die gespierde, zongebruinde armen uit steken.

Huib slaat een pad in dat naar de dubbele voordeur van een imposant woonhuis leidt en belt aan.

Gentius Wybrandi doet zelf open. Hij is een jaar of vijfenveertig, en hij begroet hen hartelijk. 'Welkom! Hebt u een goede reis gehad?' vraagt hij, terwijl hij de deur wijd openhoudt.

Hij maakt een galante buiging voor Lydia en geeft Huib een stevige hand.

'Dag, meneer Wybrandi, aangenaam om u te ontmoeten. We hebben geen oponthoud gehad, dus ja, het was een goede reis,' zegt Huib.

'Maar wel lang en vermoeiend,' voegt Lydia eraan toe.

'U bent natuurlijk niet gewend aan lange treinreizen.' Gentius kijkt haar vriendelijk aan. 'Laten we eerst maar eens iets eten en drinken voor we naar de fabriek gaan. Laat uw bagage hier maar staan, het personeel brengt die wel naar boven.'

Hij gaat hun voor naar de zitkamer, waar hij hen voorstelt aan zijn vrouw, Trijntje, en zijn twee dochters, Sjoukje en Iefke, die twaalf en veertien zijn.

'U zult wel trek hebben,' zegt Trijntje. 'Kom, dan gaan we eerst eten.'

In de eetkamer en suite zet een dienstmeisje net een mandje met fruit naast de schaal met brood, kaas, eieren en vleeswaren op de keurig gedekte tafel. Sjoukje en Iefke hebben blijkbaar al gegeten, want ze verlaten na een beleefde groet de kamer.

De maaltijd verloopt gezellig. Gentius kan onderhoudend vertellen en hij lijkt niet erg verbaasd over Lydia's voornemen om dit zakelijke avontuur aan te gaan. Desondanks richt hij zich voornamelijk tot Huib en laat hij Lydia aan zijn vrouw over.

'Wat een prachtig jasje draagt u,' zegt Trijntje met een bewonderende blik op de blauwe stof ervan. 'Is dat fluweel?'

'Dank u. Ja, inderdaad.' Lydia, die het gesprek van de mannen wil blijven volgen, knikt vriendelijk maar vluchtig.

'Zoiets zoek ik ook, een wijde rok met zo'n mooi strak jakje erop. Maar daar moet ik voor naar Leeuwarden en daar kom ik niet zo vaak,' zegt Trijntje.

De mannen hebben het over problemen van Freia in het verleden.

'Laat u uw kleding op maat maken, juffrouw Oorthuys?' informeert Trijntje.

'Eh ja, meestal wel.' Lydia gaat iets verzitten en concentreert zich op het gesprek van Huib en Gentius. Als Trijntje zich tot een dienstmeisje richt, ziet ze haar kans schoon om zich ermee te bemoeien.

'Meneer Wybrandi, u bent niet de eerste eigenaar van Freia, heb ik begrepen,' zegt ze. 'Meneer Bokma de Boer heeft Freia opgericht, hoorde ik, maar als ik het goed heb, stopte hij al na drie jaar. Wat was daar de reden van?'

'Dat hij met verlies draaide,' zegt Gentius. 'Een fabriek neerzetten is één ding, maar daarna begint het pas. Mindert was afhankelijk van de verkoop aan Duitsland, en toen de Duitsers de import aan banden gingen leggen, kwam hij in de problemen. En er was gedoe met de aanvoer van de melk. Het kostte hem veel moeite om die tegen een schappelijke prijs van de boeren te kopen. En hij moest het natuurlijk zoeken binnen anderhalf uur gaans.'

'Omdat de melk anders bederft,' zegt Lydia. 'Ik begrijp het. En zijn opvolger, Hero Brouwer?'

'Het gegeven waarmee niemand rekening houdt bij het oprichten van een fabriek, juffrouw Oorthuys, is dat je niet alleen over startkapitaal moet beschikken, maar dat er ook voortdurend nieuwe investeringen gedaan moeten worden. Bij Mindert ging er meer geld uit dan dat er binnenkwam, terwijl Hero Brouwer juist te voorzichtig was, waardoor hij niet kon concurreren met het buitenland.'

'U hebt nu twee jaar de leiding over Freia. Hoe gaan de zaken?'

'Uitstekend. Er zijn in de directe omgeving geen concurrerende fabrieken. Wel in Sneek en Bolsward, maar die staan ver weg. Dat is van groot belang. Wat is de situatie in Noord-Holland?'

'Dat zijn allemaal handkrachtbedrijfjes, die stellen niet veel voor,' zegt Huib. 'Het zijn boerderijen met een paar apparaten, zoals ik nu ook heb. De grootste is van Wouter Sluis, in de Beemster, maar naar wat ik ervan heb gehoord, laat de kwaliteit van zijn kaas nogal te wensen over. Ik ben blij dat Freia goed draait. Zullen we eens gaan kijken?'

Even later lopen ze met z'n drieën de met bomen omzoomde oprijlaan op. Van grote afstand is de bedrijvigheid van Freia te horen en de stoom te ruiken. Als ze dichterbij komen ziet Lydia een groot erf dat vol karren staat. Schoongemaakte melkbussen liggen op een rek te drogen in de zon.

Gentius wijst naar een houten verhoging waar arbeiders de melkbussen van de melkwagen tillen, ze wegen en de fabriek in schuiven. 'Dat is het losbordes. Daar leveren de boeren tweemaal daags hun melk af.'

Ze lopen de fabriek in. Gentius wijst van alles aan en geeft uitleg.

Lydia kijkt om zich heen in de grote, koele ruimte, waar een indringende geur hangt. Niet die van kaas, maar zoeter, met een zweem van bederf. Aan de andere kant van het losbordes gieten een paar arbeiders de net geleverde melk in een hoge, brede kuip. Ze wil er een kijkje nemen, maar Gentius en Huib zijn al doorgelopen.

Voor Huib is dit alles natuurlijk niet nieuw. Voor Lydia ook niet helemaal, aangezien ze zich de afgelopen weken goed heeft ingelezen, maar de drukte van een fabriek in vol bedrijf is toch anders dan boekenwijsheid. Ontromen, ondermelk, wei, het zijn begrippen die ze zich eigen heeft gemaakt, en die nu concreet worden. Ze probeert zich een soortgelijke fabriek thuis, in de buurt van Purmerend, voor te stellen, háár fabriek, en een plezierige kriebel danst in haar buik.

Huib blijft lang rondkijken in het oproomlokaal. Brede drijfriemen laten de centrifuges draaien en verwijderen de room uit de melk. De dikke, gelige massa wordt in rechthoekige bakken door stalen messen in beweging gehouden. Twee kaasmakers verdelen de wrongel vervolgens in stukken, die ze in ronde kuipjes stoppen. In het perslokaal worden de kuipjes, afgedekt met kaasdoeken, geperst, gepekeld en gekeerd.

Geweldig, zo snel en efficiënt als alles verloopt! Hij kijkt nog even en gaat dan op zoek naar de twee anderen. Hij treft ze aan bij de kaasrekken, waar Gentius aan Lydia de fasen van het rijpingsproces uitlegt. Lydia knikt voortdurend, ze weet dat natuurlijk allemaal allang. De snelheid waarmee ze haar kennis heeft opgedaan verbaast Huib. Ze moet wekenlang niets anders hebben gedaan dan lezen. Haar leergierigheid vervult hem ook met enige bezorgdheid. Wat als ze zo betrokken blijft? Hij had een mooie verdeling van hun samenwerking in gedachten, waarbij zij het kapitaal zou leveren en hij de dagelijkse leiding in handen had. Maar nu hij haar tijdens het eten heeft horen praten met Gentius, waarschuwt een stemmetje in zijn hoofd hem dat het weleens een heel andere kant uit zou kunnen gaan.

'En waar staat de stoommachine?' hoort hij Lydia vragen.

Met een paar stappen is Huib bij hen. 'Ja, die zou ik ook graag willen zien.'

'Kom maar mee.' Gentius gaat hun voor naar het naastgelegen ketelhuis. 'Dit is 'm,' zegt hij, niet zonder trots.

Vol ontzag kijkt Huib naar het enorme, glimmende apparaat van koper en messing, dat sissend en stampend de fabriek draaiend houdt. Brede aandrijfriemen lopen rond de assen van de machine, en zetten diverse andere apparaten in werking.

Gentius komt naast hem staan en slaat zijn armen over elkaar. 'Wat een ding, hè?'

'Zeker. En een enorme investering, neem ik aan.'

'Dat wel. En je hebt ook veel kosten, zoals steenkool en smeerolie. Maar waar je vooral goed rekening mee moet houden is de installatie. Je kunt niet zomaar een stoommachine neerzetten. Er is een watertoevoer nodig, er moeten pijpleidingen worden aangelegd, het is een grootse onderneming.'

'Dus eigenlijk kun je beter meteen een nieuw gebouw neerzetten,' merkt Lydia op.

'Eigenlijk wel.' Gentius knikt. 'Maar dat is niet altijd mogelijk, en de meeste ondernemers kunnen zich dat niet veroorloven. Daarom worden de boerderijen zelf vaak een beetje aangepast.'

Een arbeider komt aanlopen en blijft op gepaste afstand staan. Gentius kijkt opzij en zegt: 'Als jullie me willen verontschuldigen... Ik moet even iets regelen.'

Samen met de man loopt hij weg.

Huib blijft met Lydia bij de stoommachine staan. Hij kijkt haar van opzij aan.

'Wat vindt u ervan?'

'Indrukwekkend.' Lydia draait zich naar hem toe en hij ziet haar ogen glinsteren. 'Hoog tijd dat bij Purmerend ook zoiets komt te staan. We moeten maar eens bespreken wat de volgende stap is.'

'Een vergunning aanvragen en ons compagnonschap vastleggen.'

Lydia knikt. 'Zodra we terug zijn zetten we alles in werking.'

Aan de geïnteresseerde blik waarmee ze om zich heen kijkt en de vastbesloten trek op haar gezicht ziet Huib dat ze het serieus meent. Hij ademt diep in en uit. Ze gaan het doen, de fabriek gaat er komen!

Tot nu toe heeft hij er voortdurend rekening mee gehouden dat Lydia zich zou bedenken, maar nu dringt voorzichtig het besef door dat zijn droom uit gaat komen.

Desondanks kijkt hij Lydia ernstig aan en vraagt of ze het zeker weet.

'Natuurlijk,' zegt ze. 'Wat ik hier zie bevalt me. Ik weet zeker dat wij samen ook zoiets kunnen neerzetten.' Ze steekt haar hand naar hem uit. 'Compagnons?'

Huib neemt haar hand in de zijne en drukt hem voorzichtig. 'Compagnons. Ik kan niet wachten om met u samen te werken.'

'Mooi.' Lydia glimlacht breed. 'En nu we dit besloten hebben, moeten we op voet van gelijkheid verder. Dus ik stel voor dat je ophoudt met vousvoyeren en dat je me voortaan gewoon Lydia noemt.'

Verdwenen is de twijfel die hem nu en dan besprong. Hoewel, die roert zich nog wel ergens diep vanbinnen, maar Huib onderdrukt hem. Er is geen andere weg dan deze. Bovendien verwacht hij dat Lydia op een gegeven moment genoeg zal krijgen van de fabriek. Plannen maken is leuk, maar de dagelijkse gang van zaken regelen zal haar waarschijnlijk snel vervelen. Hij kan zich niet voorstellen dat ze haar luxe leventje in Amsterdam vaarwel zal zeggen.

Een paar dagen na hun thuiskomst vraagt Huib een bouwvergunning aan, en zodra die is verleend, gaan Lydia en hij naar een notaris in Amsterdam om de oprichtingsakte te laten opstellen. Daarin wordt vastgelegd dat Huib algemeen directeur van de fabriek wordt, en dat Lydia een aandelenpakket krijgt dat haar evenveel zeggenschap geeft.

Over de naam voor de fabriek hebben ze op de terugweg uit Friesland al nagedacht, en ze waren er snel uit. Het wordt De Purmer, naar de polder, die een deel van Purmerend en de gemeenten Edam-Volendam en Waterland omvat. De fabriek zal op Huibs grond worden gebouwd, niet ver van de boerderij, en Huib stelde voor dat hun kazen Edammers zullen gaan heten.

'Maar de fabriek komt dichter bij Purmerend dan bij Edam te staan,' zei Lydia. 'Kunnen we onze kaas niet beter Purmertjes noemen?'

Huib schudde zijn hoofd. 'In het buitenland wil men Edammers. Waarom zouden we moeite doen om een heel nieuwe kaas onder de aandacht te brengen terwijl er zo dicht bij huis al een beroemde kaas ís?'

'Maar ze komen niet uit Edam. Is dat geen probleem?'

'Welnee, Edammertjes worden in de hele omgeving gemaakt. De grond in de Zeevang is vrij droog, en de kazen dus ook. Droog maar zeer smaakvol. Daarom zijn ze zo geliefd, omdat droge kaas langer houdbaar is, wat handig is bij het vervoer. Edam was de eerste plaats die die kleine bolle kaasjes naar het buitenland ging verhandelen. Op die manier zijn ze aan hun naam gekomen, maar ze worden in heel Noord-Holland gemaakt.'

Lydia keek nadenkend, maar ze sprak hem gelukkig niet tegen. En anders zou hij voet bij stuk gehouden hebben.

In de weken daarna zorgt Huib dat er haast wordt gemaakt met de voorbereidingen. Lydia ziet hij niet veel; ze is in Amsterdam voor de begrafenis van de vader van een vriend van haar.

Intussen vraagt Huib de laatste noodzakelijke vergunningen aan en ontvangt hij verschillende offertes van aannemers. Het weer is nog steeds mooi. Met een beetje geluk blijft het nog een tijdje goed, zodat de muren en het dak klaar zijn als de winter invalt. Dan kunnen de laatste werkzaamheden binnen worden uitgevoerd en gaan ze in het voorjaar open. Dat zou het beste zijn, want dan kunnen ze graskaas produceren.

'In de winter kun je ook wel kaas maken, maar dan staan de koeien op stal en krijg je hooikaas,' heeft hij tegen Lydia gezegd. 'Niets mis mee, maar graskaas is lekkerder. De eerste levering moet meteen heel goed zijn.'

Op de dag dat de bouw begint komt Lydia naar Purmerend. Samen kijken ze toe hoe de eerste palen van de fabriek de grond in gaan. Het is koud, het waait, en Lydia staat heel dicht naast hem.

Een plotselinge windvlaag rukt haar hoed af. Terwijl ze haar haar probeert te fatsoeneren, valt de speld die alles bij elkaar houdt eruit en glijden haar blonde haren over haar schouders.

'O jee,' zegt ze vrolijk.

Huib kijkt naar haar. Wat is ze leuk als ze zo ongedwongen lacht. Heel leuk. Opeens beseft hij hoe jong ze is, en hoe bijzonder het is dat ze samen dit avontuur aangaan. Wat maakt het uit als ze zich met de fabriek wil bemoeien, hij mag hópen dat ze dat zal doen. Ze is slim en ondernemend. Samen kunnen ze een heel eind komen.

Intussen heeft Lydia haar haren in een knot gebonden en worstelt ze met haar hoed.

Huib gaat voor haar staan, zet de hoed recht op haar hoofd en bindt de linten onder haar kin vast. Als hij klaar is dwalen zijn ogen een paar seconden lang over haar gezicht. Zij kijkt terug, met een blik alsof ze hem voor het eerst ziet.

'Dank je,' zegt ze zacht.

'Graag gedaan.'

Huib keert zich van haar af en begint te praten over de bouw, alsof er niets is gebeurd. Maar er is wel iets gebeurd, en als Lydia tersluiks naar hem kijkt, weet Huib dat zij dat ook beseft.

12

Half oktober gaat een legertje timmerlieden en metselaars uit Middelie aan de slag. Vanuit de boerderij heeft Huib goed zicht op de vorderingen, en nu het reguliere werk wat afneemt, heeft hij tijd om te overleggen met de aannemer en in de gaten te houden of de arbeiders niet de kantjes eraf lopen.

In de weken die volgen ziet hij Lydia niet veel, en dat is maar goed ook. Hoewel hij haar mist, komt hij ook tot rust en heeft hij tijd om na te denken. Want wat hij ook voor haar voelt, het zal nooit iets kunnen worden tussen hen.

Af en toe komt ze naar de vorderingen van de bouw kijken, en elke keer gaat er een golf van vreugde door hem heen als hij haar ranke gestalte ziet, haar stem hoort en haar geur ruikt. En tegelijk voelt hij zijn wanhoop groeien. Zijn gevoelens nemen niet af, integendeel, ze worden steeds sterker.

Intussen probeert hij de boeren uit de omgeving zover te krijgen dat ze hun melk voortaan aan hem leveren, wat niet gemakkelijk is. Twee jaar geleden is melkfabriek Arcadia aan de Jaagweg geopend, maar hij heeft begrepen dat zij hun melk uit het gebied ten zuiden van Purmerend halen. De boeren ten noorden van de stad en rond Edam zouden dus met hém zaken kunnen doen.

'Ik weet het niet,' zegt Freek Wiersma, als ze samen in diens boerderij aan de koffie zitten. 'Waarom zou ik?'

'Omdat ik je een vast inkomen geef,' antwoordt Huib.

'Dat heb ik al.'

'Ik bedoel écht vast, niet iets waar je min of meer op kunt rekenen. In de zomer neem ik al je melk af zodat je niet met overschotten blijft zitten, en je een appeltje voor de dorst kunt opbouwen voor de winter.'

Freek roert nadenkend in zijn koffie. 'Nou ja, dat klinkt wel goed, maar wat als je die kazen niet verkocht krijgt?'

'Dat is toch niet jouw probleem? Jij hoeft alleen melk te leveren, laat die kaas maar aan mij over. Als het je niet bevalt, kun je er altijd weer mee stoppen. We zouden een contract voor een jaar kunnen afsluiten.'

'Ik moet erover nadenken. En overleggen met Maartje.'

'Doe dat. Als je vragen hebt kom je maar langs. Ik ga verder met mijn rondje.' Huib komt overeind en schuift zijn stoel naar achteren.

'Hoe zijn de reacties tot nu toe?' vraagt Freek terwijl hij hetzelfde doet.

'Afwachtend. Iedereen wil erover nadenken, wat ik niet begrijp. Het risico is voor mij, jullie vallen je er geen buil aan als het niets wordt met die fabriek.'

'Misschien moeten we allemaal eens bij elkaar komen en gezamenlijk overleggen.'

'Denk eerst zelf maar na, en overleg met Maartje,' zegt Huib.

Freek knikt en loopt met hem mee naar de deel, waar Huib zijn klompen weer aantrekt. 'Ik wil je wel zeggen dat ik je moed bewonder,' zegt hij. 'Je hebt ballen nodig om aan zoiets te beginnen. Ik weet niet of ik die stap zou durven zetten.'

'Ballen en een zak geld,' zegt Huib met een lach. 'Dat eerste is het probleem niet, en met dat laatste heb ik geluk gehad.'

'Ik hoop dat het zo blijft. Ik gun het je, echt. Maar dit is niet zomaar wat, dus ik moet er goed over nadenken.'

Ze nemen afscheid met een klap op elkaars schouder en dan klimt Huib op zijn wagen. Hij begrijp de aarzeling van de oudere boeren wel, maar van Freek had hij meer enthousiasme voor dit avontuur verwacht. Aan de andere kant, het is zíjn avontuur, niet dat van Freek, die ook nog een jong gezin heeft dat hij niet brodeloos wil maken.

'Mijn melk, naar een fabriek? Ik peins er niet over,' zegt Krelis. Hij is zijn koeien aan het melken en gaat daar gewoon mee door terwijl Huib zijn plannen aan hem voorlegt en zijn voorstel doet.

'Waarom niet?' vraagt Huib, zijn handen in zijn broekzakken gestoken.

'Omdat daar geen goede kaas van kan komen. Kaas wordt al sinds het begin der tijden op de boerderij gemaakt, en zo hoort het ook. Het is een eerlijk ambachtelijk product dat zorg en liefde nodig heeft.'

'Ik verzeker je...'

'Waarom moet het opeens in een fabriek? Denk je trouwens dat zo'n gebouw een mooi gezicht wordt, met zo'n metershoge schoorsteen? En dan de stank! Ik zal het je eerlijk zeggen, Huib, je bent een beste jongen en ik mag je graag, maar dit idee vind ik helemaal niks en ik weiger eraan mee te werken.'

'Jammer.'

'Het spijt me, maar zo staan de zaken ervoor. En ik weet nu al dat je van veel boeren hetzelfde zult horen.'

‘Ik hoop van niet. En ik hoop ook dat jij je zult bedenken. Als dat gebeurt, kom dan langs.’

‘Kun je lang op wachten,’ zegt Krelis zonder zijn ogen van de uiers af te houden.

‘We hoorden al dat je zou komen,’ zegt Simon Bijsterveld. ‘En op zich vinden we het een aantrekkelijk voorstel. We vragen ons alleen af of er wel behoorlijke kaas van komt.’

‘Volgens Krelis niet,’ voegt Janna eraan toe.

‘Krelis kletst uit zijn nek.’ Huib neemt een klein slokje koffie, hij drinkt de hele dag al koffie. ‘Het is een beste man, maar hij zit helemaal vastgeroest in oude ideeën. Dat is het probleem met de oudere generatie, die durft niet los te laten en aan iets te beginnen wat ze niet kennen.’

‘Ik heb er zelf eigenlijk ook mijn twijfels over,’ zegt Simon. ‘Ik heb een artikel van Wouter Sluis gelezen, en hij beweert dat je met een centrifuge minder goede kaas krijgt omdat de room schade lijdt door de kracht en de snelheid. In feite wordt hij kapotgeslagen.’

‘Dat is onzin. Je weet dat ik al een paar jaar met een centrifuge werk en dat mijn kazen prima zijn.’ Huib gooit nog wat suiker in zijn koffie.

‘Dat is waar, Siem,’ zegt Janna. ‘Ik ken Huibs kaas en er is niets mis mee.’

‘Nou ja, goed. Maar stel dat we onze melk aan jou zouden leveren, hoeveel krijgen we er dan voor?’

‘Drie cent per liter. En ik neem alles af, dus je zit in de zomer niet met zure melk die je weg moet gooien.’

Janna stoot haar man aan. ‘Drie cent per liter! Dat is niet gek.’

‘Vier,’ zegt Simon. ‘Dat wil zeggen, áls we het doen.’

‘Over de prijs kunnen we altijd praten.’ Huib neemt een flinke hap van de cake die Janna hem voorgeschoteld heeft, meer om zichzelf te dwingen rustig te blijven dan dat hij trek heeft.

‘En wat zou jij dan moeten doen, Janna? Kaas maken is je leven!’ zegt Simon met een blik op zijn vrouw.

‘Dat zeg je goed. Ik héb amper een leven door die kaas. Het wordt me te zwaar, Siem, vooral dat urenlange geroer in die wrongel. Daar heb ik het al vaker over gehad. Als we met Huib meedoen zou ik meer tijd overhouden voor het huishouden, en om jou te helpen met melken. We zouden er een meid voor kunnen laten gaan, dat zou flink geld schelen.’

‘Hm,’ zegt Simon.

Het zou te veel tijd kosten om elke boer afzonderlijk om te praten. Onderweg naar huis bedenkt Huib dat het toch beter is om zijn plannen te presenteren tijdens een vergadering. Maar zullen de boeren komen? De verstokte weigeraars niet, vermoedt hij. Die hebben hun besluit al genomen en zullen het als een teken van zwakte zien als ze naar hem komen luisteren. De twijfelaars zullen wel komen, al was het maar uit nieuwsgierigheid. Maar hij wil iederéén bereiken. Voor elke kilo Edammer kaas is zo’n tien liter melk nodig; voor een kaas van tien kilo moet hij dus minimaal honderd liter hebben. Hij heeft alle boeren nodig. Hij moet ze bij elkaar zien te krijgen, zodat hij zijn verhaal maar één keer hoeft te doen. Maar hoe, en waar?

‘Dinsdag, aan het einde van de veemarkt,’ zegt Jantine, als hij erover begint.

Huib knikt. ‘Dat is een goed idee.’

De eerstvolgende dinsdag is hij goed voorbereid. Behalve de

waard, Sander Hupkes, weet niemand wat hij van plan is. Aan Sander heeft hij beloofd een paar rondjes te geven, in ruil voor een aantal vaste tafels.

Rond het middaguur komt Huib in Purmerend aan. Hij bindt zijn paard vast aan een ring in de muur van De Doele en slentert de markt op. Het is een frisse, zonnige dag en het is druk. Overal ziet hij blauwe kielen en petten, de cafés zitten vol en het gesnuif van het vee en het geklos van klompen weerklinken tussen de gevels.

Terwijl hij het aangeboden vee bekijkt maakt hij een praatje, en voor hij doorloopt laat hij vallen dat er om vijf uur een bijeenkomst is in De Doele en dat hij op een pint bier trakteert.

De boeren knijpen hun ogen samen, steken hun duimen op of geven hem een klap op zijn schouder en een veelbetekenende glimlach; iedereen begrijpt waar de bijeenkomst voor is. Een gratis pint bier laat zelfs de grootste zwartkijker zich niet ontnemen, en om vijf uur zit de gelagkamer van De Doele voller dan ooit.

Sander knipoogt naar Huib, die hem licht gespannen toeknikt.

Na een keer diep inademen, steekt hij van wal.

Hij begint met te zeggen dat hij begrijpt dat niemand graag afstand doet van zijn zelfstandigheid, maar dat ze vroeg of laat geen keus zullen hebben. In het buitenland, en met name in Engeland, neemt de vraag naar kaas enorm toe en zij, Nederlandse boeren, kunnen niet genoeg leveren. Het dichtstbijzijnde land dat wél kan leveren, en dat ook kwalitatief veel betere kazen produceert, is Denemarken. Zo langzamerhand hebben de Denen de nummer één-positie van de Nederlanders overgenomen door te investeren in apparaten waarmee de kaasproductie sneller en beter verloopt.

'Maar dat kunnen wij ook!' zegt Huib vol vuur. 'Het is nog niet te laat. We kunnen onze nummer één-positie terugkrijgen als we gaan mechaniseren, onze melkoverschotten benutten en zorgen voor een betere kwaliteit van onze kaas en boter.'

'Wat is er mis met onze boter en kaas?' roept iemand. 'Die van mij zijn prima!'

Meteen beginnen er meer boeren te protesteren tegen Huibs boude woorden, maar Huib geeft geen krimp.

'Voor ons misschien,' houdt hij vol. 'En voor Amsterdam en omliggende steden. Maar blijkbaar niet voor het buitenland, anders zouden ze wel zaken blijven doen met ons.'

Nu barst de opwinding pas goed los. Over de verhitte hoofden heen kijkt Huib naar Sander, die aan zijn baardje trekt en strak terugkijkt. Geen vechtpartijen alsjeblieft, zegt die blik.

Huib wacht tot hij zich weer verstaanbaar kan maken.

'Of we het leuk vinden of niet, we móéten mee,' zegt hij met stemverheffing. 'In het buitenland maken ze kazen van betere kwaliteit die minder kosten. Wat ze dáár aan omzet halen, redden we hier bij lange na niet.'

'En waar is dáár?' informeert iemand met luide stem.

'In Denemarken, Amerika, Canada en Nieuw-Zeeland, zoals ik net al zei,' zegt Huib. 'Omdat ze daar met machines werken, heeft de kaas minder gebreken en is de prijs lager. Wormpjes, blauwe stippen en meer van dat soort problemen hebben ze niet. Op dit moment hebben wij hier vijfentwintig tot dertig procent minder inkomsten dan in de tijd voordat Amerika met fabriekskazen begon. Sla de publicaties van Wouter Sluis en Piet Boekel er maar op na, als jullie mij niet geloven. We lopen achter. Dat is al jaren zo, en als we nu niet ingrijpen gaan we onze ondergang tegemoet.'

Krijn spuugt zijn pruimtabak uit op de grond. 'Ik weet het

niet. Machines die kaas maken, dat klinkt niet goed. Mijn vrouw maakt de beste kaas die er is, ze heeft er prijzen mee gewonnen. En dan moet ik haar vertellen dat we het voortaan door de een of andere machine laten doen? Ze ziet me aankomen.'

Een instemmend gemompel gaat op.

Met een gevoel van machteloosheid kijkt Huib in het rond. Wat kan hij in hemelsnaam nog zeggen?

'Er is één ding in je verhaal dat me nog niet helemaal duidelijk is,' klinkt opeens een wat lijzige stem.

Huibs blik blijft rusten op Theo Stoop, die zijn hand opsteekt.

'Hoe ga jij je brood verdienen?' informeert Theo. 'Ja, door kaas te maken. Met winst, neem ik aan. Maar winst krijg je alleen als je te weinig uitbetaalt voor de melk.'

Weer gaat er gemompel op, een paar boeren klappen.

'Je vergeet dat ik ook grote investeringen moet doen, en dat ik failliet kan gaan,' zegt Huib. 'Voor jullie is er geen enkel risico. Het enige wat ik vraag is jullie melk, waar ik goed voor zal betalen. Voor álle melk, dus ook voor de overschotten die jullie normaal gesproken weggooien. Zondegeld, als je het mij vraagt. Maar goed, wie liever zelf blijft ploeteren en z'n geld in de sloot kiepert moet dat zelf weten.'

'De melkfabriek aan de Jaagweg biedt vier cent de liter,' zegt Theo. 'Waarom zouden we niet aan hen leveren? Of bied jij vijf?'

Instemmend gemompel, verwachtingsvolle gezichten. Huib krijgt het warm. Hij kan niet zomaar vijf cent beloven zonder Lydia's toestemming, het is niet zíjn geld. Bovendien is het te veel. Misschien dat de melkfabriek zich die prijs kan veroorloven, maar zij niet.

Die middag gaat niemand overstag en als de boeren uiteindelijk een voor een het logement verlaten, laat Huib zich mismoedig aan een tafeltje neerzakken.

'Niet opgeven.' Sander pakt er een stoel bij en gaat naast hem zitten. 'Je weet hoe ze hier zijn: afwachtend en behoudend.'

'Ik had gedacht dat ze wel geïnteresseerd zouden raken als ze hoorden hoe de zaken ervoor staan.'

'Dat weten ze echt wel. Ze verkopen elk jaar minder kazen, maar dat ligt natuurlijk niet aan hen.'

'Het lígt ook niet aan hen, het ligt aan de veranderende wereld. Er zijn mensen die veranderingen toejuichen, maar de meesten zijn er bang voor.'

'Jij duidelijk niet.' Sander grijnst en gebaart zijn vrouw dat ze Huib een kroes bier moet geven.

Margaretha komt er meteen mee aanlopen en zet er ook een voor haar echtgenoot op tafel. Ze laat even haar hand op Huibs schouder rusten en zegt: 'Mooi gesproken, Huib. Je hebt gelijk.'

'Dank je, Margaretha. Nu de anderen nog.'

Ze knikt hem bemoedigend toe. 'Die komen wel. Die lui van de melkfabriek zijn uitknijpers. Jij niet, en je bent een van hen.'

13

Eén keer per week reist Lydia af naar Purmerend om te kijken naar de bouwvorderingen en om zich op de hoogte te stellen van wat er speelt. Deze keer ziet Huib een beetje op tegen haar komst. Het voelt alsof hij persoonlijk gefaald heeft doordat hij met niemand een contract heeft kunnen sluiten, en hij vraagt zich af of hij het wel moet vertellen. Straks verliest ze nog haar vertrouwen in hem en trekt ze haar handen van de hele onderneming af. Maar nee, dat kan niet, ze hebben een contract gesloten. Ze zijn dit als partners aangegaan en dus heeft ze recht op de waarheid.

In de opkamer, met uitzicht op de bouwactiviteiten, vertelt hij haar het slechte nieuws.

'Niemand?' vraagt ze verbaasd. 'Niet één contract?'

Huib neemt niet de moeite te reageren. Het beschamende nieuws is eruit, hij was duidelijk genoeg en er is geen enkele reden om het te herhalen.

'Wat is het probleem?' vraagt Lydia. 'Het grootste probleem, bedoel ik, want ze zullen allemaal wel zo hun argumenten hebben.'

'Ik heb werkelijk geen idee. Geld misschien?'

'Dat kan het niet zijn, ons aanbod is prima. Dus waar zijn ze bang voor?'

'Vernieuwing misschien. De boeren hier houden niet zo van veranderingen. Je had ze eens moeten horen toen er hier een station werd gebouwd en de stoomtrein ging rijden.'

'Zal ik eens bij ze langsgaan? Ze hebben mij wel niet zo vaak ontmoet, maar ze hebben mijn ouders wel goed gekend.'

'Nee,' zegt Huib meteen. 'Dat lijkt me geen goed idee.' Hij ziet het al voor zich: een stadse juffer die de boeren komt vertellen wat ze moeten doen. Ze zullen haar beleefd ontvangen, maar vanbinnen zullen ze woedend worden.

Achter hem zegt Fiene, die deze keer met Lydia is meegekomen: 'U richt zich tot de verkeerden. U moet de vrouwen hebben. De mannen willen alles in eigen hand houden, maar het zijn de vrouwen die de kazen maken. Voor veel van hen is het eigenlijk te zwaar werk. Ze hebben er een dag- en nachttaak aan. Ik denk dat ze blij zullen zijn als ze ervan verlost worden.'

Huib draait zich half om op zijn stoel en staart haar aan. 'Daar kon je weleens gelijk in hebben.'

'Ik wil wel met ze praten. Niet met iedereen natuurlijk, maar met de belangrijksten, van de grootste boerderijen,' biedt Fiene aan. 'Ik ben in Purmerend opgegroeid, de mensen kennen mij.'

Terwijl ze aan het woord is, klinkt het geklos van klompen op het erf. Huib staat op, kijkt uit het zijraam en ziet Krelis staan.

'Krijg nou wat,' zegt hij.

Zonder aan te bellen of te kloppen loopt Krelis achterom en even later staat hij op de drempel van de opkamer. Als hij Lydia ziet, neemt hij zijn pet af.

'Ik heb er nog eens over nagedacht,' zegt hij. 'Kaas uit de fabriek. Ik weet nog steeds niet wat dat moet worden, maar het zou me wel veel werk schelen.'

'Ga zitten, Krelis. Koffie?' biedt Huib aan.

'Nee, dank je, ik blijf wel staan,' zegt Krelis met een schuin oog naar Lydia. 'Ik blijf ook niet lang, ik ben hier alleen om te zeggen dat ik misschien toch wel interesse heb. Maar dan wil ik wel vijf cent de liter.'

'Dat zal helaas niet gaan,' zegt Lydia, voor Huib kan reageren. 'Vier cent is een heel behoorlijke prijs. Tot nu toe gaat iedereen ermee akkoord.'

Met duidelijke tegenzin richt Krelis zijn blik op haar. Het ongeloof staat op zijn gezicht te lezen.

'We werven verder dan alleen rond Purmerend,' zegt Huib. Het bevalt hem niet dat hij Lydia in haar leugentje steunt, maar hij kan niet anders.

'Vijf cent, dan wil ik erover nadenken.' Krelis zet zijn pet weer op. 'En anders maar niet.' Met die woorden vertrekt hij.

Het blijft even stil in de opkamer. Huib gaat voor het raam staan en kijkt naar buiten. In de weerspiegeling van de ruit ziet hij Lydia peinzend van haar koffie drinken.

Hij draait zich om en zegt: 'We kunnen wel zonder Krelis. Fiene heeft gelijk, we moeten ons op de vrouwen richten. Als we hen kunnen overhalen...'

'Nee,' zegt Lydia. 'We geven ze vijf cent.'

Met gefronste wenkbrauwen kijkt Huib haar aan. 'Je wilt die ouwe mopperkont zijn zin geven?'

'We hebben hem nodig,' zegt Lydia. 'Niet alleen Krelis krijgt vijf cent, maar iedereen. Fiene, jij vertelt rond dat Krelis dat geregeld heeft. Doe maar net alsof hij namens alle boeren heeft gesproken, maak hem de held. Maar laat ook duidelijk merken dat er niet méér in zit. Wedden dat de rest dan ook overstag gaat?' Ze komt overeind en strijkt haar rok glad. 'Zo, en nu wil ik zien hoe de bouw vordert.'

Het liefst was Lydia met Fiene meegegaan, maar Fiene houdt vol dat ze het beste alleen op stap kan. 'Ik kom zelf van een boerderij, ik weet waar die vrouwen mee te maken hebben,' zegt ze. 'En ik wil ze zogenaamd toevallig tegen het lijf lopen, anders lijkt het alsof ik gestuurd ben.'

Daar moet Lydia haar gelijk in geven, en ze laat het verder aan Fiene over.

Het duurt een paar dagen, maar dan gaat het zoals ze had voorspeld: Krelis sluit een leveringscontract met De Purmer, en in navolging van hem komen de andere boeren een voor een, al dan niet overgehaald door hun vrouw, naar Huibs boerderij om eveneens een contract te sluiten.

Uiterlijk rustig zitten Huib en Lydia naast elkaar aan tafel, met de boer in kwestie tegenover hen, en nemen de papieren met hem door terwijl Jantine zwijgend koffie en koek serveert.

Na een paar dagen is bijna iedereen langs geweest, en De Purmer heeft vanaf maart 1893 de beschikking over alle melk uit de directe omgeving.

'Fijn dat je meedoet, Dirk.' Met een ferme handdruk besluit Huib de laatste overeenkomst. 'We gaan er een succes van maken.'

'Met mijn melk kan dat niet anders,' zegt Dirk met een grijns. 'Succes ermee!' Hij maakt een stijve buiging voor Lydia en vertrekt. Na alle drukte en aanloop zijn ze opeens alleen.

Huib kijkt haar van opzij aan en geeft haar een knipoog. De eenvoud en intimiteit van dat knipoogje trekt haar aan, híj trekt haar aan.

'Dat was de laatste,' zegt Huib. 'Ze hebben allemaal getekend.'

In een opwelling omhelst ze hem. 'Wie had dat kunnen denken? Het is geweldig!'

'Jij bent geweldig. Zonder die verhoging van de melkprijs had Krelis het misschien niet gedaan.' Huib trekt haar tegen zich aan. Op het moment dat hij Lydia's lichaamswarmte voelt, realiseert hij zich hoe onbeschaamd hij zich gedraagt. Hij wil haar snel loslaten, maar opeens, als hun gezichten heel dicht bij elkaar zijn, voelt hij haar lippen op de zijne.

Even is hij verbijsterd. Dan wil hij haar terug kussen, maar Lydia maakt zich van hem los.

'Wat doe ik nu? Het spijt me!' Met een hand voor haar mond geslagen kijkt ze hem aan.

'Het geeft niet.'

'Het geeft wel! Ik weet niet wat me bezielde. Wat moet je wel niet van me denken? Wil je alsjeblieft doen alsof het niet gebeurd is?'

Huib knikt alsof het de normaalste zaak van de wereld is. 'Is er iets gebeurd dan?'

Lydia lacht, maar niet van harte. 'Ik schaam me zo,' zegt ze.

Het liefst had hij die kus op een behoorlijke wijze over willen doen, maar hij kiest ervoor om haar op haar gemak te stellen.

'Het was het moment,' zegt hij. 'Je was blij en dacht niet na. Het was een opwelling.'

'Ja, precies. Een opwelling.' Opgelucht, maar nog steeds met rode wangen, wendt ze zich van hem af. 'Ik moet gaan. Alle contracten zijn getekend, dus ik keer morgen terug naar Amsterdam. Er is verder niets wat op dit moment geregeld of besproken moet worden, of wel?'

Huib schudt zwijgend zijn hoofd.

'Mooi.' Lydia pakt haar mantel, hangt hem over haar arm en werpt Huib een snelle blik toe. 'Tot ziens dan maar.'

'Tot ziens.'

Huib gaat voor het raam staan en kijkt toe terwijl ze naar haar rijtuig loopt. Ze is alleen gekomen, met de sjees, en hij ziet hoe ze haar rokken opneemt en op het bankje klimt. Even is een glimp van haar onderbeen en enkel te zien, dan zit ze, tikt het paard aan met de zweep en rijdt het erf af.

Steeds vaker vraagt Lydia zich af hoe het moet voelen om een man te zijn. Of die ook last zou hebben gehad van de brandende schaamte die haar uit haar evenwicht brengt na die onvergeeflijke misstap die ze heeft begaan.

Ze heeft Huib gekust!

Niet alleen is het tegen alle regels om als vrouw amoureuze toenadering te zoeken, ze heeft zich ook nog eens volslagen belachelijk gemaakt. Erg lang duurde die kus niet, maar lang genoeg om te ontdekken dat Huib er niet op reageerde. Hij moet perplex zijn geweest. Eén ding moet ze hem nageven: hij heeft er geen misbruik van gemaakt.

Gelukkig hoeft ze voorlopig niet meer in Purmerend te zijn; ze zou niet weten hoe ze zich moest gedragen.

Wat haar in Huib zo aantrekt, is haar niet helemaal duidelijk. Misschien is het de combinatie van intelligentie en ongepolijst gedrag die haar zo bevalt. Huib is echt. Hij doet zich niet anders voor dan hij is. Maar dat is nog geen reden om verliefd op hem te worden, stelt ze nuchter vast, dus waarschijnlijk heeft het ook met zijn knappe, stoere verschijning te maken. Gevoelens laten zich moeilijk verklaren, maar dat ze ze heeft kan ze niet langer ontkennen. De vraag is wat ze ermee moet doen.

Terwijl de winter verglijdt, verdwijnt de opwinding die de fabriek Lydia bracht stukje bij beetje. Ze ontvangt of bezoekt haar vriendinnen, meestal thuis, maar ook wel in Hirsch, het enige warenhuis waar ze zonder mannelijke begeleiding kunnen winkelen of kunnen afspreken in de tearoom.

Verder heeft ze weinig te doen. Het duurde even voor het tot haar doordrong dat de stroom uitnodigingen voor feestjes en etentjes afnam, en dat er steeds vaker niet thuis werd gegeven als ze haar kaartje afgaf.

Ze had kunnen weten dat het niet lang zou duren voor de Amsterdamse elite erachter zou komen dat ze een kaasfabriek wil beginnen. En dat ze met een man heeft gereisd.

Wie haar met Huib heeft gezien blijft in nevelen gehuld, maar het maakt Lydia niet uit. Ze heeft nooit de illusie gekoesterd dat ze haar plannen geheim kon houden, en nu de kaasfabriek er echt gaat komen, maakt het haar ook niet meer uit. Er zijn nu eenmaal beslissingen die gevolgen hebben, en die moet je onder ogen zien.

'Waarom heb je me niets over die fabriek verteld?' vraagt Elisabeth op licht gekwetste toon, als ze samen in Hirsch winkelen. 'Je moet het op mijn verjaardag al geweten hebben, maar je hebt niets gezegd.'

'Het was te vroeg. Ik twijfelde nog te veel, en ik wilde eerst alles op een rijtje zetten,' zegt Lydia. 'Vervelend dat je het via via moest horen. Ik had het je liever zelf verteld, maar het lekte zó snel uit...'

'Ik zag dat je ergens mee rondliep, maar een kaasfabriek... dat is wel het laatste wat ik had verwacht.'

'Wat vinden je ouders ervan?'

'Ze waren verbaasd. Hoewel, mijn vader niet zozeer. Hij zei dat hij al zo'n vermoeden had na jullie gesprek. Kom anders vanmiddag even langs, dan kun je er wat meer over vertellen. Iedereen is ontzettend benieuwd.'

14

'Ik vind het geweldig wat Lydie doet.' Anna Maria zit op de grond bij de open haard en voert stukjes cake aan de kat. 'Ze zal een voorbeeld voor veel vrouwen worden, let maar eens op. Het wordt hoog tijd dat die achterlijke wetten waardoor vrouwen niets mogen worden afgeschaft.'

'Dat vind ik ook,' zegt Elisabeth. 'In de zeventiende eeuw hadden vrouwen meer vrijheid dan nu. Toen konden ze gewoon alleen over straat lopen.'

'Geef die kat geen cake, An. Dat is niet goed voor hem,' zegt Nella, en tegen Elisabeth: 'Er ís al veel veranderd. We hebben immers het recht gekregen om een eigen spaarbankboekje te openen.'

'Waar een man zonder toestemming geld vanaf mag halen, dus wat moet je ermee?'

'Lies heeft gelijk. Het is een recht van niets. Ik heb laatst een brochure gelezen waarin stond dat de vrouw elementaire mensenrechten wordt ontzegd, en dat we zelfstandige wezens zijn die een vrije wil en macht tot handelen horen te hebben,' merkt Anna Maria op.

'Is dat dat feministische blaadje, hoe heet het ook alweer? "Gelijk recht voor allen!"' Matthijs salueert en iedereen lacht.

'Zeg An, sinds wanneer lees jij dat soort dingen?' informeert Jan dan.

Anna Maria stopt het laatste, veel te grote stuk cake in haar mond. 'Lies gaf het me.'

Alle ogen gaan naar Elisabeth, die haar schouders ophaalt. 'Het kind moet toch op de hoogte zijn.'

'Mag ik het ook lezen?' vraagt Mia.

'Geen sprake van. Elisabeth, pas op met wat je je zussen laat lezen. Ik ben geen liefhebber van vrouwen die een onaangename toon aanslaan,' zegt haar moeder.

'Moeder, u bent het er toch mee eens dat vrouwen recht hebben op goed onderwijs en betaald werk?'

'Goed onderwijs wel, maar betaald werk... Ja, de lagere sociale klasse. De armen moeten hun gezin voeden, dus die vrouwen hebben geen keus. Maar wij hoeven niet te werken. Sterker nog, we zouden de banen innemen die een ander hard nodig heeft. En hoe had ik jullie allemaal tot enigszins normale mensen kunnen opvoeden als ik ook nog buitenshuis had gewerkt?'

Er gaat een geloei van protest op bij het woord 'enigszins' en Nella drukt lachend haar handen tegen haar oren.

'Ik wil ook studeren,' zegt Anna Maria, als het weer rustig is.

Mia, die tegen Lydia aan geleund zit, gaat rechtop zitten. 'Ik ook! Iets met planten en dieren!'

'Toen ik jong was vroeg ik nederig toestemming aan mijn ouders als ik iets wilde,' zegt Jan.

'Ik ook,' zegt Nella.

Mia fronst haar wenkbrauwen en vraagt: 'Wat is dat, nederig?'

Lydia heeft met veel plezier zitten luisteren. Hoewel ze hier thuis genoeg is om zich in de discussie te mengen, doet ze dat niet. Haar ouders hebben haar van jongs af aan ingeprent dat ze een gast blijft en dat ze zich zo moet gedragen. Als iemand om haar mening vraagt wil ze die wel geven, maar in het drukke gezinsleven van de Boissevains wordt sneller iets verkondigd dan gevraagd.

Ze is blij dat de Boissevains achter haar staan, al verbaast haar dat eigenlijk niet, en zeker niet van hun dochters. Wat haar wel heeft verrast is dat er ook veel steun komt van andere vrouwen, en vaak uit onverwachte hoek. Ze wist niet dat er zoveel jonge vrouwen waren die, net als zij, niets voelen voor een leven van deftig nietsdoen. De prestaties van Aletta Jacobs hebben hen geïnspireerd, en verenigingen als Arbeid Adelt en Tesselschade, die opkomen voor de rechten van de vrouw, hebben hen aan het denken gezet.

'Als ik tien jaar geleden die fabriek had opgericht had ik me nergens meer kunnen vertonen, nu krijg ik bewonderende brieven,' zegt Lydia tegen Elisabeth als ze naar huis gaat en in de vestibule haar mantel aantrekt.

'Je hebt het tij mee,' beaamt haar vriendin. 'Daar heb je geluk mee. Steeds meer mensen zien in dat vrouwen heel goed een universitaire studie kunnen volgen, of een bedrijf leiden. Voor veel mannen is dat beangstigend, maar het is niet meer tegen te houden. Denk je eens in hoe de situatie over twintig of vijftig jaar zal zijn! Wat zullen vrouwen dan allemaal doen?'

'Hopelijk alles wat ze willen.' Lydia geeft haar vriendin een kus op de wang en vertrekt.

Als ze thuiskomt ligt er een roomwitte envelop op het tafeltje in de hal. Lydia maakt hem open en haalt er een kaart uit. Terwijl ze hem leest, houdt ze verrast haar adem in. Het is een uitnodiging voor de nieuwjaarsreceptie bij burgemeester Gijsbert van Tienhoven en zijn vrouw Anna.

Dat zijn mensen zoals de Boissevains: ongedwongen en spontaan. Het echtpaar heeft een groot gezin. Ze wonen aan de Keizersgracht, vlak bij de Westermarkt, en ze vormen het middelpunt van het Amsterdamse sociale leven. Met een glimlach neemt Lydia de uitnodiging mee de kamer in en zet hem tegen een vaas met bloemen.

Op de avond van de receptie staat ze lang voor haar kledingkast, wetend dat ze de aandacht zal trekken. Uiteindelijk kiest ze een roze zijden japon en crèmekleurige handschoenen. Ze steekt haar haren op en kiest een paar kostbare maar bescheiden sieraden.

Fiene heeft een vrije avond en Lydia neemt alleen een rijtuig naar de Keizersgracht. Als ze Huis Saxenburg naderen, moeten ze aansluiten in een hele rij koetsen die op weg zijn naar de burgemeesterswoning.

Eenmaal binnen geeft ze haar mantel aan een dienstmeisje en loopt naar de burgemeester en zijn vrouw, die bij de openstaande dubbele deuren van de salon hun gasten begroeten.

'Lydia, fijn dat je kon komen.' Gijsbert van Tienhoven buigt zich over haar hand. Hij heeft zijn bruine, krullende haar achterovergekamd, en zijn gezicht is licht bezweet door de warmte en de drukte in huis.

Anna is lang en slank, met helderblauwe ogen in een knap gezicht. Ze begroet Lydia hartelijk. 'Wat heerlijk om je weer te zien,' zegt ze op warme toon. 'Je moet me straks alles vertellen over die spannende plannen van je!'

Lydia belooft het met een glimlach en loopt door, want achter haar vormt zich een rij van mensen die de gastheer en

-vrouw willen begroeten. Ze neemt een glas champagne van het dienblad dat haar door een meisje wordt voorgehouden en kijkt om zich heen. Op de trap staan mensen te praten, en ook van de bovenverdieping komt geroezemoes.

Aarzelend gaat Lydia de salon in. Daar is het warm en druk. De tussendeuren naar de eetkamer staan open, en beide ruimtes zijn gevuld met gasten in kleurrijke japonnen of jacquets, die in kleine groepjes staan te praten of van vertrek naar vertrek wandelen.

Een aantal mensen doet alsof ze haar niet zien, althans, die indruk heeft ze. Anderen geven haar een ongemakkelijk knikje. Net als Lydia zich opgelaten begint te voelen, baant een tengere vrouw met donker opgestoken haar zich door de menigte en wuift naar haar.

'Lydia! Wat leuk om je te zien!'

Het is Thérèse Schwartze, een goede vriendin van Nella Boissevain. Lydia komt haar regelmatig tegen op feestjes. Thérèse is een bekende portretschilderes, die op haar vijftiende al belangrijke opdrachten kreeg. Nu, op haar tweeënveertigste, is ze echt beroemd en leeft ze volkomen zelfstandig.

'Ik wilde even zeggen dat ik je bewonder,' zegt Thérèse. 'Ik had niet gedacht dat je het in je had om zoiets te gaan doen. Daar is moed voor nodig.'

'Moed is niets dan overwonnen angst, zei mijn vader altijd.'

Thérèse lacht. 'Dat is helemaal waar. En weet je wat ook waar is? Dat vrijheid niet iets is wat een ander je gunt, maar wat je néémt. Maar je zult er ook offers voor moeten brengen.'

'Dat weet ik, maar ik kan het gezelschap van die roddeltantes wel missen,' zegt Lydia, met een blik op een paar dames die haar nadrukkelijk negeren.

'Ik bedoel die domme ganzen ook niet, die kun je beter kwijt dan rijk zijn. Ik heb het over een ander soort offer. Je denkt dat je vrijheid krijgt, maar je zult altijd moeten blijven opboksen tegen een meerderheid die er niets van begrijpt. Je zult te maken hebben met vooroordelen, omdat je je als een man moet gedragen en toch lief en vrouwelijk moet overkomen.'

'Het klinkt opeens als de verkeerde keuze,' zegt Lydia, met een flauw lachje.

'Helemaal niet. Je komt alleen wat minder gelijkgestemden tegen. Maar ze zijn er wel, dus wees zuinig op die mensen en maak je niet druk over de rest. Dat is het advies dat ik je even wilde geven.'

'Dank je wel.'

'Graag gedaan, lieve kind. Ik bewonder je moed. Ik bewonder iedereen die een andere weg in durft te slaan. Als je je ooit eenzaam voelt of ergens mee zit, kom dan bij mij langs. Je weet waar ik woon.' Thérèse houdt haar hoofd een beetje scheef, glimlacht, en voor Lydia iets kan zeggen, is ze doorgelopen.

'Zo, heb je de zegen gekregen van onze wervelwind?' klinkt een stem achter haar.

Lydia draait zich om. 'Eduard, wat leuk om je weer te zien.'

'Ik hoorde verrassend nieuws over je. Het is het gesprek van de dag,' zegt hij.

'Laten we even daar gaan staan.' Lydia haakt haar arm door die van Eduard en voert hem mee naar een rustig hoekje vol manshoge varens.

'Hoe gaat het met je?' vraagt ze. 'Redden je moeder en jij het een beetje?'

'Jawel, het gaat. Mijn vader was natuurlijk al een tijdje ziek, dus we zagen zijn dood aankomen.'

'Maar toch... Ik weet hoe moeilijk het evengoed is. Vooral als niemand er meer over begint.'

'Dat is waar. Lief dat je op de begrafenis was, en dat je nu even informeert. Hoe is het met jou? Ik hoorde dat je grote plannen hebt.'

'Ja, en nu vraag je je natuurlijk af waarom ik niets gezegd heb toen we het over jouw fabriek hadden,' zegt Lydia.

'Dat begrijp ik wel. Je moest eerst voor jezelf de zaken op een rijtje zetten. Het is wel een ambitieus plan, hoor. Ambitieus, maar geweldig!'

'Vind je dat echt? Wat fijn. Niet iedereen is enthousiast.'

'Nou, veel mensen van onze leeftijd vinden het prachtig wat je doet.'

'De mannen ook?' vraagt Lydia. 'Ze zéggen wel dat ze er bewondering voor hebben, maar diep in hun hart willen ze voor geen goud dat hún vrouw zich met dat soort dingen bezighoudt.'

'Ik zou er geen bezwaar tegen hebben.'

Lydia ontwijkt zijn ogen, die ze indringend op zich gericht voelt. De stilte die valt heeft iets ongemakkelijks, alsof Eduard een vraag heeft gesteld en op antwoord wacht. Ze ademt diep in en uit, klapt haar waaier in en zegt met een glimlach, alsof ze niets achter zijn opmerking zoekt: 'Daar ben ik blij om. En nu wordt het weleens tijd dat je me ten dans vraagt, Eduard van Nijenbergh. We kunnen niet de hele avond hier tussen de varens blijven staan.'

Eduard lacht en voert haar mee naar de dansvloer. Het is een wals, en als ze in beweging komen is hij opeens Huib, die haar beetpakt en in het rond zwiert. Ze denkt terug aan die onbeschaamde kus die ze hem gaf, en haar gezicht brandt weer van schaamte.

En van iets anders. Van verlangen.

Ontzet laat ze zich door Eduard over de dansvloer leiden,

haar voeten bewegen als vanzelf, en even stelt ze zich voor dat het Huibs hand is die op haar rug ligt, zijn hand om die van haar.

Opeens krijgt ze hoofdpijn. Ze houdt het nog twee dansen vol, dan neemt ze afscheid van haar gastheer en -vrouw. Opgelucht staat ze even later buiten en steekt haar hand op naar een rijtuig dat passeert.

15

Nog een week of twee en de fabriek kan open, beseft Huib. Enigszins ontroerd kijkt hij naar het langgerekte gebouw met zijn zachtgele stenen en groene luiken, naar het melkbordes en de schoorsteen. Aan de zuidzijde van de fabriek, waar zich het oproomlokaal bevindt en waar de kazen zullen rijpen, heeft hij bomen geplant om in de zomer de koele schaduw van het loof te kunnen benutten, want de temperatuur in het pakhuis heeft een zeer grote invloed op het rijpingsproces. Om die zo laag mogelijk te houden heeft hij het dak van het pakhuis met witte pannen laten dekken, en zijn de ramen voorzien van blinden die wel licht maar geen zonnestralen doorlaten. In de winter zal hij het pakhuis verwarmen met stoomkachels.

Wat hem betreft kunnen ze beginnen. Het gebouw is af, binnen staan de wagens al klaar om uit te rijden en alle apparaten zijn geïnstalleerd. Er is een ruimte voor de melkontvangst en voor het ontromen van de melk, een ijshuis, een stoommachinekamer met daarnaast het ketelhuis, een pekelruimte en een kaasmakerij. De Purmer beschikt over de nieuwste technieken, zoals een afkoelsysteem voor de melk: een bassin met koud stromend water dat via een buis uit een diepe aardlaag naar boven komt.

Meermalen per dag, tussen het werk op de boerderij door, gaat Huib de fabriek in. Zíjn fabriek. Het is ongelooflijk. Hij blijft maar rondlopen, de drie nieuwste, glanzende centrifuges bewonderen en hij kijkt iedere keer vol trots naar de stoommachine.

Tijdens de bouw was het door de chaos van stenen en bakken cement soms moeilijk voor te stellen dat daar op een dag een fabriek uit zou verrijzen waar kazen werden gemaakt, zíjn kazen, en nog steeds kan hij bijna niet geloven dat dit allemaal echt gebeurt.

Na een aantal gesprekken met geïnteresseerden heeft hij een boekhouder, een machinist en centrifugist en vier kaasbereiders aangenomen. Op 1 juni 1893 zal De Purmer opengaan, zonder ceremonie of feestelijkheden.

'Feest vier je op de kermis,' beweerde Huib toen Jantine protesteerde. 'De mensen zijn al zo sceptisch, ik ga geen drukte maken.'

Huib loopt door naar de kaaskamer, met zijn nog lege houten stellingkasten. Nog even en ze staan vol met romige, verse Edammers.

Jantine heeft aangeboden om de volgende ochtend te helpen de melk in ontvangst te nemen, maar bij nader inzien heeft ze het daar te druk voor met het huishouden.

Diep in zijn hart is Huib daar blij om. Af en toe heeft hij het gevoel dat Jantine zijn gedachten kan lezen, en de enige aan wie hij kan denken is Lydia.

Wanneer zou ze komen kijken? Sinds die kus heeft hij haar niet meer gezien. Het werven van arbeiders en alle beslissingen die nog genomen moesten worden, heeft ze volledig aan hem overgelaten.

Huib loopt de fabriek uit en sluit de deuren af. Achter hem klinkt het geratel van wielen en hij draait zich om.

Een klein rijtuig met één paard komt op hem af. Hij weet meteen wie erin zit en hij loopt er snel op af.

Door het openstaande raampje kijkt Lydia hem behoedzaam aan. 'Dag, Huib.'

Huib begroet haar en heeft geen idee wat hij verder nog moet zeggen. Hij is zo blij haar te zien dat hij alleen maar kan glimlachen.

'Dus het is zover,' zegt Lydia, met een blik op de fabriek.

'Morgen gaan we beginnen,' bevestigt hij. 'Om halfzes verwacht ik de eerste melk.'

Ze knikt. 'Tot morgen dan,' zegt ze, en geeft Hendrik een teken dat hij door kan rijden.

Vroeg in de ochtend van 1 juni opent Huib de dubbele toegangsdeuren van De Purmer. Het is kwart voor vijf, het duurt nog even voor de melk komt, maar hij wil er in alle rust op wachten.

Terwijl hij in het kantoor zit, gaan zijn gedachten naar vroeger, toen zijn ouders en Arjan en Nora nog leefden. Hij voelt weer de beschutting van de warme stal, als ze samen de koeien molken. Er werd niet gesproken, maar hij wist zijn vader en Arjan dichtbij, terwijl de enige geluiden die de stilte doorbraken het gesnuif van de koeien en het gekletter van de stralen melk in de emmer waren. Als ze klaar waren met melken, brachten ze het vee naar de wei.

Om tien uur was er koffie aan de keukentafel, met uitzicht op de boomgaard en de weiden. Hij herinnert zich de geur van koffiebonen, en van schoon wasgoed.

Het was altijd hard werken, maar ook gezellig, zo met elkaar. Zijn moeder en Noortje zorgden voor het huishouden en de moestuin, en ze maakten kaas. Hij ziet die twee nog bezig met de karnton en de kaaspersen.

Huib kijkt door het raam van het kantoor naar het interieur van de fabriek, waar de apparaten als spookgestalten afsteken tegen het grauwe ochtendlicht.

Waarom heeft hij dit niet met zijn familieleden mogen delen? Hij mist ze, en tegelijk beseft hij dat de fabriek er nooit was gekomen als ze waren blijven leven.

In de fabriekshal klinken voetstappen. Huib staat op uit zijn stoel en gaat in de deuropening van het kantoor staan. Een zwak licht valt door de ruitjes in de buitenmuur, maar hij heeft Lydia al herkend aan haar manier van lopen.

Ze hadden geen tijd afgesproken, en hij is blij verrast dat ze er al is.

'Goedemorgen,' zegt Huib. 'Vroeg, hè?'

Ze knikt en onderdrukt een geeuw. 'Het was even wennen, maar ik wilde de eerste ochtend echt niet missen. Bovendien heb ik vannacht gedroomd dat de melk niet kwam. Geen druppel!'

'Dat heb ik ook gedroomd,' zegt Huib, en ze schieten beiden in de lach.

Toch is Huib onrustig, want wat als de melk inderdaad niet komt? Of veel minder dan verwacht? Misschien zijn er boeren die zich hebben bedacht. Ze staan dan wel onder contract, maar hij vermoedt dat dat hun niet veel zegt.

Van binnenuit opent hij het luik van het melkbordes en stapt op de houten verhoging. De fabriek ligt op vlak terrein, zonder al te veel bomen, en in de verte ziet hij paard-en-wagens naderen. Ze slaan allemaal de weg naar De Purmer in. Huib glimlacht.

Lydia stapt ook het bordes op en komt naast hem staan. Huib knikt naar de stoet wagens. 'Gelukkig komen dromen ook weleens níét uit,' zegt hij.

Wekenlang vertroetelt Huib zijn kazen. Twee keer per dag keert hij ze op de borden, hij smeert ze in met lijnolie en wrijft ze af met doeken om een gladde korst te krijgen en om schimmels tegen te gaan. Vandaag zou de eerste lichting eetbaar moeten zijn.

Dwars door het veld loopt hij van zijn boerderij naar de fabriek. Bij de ingang doet hij zijn bemodderde klompen uit en trekt een paar schone werkschoenen aan.

In de melkhal hangt het vertrouwde zoete aroma van verse melk en room. Huib snuift de lucht op en loopt door naar het kaaspakhuis, dat hem verwelkomt met een kruidige, bijna pittige geur.

Liefdevol laat hij zijn hand langs een rij Edammers glijden, die in de stellingkast op houten borden liggen te rijpen. Intussen bekijkt hij ze kritisch. De kazen van één partij moeten zo veel mogelijk dezelfde grootte hebben, en ook wat kleur en vorm betreft overeenstemmen. De korst is het visitekaartje, die moet perfect zijn; glad en goed gesloten.

Huib haalt een paar afwijkende exemplaren eruit en legt ze apart. De overige kazen controleert hij door er met zijn duim op te drukken en met zijn knokkels tegenaan te tikken. Dan pakt hij een kaas, steekt er een kaasboor in en proeft. Lange tijd kauwt hij, voor zich uit starend. Dan slikt hij de hap door en vloekt zachtjes. Hij loopt naar het kantoor en neemt een paar slokken koude thee uit de mok die op zijn bureau staat. Daarmee verdwijnt de sterke nasmaak in zijn mond, maar het gevoel van bittere teleurstelling laat zich niet zo gemakkelijk wegspoelen.

'Ze zijn niet goed,' zegt Huib. 'Bijna de hele partij is waardeloos, al die kazen kunnen op de afvalhoop.'

'Hoe kan dat nou?' vraagt Lydia geschrokken.

Ze lopen van de boerderij, waar ze net is aangekomen, naar de fabriek. Lydia wist dat de kazen rijp waren, en ze is speciaal naar Purmerend gekomen om het resultaat te beoordelen. Hoewel ze het spannend vond, had ze geen moment op deze vernietigende woorden gerekend.

'Het bereidingsproces is goed gegaan, daar heb ik voortdurend op toegezien.'

'Dan moet het aan de melk liggen.'

'Onmogelijk. Die is elke keer gecontroleerd.'

'Blijkbaar niet goed genoeg,' zegt Lydia. 'Daar hebben we het al eerder over gehad.'

Hij werpt haar een zijdelingse blik toe. 'We weten niet zeker of het aan de melk ligt. Dat is op dit moment onmogelijk nog vast te stellen.'

'Met logisch nadenken kom je een heel eind. Het ligt aan de melk, de bereiding van de kaas of aan de apparatuur. Dat laatste kan het niet zijn, want daar werkte je op de boerderij ook al mee. En toen had je controle over de zuiverheid van de melk. Nu niet meer.'

'Iedere bus wordt bekeken! Dat zei ik toch,' zegt Huib nijdig.

'Kijken is niet goed genoeg, Huib. Je kunt bacteriën niet met het blote oog zien. Ik heb de boeken van Wouter Sluis en Piet Boekel over hygiëne bij de kaasbereiding gelezen, en...'

'En nu ben je een expert?'

Lydia zwijgt, en ook Huib zegt niets meer. Met grote stappen beent hij weg. Lydia kan hem niet bijhouden en doet er ook geen moeite voor. Als hij een paar meter voor haar uit loopt, draait hij zich opeens om en wacht. 'Het spijt me. Het is juist heel goed dat je zoveel leest. Ik ken die boeken ook, maar de grap is dat de kazen van Sluis ook niet best zijn.'

'Maar die van Piet Boekel wel.'

Huib knikt en zucht. 'Je hebt gelijk, het móét de melk wel zijn. In het begin zwommen de stekelbaarsjes erin rond, of er dreef kroos in.'

'Ik weet het. Veel boeren koelen de avondmelk door de bussen in sloten te zetten, nietwaar?'

'Ja, en de ontroming komt sneller op gang als de deksels eraf zijn, dus...' Huib maakt een machteloos gebaar met zijn handen. 'Ik heb gezegd dat ze daarmee moeten ophouden, maar ik kan ze niet controleren.'

'Natuurlijk wel. We kunnen een paar man steekproeven laten doen door na het melken die boerderijen te bezoeken. Als er dan bussen in de sloot staan, doen we geen zaken meer met die boer. Eigenlijk zou de melk ook niet in één groot vat verzameld moeten worden, maar in enkele kleinere vaten. Zo voorkomen we dat alles vervuild raakt, en als we bijhouden wiens melk in welk vat terechtkomt, hebben we de boosdoener.'

Huib knikt langzaam. 'Dat is wel veel werk.'

'Beter dan met slechte kaas aankomen. Hoe erg is het met de partij die we nu hebben? Is alles onbruikbaar?'

'Nee, er zaten ook lekkere Edammers tussen. Die moeten afkomstig zijn van schone melk, van een andere lichting. De ochtend- of avondmelk, daar moeten we achter zien te komen.'

'Zijn de goede kazen geschikt voor de verkoop?'

'Zeker.'

'Dan brengen we die alvast naar de kaasmarkt van Purmerend, en de volgende keer komen we met een flinke lading voor Edam.'

Ze hebben het fabrieksterrein bereikt, waar net de middagmelk in ontvangst wordt genomen.

Lydia kijkt de bedrijvigheid aan, vraagt zich af hoeveel verontreinigde melk er vandaag weer de kuip in stroomt en neemt zich voor om morgen heel vroeg op te staan.

In alle vroegte laat ze Hendrik de volgende ochtend de paarden voor haar rijtuig spannen. Het is nog niet eens helemaal licht als ze de oprijlaan van Welgelegen af rijden en afslaan naar de eerste boerderij.

Het is die van Dirk Lemming, en hij is net klaar met melken. In het grauwe ochtendlicht sjouwt hij met zijn twee zonen de melkbussen naar de kar, die klaarstaat op het erf. Als Lydia aan komt rijden, blijven ze staan en nemen ze hun pet af.

'Goedemorgen,' zegt Lydia, terwijl ze uitstapt. 'Ga gerust door met jullie werk. Ik kom even een kijkje nemen.'

'Een kijkje nemen, juffrouw?' vraagt Dirk met een ongemakkelijke uitdrukking op zijn gezicht. 'Is er iets niet in orde?'

'Dat weet ik niet, dat kom ik bekijken.' Lydia's ogen dwalen rond en blijven rusten op de vlonder bij de sloot, waar een meisje het melkgerei aan het schoonmaken is. 'Is dat je dochter?'

Dirk volgt haar blik en zegt trots: 'Ja, dat is Bregje. Een flinke meid. Zeven jaar, maar ze werkt al goed mee.'

'Doet ze dit elke dag?' vraagt Lydia, zonder haar blik van het meisje af te wenden.

'Elke dag.'

'Ook 's middags?'

'Nee, dan zit ze op school.'

'En worden de emmers en bussen dan ook op die plek schoongemaakt?'

‘Nee, onder de pomp. Maar die is te zwaar voor Bregje.’

Lydia knikt. ‘Vanaf dit moment maak je ’s morgens zelf je spullen schoon, Dirk, of je laat iemand water pompen voor je dochter. Ik wil niet één emmer, bus of vat meer op die steiger zien staan.’

Met opgetrokken wenkbrauwen kijkt Dirk haar aan. ‘Zo hebben we het altijd gedaan. Mijn ouders, mijn grootouders...’

‘Maar jij doet het niet meer zo,’ valt Lydia hem in de rede. ‘Die sloot is een bron van bacteriën.’

‘Bacteriën?’

‘Viezigheid, die ziektes veroorzaakt.’

Dirk zet zijn handen in zijn zij. ‘Wilt u beweren dat mijn melk niet in orde is?’

‘De avondmelk waarschijnlijk wel, want dan gebruik je de pomp. De ochtendmelk zou verontreinigd kunnen zijn.’ Om haar woorden wat te verzachten kijkt ze hem vriendelijk aan. ‘Ik zeg niet dat het zo is, maar de kans is groot. Waar bewaar je de bussen met avondmelk?’

‘In de sloot, net als iedereen.’

‘Niet iedereen zet ze daar. Er zijn ook boeren die de waterput gebruiken, of de kelder, met ijsblokken.’

‘Het is zomer. Ik heb geen ijsblokken.’

‘Dat begrijp ik, maar sommige mensen hakken ze ’s winters uit de sloot en bewaren ze in diepe putten. Dat is een veel betere manier om je melk te koelen.’

Dirk kijkt haar zwijgend aan.

‘Dus,’ zegt Lydia. ‘Geen melk meer in de buurt van de sloot. Begrepen?’

Met een geërgerde uitdrukking op zijn gezicht tilt Dirk een melkbus, die zijn zoon voor hem heeft neergezet, op de kar.

‘Als ik Bregje moet helpen pompen kan ik net zo goed alles zelf doen,’ moppert hij.

'Dat is een goed idee,' zegt Lydia, terwijl ze in haar rijtuig stapt. 'Het schoonhouden van je spullen is jouw verantwoordelijkheid, niet die van je dochter. Als je nog één keer met vervuilde melk komt aanzetten, hoef je niet meer aan ons te leveren.'

Een uur lang rijdt ze rond om bij zoveel mogelijk boerderijen inspectie te houden, daarna zijn de meeste boeren klaar met melken en gaan ze op weg naar de fabriek. Als ze teruggaat, ziet ze hier en daar karren in de berm staan, waar boeren omheen staan te praten. Uit beleefdheid groeten ze, maar hun gezichten staan nors.

Ook op het erf van De Purmer is de sfeer anders dan normaal. Veel boeren doen alsof ze haar niet zien en blijven met hun rug naar haar toe staan.

'Wat is er gebeurd? Ben je vanochtend bij ze langs geweest?' vraagt Huib zodra ze het gebouw binnenkomt.

'Ja. En morgen ga ik weer, want ik heb veel roestige emmers en kannen zien staan. Als daar de melk in wordt opgevangen begrijp ik wel dat de kaas mislukt.'

'Je wilt om vier, vijf uur 's morgens die boerderijen afgaan?'

'Niet allemaal, natuurlijk. Een paar, die ik niet vertrouw.'

Huib haalt diep adem en laat de lucht in een zucht weer ontsnappen. 'Heb je iets gemerkt aan de sfeer hier op het erf?'

'Ze zijn boos, maar dat maakt niet uit. Ik heb ze duidelijk gemaakt dat we ze niet betalen voor melk die uit sloten komt, en dat er regelmatig gecontroleerd gaat worden. Ook tíjdens het melken.'

Huib neemt haar bij de elleboog en voert haar mee naar het kantoor. Daar, met de deur dicht, zegt hij: 'Lydia, ik weet dat je het goed bedoelt, maar het is duidelijk dat je geen idee hebt hoe het eraan toegaat op een boerderij. Iedereen werkt mee tijdens het melken. De knecht, de meid, de oudste kinderen. Er is er altijd wel een die met z'n vingers in de melk zit om er een strootje uit te vissen, of er een vieze beker in doopt om een slok te nemen, of die de stal gaat aanvegen terwijl de emmers onbeschermd op de grond staan, en er is altijd wel een koe die begint te schijten, of...'

'Ja, ja,' zegt Lydia snel. 'Ik begrijp wat je bedoelt. Hoe voorkomen we dat?'

'Dat kun je niet voorkomen. Zo erg is het niet, het gaat al eeuwen zo en er wordt gewoon kaas van gemaakt. Jaag nou niet iedereen tegen je in het harnas. We hebben die melk nodig.'

'Schóne melk! We gaan ze toch niet betalen voor die smeerboel!'

'Nee, en we moeten er ook zeker op letten dat ze het niet te bont maken, maar het blijft iets wat van een boerderij komt. We moeten niet te pietluttig zijn, anders kunnen we de deuren wel sluiten.'

'Als er bedorven kaas uit komt ook,' bijt Lydia hem toe. 'Ik ga morgen bij het melken kijken, of ze het leuk vinden of niet. En ik zou het waarderen als je me steunt in plaats van afvalt, want dat hebben ze heel snel door.'

16

Vanaf die dag laat Lydia de arbeiders elke melkbus openen om aan de inhoud te ruiken, en ze draagt hun op goed te kijken of er geen vuil in drijft en de kleur mooi wit is. Ze voert kleinere melkvaten voor de melkontvangst in, laat de kaasbakken nummeren en zorgt ervoor dat bij elk onderdeel van de bereiding uitgebreid notities worden gemaakt.

Boeren die hun houten kaasbereidingsapparatuur vervangen door metalen apparatuur, zodat ze alles goed schoon kunnen maken, krijgen meer betaald. Hetzelfde geldt voor boerderijen waar de stalvloer goed wordt schoongemaakt met warm water en soda.

'sMorgens en 's middags komen de paard-en-wagens een voor een het terrein van de fabriek op. Dan gaat Lydia naar het melkbordes, niet alleen om de boeren te begroeten maar ook om een oogje in het zeil te houden bij de ontvangst.

Binnen, bij de bascule, houdt ze er toezicht op dat de melk in de weegschaal wordt gewogen en het gewicht wordt genoteerd achter een nummer dat correspondeert met dat op de melkbussen. Zo weet ze precies welke melk van welke boer afkomstig is.

Boeren die hun melk verdunnen met water krijgen eerst een boete. Pas als ze hun leven niet beteren, stopt De Purmer met afname, volgens een nieuw contract dat Huib iedereen heeft laten tekenen.

Lydia zou het liefst meteen geen zaken meer doen met de melkvervuilers, maar Huib heeft het boetesysteem erdoorheen gedrukt.

'We hebben de melk nodig,' zei hij. 'Ik wil zo min mogelijk leveranciers kwijtraken.'

Hoewel het haar tegenstond om zaken te blijven doen met mensen die te eigenwijs of te lui waren om te luisteren, moest Lydia toegeven dat hij gelijk had.

Een aanzienlijk deel van de melk uit de omgeving gaat naar de steden, vooral naar Amsterdam. 's Zomers blijft er meer dan genoeg over om de fabriek draaiend te houden, maar in de winter gaan de koeien op stal en de meeste boeren hebben het niet breed genoeg om hun vee te voederen. Vandaar dat ze in het najaar een deel van hun koeien verkopen. Zij die hun vee houden, geven het wat minder voer, maar daardoor wordt de melkopbrengst minder. Kortom, in de winter kon het weleens lastig worden om aan voldoende melk te komen. Huib heeft gelijk: ze hebben elke boer nodig.

Daarom heeft ze voorgesteld iedereen een aandeel in de opbrengst te geven. Aanvankelijk voelde Huib weinig voor een beloningssysteem, tot hij inzag dat dat de enige manier was om betrokkenheid bij de fabriek te krijgen.

Eigenlijk is het verbazingwekkend hoe goed hun samenwerking verloopt, bedenkt Lydia. Door hun meningsverschillen had het heel goed op ruzie kunnen uitdraaien, maar dat is niet gebeurd.

Lydia sluit het kasboek. De werkdag is voorbij, de arbeiders verlaten de fabriek al. Ze hoort Huib de mannen gedag zeggen, en ze loopt de melkzaal in. Huib sluit net de deuren achter hen, waarmee ook een groot deel van het licht wordt buitengesloten.

'Ik ga...' begint Lydia, maar hij legt haar met een handgebaar het zwijgen op. Hij wenkt en loopt in de richting van de kaaskamer. Lydia volgt hem en vraagt bezorgd: 'Is er iets?'

Huib geeft geen antwoord maar laat haar voorgaan, de kaaskamer in. Daar, op een hoge tafel, staat een houten bord met een aangesneden kaas erop.

Met een ruk draait Lydia zich naar hem toe. 'Zijn de nieuwe kazen rijp?'

'Ja, ik heb er net een geprobeerd.'

'En?'

Huib snijdt een stuk van de Edammer af en geeft het aan Lydia.

Ze proeft, terwijl hij haar met zijn handen in zijn zij gadeslaat. Lydia neemt de tijd om de zilte smaak op haar smaakpapillen te laten inwerken. Dan glimlacht ze. 'Hij is heerlijk!'

'Ja, hè? Dat vind ik ook.'

'Maar zijn ze allemaal goed, of zijn het er weer enkele?'

'Dat gaan we uitproberen. We snijden er van elke plank een aan.' Huib pakt een kaas uit de stellingkast en zet het mes erin.

'Wacht!' roept Lydia, en ze haast zich terug naar het kantoor. Even later komt ze terug met een fles rode wijn en twee glazen; geschenken die ze hebben gekregen bij de opening.

Met plechtige bewegingen snijdt Huib een paar kazen aan, terwijl Lydia de glazen volschenkt. Ze proeven, drinken en proosten. De Edammers zijn prima, allemaal.

'Dankzij jou,' zegt hij. 'Je had gelijk. Hygiëne is het toverwoord.'

'En dankzij jouw vakbekwaamheid. Jij werkte al hygiënisch, daarom waren jouw kazen altijd al goed.'

Glimlachend kijken ze elkaar aan. Er verschijnt een andere blik in Huibs ogen.

Hij steekt zijn hand naar Lydia uit en ze neemt hem aan, laat toe dat hij haar naar zich toe trekt.

Met ingehouden adem kijkt ze naar zijn gezicht, zijn mond, die opeens zo dichtbij is. Hoe vaak heeft ze niet naar die mond gekeken en zich afgevraagd hoe het zou zijn om hem met haar lippen te beroeren, hoe dat zou voelen.

Ze weet dat dat ongepast is, maar ze kan niet ontsnappen aan de aantrekkingskracht die hij op haar uitoefent.

Huibs gezicht komt nog wat dichterbij, zijn adem is warm op haar lippen. Voorzichtig tilt hij haar kin wat omhoog en dan kust hij haar. Het is een heel andere kus dan die zij hem een paar maanden geleden gaf, langzaam, warm en teder.

Allerlei gedachten flitsen door Lydia's hoofd, allerlei redenen om te laten wat ze wil doen, maar ze verdwijnen naar de achtergrond door een allesoverheersend verlangen. Ze wil deze man. Ze wil veel meer dan alleen een kus.

Lydia maakt zich los uit Huibs omhelzing en duwt hem zachtjes van zich af. Teleurstelling en schrik glijden over zijn gezicht, maar ze glimlacht geruststellend.

'Niet hier,' zegt ze.

Huib kijkt om zich heen. 'Te onhygiënisch?'

Ze moet lachen en zegt: 'Dat ook, maar vooral onpraktisch. Kom vanavond naar mijn huis.'

Die avond geeft ze Fiene, Hendrik en Mies vrij, zodat ze Welgelegen voor zichzelf heeft. Het is een zachte voorjaarsavond en het is nog net licht als ze Huib over de oprijlaan ziet aan komen rijden. Haar hart hamert in haar borst, maar ze voelt geen twijfel.

Buiten komen paard-en-wagen voor het bordes tot stilstand. Nog voor Huib kan aanbellen opent Lydia de deur. Hij heeft een prachtig veldboeket voor haar meegenomen, van bloemen die ze herkent uit zijn tuin. Hij heeft zijn nette kleren aan en ruikt lekker, naar zeep en gras.

Ze glimlacht naar hem en laat hem langs haar heen de hal in stappen. Dan sluit ze de deur, pakt zijn hand en leidt hem naar boven.

17

Vroeg in de ochtend, het is nog donker, gaat Huib zo zachtjes mogelijk zijn boerderij binnen. Hij moet wat eten, zijn knechten instructies geven voor de werkdag en zelf op tijd in de fabriek zijn om de ochtendmelk in ontvangst te nemen. Het viel niet mee om zich uit Lydia's warme omhelzing los te maken, en nog minder om aan het werk te gaan na zo weinig nachtrust, en tegelijk voelt hij een heel nieuwe energie door zijn lichaam gaan.

Vannacht was alles waarvan hij ooit heeft gedroomd. Nu weet hij waarom hij geen andere vrouwen toeliet in zijn leven, en waarom hij niet voor Jantine kon kiezen: omdat hij wist dat er meer moest zijn dan alleen die oppervlakkige aantrekkingskracht en de bevrediging van zijn lusten. De enige reden dat hij erin slaagde om uit bed te stappen, Lydia te kussen en te vertrekken, was dat hij haar zo weer zou zien, in de fabriek.

Achter Huib gaat een deur open en Jantine komt binnen, in haar nachthemd en met een ochtendjas om zich heen geslagen.

'Jij bent vroeg,' zegt ze, en na een blik op zijn kleding vraagt ze: 'Waarom heb je je goeie goed aan?'

'Ik moet me nog omkleden.' Hij stapt langs haar heen naar de deur, en even hoopt hij dat ze het zal laten passeren.

'Je bent niet thuis geweest vannacht.' Jantines stem klinkt gelaten. 'Ik zag net dat je bed onbeslapen is. Was je bij Lydia?'

'Ja.' Huib draait zich om, klaar voor de confrontatie, maar hij ziet geen woede op Jantines gezicht. Wel verdriet en pijn. 'Het spijt me,' zegt hij zacht. 'Ik hou van haar. En ik ben nooit oneerlijk tegen jou geweest.'

Hij doet een stap naar haar toe, maar Jantine steekt haar hand op.

'Dat weet ik.' Ze knippert een paar keer met haar ogen en vermant zich. 'Ik zou willen dat ik kon zeggen dat ik blij voor je ben, Huib. Dat zou ik wél zijn als het om iemand anders ging dan Lydia.'

'Lydia houdt ook van mij.'

'Ja? Gaan jullie trouwen, komt ze hier op de boerderij wonen? Neemt ze jouw naam aan?'

'Nee, dat denk ik niet. Voorlopig houden we onze relatie voor onszelf.'

'Voorlopig? Voor altijd zul je bedoelen. Je denkt toch niet dat een vrouw als zij zal kiezen voor de boerenstand? Dat gaat niet gebeuren, Huib.'

'Ze hoeft geen boerin te worden, we hebben een fabriek samen.'

'Maar je blijft een boer, en zij een dame van stand.'

Opnieuw doet Huib een stap naar haar toe, en deze keer weert Jantine hem niet af. Hij legt zijn handen op haar schouders en kijkt haar ernstig aan.

'Ik doe je verdriet en dat spijt me,' zegt hij zacht. 'Echt waar. Je bent lief en je verdient een goede echtgenoot. Ik weet zeker dat je die zult vinden.'

'Dan zijn we uitgepraat. Ik heb al die tijd gehoopt dat je verstandig zou zijn, maar nu ga ik mijn spullen pakken.'

'Ga je weg? Dat hoeft niet, je kunt hier gewoon blijven werken.'

Met een ongeduldige beweging schudt Jantine zijn handen van zich af. 'Nee, dat kan niet. Ik zal het ontbijt maken en de was nog even opvouwen, en dan wil ik mijn geld en ga ik.'

Ze loopt weg en in de deuropening draait ze zich om. 'Lydia Oorthuys gaat jou niet gelukkig maken, Huib.'

Jantines vertrek doet Huib meer dan hij had verwacht. Na de melkinname gaat hij even terug naar de boerderij, waar het vreemd stil is. Nu pas dringt het tot hem door hoezeer Jantine het huis vulde met haar aanwezigheid, hoe gezellig het klonk als ze zachtjes liep te zingen tijdens het werk en hoe zorgzaam ze was. Zelfs nu heeft ze gezorgd dat alles keurig opgeruimd is en ligt zijn was gestreken en gevouwen in de kast. De kat loopt miauwend van kamer naar kamer.

Huib neemt hem op de arm, maar hij wurmt zich los en springt op de grond. Huib weet eigenlijk niet goed wat hij hier komt doen. Misschien hoopte hij dat Jantine zich had bedacht.

Maar het is beter zo, daar heeft ze gelijk in. In ieder geval is hij nu van de spanning af die voelbaar was als Lydia er was. Voortaan kan ze gewoon over de vloer komen, zonder pottenkijker erbij. Maar hij heeft wel een nieuwe meid nodig.

Huib loopt naar de deel en trekt zijn klompen weer aan. Hij kijkt nog even in de stallen en werpt een blik op het land, waar zijn knechten aan het werk zijn, en dan keert hij terug naar de fabriek. De beste manier om korte metten te maken met dat vreemde gevoel van onrust is door aan het werk te gaan.

Als hij aankomt, is Lydia intussen ook gearriveerd. Van een

afstand glimlacht ze naar hem en hij loopt naar haar toe. Even weet hij met zijn houding geen raad; moet hij haar nu kussen of is het beter van niet? Hij laat het maar aan haar over.

'Goedemorgen.' Lydia glimlacht opnieuw naar hem, maar ze gaat gewoon verder met haar bezigheden. De rest van de dag gedraagt ze zich net als anders, en dat doet Huib dus ook maar.

In de maanden die volgen leiden ze een dubbelleven. Voor het oog van de wereld is hun relatie zakelijk, maar wanneer ze zich onbespied wanen, zijn ze een stel. Ze zoeken elkaar thuis op, meestal op Welgelegen, waar minder pottenkijkers zijn. Daar voelt Lydia zich waarschijnlijk ook prettiger, denkt Huib. Hij niet, de chique omgeving geeft hem een ongemakkelijk gevoel, maar nu hij weet wat zij gewend is, vindt hij het moeilijk om de liefde te bedrijven in zijn krappe bedstee.

Hoe zou zij dat zien? Hoe ziet zij hun toekomst? Hij zou graag een vrouw hebben die elke ochtend naast hem wakker wordt, die hem helpt op de boerderij en die hem kinderen kan schenken.

Maar trouwen en een gezin stichten hebben voor Lydia geen prioriteit, daar is ze heel duidelijk over. Zou ze van plan zijn om zo door te gaan, met heimelijke afspraakjes en gestolen momenten achter in de kaasfabriek, terwijl ze afwisselend in Amsterdam of Purmerend verblijft?

Huib schept een berg dampende mest op de hooivork en gooit hem in de kruiwagen. Zijn aanwezigheid in de fabriek is niet de hele dag noodzakelijk, en hoe graag hij daar ook bezig is, hij zou het boerenleven niet willen missen. Maar misschien moet hij toch overwegen om dat op te geven. Als fabrieksdirecteur, wonend in een mooi groot huis, zou hij Lydia misschien definitief voor zich kunnen winnen.

18

Half mei staat Purmerend op zijn kop. Het is kermis, een feest waar iedereen al weken vol verlangen naar heeft uitgekeken. De meeste exploitanten hebben hun attracties over het water aangevoerd, en in de week voor ze opgebouwd werden, stond de jeugd voortdurend aan de oever om ze te bekijken. Vandaag is het zover, de kramen en toestellen staan op de pleinen: het feest kan beginnen.

Hoewel de kermis bij iedereen leeft, heeft Lydia Huib er niet over gehoord. Ze neemt aan dat hij er met vrienden naartoe gaat. Zelf blijft ze thuis en kan ze zich alleen maar een voorstelling maken van de vrolijkheid in de stad.

‘Gaat u niet naar de kermis?’ vraagt Fiene, terwijl ze met een stapel linnengoed in haar armen langs Lydia loopt.

‘Ik weet het niet.’

Fiene blijft staan en kijkt Lydia opmerkzaam aan.

‘Maak je geen zorgen,’ zegt Lydia. ‘Ik geef er niet zo om.’

‘Echt niet? Maar het is ontzettend leuk! Ik wilde vanmiddag gaan, als ik klaar ben met mijn werk.’

‘Met je vriendinnen?’

'Nee, die zijn veel later klaar dan ik. Ze komen vanavond pas. Ik denk dat ik vanmiddag even alleen ga kijken.'

'We zouden samen kunnen gaan,' stelt Lydia voor.

Fiene glimlacht. 'Dat lijkt me leuk.'

Aan het einde van de middag brengt Hendrik hen met het rijtuig naar Purmerend. Hoe dichterbij ze komen, hoe voller de wegen worden. Wie geen wagen heeft, gaat te voet. Uit alle richtingen trekken de mensen naar de stad, en het feestgedruis komt hun van verre tegemoet.

In Purmerend lijkt iedereen zich op de pleinen te hebben verzameld, en alle kroegen zitten vol. In de buurt van de Koemarkt laat Hendrik het rijtuig tot stilstand komen.

Fiene gaat rechtop zitten, met een kleur van opwinding op haar gezicht. Ingespannen kijkt ze naar buiten, alsof ze iemand zoekt.

'En? Zie je hem al?' vraagt Lydia op plagende toon, en ze lacht als Fiene betrapt opzij kijkt. 'Wie zoek je, Fiene?'

'Gijs.'

'Hij is er vast. Kom, dan gaan we.'

Ze stappen uit en Lydia vraagt Hendrik om te wachten. Ze is niet van plan om erg lang te blijven.

Samen met Fiene loopt ze de stad in, en ze kijken hun ogen uit. De kermis lijkt elk jaar groter en spectaculairder te worden. Naast de traditionele zweefmolen en schiettent is er dit jaar een houten barak waar circusvoorstellingen in worden gegeven, en de oude draaimolen is vervangen door een stoomcarrousel met prachtige houten paarden. Op de Kaasmarkt staat een man met een rarekiekkast. Hij is omringd door nieuwsgierige mensen die door het kijkgat naar de afbeeldingen willen kijken.

Fiene kijkt er verlangend naar, maar ze vindt het te duur en dan betaalt Lydia voor hen beiden.

Als ze uitgekeken zijn op de exotische afbeeldingen, lopen ze verder. Ze komen langs straatmuzikanten, koek- en wafelbakkers, loterijen, een vlooientheater, en ze kijken een tijdje naar de vrijersmarkt, waar ongehuwde meisjes zich beschikbaar stellen als vrijster voor zolang de kermis duurt.

'Is dat iets voor jou?' vraagt Lydia met een lach.

'Nee, dank u. Ik heb Gijs. Althans, dat hoop ik.'

'Als je hem wilt zien dan kunnen we beter naar de Koemarkt gaan. Hij zal wel met zijn vrienden in het café zitten.'

Op de Koemarkt is het een enorme drukte, maar Fiene heeft Gijs snel gevonden in zijn stamkroeg. Ze zwaait opgetogen naar hem, en de verheugde uitdrukking op zijn gezicht als hij Fiene ziet, doet Lydia een besluit nemen.

'Ga maar lekker kermisvieren met Gijs,' zegt ze. 'Ik loop nog een rondje en dan ga ik terug.'

'Nu al? Weet u dat zeker?'

'Ja, het is me hier te druk. Wacht, dit is voor jou.' Lydia pakt haar beurs, die aan een kettinkje aan haar ceintuur hangt, en geeft Fiene een paar munten. 'Veel plezier,' zegt ze hartelijk, en voor het meisje iets terug kan zeggen, draait ze zich om en loopt ze de Koemarkt op.

En dan ziet ze Huib. Hij staat aan de overkant van het plein met een pint bier in zijn hand. Blijkbaar vertelt hij net iets grappigs, want de mannen om hem heen barsten in lachen uit. Huib lacht ook. Hij legt zijn hand op de schouder van een van zijn vrienden en maakt zijn verhaal af, waarna er een nog harder gelach opstijgt.

Een gevoel van ontroering gaat door Lydia heen. Wat leuk om Huib met zijn kameraden te zien. Zo kent ze hem niet.

Sinds hun relatie de vorige zomer is begonnen, hebben ze elkaar alleen in het geheim ontmoet. Hier, op de kermis, lijkt hij een heel andere man; uitbundiger, jonger ook. Ze kan haar ogen niet van hem afhouden, volgt iedere beweging die hij maakt. Het liefst was ze naar hem toe gelopen en naast hem gaan staan, zodat hij zijn arm om haar heen kon slaan en haar tegen zich aan zou kunnen trekken. Maar ze verroert zich niet.

Een paar meisjes lopen langs, op klompen en met zwierige rokken aan, en de mannen roepen en wenken hen. Waarschijnlijk kennen ze elkaar, want de meisjes lopen naar hen toe en praten en lachen mee. Ze krijgen een biertje en de groep proost uitbundig.

Bewegingloos kijkt Lydia toe. Een triest gevoel overvalt haar. Als Huibs blik in haar richting dwaalt, doet ze snel een stap opzij, zodat een draaiorgel haar aan het zicht onttrekt. Hoewel de zon schijnt, lijkt het alsof er een schaduw over het plein is gevallen. Lydia rilt in haar fluwelen jasje en wendt zich af. Ze werpt een blik in het café achter haar en ziet Fiene met Gijs zoenen. Ze kijkt opnieuw naar Huib en zijn gezelschap, en loopt dan zo snel mogelijk naar de plek waar Hendrik op haar wacht.

Twee weken later zit Lydia in een rieten leunstoel op de veranda van Welgelegen en staart voor zich uit de tuin in. Hoe lang ze daar al zit weet ze niet, maar de zon is achter de bomen weggezakt en de schaduwen kruipen dichterbij.

Er zit iets zwaars in haar borst waardoor ze moeite heeft met ademen en ze slaapt slecht. Aan de fabriek ligt het niet, die loopt prima. Het wantrouwen waarmee ze in het begin door de boeren werd ontvangen, is omgeslagen in respect. Ze groeten eerbiedig als ze met haar rijtuig het erf op komt rijden in plaats van haar stuurs aan te kijken, en ze luisteren naar wat ze zegt.

De kazen van De Purmer zijn zowel in Purmerend als in Edam met grote waardering ontvangen en de bestellingen stromen nog steeds binnen. Inmiddels leveren ze ook aan de kaasmarkten van Hoorn en Alkmaar.

Het heeft een tijd geduurd voordat Lydia zich realiseerde waar de onrust dan wel door kwam, en nu kan ze geen moment ophouden met piekeren. Haar gedachten bewegen zich in een maalstroom die telkens bij hetzelfde punt uitkomt.

Sinds ze het weet slaapt ze slecht. Haar lichaam en geest lijken samen te spannen om haar zo lang mogelijk wakker te houden, en dus gaat ze steeds later naar bed. Ze wacht tot ze zo moe is dat haar ogen meteen dichtvallen.

Lydia kijkt hoe het licht zich langzaam terugtrekt en de hemel een steeds diepere kleur blauw aanneemt. Normaal gesproken wordt ze daar rustig van, maar nu niet.

'Juffrouw, het wordt fris. Wilt u een dekentje?' Zorgzaam als altijd verschijnt Fiene op de veranda, het dekentje al over de arm.

'Graag, Fiene, dank je wel. En ga daarna maar slapen, hoor. Ik sluit wel af.' Lydia knikt. Weggekropen onder de wollen plaid kijkt ze toe hoe de sterren aan de hemel verschijnen. Eerst een paar, en dan steeds meer, tot de wereld alleen maar uit onrustig fonkelende lichtjes lijkt te bestaan.

In haar hoofd is het al net zo'n warboel, haar gedachten tuimelen door elkaar. De afgelopen maanden was ze zo gelukkig, waarom kan het niet zo blijven?

Ze zijn nog wel zó voorzichtig geweest. Huib noemde het 'voor het zingen de kerk uit', maar ze is toch in verwachting geraakt. Ze merkt het aan haar borsten, die pijnlijk gespannen zijn, en aan de misselijkheid waarmee sinds kort de dagen beginnen.

Wat nu? Gemeenschap voor het huwelijk is bij de wet verboden, al komt het zelden voor dat een vrouw ook echt bestraft wordt. Haar straf is het verlies van haar reputatie en uitsluiting van het sociale leven.

Als ze Huib het nieuws vertelt, zal hij meteen met haar willen trouwen. Haar eer zal gered zijn, maar het leven zoals ze dat gekend heeft is dan voorbij. Het is uitgesloten dat ze zich met hem in Amsterdam kan vertonen, hij zou door niemand geaccepteerd worden. Zelfs haar meest liberale vrienden zouden moeite hebben met die verbintenis. Dus zij zal op de sociale ladder een flinke stap omlaag moeten zetten. Houdt ze genoeg van Huib om dat te doen?

Ze zucht. Wat zij voelt is niet belangrijk meer, er is nog iemand om rekening mee te houden: haar kind. Het zal opgroeien in de boerenstand in plaats van in de gegoede burgerij en minder kansen in het leven hebben.

Maar er is nog een optie. Er zijn manieren om een zwangerschap af te breken.

Van Elisabeth weet ze dat Aletta Jacobs vrouwen daarmee helpt. Ze is nog niet zo lang in verwachting, het zou kunnen. Men zegt dat het de eerste weken nog niet echt een kind is, dat het er ook niet op lijkt. Als ze het weg wil laten halen, moet ze snel beslissen.

De volgende ochtend laat Lydia zich door Hendrik naar De Purmer brengen. Fiene gaat mee en blijft in het rijtuig zitten terwijl zij de fabriek in loopt.

Huib staat bij het pekelbad te praten met een werknemer, maar als hij haar ziet, gekleed in reiskostuum, breekt hij het gesprek af. Persoonlijke gesprekken voeren ze altijd in het kantoor, en Lydia loopt er meteen naartoe. Huib volgt haar en sluit de deur.

'Ga je weg?' vraagt hij verbaasd.

'Ja, een paar dagen, naar Amsterdam.'

'Zo opeens? Ik dacht dat we de brochures voor een extra roomcentrifuge zouden bekijken.'

'Dat kun je toch wel alleen?'

Zwijgend neemt Huib haar op. 'Goed. Maar ik zou het wel prettig vinden als je dat voortaan eerst even met mij bespreekt, in plaats van zomaar te vertrekken.'

'Het kwam ineens in me op en toen dacht ik: ik ga gewoon.'

'Ja, precies, dat vind jij gewoon.'

'Het ís gewoon,' zegt Lydia geprikkeld. 'We zijn niet getrouwd, ik kan doen wat ik wil.'

'Dat is waar, maar we hebben wel een relatie. En binnen een relatie lijkt het me normaal om rekening met elkaar te houden. Zeker als je een bedrijf hebt.'

'Wat is het probleem, Huib? Moet ik alles wat ik doe dagen van tevoren aankondigen?'

'Nee, natuurlijk niet.' Huib slaakt een zucht. 'Ik vind het niet fijn om je zo lang te moeten missen. Dat is alles.'

Op slag ontspant Lydia. 'Het spijt me dat ik het zo plompverloren aankondig. Heeft die roomcentrifuge haast? We kunnen er nu even naar kijken.'

'Nee, je hebt gelijk, dat red ik wel alleen. Hoe lang blijf je weg?'

'Niet lang. Een week, denk ik.' Lydia loopt naar Huib toe en omhelst hem.

Hij trekt haar tegen zich aan en kust haar. Daarna laat hij haar los en zegt: 'Veel plezier. Ik hou van je.'

'Ik ook van jou. Tot over een week.' Lydia geeft hem nog een snelle kus en verlaat het kantoor. Als ze door de fabriek loopt, voelt ze Huibs ogen in haar rug.

'Weet je het wel zeker? Ik heb gehoord dat het een enorme ingreep is,' zegt Clementine bezorgd.

Lydia is niet rechtstreeks naar Amsterdam gegaan. Op het station van Purmerend heeft ze met Fiene de trein naar Haarlem genomen en daarna hebben ze zich met een huurrijtuig naar het Spaarne laten brengen.

Nu zit ze in de erker van Clementines huis. Het is er rustig. Clementines oudste kinderen zijn op school of aan het werk. Alleen de jongste, Marie, is thuis en speelt in de achterkamer met haar poppen.

'Ik weet het helemaal niet zeker. Eigenlijk ben ik van geen enkele keuze meer zeker,' zegt Lydia wanhopig.

'Van Huib toch wel?'

Clementine is de enige die ze over haar liefdesleven in vertrouwen heeft genomen. Ze trok sceptisch één wenkbrauw op, maar ze onthield zich van commentaar.

'Ik ben verliefd op hem, maar mijn moeder heeft altijd gezegd dat dat geen reden is om te trouwen. Verliefdheid vertroebelt je blik.'

'Daar heeft ze gelijk in. Maar ik heb helemaal niet het gevoel dat jouw blik vertroebeld is. Ik heb eerder de indruk dat je alles heel scherp ziet.'

'Zoals?'

'Je gevoelens, je toekomst. Je bent verliefd op die man en je hebt eraan toegegeven, maar je beseft volgens mij heel goed dat er geen toekomst voor jullie samen is.'

'Ja,' zegt Lydia met een diepe zucht. 'Maar niet... niet omdat ik niet van hem houd. Het is gewoon...'

'Onmogelijk.'

'Dat niet, maar de verschillen tussen ons zijn toch wel erg groot.'

'In afkomst, bedoel je?'

'Ja. En daarbij komt dat als ik trouw ik mijn beslissingsbevoegdheid kwijtraak. Ik zou niets meer te zeggen hebben over mijn leven, over de fabriek, over mijn geld. Het zou allemaal van Huib zijn. Dat kan ik niet laten gebeuren, ook al hou ik nog zoveel van hem.'

'Maar dat geldt voor iedere man. Wil je zeggen dat je van plan bent om nooit te trouwen?'

'Daar komt het wel op neer. Kijk niet zo naar me, Clementine. Tegenwoordig zijn er heel veel vrouwen die hun vrijheid belangrijker vinden dan een man en een gezin.'

'Ik ken ze niet,' zegt Clementine. 'Maar goed, dat doet er niet toe. Waar het om gaat is de vraag of je het kind houdt of niet.'

'Als ik het houd, zou ik het in mijn eentje moeten grootbrengen. Het kind zou een bastaard zijn.'

'Inderdaad. Je trouwt, of je geeft het kind op, óf je brengt het alleen groot. Meer keuzes zijn er niet.'

Clementines blik dwaalt naar Marie, die een zelfbedacht liedje zingt voor haar pop. Haar hoge stemmetje is duidelijk hoorbaar en Clementine glimlacht.

'Een kind is een groot geschenk,' zegt ze. 'Wees voorzichtig met wat je afwijst, Lydie. Het wordt je misschien geen tweede keer aangeboden.'

Het is vreemd thuiskomen in het grote huis aan de Kloveniersburgwal. Lydia is er in geen weken geweest. Het voelt alsof ze de woning met de logge meubels en zware fluwelen gordijnen is ontgroeid.

Vroeger viel het haar niet op dat de inrichting wel erg ouderwets is, maar nu heeft ze het gevoel dat ze in een museum rondloopt. Welgelegen is lichter en moderner, met zithoekjes vol bamboemeubels en varens, en canapés met pastelkleurige stoffering. Het zijn veranderingen die ze het afgelopen jaar heeft aangebracht. Tegelijk met de zware eikenhouten meubels heeft ze op die manier haar rouw afgevoerd, iets waar ze op de Kloveniersburgwal nog niet aan toegekomen is. Ze zou het de komende tijd kunnen doen, dan heeft ze wat omhanden.

De ochtend na haar aankomst neemt Lydia plaats achter de secretaire om de post door te nemen. Gisteren heeft ze alles wat er lag vluchtig bekeken en terzijde gelegd. Het waren voornamelijk invitaties voor feestjes en etentjes.

Ze houdt er niet van om niets te doen, maar de uitnodigingen hebben evenmin veel aantrekkingskracht.

Op één na. Het is een informeel, handgeschreven briefje van Eduard waarin hij voorstelt om met een groepje vrienden een bezoek te brengen aan de Plantage. Wat hij natuurlijk bedoelt is dat hij met háár op stap wil. Hij zal haar toch niet weer een aanzoek gaan doen?

Nee, waarschijnlijk niet. Hij zal het nu wel begrijpen.

Lydia schrijft terug dat dat haar heel leuk lijkt, en ze laat het briefje meteen door Fiene bezorgen.

19

Het is dinsdag, veemarkt. Eigenlijk heeft Huib daar niet veel meer te zoeken nu zijn belangrijkste werkterrein de fabriek is, hij komt er voor de gezelligheid. Tijdens de dagelijkse melklevering komt er weinig van een praatje, dus dinsdagmiddag is een goed moment om vrienden en bekenden te spreken.

Nu Lydia in Amsterdam zit, heeft hij daar alle tijd voor. En ze is al drie weken weg.

Hij heeft daar geen goed gevoel over. Ze neemt afstand van hem, hij weet het zeker. Dat ze een poosje bij haar familie en vrienden in Amsterdam wil doorbrengen begrijpt hij, maar ze schrijft hem ook niet vaak. Wat is er in godsnaam aan de hand?

Huib loopt naar zijn vaste café en houdt zijn pas in. Jantine steekt de Koemarkt over, in gezelschap van een man. Ze ziet er mooi uit, in een wijnrode rok, met een hagelwit kapje en oorijzers. Ze loopt arm in arm met hem en ze praten zo geanimeerd met elkaar dat ze Huib niet eens ziet.

Een onaangenaam gevoel overvalt Huib. Is hij jalóérs?

Hij draait zich half om en kijkt Jantine na, terwijl hij zijn gevoelens onderzoekt. Ja, het is jaloezie, maar niet omdat Jantine zich met iemand anders getroost heeft. Het is het feit dat ze zich openlijk vertoont met een man, iets wat Lydia nooit zal doen. Hij zal nooit met haar op deze manier over straat kunnen gaan. Opeens voelt hij zich zo triest dat hij het liefst naar huis zou gaan.

Iemand komt naast hem staan en slaat hem op de schouder. 'Hé, Huib, wat sta je daar, man! Gaan we een pint pakken?'

Huib kijkt opzij naar Freek en knikt. Met zijn gebalde vuisten in zijn zakken loopt hij mee, met de bedoeling vandaag eens goed dronken te worden.

20

Op de dag dat ze uitgaan is het zonnig en niet te warm. Ideaal weer om van een dagje weg te genieten, zoals Eduard zegt. Hij heeft Lydia verheugd begroet. Zo verheugd dat ze zich schuldig voelt omdat ze in de afgelopen maanden geen moment aan hem gedacht heeft en ook niets van zich heeft laten horen.

Maar dat lijkt hem niet uit te maken. Hij geniet zichtbaar van haar gezelschap en het uitstapje, waar ook Elisabeth, Helena, Anna Maria, Matthijs en nog een paar bekenden bij zijn.

De Plantage is een gezellige buurt vol wandelpaden, cafés en theetuinen waar met mooi weer veel Amsterdammers komen.

'Het was de bedoeling dat hier huizen kwamen te staan,' zegt Matthijs, 'maar dat is om de een of andere reden niet gebeurd.'

'Gelukkig,' zegt Helena. 'Het is hier veel te mooi om het vol te bouwen. Wat gaan we doen?'

Ze besluiten naar Artis te gaan. Lydia probeert niet aan Huib te denken, die als arbeider geen toegang zou hebben gekregen, en ook niet aan het kind dat in haar groeit en dat hier later evenmin welkom zou zijn. Het enige wat ze wil is haar gepieker tot stilstand brengen en zich ontspannen.

En dus neemt ze volop deel aan de gesprekken en lacht ze om de grappen die gemaakt worden terwijl ze over de paden flaneren. Ze bezoeken het roofdierengebouw en het aquarium, lunchen op het terras en zetten daarna koers naar de afdeling met slangen. Lydia wandelt naast Eduard, die zo langzaam loopt dat ze steeds verder achterop raken.

Dat doet hij met opzet, dat begrijpt ze ook wel, en ze is dan ook niet verbaasd als hij haar bij de elleboog pakt en een zijpad inslaat. Aan het einde ervan staat een prieel met banken.

'Eindelijk even alleen,' zegt hij, terwijl hij gaat zitten en op de plek naast hem klopt. 'Ik wil je graag even spreken, Lydie.'

Lydia klapt haar parasol in en laat zich gehoorzaam op het bankje zakken. Ze voelt een nerveuze tinteling in haar bloed. Daar gaan ze weer, opnieuw een aanzoek. Hoe vaak moet ze hem nog vriendelijk afwijzen voor de boodschap duidelijk is?

'Ik heb je gemist,' zegt Eduard zacht. 'Ontzettend gemist.'

Lydia zegt niets en kijkt naar haar handschoenen.

'Mijn moeder wil dat ik trouw,' zegt Eduard. 'Ze vindt dat het tijd is en ze heeft gelijk. Ik ben bijna dertig, ik wil niet langer wachten. Een paar weken geleden heb ik een meisje ontmoet voor wie ik veel voel, en zij ook voor mij.'

Verrast kijkt Lydia opzij. 'Ga je trouwen?'

'Ja, maar niet met de vrouw die ik wil. Opeens bedacht ik, stel je voor dat Lydia op haar beslissing terugkomt en dat ik dan net getrouwd ben. Ik zou het mezelf nooit vergeven als ik je niet nog een keer vroeg, maar nu officieel.' Eduard staat op en laat zich op zijn knie zakken. 'Lydie, ik heb nog geen ring gekocht, maar ik bedoel het heel serieus. Als je met mij trouwt zal ik je geen beperkingen opleggen. Je kunt gaan en staan waar je wilt, je fabriek leiden, alles. Ik zal je ermee helpen.'

Zijn toon is zo hartstochtelijk en zijn blik is zo smekend, dat Lydia intens met hem te doen heeft.

'Lieve Eduard,' zegt ze zacht, 'ik kan niet met je trouwen. Ik ben in verwachting.'

Geschokt kijkt hij haar aan. Een paar seconden is hij van zijn à propos, dan vraagt hij: 'Van wie?'

'Dat doet er niet toe.'

Eduard pakt haar hand en kijkt ernaar. 'Je draagt geen ring. Die hufter heeft je toch niet laten zitten?'

'Nee, ik wil niet met hem trouwen.'

'Hij heeft je toch niet...'

'Nee, ik wil het gewoon niet.'

Ernstig kijkt Eduard haar aan. 'Ik weet niet wat er gebeurd is, en je hoeft het me ook niet te vertellen als je dat niet wilt. Mijn aanzoek blijft van kracht. Ik wil met je trouwen, Lydia. Ik wil jou én het kind. We hoeven het aan niemand te vertellen, het kan ons geheim zijn.'

'Je weet niet wat je zegt. Zou je het kind van een ander willen opvoeden?'

'Het zou voor de helft van jou zijn.' Eduard glimlacht, en die lach is zo liefhebbend dat Lydia haar vastbesloten 'nee' voelt wankelen.

De afgelopen nachten heeft ze lang liggen piekeren. Niet over het kind, ze was er al snel uit dat ze het wilde houden. Clementine had gelijk met haar waarschuwing dat ze misschien geen tweede kans op het moederschap zal krijgen. Bovendien kan ze het niet over haar hart verkrijgen om iets wat in haar leeft, iets wat voortgekomen is uit de liefde tussen Huib en haar, weg te laten halen.

Maar ze wil het kind ook niet alleen grootbrengen. Ze zou als een paria worden behandeld, en daar kan *zíj* misschien mee leven, maar hoe zal dat later voor haar zoon of dochter zijn?

Woelend en draaiend heeft ze overwogen om toch met Huib te trouwen, maar bij het ochtendlicht verwierp ze dat idee weer. Ze houdt van Huib, maar ze kan haar kind niet in de boerenstand geboren laten worden. Dan zouden hem of haar later té belangrijke kansen ontnomen worden. Bovendien is de boerenstand ook niet háár wereld, zoals haar leven in Amsterdam Huibs wereld niet is. Wat voor toekomst hebben ze dan, met zoveel verschillen? Straks is de grootste verliefdheid voorbij en wat dan? Het is gedoemd te mislukken.

En nu dient zich een vierde optie aan: trouwen met Eduard. Ze zal haar vrijheid moeten opgeven, maar daar is sowieso geen ontkomen aan. Niet als ze haar kind wil besparen dat het als bastaard op de wereld komt.

Trouwen dus. Met Eduard. Als ze voor hem kiest zal ze haar fabriek kwijt zijn, tenzij hij haar toestemming geeft om haar zaken zelf voort te zetten, maar dankzij hem zal haar kind van adel zijn. Het zal een titel mogen dragen.

Maar o, Huib! Hoe moet ze hem dit vertellen? Al heeft ze nog geen woord gezegd, ze voelt de pijn om de breuk nu al. Een fysieke pijn die haar de adem beneemt.

Het is niet anders, ze moet aan haar kind denken. Pragmatisch zijn. Realistisch. Eduard zal een goede echtgenoot zijn, en een goede vader.

Lydia ziet zijn gespannen gezicht, zijn hoopvolle ogen, en ze neemt een beslissing. 'Goed,' zegt ze zacht. 'Ik trouw met je.'

Sommige beslissingen neem je met je hart, andere met je hoofd. Toegeven aan haar gevoelens voor Huib was een beslissing die ze op gevoel heeft genomen, nu wordt het tijd om weer verstandig te worden.

Zelden heeft ze iemand zo blij gezien als Eduard op dat moment. Hij tilt haar op, zwiert haar in het rond, kust haar en voert haar mee in een zelfbedachte dans, waar ze om moet lachen.

Uiteindelijk staat hij stil en houdt hij haar bij haar middel vast. 'Ik ben zo gelukkig! En ik zweer dat ik jou ook gelukkig ga maken. We worden het gelukkigste stel van Amsterdam!'

Hij drukt zijn lippen op de hare en ze beantwoordt zijn kus, maar zonder de passie die hij erin legt. Het valt hem niet op. Hij voert haar aan de hand mee terug naar de anderen om het grote nieuws te vertellen, en hij geniet zichtbaar van de verraste uitroepen en gelukwensen.

Achter Eduards rug ziet Lydia Helena met hoog opgetrokken wenkbrauwen naar haar kijken, en ze glimlacht haar nietszeggend toe. Op het terras van het restaurant vieren ze met z'n allen de verloving, en daarna verlaten ze de dierentuin.

'Ik kan niet wachten om het aan mijn moeder te vertellen,' zegt Eduard, als hij Lydia naar huis brengt. 'Jammer dat mijn vader dit niet meer mee kan maken.'

'Ja, ik begrijp hoe je je voelt.'

'Voor jou is het nóg erger. Maar vanaf nu zul je nooit meer eenzaam zijn. Ik ga je echt heel gelukkig maken, dat beloof ik.'

Ze nemen met een kus afscheid en Lydia gaat haar huis in.

Voor ze de deur achter hem sluit, ziet ze hoe hij nog even omkijkt en haar een kushand toewerpt, om daarna met zwierige pas weg te lopen.

Een paar uur later belt Matthijs bij haar aan met een ontstellend bericht. Nadat Eduard Lydia naar huis had gebracht is hij naar zijn moeder gegaan en heeft hij haar op de hoogte gebracht van zijn verloving.

Waarschijnlijk is het ongeluk vlak daarna gebeurd, toen Eduard de deur weer uitging. Misschien was hij er met zijn hoofd niet bij, want hij keek niet goed uit toen hij de Herengracht op liep, net toen een koets met twee paarden in volle vaart aan kwam rijden. De koetsier schreeuwde nog, maar het was te laat. Eduard stond midden op de rijbaan en werd onder de voet gelopen. Hij overleed ter plaatse.

21

'Keizersgracht 233, juffrouw.' De koetsier draait zich naar haar toe om zich verstaanbaar te maken boven het lawaai van een passerend rijtuig.

'Dank u,' zegt Lydia, en ze knikt naar Fiene.

Het meisje stapt uit en belt aan bij de dubbele voordeur om belet te vragen. Even later komt ze terug met de mededeling dat mevrouw ontvangt.

Lydia spreekt met de koetsier af dat hij haar over een uur komt ophalen en stapt uit. Het is een dag na het ongeluk, vrijdagmiddag halfvijf. Een ongebruikelijk uur om op visite te gaan, maar ze wil Louise van Nijenbergh zo snel mogelijk condoleren. Eduards vader is een paar maanden geleden ook al overleden, en Lydia heeft erg met haar te doen. Tegelijk ziet ze ertegen op om dit bezoek af te leggen. Wat weet Louise van Eduard en haar? Zal ze het niet vreemd vinden dat ze zich opeens verloofd hadden?

Meteen bij binnenkomst wordt ze overvallen door de rouwsfeer in huis. De zware Friese klok in de vestibule is stilgezet, overal is het doodstil. Zelfs het geluid van de voetstappen van het dienstmeisje is onhoorbaar door het dikke tapijt in de gang. Ze neemt Lydia's mantel aan, loopt de salon binnen en kondigt haar aan. Fiene neemt ze mee naar de keuken.

Lydia gaat de warme, overdadig gestoffeerde kamer binnen. Louise van Nijenbergh zit met de rug naar haar toe, gekleed in een zwarte japon. Haar verdriet is voelbaar. Haar schouders zijn gebogen en ze laat haar hoofd hangen, maar ze huilt niet. Voor het moment, vermoedt Lydia. Uit ervaring weet ze dat je zelfs in je diepste verdriet op een gegeven moment niet meer kúnt huilen, dat je keel rauw voelt en je lichaam uitgeput is.

Lydia gaat naast de oudere vrouw staan en legt een hand op haar schouder.

Met een asgrauw gezicht kijkt Louise op. 'Lydia. Wat fijn dat je gekomen bent.'

'Natuurlijk. Ik wilde u zo snel mogelijk condoleren. Ik vind het zo vreselijk. Eerst uw man, en nu Eduard...'

Louise komt moeizaam overeind en pakt Lydia's hand. 'Dank je. Je was bijna mijn schoondochter geworden, dus ik moet jou ook condoleren.'

Ze gaan zitten. Louise haalt een kanten zakdoekje uit haar mouw en bet haar ogen.

'Dat is mijn enige troost, dat je hem nog even heel gelukkig hebt gemaakt. Ik wist niet dat er tussen jullie iets was opgebloeid. Natuurlijk had ik wel door dat Eduard erg dol was op jou, maar ik had niet de indruk dat dat wederzijds was.'

'Ik was in de rouw, en Eduard was erg lief en begrijpend. Het ging opeens heel snel.'

'Dat begrijp ik, kind. Je bent me geen verklaring schuldig. Zoals ik al zei ben ik blij dat je zijn aanzoek hebt geaccepteerd. Ach, je had hem moeten zien! Als een kleine jongen kwam hij binnengestormd, zoals vroeger als hij ergens enthousiast over was...' Louise bijt op haar lip en doet zichtbaar haar best om een nieuwe tranenvloed tegen te houden.

Het dienstmeisje komt binnen met de theewagen en houdt haar pas in. 'Zal ik straks terugkomen, mevrouw?'

'Nee, kom maar verder, Ans. Ik moet op krachten blijven.' Louise glimlacht naar Lydia. 'Daar zorgt Ans wel voor.'

Ze heeft gelijk, de theetafel staat vol sandwiches, in driehoekjes gesneden en belegd met zalm.

Als Ans het vertrek heeft verlaten, luistert Lydia naar Louises herinneringen aan haar zoon, van baby tot jongeman. Met elke zin die ze aanhoort, groeit haar schuldgevoel. Had ze Eduard maar afgewezen, dan had hij vast niet zo onvoorzichtig overgestoken.

Om zich een houding te geven neemt ze een sandwich, al heeft ze geen trek. Haar lichaam verdraagt steeds minder voedsel, en dus eet ze kleine beetjes verspreid over de dag. Misschien zou het helpen als ze ruimere kleding droeg. Ze draagt haar korset al wat losser, maar de lijfjes van haar jurken zitten strakker dan ze kan verdragen.

Lydia neemt een hapje van de sandwich en beseft meteen dat dat geen goed idee was. De zalm doet haar maag protesteren en een golf van misselijkheid overvalt haar.

Louise kijkt haar oplettend aan. 'Wat zie je bleek, lieve kind. Gaat het wel?'

'Ik voel me niet zo lekker...'

'Drink wat. Misschien valt die vis niet goed.' Louise schenkt thee in en overhandigt het kopje aan Lydia.

Dankbaar neemt ze een paar slokjes, maar veel beter voelt ze zich niet. Wanhopig probeert Lydia haar maag onder controle te krijgen door goed rechtop te blijven zitten, maar haar ademhaling gaat steeds moeizamer en er verschijnen zweetdruppels op haar voorhoofd. En dan voelt ze het opkomen.

Met een servet tegen haar mond gedrukt vlucht ze de kamer uit. Ze haalt nog net de vestibule, waar ze op haar knieën neervalt, maar ze kan niet voorkomen dat alles uit haar maag op de tegelvloer belandt. In drie golven komt het eruit.

Lydia kijkt naar de stinkende plas en barst in tranen uit van schaamte. Vanuit haar ooghoeken ziet ze schoenen en zomen van rokken verschijnen, maar ze durft niet op te kijken.

Er wordt een arm om haar heen geslagen en iemand helpt haar voorzichtig omhoog.

'Ach, kind toch,' zegt Louise. 'Ans, haal wat water en een doekje.'

Ans rent weg en is snel weer terug. Lydia drinkt van het water dat het meisje haar aanreikt en veegt haar mond af met de doek.

'Ik schaam me zo,' fluistert ze.

'Dat hoeft helemaal niet, we zijn niet op Soestdijk. De meiden ruimen het wel op.' Louise neemt haar mee naar de zitkamer en installeert haar op de canapé.

'Het was bij mij ook zo erg de eerste weken, dus ik weet wat het is. Maar volgens mij ben jij al verder, nietwaar?'

Verbluft kijkt Lydia haar aan.

'Eduard heeft het me verteld,' zegt Louise. 'Ik weet van jullie geheime relatie, al begrijp ik niet waarom die geheim moest blijven. Ik heb er geen problemen mee dat je een fabriek bent begonnen. Dus vertel, wanneer kan ik mijn kleinkind verwachten?'

Het is Louise die voorkomt dat Lydia als een paria wordt behandeld zodra het nieuws over haar zwangerschap rondgaat. De moraal bij de rijke burgerij is duidelijk wat betreft gemeenschap voor het huwelijk: het gebeurt, maar wordt streng veroordeeld.

'Jullie hebben een grote fout gemaakt, maar daar hoeft Eduards kind niet onder te lijden,' zegt Louise. 'Jullie waren verloofd, dat is voor mij goed genoeg en dat moet het voor anderen ook maar zijn.'

Met verve verdedigt ze Lydia tijdens de zondagse visites, en zo blijft Lydia bij een groot aantal belangrijke families welkom.

Louise is zo goed voor haar, ze heeft zoveel aan haar te danken, beseft Lydia telkens. Regelmatig komt ze in de verleiding om op te biechten dat Eduard niet de vader van haar kind is, maar elke keer stollen de woorden in haar mond voor ze ze kan uitspreken. Alleen Huib kan ze niet voorliegen.

22

Hij ziet meteen dat er iets aan de hand is. Dat vreesde hij al, maar nu weet hij het zeker. Wat het is weet hij niet, maar Lydia oogt anders dan normaal. Ze kijkt anders en ze loopt anders. En wat hem het meest verontrust is dat ze glimlacht, maar dat haar ogen niet meedoen.

Huib laat de kist met kazen die hij op een wagen wilde zetten op de grond zakken en loopt op Lydia af. Het is rustig op het erf voor de fabriek. De melkinname is achter de rug en zijn werknemers zijn binnen aan het werk.

'Je bent terug,' zegt hij. 'Eindelijk.'

Ze knikt. 'Ik had tijd nodig om na te denken.'

'Waarover?'

Ze haalt diep adem en zegt: 'Ik moet je iets vertellen. Laten we naar binnen gaan.'

Haar betrokken gezicht verontrust Huib. Hij knikt en gaat haar voor naar het kantoor. Daar trekt hij een stoel achter het bureau vandaan, laat haar plaatsnemen en gaat naast haar zitten.

'Wat is er aan de hand?' vraagt hij.

'Ik ben in verwachting.'

De wereld lijkt even stil te staan. Een helle vreugde schiet door hem heen, tot hij zich realiseert dat Lydia niet blij kijkt.

'Is het niet van mij?'

'Jawel.'

Opluchting stroomt door Huib heen.

'Wat is het probleem dan? Dat we niet getrouwd zijn? Als je je daar zorgen over maakt, kan ik dat heel gemakkelijk oplossen.'

'Dat is het niet. Ik ben een tijdje in Amsterdam gebleven omdat ik een beslissing moest nemen. En dat viel niet mee.'

'Hoe bedoel je? Je wilt het toch niet weg laten halen?'

'Nee, dat niet. Maar... nou ja, het is ingewikkeld.'

Indringend kijkt hij haar aan. 'Voor jou misschien, voor mij niet.'

'Natuurlijk wel. We kunnen niet trouwen, Huib, dat weet je.' Lydia bijt op haar lip en zegt dan zacht: 'Luister. Ik heb de afgelopen weken veel nagedacht. Vanaf de kermis al.'

'De kermis?'

'Ik was daar met Fiene, en toen zag ik jou. Met je vrienden.'

'En?'

'Ik heb een tijdje naar je staan kijken. Jullie hadden het erg naar je zin.'

Huib knikt langzaam.

'Op dat moment besefte ik dat wij dat soort dingen nooit samen zouden doen. Feestvieren, vrienden en familie bezoeken. We zouden altijd gescheiden levens blijven leiden.'

Huib buigt naar voren, laat zijn handen tussen zijn knieën hangen en knakt met zijn vingers. 'Dat hoeft niet per se.'

'Jawel, je weet heel goed dat het niet anders kan. We kunnen wel net doen alsof we van twee werelden één kunnen maken, maar in Amsterdam zou je nooit geaccepteerd worden. Misschien wel door mijn beste vrienden, maar de vraag is of jij je bij hen thuis zou voelen. Ik betwijfel dat zeer.'

Huib luistert zwijgend, voelt wat komen gaat en zet zich schrap. Even nog hoopt hij dat de boodschap niet zo erg zal zijn als hij vreest, maar hij hoeft alleen maar Lydia's gezicht te zien om te weten dat het tegenovergestelde het geval is.

'Wat wil je me vertellen?' vraagt hij zacht.

Ze bijt op haar lip, knippert haar tranen weg en fluistert: 'Ik weet niet hoe ik het moet zeggen.'

'Zeg het maar gewoon. Hou je niet meer van me?'

'Jawel. Daar gaat het niet om. Maar ik moet je wel iets opbiechten.'

'Heb je iemand anders ontmoet?'

Ze kijkt naar hem op met ogen waar de pijn in te lezen is. Hij bedoelde zijn vraag niet serieus, maar tot zijn ontsteltenis knikt ze.

'Niet ontmoet, maar toen ik in Amsterdam was, heeft Eduard me ten huwelijk gevraagd. Hij heeft me al meerdere keren een aanzoek gedaan, en deze keer heb ik "ja" gezegd.'

Vol ongeloof kijkt Huib haar aan.

'Wát?' zegt hij, met plotseling opkomende woede. 'Waarom in vredesnaam? Mijn god, Lydia!'

'Het spijt me zo. Ik dacht dat het de juiste beslissing was.'

'Dacht? Nu niet meer?'

'Jawel, maar inmiddels is alles weer anders. Eduard is dood. Hij is onder een rijtuig gekomen op de dag dat ik zijn aanzoek aannam.'

Verbijsterd kijkt Huib haar aan. 'Maar anders was je met hem getrouwd? Ik dacht dat ik je kende, maar je lijkt wel een volslagen vreemde.'

‘Ik heb vanaf het begin gezegd dat ik niet wilde trouwen.’

‘Maar je accepteerde wel het aanzoek van een ander!’

‘Omdat ik in verwachting ben. Huib, probeer het alsjeblieft te begrijpen. Het gaat me niet om mijn reputatie, maar om het kind. Wat voor toekomst zou het hebben als ik met jou trouwde?’

‘Nou,’ zegt Huib, terwijl hij haar strak aankijkt, ‘waarschijnlijk een toekomst met een vader en een moeder die van hem of haar houden. Wat is daar mis mee? Het zou ouders hebben die eigenaar zijn van een fabriek. Niets om je voor te schamen. Tenzij je vindt dat ik maar gewoon een boer ben.’

‘Zo moet je het niet stellen.’

‘Jawel, want daar gaat het uiteindelijk om. Dát is waar je moeite mee hebt. En om die reden zou je iedereen hebben voorgelogen. Ons kind ook. Heb je erover nagedacht hoe dat voor mij zou zijn? Of zou je het me nooit verteld hebben als die Eduard was blijven leven?’

‘Natuurlijk wel, ik vertel het je nu toch ook.’

‘Maar waarom? Waarom vertel je het me, Lydia?’

‘Omdat ik tegen jou niet wil liegen. Daar ben je me te dierbaar voor.’

‘Dierbaar,’ herhaalt Huib.

‘Ik hou van je.’ Lydia wil zijn hand pakken, maar hij trekt hem terug.

‘Dan heb je een vreemde manier om dat te laten blijken.’

Lydia staat op en loopt heen en weer door het kantoor. ‘Je bent boos en gekwetst, en dat begrijp ik, maar ik wil eerlijk tegen je zijn. Ik wil jou én een goede toekomst voor ons kind. Het zal in zijn of haar voordeel zijn als het zich Van Nijenbergh kan noemen. We voeden het samen op en op een dag vertellen we hem of haar de waarheid.’

Huib komt ook overeind en gaat voor haar staan. 'Ik begrijp dat je in het belang van ons kind denkt, maar denk je nou echt dat ik hiermee akkoord ga?'

'Maar we kunnen toch...'

'Nee,' zegt Huib. 'Blijkbaar heb ik me in jou vergist. Ik dacht dat je vrijer, onafhankelijker was, maar blijkbaar zit je toch te veel vast in die wereld waar je juist aan wilde ontsnappen. Maar misschien is het beter zo. Ik ben het zat om verstoppertje te moeten spelen voor de buitenwereld. Ik wil trouwen, ik wil een vrouw en kinderen. Als mijn liefde niet genoeg is, dan houdt het op.'

Ze kijken elkaar lange tijd aan. Huib ziet de innerlijke strijd op haar gezicht en hij vermoedt dat ze twijfelt aan haar beslissing. Ze begint te huilen, en het liefst had hij haar in zijn armen genomen.

'Ik hou echt van je,' zegt ze.

'Dat geloof ik ook wel. Maar je houdt meer van het kind.'

Lydia veegt haar tranen weg en zegt zacht: 'Het spijt me. Dat het zo loopt, bedoel ik.'

Het spijt Huib ook, meer dan hij kan zeggen. Heel even overweegt hij om haar haar zin te geven, maar diep in zijn hart weet hij dat het niet zal werken. Hun relatie is voorbij, en hij zal zich daarbij neer moeten leggen.

23

Ook een weloverwogen beslissing kan lang en intens pijn doen. Zoveel dat je niet geconfronteerd wilt worden met de gevolgen van je besluit.

Het is natuurlijk onmogelijk om over te gaan op een zakelijke relatie met Huib. Ze wil ook niet dat hij betrokken raakt bij haar zwangerschap en dus trekt Lydia zich terug in haar huis in Amsterdam.

Op een avond, als ze bijna vijf maanden in verwachting is, is ze bij de Boissevains en praat ze met Mia over de toekomst.

'Wil je nog steeds biologie studeren?' vraagt ze aan het meisje.

'Natuurwetenschappen,' zegt Mia. 'Maar het duurt nog twee jaar voor ik kan beginnen. Kon het nú maar! Ik vind school wel leuk, maar niet alle vakken. Eigenlijk alleen natuurkunde en biologie.'

Lydia kijkt hoe ze daar zit, rechtop en vastbesloten. Was zij ook zo op die leeftijd? Ze kan het zich niet herinneren. Ze heeft school nooit vervelend gevonden, maar ze had ook geen duidelijk doel, zoals Mia.

‘Het moet heerlijk zijn om een passie te hebben,’ zegt ze. ‘Iets om ’s morgens op tijd je bed voor uit te komen omdat je zoveel te doen hebt en je je daarop verheugt.’

‘Heb jij dat nu dan niet met je fabriek?’ vraagt Jan.

‘Jawel, maar daar ben ik niet zo vaak meer. En het is toch anders. Het was leuk om plannen te maken, de fabriek gebouwd te zien worden en meer over kaasbereiding te weten te komen, maar het is niet mijn passie. En uiteindelijk doet Huib Minnes het echte werk. Ik ben de geldschieter die er ook wat van weet.’

‘Waarom sluit je je dan niet aan bij een vrouwenbeweging?’ zegt Nella. ‘Arbeid Adelt en Tesselschade zetten zich in om vrouwen uit de betere stand economisch en financieel zelfstandig te laten zijn. Jij zou er perfect bij passen.’

‘Hoe doen ze dat? Protestdemonstraties zijn niets voor mij.’

Nella lacht. ‘Dat is helemaal niet hun manier van werken. Nee, ze zorgen dat vrouwen met bepaalde vaardigheden, borduren of schilderen bijvoorbeeld, hun werk kunnen verkopen. Ze hebben mij ook gevraagd om in het bestuur plaats te nemen.’

Iedereen behalve haar echtgenoot kijkt haar verrast aan.

‘En? Ga je het doen, mama?’ vraagt Elisabeth.

‘Ik weet het nog niet. Het is een vereniging die nuttig werk doet, maar ik denk dat ik te oud ben om daar nog veel energie in te kunnen steken. Dat laat ik graag over aan de jongere generatie. Ik ken de presidente van vereniging Tesselschade, Jeltje de Bosch Kemper, heel goed. Waarom ga je niet eens met haar praten, Lydie?’

Lydia knikt vaag. Het altijd zeurende verlangen naar Huib heeft haar van haar energie beroofd, en de ochtendmisselijkheid die haar zwangerschap veroorzaakt maakt dat er niet beter op.

Maar op een middag, als ze op de thee wordt gevraagd bij Nella, zit daar ook Jeltje de Bosch Kemper. Ze is een streng ogende vrouw van tegen de zestig, met het grijze haar in een knot in haar nek, maar haar ogen zijn vriendelijk. Ze condoleert Lydia met het verlies van Eduard, informeert naar haar zwangerschap en zegt meelevend dat het zwaar moet zijn, zo alleen.

'Ik ben niet helemaal alleen,' zegt Lydia met een knikje naar Nella. 'Ik heb de beste vrienden die ik me maar kan wensen.'

Ze praten een tijdje over het belang van goede vrienden, over wensen en dromen en over hun jeugdjaren.

'Ik weet niet hoe ik de dagen doorkwam toen ik jong was,' zegt Jeltje. 'Ik verveelde me. Meer dan een beetje pianospelen, brieven schrijven en wandelen had ik niet te doen. Ik was vaak somber. Ik kon niet accepteren dat dat mijn leven was, zo zonder doel. Mijn ouders drongen erop aan dat ik trouwde, maar ik zag geen zinvolle toekomst in alleen maar "de vrouw van" te worden en de rest van mijn leven voor onze kinderen en het huishouden te zorgen. Ik wilde meer, en dat wil ik nu ook voor andere vrouwen. Werken zou geen schande moeten zijn, het is iets om respect voor te hebben.'

'Mooi gezegd,' merkt Nella op. 'Ik moet bekennen dat ik het vroeger ook ongepast vond, maar de tijden veranderen. Waarom zou liefdadigheidswerk wel acceptabel zijn en arbeid om in je eigen levensonderhoud te voorzien niet?'

Jeltje knikt en pakt haar theekopje van tafel.

'Er zijn genoeg dames die iets van hun leven willen maken, ook als ze geld hebben,' zegt ze. 'Maar het gaat mij vooral om vrouwen uit de betere stand die alleen komen te staan, door echtscheiding of de dood van hun man, of omdat ze nooit getrouwd zijn. Zij komen in de problemen. Veel meer dan een ondergeschikt baantje als gouvernante of hoofd van de huishouding kunnen ze niet krijgen, en daarmee staan ze voorgoed onderaan op de sociale ladder. Maar als ze een studie zouden kunnen volgen, of op een andere manier hun talent konden benutten, zoals Thérèse Schwartze met haar schilderwerk, zouden ze van niemand afhankelijk hoeven zijn.'

'Thérèse is een groot kunstenares,' zegt Lydia. 'Ik hou van haar werk. Haar portretten lijken wel foto's, zo levensecht.'

'En zou een vrouw als zij zich tevreden moeten stellen met kinderen krijgen en haar man behagen? Als ze was getrouwd, had ze haar werk moeten opgeven,' zegt Jeltje.

Lydia knikt instemmend. 'Het is belachelijk dat dat wettelijk zo geregeld is.'

'Precies, en jij hebt die wet omzeild en bent je eigen weg gegaan, waar ik grote bewondering voor heb. Maar niet veel vrouwen hebben de moed of de mogelijkheid om voor hun vrijheid te kiezen. Onze vereniging steunt deze vrouwen, faciliteert verkooppunten van handwerken in winkels en op bazaars, geeft advies. Het zou een eer zijn als je ons team komt versterken,' zegt Jeltje. 'Wil je daarover nadenken?'

Lydia voelt haar kind bewegen, haar een schopje geven, alsof het haar wil aansporen. Ze zet haar kopje terug op tafel en kijkt Jeltje aan. 'Ik hoef er niet over na te denken. Ik kom jullie graag helpen.'

Sinds de breuk met Huib is Lydia niet meer in Purmerend geweest. Ze hebben alleen schriftelijk contact, en dan voornamelijk over de fabriek. Af en toe informeert Huib hoe het met haar gaat, en hij vraagt of ze hem op de hoogte wil houden over haar zwangerschap, maar dat doet ze niet. Wat heeft het voor zin om hem daarbij te betrekken als hij geen rol in haar leven speelt? Het maakt alles alleen maar pijnlijker.

Lydia had niet gedacht dat het gemis zo lang zou aanhouden. Iedere keer als ze denkt dat ze eroverheen is, komt er een brief van Huib en brengt het zien van zijn handschrift haar totaal van slag. Zolang dat gebeurt is het beter om hem niet in levenden lijve te zien, anders slijt het nooit.

Haar zwangerschap verloopt voorspoedig. De ochtendmisselijkheid heeft plaatsgemaakt voor energie, en het kost haar geen moeite om zich in te zetten voor Tesselschade. Het levert haar niet alleen werk en afleiding op, maar ook een heel netwerk aan gelijkgestemde vriendinnen.

Ook buiten Nederland eisen vrouwen het recht op arbeid en zelfstandigheid. Wereldwijd worden congressen gehouden waar aandacht voor deze kwestie wordt gevraagd. De Vrouwenbond in Groningen wil een tentoonstelling in Nederland organiseren en zoekt contact met andere vrouwenverenigingen in het land. Hun plan wordt met enthousiasme ontvangen. Besloten wordt om een congres te houden waar vrouwen hun werk presenteren, demonstraties geven en voordrachten houden.

Als Lydia een vergadering over dit congres bijwoont, wordt ze voorgesteld aan de voorzitster van het comité, freule Cécile Goekoop-de Jong van Beek en Donk. Cécile is meteen heel enthousiast als ze hoort van Lydia's kaasfabriek en zegt: 'Zou je een voordracht willen houden op het congres? Het lijkt me voor het publiek erg interessant om te horen hoe je ertoe bent gekomen een bedrijf te beginnen.'

'Nou, dat weet ik niet, hoor,' zegt Lydia. 'Zoiets heb ik nog nooit gedaan. Hoeveel mensen worden er verwacht?'

'Veel. Honderden, hoop ik. Ik kan je helpen een voordracht te schrijven, dan hoef je hem alleen maar voor te lezen. Denk er alsjeblieft over na, Lydia. Je zou zo'n waardevolle bijdrage kunnen leveren.' Cécile praat nog een poosje op haar in, noemt alle vrouwen die al toegezegd hebben en die evenmin ervaring hebben met spreken in het openbaar. Uiteindelijk onderbreekt Lydia haar door haar hand op te steken.

'Goed, ik denk erover na,' zegt ze, maar eigenlijk zegt ze dat alleen om van Cécile af te zijn. Een voordracht geven voor honderden vrouwen... ze moet er niet aan denken.

Maar het is waar dat ze een verhaal te vertellen heeft, en als ze wil dat er dingen veranderen moet ze niet zelf aan de kant blijven zitten. Stel dat ze een dochter krijgt, is ze dan niet verplicht om zich voor haar toekomst in te zetten?

Ze bewondert vrouwen als Jeltje en Cécile, die hun vrijgevochten ideeën niet alleen uitspreken maar ook in daden durven om te zetten. Cécile is bezig een roman te schrijven over een jongedame die haar vrijheid en een gelijke behandeling ten opzichte van mannen eist. Na afloop van de vergaderingen vertelt ze Lydia vaak over de vorderingen van haar boek.

'Ik hoop dat ik een uitgever kan vinden die de moed heeft het te publiceren,' zegt Cécile op een middag. 'Zoiets als dit is nog nooit verschenen. Het wordt ook heel anders dan dat vreselijke *Eline Vere* van Louis Couperus.'

'Wat vind je daar zo vreselijk aan?' Lydia heeft deze ontzettend populaire roman gelezen en vond hem indrukwekkend.

'Omdat alle vrouwelijke personages, hoe intelligent ook, het nog steeds als hun levensdoel zien om te trouwen en kinderen te krijgen. En dan Eline, met haar overspannen zenuwen... Het is allemaal zo rolbevestigend. Mijn Hilda wordt heel anders. Zij leeft zoals ze zelf wil. Ze slaat een huwelijksaanzoek van een goede partij af en trouwt met een eenvoudige man die haar ideeën over vrouwenemancipatie deelt.'

‘Een man beneden haar stand?’

‘Ja, en waarom niet? Hilda’s echtgenoot is een hardwerkende, verstandig denkende man. Wat is daar verkeerd aan?’

‘Niets,’ zegt Lydia. ‘Helemaal niets.’

Die avond zit ze lange tijd met een kop thee naar buiten te kijken. Céciles woorden hebben iets in beweging gezet. Ze galmen na door haar hoofd en voor het eerst staat ze zichzelf toe aan Huib te denken.

Komt het doordat ze nu in het gezelschap verkeert van andere vooruitstrevende vrouwen dat ze alles opeens zo anders ziet? Ze dacht dat ze vrij en onafhankelijk was toen ze de kaasfabriek opzette en ze haar gevoelens voor Huib toeliet, maar eigenlijk zat ze toen nog stevig in het keurslijf. Ze neemt het zichzelf niet kwalijk; je losmaken van gedachten en gewoonten is een proces. De een knipt de oude band in één keer door, de ander scheurt die beetje bij beetje los.

De laatste weken twijfelt ze steeds vaker over de juistheid van haar beslissing, en nu brokkelt het laatste restje van de muur van argumenten af.

Cécile heeft gelijk. Wat maakt het uit of een relatie een mesalliance is en wat anderen ervan vinden. Ze heeft Huib nodig. En haar kind heeft een vader nodig.

Al het andere is onbelangrijk.

Een gevoel van blije opwinding trekt door Lydia heen. Met enige moeite komt ze overeind en loopt naar de keuken, waar Fiene de afwas staat te doen. ‘Ga straks onze spullen maar pakken, Fiene. Morgen gaan we naar Purmerend.’

Verrast kijkt Fiene om. ‘Dat is lang geleden. Moet u op de fabriek zijn?’

‘Nee, maar ik heb wel iets te bespreken met Huib.’ Lydia

kijkt Fiene, de enige voor wie ze de waarheid nooit verborgen heeft kunnen houden, met een glimlach aan.

'Gaat u hem feliciteren?'

'Feliciteren? Waarmee?' Niet-begrijpend kijkt Lydia haar aan.

Met een onzekere blik kijkt het meisje terug. 'O, ik dacht dat u het wist...'

Een onheilspellend gevoel bekruipt Lydia. 'Wát wist?'

'Dat meneer Minnes gaat trouwen met Jantine,' zegt Fiene. 'Ze verwacht een kind van hem.'

II

November 1913

24

'En nu doortrappen, snelheid maken! Ja, goed zo!' roept Ralph.

Nora slaakt een kreet terwijl ze over het lange, rechte pad van het Vondelpark rijdt. Ze slingert wat en heeft het gevoel dat ze elk moment kan vallen of het struikgewas in kan rijden, maar dat gebeurt niet.

Eindelijk, na lang oefenen, heeft ze de slag te pakken. Haar rok zit vol gras- en moddervlekken, maar dat mag. Er zijn meer jongedames zoals zij die zich de kunst van het fietsen eigen maken, en dat gaat nou eenmaal niet in één keer goed.

Ooit, toen haar moeder jong was, was fietsen alleen iets voor mannen, vanwege de gevaren die het met zich meebracht. Maar toen hadden fietsen nog één groot voorwiel waarop trappers waren gemonteerd, en een heel klein achterwiel. Opstappen was al een hele onderneming, laat staan rijden. De fietsen van nu hebben kleinere wielen, en die zijn van gelijk formaat.

Naast haar rent Ralph mee, in zijn lichte zomerpak, een strooien hoed in zijn hand. Hij is de hoed al een paar keer verloren en nu neemt hij niet meer de moeite om hem op te zetten.

Het is een prachtige zonnige dag en Nora geniet van de ongedwongen middag met haar familie en vrienden. Ze geniet vooral van het gezelschap van Ralph, wat niet altijd het geval is geweest. Natuurlijk was Ralph Reymaekers haar wel opgevallen, hij is te knap om over het hoofd te zien, maar in het begin was ze een beetje bang voor hem. Hij had een manier van kijken, heel intens, zonder ook maar een spoor van een lachje, die haar op de zenuwen werkte. Vooral toen ze merkte dat die blik regelmatig op haar gericht was.

Op een gegeven moment maakte ze een gevatte opmerking die hem deed schateren, wat zo ongewoon was dat er een merkwaardig gevoel in haar opkwam. Een gevoel dat naar meer smaakte. Dat zij de enige was van hun gezelschap die hem aan het lachen kon maken vleide haar.

Ze begon op Ralph te letten, bestudeerde het lichte trekken van zijn mond en het samenknijpen van zijn ogen, die haar vertelden wat hij leuk vond of juist afkeurde. Ze begon zich ernaar te gedragen.

Net toen ze verliefd op hem begon te worden, ging hij helaas terug naar Antwerpen. Maar nu is hij er weer, en hij heeft een cadeau voor haar gekocht: een rijwiel. De bezorgdheid waarmee hij haar vasthield toen ze voor het eerst op de fiets stapte, de brede lach die hij haar toewierp toen ze na lang oefenen een stuk los reed en de bijna jongensachtige vrolijkheid waarmee hij nu naast haar meerent, geven Nora een inkijkje in een heel andere Ralph.

Na een uur fietsen heeft Nora er genoeg van en laat ze haar nichtje het proberen. Vanonder haar witte, kanten parasol, die een andere nicht zolang voor haar heeft vastgehouden, kijkt Nora Ralph aan en zegt: 'Dank je voor de fiets. Hij is prachtig. Hoe lang blijf je deze keer in Amsterdam?'

Ralphs vader heeft een scheepvaartbedrijf in Antwerpen, waar Ralph ook voor werkt. Het vervoert de suiker en stroop van de familie Van Nijenbergh over de hele wereld. Zijn grootvader kwam uit Antwerpen en was een zakenrelatie en goede vriend van Nora's grootvader, die ze nooit heeft gekend. Na de dood van de beide mannen is het contact tussen de families gebleven, met veel wederzijdse bezoeken en logeerpartijen.

'Twee dagen, langer gaat helaas niet,' zegt Ralph terwijl ze langs de bloemperken wandelen. 'Vreemd eigenlijk dat wij elkaar niet veel eerder hebben ontmoet.'

'Ik woon een groot deel van het jaar op ons buiten bij Purmerend.'

'Dat is waar ook. Met je moeder. Je bent een Van Nijenbergh, maar je heet Oorthuys. Hoe zit dat? Toen ik tante Louise ernaar vroeg deed ze nogal ontwijkend.'

'Mijn ouders waren niet getrouwd.' Het vervult Nora altijd met enige gêne als de misstap van haar ouders ter sprake komt.

Ralph lacht. 'Aha! Dus ze waren een beetje ondeugend geweest.'

'Het was hun bedoeling om te trouwen, maar mijn vader verongelukte op hun verlovingsdag. Het was geen gearrangeerd huwelijk, ze hebben erg veel van elkaar gehouden.' Nora ziet de lach van Ralphs gezicht verdwijnen.

'Wat vreselijk,' zegt hij. 'En ook voor jou, om zonder vader op te groeien.'

'Ik weet niet wat erger is; een vader verliezen van wie je hield, of een die je nooit hebt gekend. Ik heb geen herinneringen aan hem, dus ze kunnen ook niet pijn doen.'

'Maar het blijft een verlies. Ook wat je nooit hebt gekend kun je missen. Misschien nog wel scherper, omdat je de kans niet hebt gekregen om van hem te houden.'

'Ja, dat is waar.'

Ze zwijgen even terwijl ze verderlopen, en dan vraagt Nora: 'Wat heeft jou zo snel weer naar Amsterdam gebracht?'

'Ik had een fiets die ik kwijt moest.' Ralph werpt een blik opzij en glimlacht. 'En omdat je niet kon fietsen moest ik wel even blijven.'

'Ik kan het nog steeds niet zo goed...'

'Dan moet ik dus terugkomen.'

'Ik vrees van wel. Je hebt een cadeau gegeven dat verplichtingen schept.'

Ze lachen en blijven staan. Dan wordt Ralphs gezicht ernstig. Hij neemt Nora's hand in die van hem en zegt: 'Eigenlijk wil ik helemaal niet terug naar Antwerpen, maar dat zal toch moeten. Mag ik je schrijven, Nora? Kunnen we vrienden zijn?'

Nora knikt, opeens verlegen. Ze is achttien en heeft nog niet veel ervaring met hofmakerij, op wat onhandige toenaderingspogingen na. Ralphs woorden klinken zo serieus.

'Ja,' zegt ze. 'Ik wil graag vrienden met je zijn en met je corresponderen.'

'Gelukkig. Ontmoet ik eindelijk een leuke jongedame, woont ze helemaal in Amsterdam.' Ralph kijkt spijtig en Nora glimlacht hem toe.

'Dan moet je maar snel weer terugkomen,' zegt ze.

Een dag na Ralphs vertrek keert Nora terug naar Purmerend. De bedienden hebben haar spullen gepakt en klaargezet in de vestibule. Ze neemt net afscheid van haar grootmoeder als de huisknecht haar een brief overhandigt.

'Van Ralph,' zegt ze, met een blik op de envelop.

'Zo zo.' Louise van Nijenbergh kijkt door haar lorgnet naar de adressering. 'Die jongeman laat er geen gras over groeien.

Is er iets wat ik moet weten, Eleonora?'

'Nee, grootmoeder. We zijn vrienden, dat is alles.'

'Heel goed. Op jouw leeftijd is dat meer dan genoeg. Al zou ik beslist niet tegen een verbintenis zijn, moet ik zeggen.'

Met een glimlach kijkt Nora op. 'Zover is het nog lang niet.'

In de trein naar Purmerend denkt ze aan de afgelopen maand in Amsterdam, waarin ze heeft kunnen genieten van theaterbezoek, tentoonstellingen, musea en feestjes. Hoewel ze haar moeder miste, heeft ze geen moment naar huis terug gewild. Daarvoor waren haar dagen te vol, en was de aanloop van vrienden en familieleden te groot.

Vanonder haar brede hoed kijkt Nora naar het voorbijglijdende landschap, dat steeds leger wordt. Eenmaal buiten Amsterdam, als de fabrieken en hoge gebouwen uit het zicht verdwenen zijn, is er niet veel meer te zien dan kerktorens en dorpen die tussen de weilanden opduiken.

Het zal niet meevallen om te wennen aan de stilte thuis. Dat is steeds zo.

Op Welgelegen komt haar leven elke keer abrupt tot stilstand. Een paar dagen heeft ze dan heimwee naar Amsterdam, tot ze weer gewend is.

Als kind voelde ze zich al een buitenstaander wanneer ze bij haar Amsterdamse familie logeerde, bij de Van Nijenberghs althans. Destijds begreep ze niet waarom, maar nu ze wat ouder is wel.

Ze is anders. Hoe aardig iedereen ook is, ze hoort er niet echt bij. Niet dat men haar buitensluit, integendeel. Ze wordt overal bij betrokken. Het ligt meer aan kleine dingen, zoals verwijzingen naar gezamenlijke herinneringen die zij niet deelt, uitjes waar ze niet aan deelgenomen heeft omdat ze in Purmerend was, grapjes die ze daardoor niet begrijpt.

Natuurlijk verblijven haar neven en nichten in de zomermaanden ook op hun buitenplaatsen, maar die liggen in de buurt van Hilversum en Naarden. Daar zoeken ze elkaar op en houden tenniswedstrijden, geven feesten of maken fietstochten. Niemand komt haar, Nora, bezoeken als ze op Welgelegen is, en geef ze eens ongelijk. Ze ziet zichzelf haar stadse neven en nichten al meenemen naar de dorpskermis of de veemarkt. Haar moeder heeft eens gesuggereerd dat ze hun de kaasfabriek zou kunnen laten zien, wat Nora zo'n idioot voorstel vond dat ze er niet eens op reageerde.

De kaasfabriek! Als er één plek is waar ze liever niet komt, is het daar wel. Ze heeft een hekel aan kaas. Alleen al van de lucht wordt ze onpasselijk. Ze begrijpt niet waarom haar moeder ooit aan zo'n soort fabriek begonnen is. Het is allemaal zo boers. Als ze nou in porselein was gegaan, zoals tante Clementine, dan had ze het begrepen, maar káás...

Nora weet dat er in Amsterdam achter haar rug om grapjes over de fabriek worden gemaakt, net als over haar moeders samenwerking met Huib Minnes. En dan is ze ook nog een onwettig kind. Het is een wonder dat ze welkom is bij haar familie.

Somber kijkt Nora naar buiten, luisterend naar het geraas en gefluit van de stoomtrein. Ze heeft voortdurend het gevoel dat ze uit twee persoonlijkheden bestaat, en de overgang van de ene naar de andere begint altijd hier in de trein, ergens tussen Amsterdam en Purmerend. Maar vandaag is er een verschil: de brief van Ralph.

Nora diept hem op uit haar handtas, scheurt de envelop open en begint te lezen.

25

Vanaf het balkon van haar slaapkamer ziet Lydia Nora over de oprijlaan aankomen. Hendrik heeft haar met het rijtuig van het station gehaald, en het hoefgeklepper en het geratel van de wielen kondigen hun komst aan.

Een maand lang heeft ze haar dochter moeten missen, en de vreugde om haar terugkeer schiet door haar heen. Met een glimlach kijkt ze naar Nora, die in een keurig reiskostuum en met een grote hoed op heel recht op haar plaats zit. Vóór haar vertrek kon ze nog weleens wat ineengezakt zitten, het is duidelijk dat ze een paar weken bij Louise heeft doorgebracht.

Ruim achttien jaar is verstreken sinds ze de jongedame die daar in het rijtuig zit als baby in haar armen gelegd kreeg. Ongelooflijk.

Na het nieuws dat Jantine een kind verwachtte van Huib en met hem ging trouwen, heeft Lydia zich volledig op haar werk voor de vrouwenvereniging gestort. Ze verdeelde haar tijd zo goed mogelijk tussen Amsterdam en Purmerend, maar de kaasfabriek was niet langer haar prioriteit. Die lag bij Nora, en bij de voorbereidingen voor het congres van de vrouwenbeweging.

Nora was al bijna een jaar oud toen Lydia haar eindelijk meenam naar Welgelegen en haar aan Huib liet zien. Tegen die tijd was zijn zoon net geboren, wat de bittere pil verzachtte van het feit dat hij zijn dochter niet zag opgroeien.

Hij heeft het juiste gedaan. Geen vrouw zou in de steek gelaten mogen worden als ze een kind verwacht, en dat heeft Huib Jantine ook niet aangedaan. Wel was hij ontzettend blij toen zij, Lydia, haar huis in Amsterdam verkocht en zich weer met de kaasfabriek ging bezighouden. Met het verstrijken van de tijd sleet de pijn om hun breuk en vonden ze een nieuwe manier van met elkaar omgaan.

En nu is er een nieuwe eeuw aangebroken, met een wat lossere levensstijl. In háár jeugd was het ondenkbaar dat een jongedame alleen reisde, maar tegenwoordig niet meer. Ze laat Nora gewoon naar Amsterdam gaan. In de eerste klasse van de trein kan haar weinig overkomen, en ze wordt altijd weggebracht en opgehaald.

Lydia verlaat het balkon en gaat de trap af naar de hal, waar Mies net de deur opendoet.

'Nora! Lieverd!' Lydia slaat haar armen om haar dochter heen, wat moeilijk gaat door haar hoed, zodat het een halfslachtige begroeting wordt.

'Dag mama. Eén moment.' Nora gaat voor de grote spiegel staan en trekt de pennen uit haar hoed. Ze neemt hem af, legt hem op het tafeltje onder de spiegel en draait zich naar Lydia toe. Ze omhelzen elkaar langdurig.

'Hoe was het in Amsterdam? Kom, ik wil alles horen.' Lydia geeft Mies een teken dat ze de thee kan verzorgen en neemt Nora mee naar de zitkamer.

'Het was leuk. We hebben veel plezier gehad,' zegt Nora terwijl ze gaan zitten.

‘Wat hebben jullie allemaal gedaan? En wie is “we” precies?’

Nora vertelt over uitstapjes en familieavondjes, waarbij ze de laatste nieuwtjes niet overslaat.

‘Gaat het goed met je grootmoeder? Raakt ze nog steeds zo snel buiten adem?’ informeert Lydia.

‘Het gaat wat beter. Volgens de dokter is het niet haar hart, maar het gevolg van die longontsteking van afgelopen winter. Ze moet gewoon rustig aan doen.’

‘Ja, ze is inmiddels de zeventig gepasseerd. Dan moet je goed voor jezelf zorgen.’

‘O, dat is ze helemaal niet van plan, hoor. Ze rijdt op zondag nog steeds visites, al doet bijna niemand dat meer.’

Lydia knikt. ‘Tegenwoordig gaan mensen liever naar het park, of naar een museum.’

‘Het huis van grootmoeder *ís* een museum,’ zegt Nora droog, en ze lachen beiden. ‘Dat is niet aardig van me, ik heb veel aan haar te danken. Zonder grootmoeder wist ik niets van etiquette en sprak ik geen woord Frans.’

Mies komt binnen met de theewagen, en terwijl ze eten en drinken praten ze verder bij. Na een tijdje zet Nora haar kopje op tafel en komt overeind.

‘Ik ben moe, ik denk dat ik naar mijn kamer ga.’

‘Dat is goed, lieverd. Ga maar even rusten.’

Nora fronst licht haar wenkbrauwen. ‘Nou ja, zo erg is het ook weer niet. Ik ben geen zeventig.’

‘Dat bedoelde ik ook niet. Ik zie je met het avondeten wel. Ik heb Mies gevraagd om kerriesoep vooraf te maken.’

‘Lekker.’ Nora’s gezicht klaart op. Ze loopt naar de deur, maar halverwege draait ze zich om en vraagt: ‘Waarom noem je me eigenlijk altijd Nora?’

‘Wat bedoel je? Zo heet je.’

'Nee, ik heet Eleonora Pauline Louise.'

'Heb je liever dat ik je zo noem? Het is zo'n mondvol,' zegt Lydia met een lach.

'Natuurlijk niet.' Er klinkt een zweem van ongeduld in Nora's stem door. 'Ik bedoel, waarom noem je me niet Eleonora?'

'Het is heel gebruikelijk om lange namen af te korten, dat weet je. Ik vind Nora mooi.'

'Het is zo kort en gewoontjes.'

'Vind je? Het betekent "vorstin", als dat je kan troosten.'

'Het maakt me niet uit wat het betekent, ik vind het gewoon jammer om een mooie naam af te korten. Wil je me voortaan Eleonora noemen? Dat doet grootmoeder ook.'

'Dat kan wel zo zijn, maar er is niets mis met Nora. Ik blijf je gewoon zo noemen.'

Er verschijnt een weerspannige trek op Nora's gezicht. 'Waarom kunt u dat niet voor me doen? Is dat nou zo erg?'

Als Nora geïrriteerd raakt gaat ze vousvoyeren, een gewoonte die ze heeft overgenomen van haar grootmoeder. Waarschijnlijk omdat een afgemeten 'u' afstand schept en toch beleefd blijft. Over het algemeen is Lydia wel bereid om water bij de wijn te doen, maar in dit geval niet.

'Ik peins er niet over,' zegt ze kortaf.

Blijkbaar hoort Nora aan haar moeders toon dat ze de strijd niet gaat winnen. Met een geërgerd gezicht draait ze zich om en ze verlaat zonder iets te zeggen de kamer.

Lydia blijft nog een poosje zitten en drinkt langzaam van haar koud geworden thee. Soms, als er weer strijd dreigt tussen Nora en haar, mist ze opeens haar vriendinnen. Het zou fijn zijn om te praten over hun opgroeiende kinderen. Haar band met Nora is goed, maar de laatste tijd hebben ze steeds vaker woorden. Die heeft Clementine ook met Marie, weet ze, maar ze ziet haar vriendin niet zo vaak meer. Ze ziet sowieso weinig mensen. En met haar personeel deelt ze dergelijke overpeinzingen niet. Misschien had ze dat met Fiene kunnen doen, maar die is vertrokken. Ze is nog jaren bij haar in dienst gebleven, tot ze verliefd werd en trouwde.

Met Helena heeft ze niet veel contact meer sinds ze Grieks is gaan studeren in Hilversum, en Elisabeth is in augustus 1906 na een kort ziekbed overleden.

Grappig genoeg is haar vriendschap met Mia juist opgebloeid. Hun leeftijdsverschil is helemaal weggevallen nu ze ouder zijn. Maar ook Mia ziet ze minder vaak dan haar lief is; ze heeft het altijd zo druk.

De wildebras van vroeger heeft een studie natuurwetenschappen gevolgd aan de Universiteit van Amsterdam en zich vervolgens gespecialiseerd in zoölogie, waarna ze naar Zürich is gegaan om promotieonderzoek te doen. Op haar vijfentwintigste promoveerde Mia en keerde ze terug naar Amsterdam. Daar werd ze aangesteld als conservator in het museum van Artis. In die periode zag Lydia haar regelmatig, als ze met Nora de dierentuin bezocht.

Maar wat hen vooral bond was hun gezamenlijke inzet voor de vrouwenbeweging. In Zürich heeft Mia veel studentes ontmoet die zich inspanden om stemrecht voor vrouwen te krijgen. Terug in Amsterdam kreeg ze contact met Aletta Jacobs en ontpopte ze zich tot een ware voorvechtster van de strijd voor kiesrecht. Maar nu woont ze bij Walrave, wiens vrouw drie jaar geleden is overleden. Mia is bij haar broer ingetrokken om hem te helpen met de huishouding en de opvoeding van zijn twee zonen, hetgeen haar dagen opeens op een heel andere manier vult.

Zelf komt Lydia de laatste tijd niet meer zo vaak in Amsterdam, nu haar huis daar is verkocht. Als ze Mia wil zien zal ze heen en weer moeten reizen.

26

Huib staat bij de pasteuriseermachine en kijkt hoe de melk in een eindeloze witte stroom langs de roestvrijstalen golfplaten loopt. Dit prachtige apparaat, dat de melk zuivert, is de nieuwste aanwinst van De Purmer en hij kan er geen genoeg van krijgen om te zien hoe het zijn werk doet.

De fabriek is zo snel gegroeid dat er een paar jaar na de oprichting al centrifuges bij moesten komen. Ook werd er een tweede stoommachine geïnstalleerd, die kan worden ingezet als de eerste buiten werking is, voor onderhoud of reparaties. Een andere belangrijke aanschaf was een koelmachine, waarvoor ook weer een extra ruimte moest komen.

Toen bleek dat De Purmer te klein werd, hebben Lydia en hij bij laten bouwen. Onlangs zijn ze overgestapt op elektrische verlichting, die ze zelf met hun stoommachines opwekken. Het is ongelooflijk hoeveel uitvindingen er de afgelopen achttien jaar zijn gedaan.

De zaken gaan goed, al zijn er voortdurend problemen. De concurrentie is flink toegenomen: op dit moment zijn er zo'n honderdvijfendertig kleine zuivelfabrieken in het noorden van Noord-Holland, wat een voortdurend gevecht om de melk tot gevolg heeft. En of dat nog niet genoeg is heeft dit jaar de mond- en klauwziekte hard toegeslagen. De Purmer kan wel een stootje hebben, maar het moeten er niet te veel worden.

Huib loopt door naar de hal waar de melkkuipen op de juiste temperatuur worden gehouden door de stoomleiding. Joop, het hoofd van de kaasmakers, tapt een emmertje stremsel uit een vat en giet het bij de melk.

Even kijkt Huib toe terwijl de lange stalen armen het stremsel door de melk roeren, dan slaat hij Joop op de schouder en loopt door naar de kaasopslag. Onderweg komt hij langs het kantoor, waar Lydia over het kasboek gebogen zit, en even houdt hij zijn pas in en kijkt met een liefdevolle blik naar haar.

Ze is nog steeds in zijn leven. Achttien jaar geleden stortte zijn wereld in toen ze hun relatie verbraken, maar goddank raakte hij haar niet helemaal kwijt. De eerste maanden was hij radeloos, wat hem in de troostende armen van Jantine dreef.

Het was anders met haar, minder hartstochtelijk, maar wel veilig en liefdevol. Toen Jantine in verwachting raakte deed hij zijn plicht en trouwde met haar.

Hun zoon werd in hetzelfde jaar geboren als zijn dochter met Lydia: de kinderen scheelden tien maanden. Hij heeft Jantine de waarheid verteld over zijn relatie met Lydia en het kind dat daaruit is voortgekomen, maar tegen Wouter heeft hij er nooit iets over gezegd. Lydia wilde absoluut niet dat Nora wist wie haar echte vader was, en dat respecteerde hij.

En nu is Jantine dood. Twee maanden geleden is ze onverwacht gestorven. Een miskraam en de vroeggeboorte van de tweeling, die voor de baby's fataal afliep, konden haar niet klein krijgen, maar een uit de hand gelopen verkoudheid wel. Het enige kind dat ze hem heeft kunnen geven is Wouter.

Huibs verdriet om Jantines dood is oprecht, al bestaat een groot deel daarvan uit schuldgevoel. Ze was een goede vrouw, en hij heeft haar niet gegeven wat hij haar voor het altaar beloofde. Dat ze hem dat niet kwalijk nam zegt veel over haar.

Hij is altijd verliefd gebleven op Lydia. Als ze voorgoed was teruggekeerd naar Amsterdam zouden zijn gevoelens misschien langzaam uitgedoofd zijn. In plaats daarvan vestigde ze zich permanent op Welgelegen, bleef in zijn leven, hem herinnerend aan wat hij had verloren. Maar hij heeft ook iets gewonnen: een prachtige dochter die hij nu veel vaker ziet.

Op het moment dat hij aan Nora denkt, komt ze net aanrijden met de sjees. Ze rijdt zelf, heeft de teugels stevig in haar gehandschoende handen, en met haar witte rok en bijpassende, met bont gevoerde huik en mof ziet ze eruit als de winterkoningin. Even later loopt ze de fabriek in en passeert Huib.

'Goedemorgen, Nora,' zegt hij vriendelijk.

Ze geeft hem een knikje, waarmee ze zijn begroeting niet negeert, maar ook duidelijk maakt dat ze niet in is voor een praatje. Dat is ze eigenlijk nooit. Toen ze klein was slaagde hij er wel in om iets van een band met haar op te bouwen, maar daar is weinig van overgebleven.

Huib kijkt haar na, en pas als Nora de hoek omslaat, gaat hij verder met zijn werk.

27

Met snelle passen loopt Nora door de kaaskamer, vlak langs de enorme bakken met wrongel. Ze houdt haar adem in en vermijdt te kijken naar de dikke, lillende massa.

In het kantoortje achterin is haar moeder aan het werk. Lydia kijkt verrast op en vraagt bezorgd: 'Wat kijk je boos. Wat is er?'

'Huib,' zegt Nora slechts, terwijl ze de kap van haar huik afdoet.

Haar moeder blijft haar vragend aankijken.

'Er is iets met die man. Hij geeft me de kriebels.'

'Waarom?'

'Ik kan het niet goed uitleggen. Is hij wel betrouwbaar?'

Lydia legt haar pen neer en draait haar stoel naar haar dochter toe. 'Ja, natuurlijk is hij betrouwbaar, wat een rare vraag. Is er iets gebeurd?'

'Nee, maar zoals hij net naar me keek toen ik aan kwam rijden... Ik weet het niet, maar het geeft me een ongemakkelijk gevoel.'

Er valt een korte stilte, en dan zegt haar moeder: 'Hij heeft je een tijd niet gezien, en je verandert snel. Dat zal het wel zijn.'

'Ik ben maar een maand weg geweest.'

'Maar je komt bijna nooit naar de fabriek. Misschien is dat het, was hij verrast. Wat kom je eigenlijk doen?'

Nora ademt diep in en uit, en zegt dan: 'Ik kwam mijn excuses aanbieden. Ik deed gisteren erg onaardig tegen je. Over mijn naam bedoel ik.'

'Wat lief van je! Ik ben heel blij dat je dat zegt.' Haar moeder glimlacht. 'Dus je kunt er toch wel mee leven?'

'In Amsterdam noemen ze me Eleonora, maar ik vind het niet erg om hier gewoon Nora te zijn.' Ze kijkt door het raam van het kantoor de fabriek in. 'Al vind ik het ook weer niet nodig dat iedereen me zo noemt. Zouden Huib en Wouter eigenlijk niet juffrouw tegen me moeten zeggen?'

'Waarom in hemelsnaam?'

'Omdat dat normaal is voor...' Nora zoekt naar het juiste woord, vindt het niet en besluit dan maar met 'dat soort mensen'. Het is niet helemaal wat ze bedoelt, maar ze neemt aan dat haar moeder haar wel begrijpt. Vragend kijkt ze haar aan, maar in plaats van een instemmend antwoord te geven, fronst Lydia haar wenkbrauwen.

'En wat voor soort mensen zijn zij dan volgens jou? Voor zover ik weet is Huib mijn compagnon en mede-eigenaar van deze fabriek, en is Wouter een hardwerkende jongeman die op een dag de zaak gaat overnemen. Er is geen enkele reden om op hen neer te kijken.'

Haar toon is scherp, en Nora beseft dat ze te ver is gegaan.

'Ik bedoel maar dat wij uit een andere familie komen, dat we van adel zijn. Ik althans, en in dat geval...'

'Nora, hou je mond. Je praat als een verwend kind. Zo heb ik je toch niet opgevoed? Als dit het resultaat is van je logeerpartijtjes in Amsterdam, dan moet je daar maar wat minder vaak komen. De invloed die het op je heeft bevalt me helemaal niet.'

'U wilt me toch niet verbieden om mijn familie te zien? Dat recht heeft u niet!'

'O jawel, je bent nog minderjarig. Als ik je thuis wil houden, dan blijf je thuis. En misschien doe ik dat wel als je gedrag me niet bevalt. Denk je dat van adel zijn betekent dat je op andere mensen mag neerkijken? Dan heb je nog veel te leren.' Haar moeder draait zich om, haar gezicht staat strak. 'En nu moet ik weer aan het werk. We praten er vanavond wel verder over.'

Met die woorden kan Nora gaan, en ze vertrekt, vol woede en onbegrip. Wat heeft ze nu weer verkeerd gezegd? In Amsterdam begrijpen ze dit soort dingen meteen, het zijn de regels die voortkomen uit standsverschil en die zijn voor iedereen duidelijk. Ook voor de lagere klasse. Persoonlijk vindt ze haar moeders amicale houding ten opzichte van Huib, compagnon of niet, overdreven liberaal.

Midden in de fabriek botst ze tegen iemand op. Ze valt bijna, maar twee handen pakken haar stevig bij haar armen beet.

'Nora? Alles goed?'

Verschrikt kijkt Nora naar Huib op. 'Eh ja, prima. Ik was in gedachten verzonken.'

'Dat zag ik, je leek ver weg. En je keek erg triest. Vond je het jammer dat je weer naar huis moest?'

'Het is altijd even wennen. De overgang is zo groot.'

'Ja, het is een stuk rustiger hier. Ik kan me voorstellen dat dat voor een meisje van jouw leeftijd weleens moeilijk is.'

'Inderdaad.' Nora vindt het wel weer genoeg zo. Wat haar moeder ook zegt, dat je en jou blijft haar irriteren. Ze knikt Huib toe en loopt door. Op weg naar buiten komt ze ook Wouter tegen, die ze eveneens toeknikt.

Op het fabrieksterrein is het druk. De kazen die klaar zijn voor transport worden via een rolgoot, die tegen de gevel van de opslagruimte staat, naar buiten gerold. Daar worden ze opgevangen in kisten en op de wagens gezet.

Intussen wordt bij het bordes net de middagmelk in ontvangst genomen, waardoor het op het hele erf een drukte is van ratelende karren en stampende klompen.

Zodra de mannen Nora zien, nemen ze hun pet af en groeten eerbiedig. De meesten kennen haar al sinds ze een klein meisje was. Als kind vond ze het leuk en spannend om in de fabriek te komen. Alles leek zo groot. Vooral de enorme schoorsteen vervulde haar met ontzag. In die tijd speelde ze vaak met Wouter. Dan mochten ze op de wagen of op de rug van het paard meerijden als de boeren de melk hadden afgeleverd. Tot aan de weg, en vandaar renden ze samen terug naar de fabriek.

Al op jonge leeftijd hielp Wouter mee door de melkbussen op de wagens door te schuiven, zodat ze sneller op het bordes getild konden worden, en dan keek Nora toe.

'Later, als ik groot ben, dan is de fabriek van mij,' zei hij een keer.

'Ook van mij,' zei Nora.

'Maar ik ben een jongen en jij een meisje, dus ik ben de baas.'

Nora haalde onverschillig haar schouders op. 'Kaas is vies, het stinkt,' zei ze.

Toen ze ouder werd, en in de herfst en winter dikwijls in Amsterdam verbleef, werd haar weerzin tegen de fabriek steeds groter. De geur die er vanaf kwam deed haar denken aan paddenstoelen en vochtplekken. Misschien kwam het door het spoelwater van de fabriek, dat in de sloten liep en een stinkende drab veroorzaakte. Die lucht ging in je kleding zitten, ze rook het bij Huib en Wouter, en ook bij haar moeder.

Met mooi weer zit Nora vaak op de veranda te lezen, en anders schrijft ze brieven aan Ralph. Het heeft even geduurd voor ze zijn eerste brief beantwoordde, maar daarna is er een intensieve correspondentie tussen hen ontstaan.

Ralph behandelt haar als een ontwikkelde jongedame, wat ze eigenlijk niet is. Zo heeft ze geen antwoord op zijn opmerkingen over de politieke spanningen in het buitenland, maar ze vindt het wel vleiend dat hij ervan uitgaat dat ze op de hoogte is.

In de bibliotheek van Welgelegen is Nora op zoek gegaan naar kranten om zich in te lezen, en wat ze las sloeg haar met stomheid. Ze had geen idee dat een grootmacht als Duitsland, hun buurland nota bene, bezig was zich te bewapenen, en dat dat andere buurlanden verontrustte. Hoe meer ze las, hoe meer zorgen ze zich ging maken. Ze schreef erover naar Ralph, die haar ongerustheid deelde.

Op een avond, als ze aan de secretaire zit om een brief te schrijven, kijkt haar moeder over haar schouder mee en vraagt: 'Schrijf je nog steeds met Ralph? Ik wist niet dat jullie zo goed bevriend waren.'

Nora kijkt op en schuift een stuk vloeipapier over haar tekst. 'Dat waren we ook niet, maar nu wel. Ken je hem?'

'Ik weet wie hij is, maar ik heb hem nooit ontmoet. Hij woont toch in Antwerpen?'

'Ja, en daarom maakt Ralph zich zorgen. Hij is bang dat er oorlog gaat uitbreken, en dat België erbij betrokken raakt.'

Haar moeder gaat in haar favoriete stoel zitten en streelt de kat, die meteen op haar schoot is gesprongen. 'Het zal allemaal wel meevallen, lieverd. Niemand wil oorlog. Ik begrijp trouwens niet waarom hij jou daarover schrijft. Een rare manier om een meisje het hof te maken.'

'Ralph is niet zo van gebabbel. Hij vindt het leuk om van gedachten te wisselen, en hij is benieuwd naar mijn mening.'

'Vandaar dat je zo druk hebt zitten lezen in de bibliotheek,' zegt haar moeder met een lach. 'Hoe serieus is jullie vriendschap? Of is het meer dan dat?'

'Ik vind hem leuk.' Nora legt haar pen neer. 'Heel leuk! Hij schreef dat hij in december weer in Amsterdam is, en hij hoopt dat ik er dan ook ben.'

'Jij gaat niet alleen. Het lijkt me een beter idee om een keer met z'n drieën thee te drinken.'

'We zijn gewoon vríénden hoor, mama.'

'Dat weet ik,' zegt haar moeder. 'Maar een jongeman die een meisje elke week schrijft, is niet op vriendschap uit.'

28

Een paar dagen voor kerst gaan Nora en Lydia naar Amsterdam. Nora is opgewonden en blij: ze kan niet wachten om Ralph en haar familie weer te zien.

Dat haar dochter er zo naar verlangt om door de Van Nijenberghs geaccepteerd te worden, zit Lydia niet helemaal lekker. Ze ziet liever een band tussen Huib en zijn dochter ontstaan. Toen ze klein was vond Nora het leuk op de fabriek, maar tegenwoordig is ze overal liever dan daar. Als het aan haar lag zouden ze weer in Amsterdam gaan wonen, maar dat is Lydia niet van plan. Dan zou Huib zijn dochter helemaal niet meer te zien krijgen. Af en toe in de hoofdstad logeren is wel genoeg.

En het moet gezegd worden, niet alleen Nora maar ook zij is altijd welkom bij Louise. Toch geeft ze de voorkeur aan een hotel als ze een paar dagen in de stad verblijft. Dat doet ze ook deze keer, want Louise heeft griep.

Op het stationsplein kijkt Nora om zich heen. 'Wil je een rijtuig huren? Dat gaat wel langzaam, hoor. De elektrische tram is sneller en stopt op het Leidseplein.'

'Laten we dat dan maar doen,' zegt Lydia.

Nora loopt naar de tram en koopt twee kaartjes. Haar moeder bekijkt haar met trots. Ziehier het resultaat van haar vrije opvoeding: een dochter die zelfstandig haar weg zoekt in een drukke stad. Voor háár was het op die leeftijd ondenkbaar om alleen te reizen, maar nu ziet ze zoveel vrouwen zonder begeleiding over straat gaan. Ook te voet en op de fiets.

Terwijl Hendrik hun koffers naar de staanplaatsen op het balkon sjouwt zoeken ze een plaats uit in de eerste klasse.

De rit duurt niet lang. In tegenstelling tot de paardentram, waarbij je een teken kan geven als je eruit wilt, rijdt deze tram van wachtplaats naar wachtplaats, zonder tussendoor te stoppen. Binnen de kortste keren zijn ze op het Leidseplein.

'Daar, naast Hirsch & Cie., zit de vrouwenvereniging,' zegt Lydia.

'Ja, dat weet ik. Waarom ben je daar eigenlijk mee opgehouden?'

'Omdat ik liever op de fabriek ben. Daar heb ik het druk genoeg mee.' Lydia draait zich om naar het in zachtgele baksteen opgetrokken Amsterdam American Hotel. Het ziet er schitterend uit met zijn speelse loggia's en balkonnetjes. 'Zullen we naar binnen gaan?' zegt ze, en Nora knikt.

Ook binnen is het een en al art-deco-pracht, met tegeltableaus, glas-in-loodramen en zithoekjes tussen groepjes varens.

'Wat mooi! Fijn om hier een paar nachten te logeren,' zegt Nora, als ze de sleutels van hun kamer hebben gekregen en staan te wachten bij de lift. Die komt er net aan en de piccolo opent het hekwerk van sierlijk smeedijzer.

'Vroeger was dit onmogelijk geweest,' zegt Lydia terwijl ze langzaam omhoog gaan.

'In een hotel slapen?'

'Ja. Dat was verboden voor vrouwen, die hoorden thuis te zijn.'

Nora fronst haar wenkbrauwen. 'Er mocht vroeger maar weinig, zeg!'

'Heel weinig. Gelukkig is er veel veranderd.'

Die avond dineren ze samen in het restaurant van het hotel, dat gedecoreerd is met tiffanylampen en fleurige muurschilderingen. De voorname rust zorgt ervoor dat ze als vanzelf hun stem dempen, wat een vertrouwelijke sfeer creëert.

'Als je die fabriek niet was begonnen, wat had je dan gedaan?' vraagt Nora.

'Hetzelfde als nu, denk ik. Uiteindelijk zou ik me wel bij Tesselschade of bij Arbeid Adelt hebben aangesloten. Mia zou niet gerust hebben tot ik me had aangemeld.'

'Vind je het niet jammer dat je niet méér kunt doen? Mia reist overal naartoe.'

'Ik had jou. Ik wilde niet rondreizen en jouw opvoeding aan anderen overlaten. Jij was voor mij het belangrijkst.'

'Maar als je mij niet had gekregen?'

'Ik weet het niet. Misschien dat ik me dan meer had ingezet voor de vrouwenbeweging, zoals Mia doet. Maar zij vindt familie ook belangrijk. Op dit moment zorgt ze voor haar neefjes. Je kunt wel overal naartoe gaan en schreeuwen dat je gelijke rechten wilt, maar het is belangrijk dat je daarbij je plichten niet vergeet.'

'Ja, dat is waar. Wat goed van Mia.'

Het is voor het eerst dat ze over dat onderwerp praten, beseft Lydia. Nora heeft nooit veel belangstelling voor haar verleden gehad. Ze wordt volwassen.

'Wanneer komt Ralph?' vraagt Lydia.

'Morgen. En hij logeert ook hier.'

'Wat toevallig.'

Nora lacht. 'Hoe hebben mijn vader en jij elkaar eigenlijk ontmoet?'

Even valt er een stilte, waarin Lydia zich concentreert op haar soep. Dan zegt ze: 'Ik weet het niet precies meer. Via de Boissevains, op een feestje geloof ik.'

'Voelden jullie je toen meteen tot elkaar aangetrokken?'

'Niet meteen. Dat is langzaam gegroeid. Althans, bij mij.'

'Was mijn vader wel meteen verliefd?'

Lydia knikt. 'Hij heeft me meerdere huwelijksaanzoeken gedaan voor ik instemde.'

'Echt waar? Was hij zo'n volhouder? Dan moet hij wel erg verliefd op je zijn geweest.'

'Dat was hij ook. De soep is lekker, vind je niet? Eet je hem niet op?'

'Jawel, zo.' Nora blijft met haar lepel in haar hand zitten. 'Vertel eens wat meer over hem. Wat deden jullie zoal? Ralph en ik gaan morgen naar de ijsbaan, maar dat kon in die tijd zeker niet. Niet zonder chaperonne in ieder geval.'

'Toevallig kon dát nou net wel. Waarschijnlijk omdat daar veel mensen waren en maar weinig plekjes waar je je kon afzonderen. Maar we hebben nooit geschaatst. We zijn wel een keer naar Artis geweest.'

'Hoe was mijn vader? Lijk ik op hem? Dat moet wel, want jij bent blond.'

Lydia kijkt naar haar dochter, die haar met haar donkere krullen en levendige blauwe ogen elke dag aan Huib doet denken.

'Eduard had donker haar,' bevestigt ze. Eigenlijk was het eerder lichtbruin, en vrij dun, denkt ze erachteraan, maar dat spreekt ze niet uit.

'Volgens grootmoeder lijk ik sprekend op hem,' zegt Nora. 'Vooral mijn manier van kijken.'

Lydia glimlacht haar welwillend toe. Voor Nora een nieuwe vraag kan stellen, informeert ze naar haar kennismaking met Ralph, en tot haar opluchting begint Nora meteen te vertellen.

De volgende dag treffen Nora en Ralph elkaar in het restaurant van het American Hotel, maar daar is Lydia niet bij. 's Middags, als ze theedrinken, wel.

Ralph maakt geen ongunstige indruk op haar. Hij is inderdaad knap. Ze begrijpt dat Nora zich tot hem aangetrokken voelt, maar ze vraagt zich af of hij wel de juiste man voor haar extraverte dochter is. Hoewel hij beleefd, vriendelijk en voorkomend is, vindt ze hem ook een beetje afstandelijk. Maar ze laat niets blijken, drinkt haar thee, neemt een taartje als Ralph haar de etagère aanbiedt, en converseert op ontspannen toon.

Na de thee gaan Nora en Ralph naar de ijsbaan op het Museumplein, en Lydia loopt naar Hirsch om te winkelen. Nu ze toch in Amsterdam is, kan ze wel wat nieuwe kleding kopen.

Een paar uur later keert ze terug naar het hotel, waar ze Nora aantreft in hun suite. Ze hangt op de canapé en staart naar buiten. Zodra Lydia binnenkomt draait ze zich om en gaat recht zitten. Haar wangen zien vuurrood.

'Wat denk je?' zegt ze.

Vragend kijkt Lydia haar aan.

'Hij heeft me een aanzoek gedaan!'

Lydia laat de papieren tasjes met haar aankopen op de grond vallen. 'Echt waar?'

'Ja, midden op de ijsbaan. Ik wist niet wat ik moest zeggen, ik had het gevoel dat iedereen naar ons keek.'

Lydia gaat naast haar dochter zitten. 'Wat heb je geantwoord?'

‘Dat het me overviel, en dat ik erover na moest denken. Ik had helemaal niet verwacht dat hij me zo snel ten huwelijk zou vragen. We kennen elkaar net.’

‘Ben je verliefd op hem?’

‘Ja, maar ik weet niet of dat genoeg is.’

‘Geef het wat tijd.’ Lydia pakt Nora’s hand. ‘Dat jullie een paar maanden met elkaar gecorrespondeerd hebben, wil nog niet zeggen dat je moet trouwen. Sowieso vind ik je daar nog wel erg jong voor. In mijn jeugd trouwden meisjes niet onder de twintig, en tegenwoordig al helemaal niet.’

‘Als ik ja zeg, heb ik jouw toestemming nodig. Zou je die geven?’

‘Waarom zou je ja zeggen? Jullie kunnen toch eerst een tijdje vrienden zijn en elkaar beter leren kennen? Ik begrijp de haast niet.’

‘Hij is verliefd geworden op mij, en hij wil niet het risico lopen dat ik iemand anders tegenkom.’

‘Heeft hij dat gezegd?’

‘Ja. Het is natuurlijk lastig dat hij zo ver weg zit en we alleen maar kunnen schrijven. Al vraag ik me af hoe ik iemand anders zou kunnen tegenkomen als ik steeds in Purmerend opgeborgen zit.’ Nora’s toon is een beetje bitter.

Lydia kijkt haar een moment zwijgend aan. Dus daarom overweegt Nora het aanzoek. Dat had ze kunnen weten, Nora heeft altijd weg gewild.

‘Zou je niet liever willen studeren?’ vraagt ze. ‘Je bent pas achttien, waarom zou je je nu al binden?’

‘Mama, jij weet net zo goed als ik dat ik geen studiehoofd ben. Studeren is niet voor mij weggelegd.’

‘Je hoeft niet per se naar de universiteit te gaan. Er zijn tal van interessante studies die je kunt volgen, op diverse niveaus.’

'Wat zou ik dan moeten doen? Ik heb geen bijzondere talenten. En niet álle vrouwen willen werken.'

'Dat is waar, maar ik ben bang dat je het huwelijk als een vlucht ziet. Dat je eigenlijk gewoon genoeg hebt van Purmerend. Als dat zo is, dan kunnen we daarover praten. Je zou bij familie in Amsterdam kunnen gaan wonen en iets gaan doen wat je interessant vindt. Misschien kun je je nuttig maken bij een vrouwenvereniging. Of bij een liefdadigheidsinstelling.'

'Soep uitdelen aan de armen. Nou nee, dat is niets voor mij.'

Lydia slaakt een diepe zucht. 'Prima, ik wil je niets opdringen. Maar vooralsnog geef ik je geen toestemming om te trouwen. Achttien is echt te jong.'

'Volgende maand word ik negentien.'

'Ik kan je nog jáven tegenhouden, en dat ga ik ook doen. Er zullen nog veel meer verliefde jongemannen voorbijkomen, en dit is echt niet het laatste aanzoek dat je zult krijgen. Blijf vooral schrijven met Ralph, laat je door hem het hof maken en geniet daarvan, maar trouw nog niet.'

Tot haar verrassing knikt haar doorgaans zo eigenwijze dochter.

De rest van de middag is Nora een beetje stil, maar daarna stelt ze voor om naar de pas geopende bioscoop in de Reguliersbreestraat te gaan. Lydia stemt in. Terwijl ze zich verkleedt voor het diner voelt ze zich opgelucht dat ze Nora tot andere gedachten heeft kunnen brengen. Heimelijk moet ze een beetje lachen. Waarschijnlijk heeft ze haar precies gegeven wat ze wilde: een antwoord dat Ralphs gevoelens spaart terwijl ze gewoon verliefd en ongebonden kan blijven.

De volgende dag brengen Lydia en Nora een bezoek aan Louise en daarna scheiden hun wegen zich. Nora gaat met Ralph wandelen in het Vondelpark en Lydia loopt naar het huis van Walrave aan de Keizersgracht.

Het wordt een gezellige middag. Walrave is niet thuis en Jan en Harry, zijn kinderen, zitten op school, zodat Mia en zij in alle rust kunnen bijpraten. Mia vertelt over de propagandacommissie van de Vereeniging voor Vrouwenkiesrecht, waar ze voorzitster van is.

'Er is nog zoveel te doen, zoveel dat we willen bereiken,' zegt ze. 'Het is wel veel werk, ik kom ook bijna niet meer aan publiceren toe, maar dat lukt op dit moment sowieso niet. Walrave en de kinderen zijn nu het belangrijkst.'

'Ik vind het zo goed dat je je werk opzijzet,' zegt Lydia. 'Dat moet niet gemakkelijk zijn.'

'Ik hou van mijn broer en van mijn neefjes. Mijn werk loopt niet weg.'

'Had Nora maar wat meer belangstelling voor een studie,' zegt Lydia met een zucht. 'Ik heb geprobeerd om haar te leren boekhouden, maar ze vindt er niets aan.'

'Ze is nog jong. Het is moeilijk om op die leeftijd te weten wat je wilt. Misschien komt het later wel.'

'Ik weet het niet, Nora is zo onrustig. Ze wil groots en meeslepend leven, en Purmerend is haar te klein. En nu heeft ze ook nog een huwelijksaanzoek gekregen.'

Verrast kijkt Mia haar aan. 'Echt waar? Van wie?'

'Van Ralph Reymaekers.'

'De zoon van Gustaaf Reymaekers? Mijn vader deed zaken met hem. Hij moet een van de rijkste inwoners van Antwerpen zijn. En die Ralph heeft Nora een aanzoek gedaan?'

'Ja. Gelukkig aarzelt ze nog. Ze is verliefd, en Antwerpen zal ook grote aantrekkingskracht op haar hebben, maar ze vindt het denk ik ook wel een grote stap. Ik heb haar verboden te trouwen en ze protesteerde gelukkig niet. Ik weet niet wat ik van die Ralph moet denken.'

'Wat heb je op hem tegen?'

'Ik weet het niet precies, het is een gevoel. Hij is vrij... afstandelijk. Daarnaast is hij een man van de wereld en Nora is nog zo jong.'

'Heb je misschien ook moeite om haar te laten gaan?' vraagt Mia.

Met een zucht geeft Lydia toe dat dat ook meespeelt. 'Maar het belangrijkste is dat ze gelukkig wordt,' voegt ze eraan toe. 'En ik ben er niet zeker van of dat met Ralph gaat lukken.'

29

Eenmaal terug in Purmerend is alles anders. De feestdagen zijn voorbij, en de betovering van dineren met mooi geklede mensen, rondzwieren op een ijsbaan en wandelen langs de grachten van een wereldstad gaat over in de alledaagsheid van het platteland.

Op een middag stapt Nora in de sjees om een vriendin in Purmerend te bezoeken. Onderweg denkt ze na over Ralphs huwelijksaanzoek. Ze heeft hem nog steeds geen antwoord gegeven, dat moet ze nu echt doen. Haar moeder heeft haar dan wel verboden om te trouwen, maar dat is omdat ze niet gelooft dat zij van Ralph houdt.

Houdt ze van Ralph?

Nadenkend kijkt Nora voor zich uit. Ze denkt wel vaak aan hem. Als ze met Ralph zou trouwen, zou ze in Antwerpen komen te wonen. In gedachten ziet ze al helemaal voor zich hoe haar leven er dan uit zou zien, vol gezellige uitstapjes en bezoekjes aan het theater en de bioscoop. Die gedachte bezorgt haar een kriebel van opwinding. En van nervositeit, als ze eerlijk is, want ze kent daar niemand.

Ze zou tegen Ralph kunnen zeggen dat ze eerst vrienden wil zijn. Misschien kan hij af en toe op Welgelegen komen logeren, zodat haar moeder en hij elkaar ook beter kunnen leren kennen.

Nora kijkt om zich heen en probeert zich voor te stellen dat ze hier met Ralph zou rijden. Dat lukt niet erg, ze ziet hem eigenlijk alleen voor zich in een stad. Op de een of andere manier past hij hier niet.

Omdat je hem nooit op het platteland hebt gezien, beseft ze.

Maar ze neemt zich toch voor om op Welgelegen te blijven als hij komt, en hem niet mee te nemen naar Purmerend. En zeker niet op dinsdag, als de hele stad vol met koeienmest ligt.

Er nadert een splitsing en Nora leidt het paard naar de Oosterweg. De sjees slingert even wild heen en weer over de bevroren modder, tot de wielen weer in het diepe karrenspoor belanden. Het paard briest en Nora spreekt het dier geruststellend toe.

Voorzichtig rijdt ze verder. Normaal gesproken is het een ritje van tien minuten, maar stapvoets duurt het een stuk langer. Dat is niet erg, ze is ruim op tijd vertrokken voor haar afspraak.

Terwijl de kerktoren van Purmerend dichterbij komt, passeren er steeds meer voetgangers en wagens. Ze gaan eerbiedig aan de kant als ze haar zien aankomen.

Alleen de voerman verderop lijkt haar niet te zien. Hij maakt geen aanstalten om opzij te gaan, hoewel hij toch moet begrijpen dat de weg te smal is voor hen beiden.

Ook Nora rijdt door, in de veronderstelling dat de wagen op het laatste moment wel zal uitwijken. Tot haar verbazing gaat hij maar een klein beetje opzij, zodat ze net niet kan passeren.

De jongen op de bok is dik ingepakt, waardoor ze hem niet meteen herkent, maar als ze opzij kijkt ziet ze dat het Wouter is.

Met haar zweep gebaart ze dat hij verder opzij moet, maar in plaats daarvan brengt hij zijn paard tot stilstand.

'Zeg, zo kan ik er toch niet langs!' roept Nora.

'Ik ook niet,' zegt Wouter.

Geërgerd manoeuvreert Nora de sjees zo dat ze naast hem komt te staan. 'Je zag me toch aankomen? Waarom blijf je gewoon doorrijden?'

'Ik ging een stukje opzij, en als jij dat ook had gedaan, was er niets aan de hand geweest. Degene die gewoon blijft doorrijden ben jij.'

Wouter tutoyeert haar al sinds hun kinderjaren, dat is ze gewend, maar die vijandige toon hoeft ze niet te accepteren.

'Doe niet zo onbeleefd en ga opzij,' zegt ze, terwijl ze met haar zweep zijn paard een tik geeft. Het is geen harde tik, het dier reageert er niet eens op, en het was ook meer om Wouter aan te sporen, maar hij reageert alsof ze aan een afranseling begint.

Met een van woede vertrokken gezicht trekt hij de zweep uit haar hand en gooit hem weg. Nora's mond valt open. Een golf van verontwaardiging welt in haar op, maar de uitdrukking van pure afkeer op Wouters gezicht smoort die uitbarsting.

'Wie denk je wel dat je bent?' Wouter schuift naar het randje van de bok en buigt zich zo ver naar haar toe dat hij bijna van de wagen valt. 'Met je dure sjees en je arrogante gezicht. Waarom zou ik voor jou zo ver opzij moeten gaan dat ik bijna in de sloot beland? Ik peins er niet over!'

Dit wordt ruzie, en daar heeft Nora geen zin in. Een echte dame zit niet scheldend op een wagen op een landweg. Ze steekt haar kin in de lucht, laat de teugels op de rug van het paard neerkomen en leidt hem een stukje naar rechts. Dan klakt ze met haar tong, maar voor het paard in beweging kan komen, wijst Wouter naar haar met zijn zweep.

'En dan nog iets,' zegt hij op koude toon, 'als je mijn vader ooit nog een viezerik noemt, duw ik je met je gezicht in de stront.'

'Waarom zou ik dat niet mogen zeggen? Hij ís een viezerik! Heb je gezien hoe hij altijd naar me kijkt?'

'Ben je nou echt zo dom? Waarom denk je dat dat is?'

Niet-begrijpend kijkt Nora hem aan.

'Ooit gezien dat jullie op elkaar lijken? Je bent niet blond, zoals je moeder. Je lijkt precies op hém! Denk daar maar eens over na.' Wouter spoort zijn paard aan. De wagen rijdt wild heen en weer zwaaiend over de ongelijke grond, vlak langs de sloot, en komt krakend terug op de weg. Zonder om te kijken of nog iets te zeggen rijdt Wouter door.

Met stomheid geslagen kijkt Nora hem na. Wat was dat in hemelsnaam? Hij kan er maar één ding mee bedoelen, en dat is zo idioot dat ze het meteen terzijde schuift. Maar terwijl ze verder rijdt laat het haar niet met rust.

Wouter heeft gelijk, haar haar heeft precies dezelfde tint als dat van Huib.

Ze heeft daar nooit bij stilgestaan, waarom zou ze ook, maar nu veroorzaken Wouters woorden zoveel onrust dat ze het paard een draai laat maken en omkeert. Hij heeft dit niet voor niets gezegd.

Wouter heeft zijn paard tot draf aangezet. Zo hard durft Nora niet op de ongelijke weg, en langzaam rijdt ze verder. Het is maar goed dat het paard zelf de weg naar huis weet, want ze heeft totaal geen oog meer voor haar omgeving. In haar hoofd woedt een storm van losse herinneringen, gezichtsuitdrukkingen en per ongeluk opgevangen gespreksflarden. Van Huib, van Jantine, van haar moeder en van Wouter. Puzzelstukjes waaraan ze nooit aandacht heeft geschonken, laat staan dat ze ze heeft gecombineerd, maar die zich nu samenvoegen tot één duidelijk beeld. Haar brein weigert de feiten te accepteren, blijft hopen op een andere uitleg. Er is er maar één die een einde kan maken aan de gedachtestorm, en dat is haar moeder. Gelukkig is ze niet op de fabriek, maar thuis.

Zodra Nora terug is op Welgelegen gaat ze op zoek naar haar moeder. Ze treft haar aan in de keuken, waar ze Mies instructies geeft voor het avondeten. Als ze Nora hoort, draait ze zich om en zegt: 'Ben je nu al terug?' En vervolgens, na een blik op Nora's gezicht, vraagt ze: 'Is er iets gebeurd?'

'Ja, ik kwam Wouter onderweg tegen. Kan ik je even spreken?'

'Natuurlijk.' Haar moeder wendt zich tot de kokkin. 'We praten straks verder, Mies.'

Nora is al op weg naar de bibliotheek, de meest afgelegen ruimte in het huis. Als haar moeder met een verbaasd gezicht binnenkomt, sluit ze de deur achter haar en komt meteen ter zake.

'Ik kwam Wouter net tegen en hij zei zoiets raars. Dat ik op Huib lijk, en dat ik daar maar eens over na moest denken. Waarom zou hij zoiets zeggen?'

Heel even is er nog hoop. Hoop dat haar moeder haar niet-begrijpend zal aankijken of in de lach zal schieten. Maar dat gebeurt niet, ze wordt juist heel bleek.

'Is het waar? Is Huib mijn vader?' vraagt Nora vol ongeloof.

'Ga even zitten, dan leg ik het uit.' Haar moeder maakt een

nerveus gebaar naar de fauteuils bij de haard.

'Zeg het nou maar gewoon. Sprak Wouter de waarheid?'

'Ga zitten, Nora.'

Een beetje duizelig laat Nora zich in de fauteuil zakken. Het is waar, anders zou haar moeder het meteen ontkend hebben. Mijn god!

De ontzetting is zo groot dat haar gedachten even tot stilstand komen. Maar dan treffen ze haar weer met volle kracht.

Huib is haar vader, dus Wouter is haar halfbroer. Ze is geen familie van de Van Nijenberghs, ze is niet van adel. Ze is de dochter van een boer. Met grote ogen staart ze voor zich uit.

Haar moeder gaat op de stoel naast haar zitten. Ze ziet nog steeds bleek, maar haar stem klinkt vast en rustig als ze haar het hele verhaal vertelt. Over haar liefdesaffaire met Huib. De onmogelijkheid ervan. De breuk, en hoe ze die betreurde. Haar zwangerschap en het aanzoek van Eduard, dat aan al haar problemen een einde moest maken. En zijn dood.

Vol ongeloof hoort Nora haar aan.

'Je hebt gelogen,' zegt ze, als haar moeder uiteindelijk zwijgt. 'Niet alleen tegen mij, maar ook tegen grootmoeder! Of weet zij ervan?'

'Nee, bijna niemand weet het. Alleen Huib en Clementine, en blijkbaar Wouter ook. Hij moet iets opgevangen hebben.' Haar moeder komt overeind en loopt rusteloos heen en weer. 'Wat verschrikkelijk dat hij je dat in het gezicht geslingerd heeft. Ik ben zo kwaad op hem!'

'Nee, mama, het is verschrikkelijk dat jij gelogen hebt, en ik ben heel kwaad op jóú! Hoe kon je dit doen?'

'Waarom? Omdat ik jou alle kansen in het leven wilde geven die je verdiende. Als onwettig kind zou je overal uitgestoten zijn zonder de bescherming van de Van Nijenberghs.'

'Je had met Huib kunnen trouwen! Dan was ik niet onwettig geweest.'

'Maar wel de dochter van een boer,' zegt haar moeder zacht. 'Toen leek dat een groot probleem. Ik wilde het beste voor jou, Nora. Ik wilde dat je iets te kiezen had.'

'Dat is dan mislukt,' zegt Nora op bittere toon.

'Ach lieverd, ik weet zeker...'

'Het kan me niet schelen wat jij zo zeker weet. Je hebt alles voor me verpest en dat zal ik je nooit vergeven.' Zo rustig mogelijk komt Nora overeind en verlaat de bibliotheek.

Als ze eenmaal in haar kamer is, verdwijnt die rust en wordt ze overspoeld door wanhoop en verdriet. Ze laat zich languit op haar bed vallen en huilt tot ze niet meer kan.

Een paar uur later, als ze uitgehuild is en zich heeft opgeknapt, gaat ze naar beneden. Haar moeder zit in de salon naar buiten te staren. Zodra Nora binnenkomt gaat ze recht zitten.

'Nora, ik...'

'Ik heb nagedacht,' zegt Nora. 'Als dit uitkomt zal ik nooit een goed huwelijk kunnen sluiten, dus we zorgen dat niemand het te weten komt.'

Lydia knikt. 'Amsterdam is ver weg. Ik weet zeker...'

'En Antwerpen is nog verder weg. Ik heb besloten om Ralphs aanzoek aan te nemen. Over drie weken ben ik negentien, dat is oud genoeg om te trouwen. Je moet me toestemming geven!'

Verbijsterd kijkt Lydia haar aan. 'Maar wat ga je dan tegen hem zeggen?'

'Niets.'

'Je wilt met hem trouwen en niets zeggen?'

'Wat moet ik anders? Hij denkt dat ik van goeden huize ben.

Je denkt toch niet dat hij nog geïnteresseerd zal zijn als hij de waarheid weet?'

Haar moeder loopt naar haar toe en kijkt haar ernstig aan. 'Je moet hier goed over nadenken, Nora. Hou je van die man? En wil je echt op valse gronden een huwelijk aangaan?'

'Als ik Ralphs aanzoek meteen had geaccepteerd, was dat niet anders geweest. Ik neem aan dat je niet van plan was om me de waarheid te vertellen.'

'Nee, maar het is anders nu jij wél op de hoogte bent. Je zou bewust tegen hem liegen. Kun je dat een leven lang volhouden?'

'Waarom niet?' zegt Nora terwijl ze zich omdraait en wegloopt. 'Ik heb een goed voorbeeld gehad.'

30

'Waarom heb je dat in godsnaam tegen haar gezegd? Ben je helemaal gek geworden?' schreeuwt Huib. Nadat Lydia hem heeft verteld op welke manier Nora te horen heeft gekregen wie haar biologische vader is, is hij op zoek gegaan naar zijn zoon. Hij vond hem in het perslokaal van de fabriek.

'Naar huis,' zei hij kortaf, en Wouter is hem gevolgd met een gezicht waarop te lezen stond dat hij die bui al verwacht had. Erg berouwvol oogt hij niet nu ze tegenover elkaar in de boerderij staan, en dat wakkert Huibs woede nog meer aan.

'Ze moest het toch een keer horen,' zegt Wouter korzelig.

'Maar niet van jou! Wat bezielde je?'

'Het was eruit voor ik er erg in had. Ze kan ook zo verwaand doen. Je had moeten zien hoe ze naar me keek. Ze sloeg me nog net niet met haar zweep.'

'Overdrijf je niet een beetje? Het is een meisje! Je halfzus, om precies te zijn,' bijt Huib hem toe.

'Precies, en daarom vond ik dat ze wel een toontje lager mocht zingen. Ze behandelt me als de een of andere landloper, dat heeft ze altijd al gedaan.'

'Man, stel je niet aan. Heeft ze je gevoelens gekwetst? Ben je zo kleinzielig dat je haar daarom midden op een landweg zoiets schokkends moet vertellen? En heb je erbij stilgestaan dat je daarmee ook Lydia en mij raakt?'

Opeens verliest Wouter zijn zelfbeheersing, alsof het horen van Lydia's naam te veel voor hem is.

'Ik kon niet anders!' schreeuwt hij. 'Hoe denk je dat het voor míj was om dat te weten? En voor mama?'

'Heeft je moeder het je verteld?'

'Ja, op haar sterfbed. Ze zag hoe Nora mij behandelde, en ze vond dat ik het recht had om te weten dat ze mijn halfzus is.'

'En vond ze ook dat je het recht had om haar dat in het gezicht te slingeren? Dat kan ik me erg moeilijk voorstellen. Zo was je moeder niet. Ze heeft er niet voor niets al die jaren over gezwegen.'

Wouter zwijgt nu ook, beroofd van zijn argumenten en zijn woede. Zijn schouders zakken en hij wendt zijn gezicht af. Dan, net als Huib iets wil zeggen, kijkt hij zijn vader recht aan.

'Ik haat je,' zegt hij zacht. 'En ik haat Lydia ook, om wat jullie mijn moeder hebben aangedaan. Denk je dat het voor haar gemakkelijk was om jullie geheim te moeten bewaren en jullie zo vaak samen te zien? En in plaats van haar liefde en respect te geven, ging je natuurlijk gewoon door met dat wijf neuken. Ik zag altijd wel hoe je naar haar keek.'

Huib haalt uit met zijn vuist, maar Wouter ontwijkt hem. Dan grijpt Huib zijn zoon bij zijn kiel en drukt hem tegen de muur.

'Zo praat je niet over Lydia,' zegt hij met lage stem, zijn gezicht heel dicht bij dat van Wouter.

'Ik praat over haar zoals ik wil en over jou ook. Sla me maar in elkaar als je wilt. Je weet dat het waar is.'

‘Nee, dat is het níét. Wat Lydia en ik samen hadden ligt in het verleden, vóór ik met je moeder trouwde.’

‘Maar je wilde eigenlijk Lydia, en mama wist het!’

In plaats van schaamte en ontzag ziet Huib diepe minachting in de ogen van zijn zoon. Het liefst had hij hem een mep gegeven om zijn onbeschoftheid, maar hij beheerst zich en laat Wouter los. ‘Je stelt me teleur,’ zegt hij. ‘Als je dat maar weet.’

‘Ja, dat weet ik, pa, dat weet ik al heel mijn leven. Ik heb nooit begrepen waarom je geen kwaad woord kon horen over Nora, terwijl je op mij alleen maar schold en mopperde en ik niets goed kon doen, hoe hard ik ook werkte.’

‘Waar heb je het over? Hoezo kon je niets goed doen? Ik heb je een opleiding gegeven zodat je later de fabriek kunt overnemen! Ik heb je een gespreid bedje gegeven!’

‘Dat bed ligt nogal hard. Je kunt je fabriek houden, ik ga weg.’

‘Weg? Wat ga je doen dan?’

‘In dienst.’

‘Je wilt het leger in? Ben je helemaal gek geworden?’

Wouter had die reactie blijkbaar wel verwacht, want hij geeft geen krimp. ‘Het leger heeft opleidingsplekken voor jongens. Ik heb het allemaal al uitgezocht. Ik ga me inschrijven en dan ben ik hier weg.’

Hij wil weglopen, maar Huib pakt hem opnieuw bij de arm. ‘Wouter, luister...’

Met een strakke blik kijkt Wouter hem aan. ‘Zou je me los willen laten, pa?’

Huib doet wat hij vraagt. Hij haalt een keer diep adem en zegt: ‘Jij gaat helemaal nergens naartoe. Ik ben nog altijd je vader en ik verbied het je.’

‘Moet jij eens opletten,’ zegt Wouter.

Die avond, als ze allebei wat rustiger zijn geworden, probeert Huib zijn zoon uit te leggen hoe alles gelopen is, dat Jantine tevreden was met wat hij haar te bieden had. Wouter luistert met wrokkige onbuigzaamheid.

'Dat kan wel zijn, maar ik ga toch weg. Ik heb altijd al weg gewild,' zegt hij.

'En de fabriek dan? Ik dacht dat jij die later zou overnemen.'

'Dat dácht jij, ja. Heb je het me ooit gevraagd? Heb je je überhaupt weleens verdiept in wat ík wil?'

'Als jij alles wat je denkt voor je houdt, kan ik dat niet weten. Trouwens, je mag best wat dankbaarder zijn. Je had ook de boerderij en een paar koeien kunnen erven.'

'Dánkbaar?' Wouter spuwt hem de woorden toe. 'Je denkt toch niet dat ik in die kaasgrot blijf werken met jou en die... met Lydia. Ik word nog liever kolensjouwer.'

'Dat zou ik liever hebben dan dat je in militaire dienst gaat. Ik hoop dat je je realiseert dat het onrustige tijden zijn en dat je zult moeten vechten als er oorlog uitbreekt. Ik kán je tegenhouden.'

'Nee, dat kun je niet, want dan loop ik weg. Laat me alsjeblieft gaan, pa. Ik stik hier!'

Zwijgend kijkt Huib zijn zoon aan. 'Goed,' zegt hij. 'Doe dat dan maar.'

Niet lang daarna verlaat Wouter zijn ouderlijk huis, een dag nadat Nora woedend haar spullen heeft gepakt en naar Amsterdam is vertrokken. Sinds dat moment heeft Huib geen lach meer op Lydia's gezicht gezien.

'We hebben het helemaal verkeerd gedaan,' zegt ze met een betraand gezicht als Huib haar opzoekt in Welgelegen. 'Nee, ík heb alles verkeerd gedaan. Ik heb me laten leiden door dingen die er niet toe deden.'

Huib legt zijn hand op haar schouder. 'Ze komen wel terug.'

'Hoe kun je dat zeggen? Je zoon gaat het leger in terwijl aan alle kanten oorlog dreigt, en Nora gaat trouwen en in Antwerpen wonen.'

'Je kunt haar tegenhouden. Ze heeft je toestemming nodig.'

'Als ik die niet geef, ben ik haar echt kwijt. Je had haar moeten zien toen ze vertrok. Zo kil en afstandelijk...'

'Echt, ze draait wel bij. En Wouter ook. Op dit moment zien ze alles vanuit hun eigen perspectief, maar als ze uitgeraasd zijn begrijpen ze het wel.'

'Dat weet ik zo net nog niet. Ik heb tegen Nora gelogen, dat had ik niet moeten doen.' Lydia slaat haar handen voor haar gezicht. Na een paar seconden laat ze ze zakken en kijkt Huib vertwijfeld aan. 'Ik heb het je nooit durven zeggen, maar ik heb er al die jaren spijt van gehad dat ik je heb afgewezen. Ik had destijds gewoon met je moeten trouwen.'

Opeens hangt er een spanning in de lucht die er lang niet is geweest. Huib verstijft. Komt ze daar echt nú mee?

'Je had zo je redenen om dat te doen,' zegt hij vlak.

'Die redenen sloegen nergens op, dat zie ik nu in. Dat zie ik al heel lang in, maar toen ik het je wilde vertellen was Jantine net in verwachting van Wouter.'

Opmerkzaam kijkt Huib haar aan. 'Echt waar?'

'Ja, en toen heb ik maar niets gezegd.'

'Verstandig.'

'Verstandig?'

'Het had niets uitgemaakt. Ik zou Jantine nooit in de steek gelaten hebben.'

'Dat weet ik, en dat waardeer ik ook in jou. Maar...'

'Maar wat?'

Natuurlijk weet hij best waar ze op aanstuurt, en even voelt hij zich schuldig dat hij haar zo laat spartelen. Het liefst zou hij haar in zijn armen nemen en kussen, maar een deel van hem verzet zich daartegen. Hij heeft zichzelf één keer bij elkaar geraapt en zijn liefdesverdriet overwonnen, hij weet niet of dat hem een tweede keer zal lukken.

Lydia staat nog steeds naar woorden te zoeken en lijkt dan een besluit te nemen.

'Het spijt me, ik dacht niet na. Vergeet maar wat ik gezegd heb. We hebben belangrijkere dingen aan ons hoofd.' Ze glimlacht hem verontschuldigend toe en loopt haastig weg.

31

Er is niemand om mee te praten, niemand tot wie ze zich kan wenden. Lydia heeft zelfs de Boissevains nooit verteld hoe het zit tussen Huib en haar en dat Huib Nora's vader is. Dat heeft zijn voordelen, want zo hoefde ze zich niet te verantwoorden en kon haar geheim niet uitlekken, maar nu ziet ze ook de nadelen. Je hart luchten kan heel louterend werken, en wat advies kan ze ook wel gebruiken. Alleen Clementine is op de hoogte, maar haar ziet ze niet meer zo vaak.

Lydia is net van plan om naar Haarlem te gaan, als ze hoort dat haar vriendin bij familie in Purmerend logeert. Ze zoekt haar meteen op, en in de salon, met uitzicht op de besneeuwde tuin, vertelt ze haar over haar problemen met Nora.

Als Lydia uitgesproken is, zegt Clementine: 'Ik begrijp Nora's boosheid, maar ik moet zeggen dat ik hetzelfde gedaan zou hebben als jij als het om een van mijn dochters ging.'

'Echt waar?'

'Ja, natuurlijk. Wij vrouwen moeten de zaken goed voor onszelf regelen. En voor onze dochters. Op een dag zal Nora dat begrijpen. Waar is ze nu?'

'In Amsterdam. Ze heeft geschreven dat ze volgende week gaat trouwen en dan meteen naar Antwerpen vertrekt. En ze wil mij niet bij de plechtigheid hebben. Clementine, dat kán toch niet? Ze kan toch niet van me verlangen dat ik wegblijf?'

'Dat zal inderdaad niet gemakkelijk zijn, maar ik zou haar wens maar respecteren. Stuur haar je zegen en een mooi cadeau, maar luister naar haar. Het gaat nu om wat Nora wil, niet om jou.'

Verslagen frunnikt Lydia aan haar handschoenen, die ze vergeten is uit te trekken. Haar handen waren ijskoud toen ze bij Villa Clementine arriveerde, en ze willen maar niet warm worden. Heel haar lichaam lijkt wel bevroren.

'Maar ze gaat binnenkort trouwen, en daarna gaat ze weg,' fluistert ze. 'Naar Antwerpen!'

Clementine buigt zich naar haar toe en legt een hand op die van haar. 'En als ze afgekoeld is, komt ze weer terug. Het komt wel goed, Lydie. Je moet je nu alleen even op de achtergrond houden. Zoek bezigheden, verzet je gedachten. Ga aan het werk en laat Nora gaan. Je hebt geen keus als je haar niet helemaal wilt verliezen.' Clementine komt overeind. 'En nu gaan we een wandeling in de sneeuw maken. Wat frisse lucht zal je goeddoen.'

32

Volgens de traditie horen moeder en dochter samen een bruidsjurk uit te zoeken, maar daar voelt Nora niets voor. Ze wil ook niet dat haar moeder bij de bruiloft aanwezig is. Zelfs Lydia's wanhopige brieven hebben haar niet kunnen vermurwen. Het is alsof er iets in haar is geknapt waardoor de verbinding met haar gevoel is afgesneden.

Tegen haar grootmoeder zegt ze dat Lydia het te druk heeft om te komen, en dan staat Louise erop met haar mee te gaan naar Hirsch en de japon te betalen.

'Wat valt dit me tegen van je moeder. Ik heb altijd al gezegd dat ik het geen goed idee vind dat vrouwen werken,' zegt Louise afkeurend. 'Je kunt niet én een fabriek leiden én een goede moeder zijn. Het een gaat altijd ten koste van het ander.'

Het kost Nora moeite om haar grootmoeders gulle gebaar te accepteren, maar ze heeft geen keus. Louise zou er niets van begrijpen als ze haar aanbod weigerde, en Ralph evenmin. Hij vindt het al erg genoeg dat zijn eigen familie niet bij de bruiloft aanwezig kan zijn, daar is Antwerpen te ver voor, en hij is verbaasd als Nora hem laat weten dat ze niet van plan is om haar moeder uit te nodigen.

'Waarom niet?' vraagt hij. 'Ik dacht dat jullie zo'n goede verstandhouding hadden.'

'Die hádden we, ja. We hebben ruzie gekregen. Ik praat er liever niet over.'

'Nora...' Ralph pakt haar hand en kijkt haar ernstig aan. 'Je kunt het mij toch wel vertellen? Misschien kan ik iets voor je doen. Ik kan zien dat je je die ruzie erg aantrekt.'

'Geloof me, je kunt niets voor me doen. Het is iets tussen mijn moeder en mij.'

'Prima, maar het is wel vreemd om haar niet uit te nodigen voor de bruiloft. Als je haar niet vraagt, wil ik weten waarom niet. Vergeet niet dat we straks in Antwerpen wonen en dat je haar dan voorlopig niet meer ziet.'

Met een zucht capituleert Nora. 'Ze wilde onze bruiloft tegenhouden. Ik heb haar moeten dwingen om toestemming te geven.'

'Echt waar? Ik had de indruk dat ze me wel mocht.'

'Ze mag je wel, maar ze vindt je te min voor mij als echtgenoot.' Het kost Nora moeite om die leugen uit haar mond te krijgen, maar ze heeft geen keus. Het is de enige verklaring die ze kan bedenken.

'Te min,' herhaalt Ralph met een frons. 'Omdat jij van adel bent en ik niet?'

Nora knikt. 'Maar dat maakt voor mij geen verschil.'

'Vreemd. Ik had nooit gedacht dat zij zoiets belangrijk zou vinden.'

'Het is voor mij ook een raadsel hoe zij denkt.' Nora's stem klinkt zo bitter dat Ralph niet verder vraagt.

De bruiloft is sober, maar Nora ziet er prachtig uit in haar witte japon met geribbeld lijfje en wijde kanten rok. In Amsterdam wordt gefluisterd dat het huwelijk waarschijnlijk 'noodzakelijk' is, maar hoe kritisch men Nora's taille ook bekijkt, niets wijst daarop.

Dan moet het een huwelijk uit liefde zijn, besluit men. En al is de bruid wel wat jong, het geroddel verstomt.

De hele ochtend loopt Nora rond met het gevoel alsof er iets scherps in haar borst zit, iets wat steekt bij iedere ademtocht. Als ze met Ralph voor de ambtenaar van de burgerlijke stand staat, is ze zich sterk bewust van haar moeders afwezigheid. Het werpt een schaduw over de plechtigheid, en toch heeft ze geen spijt van haar beslissing. Haar keel zit dicht van boosheid, een emotie waarmee ze elk sprankje twijfel onderdrukt.

Ze hoort hoe Ralph haar trouw belooft, maar als zij haar jawoord uitspreekt, klinkt haar stem dun. Het lijkt niemand op te vallen, ook Ralph niet, of misschien wijt hij het aan de zenuwen.

Meteen na de feestelijke lunch vertrekken ze naar Antwerpen. Kaarsrecht, keurig gekleed in een crèmekleurig reiskostuum, zit Nora bij het raam en kijkt ze naar de wuivende achterblijvers op het perron. Ondanks alles verwacht ze haar moeder tussen hen te ontdekken, tot ze beseft dat ze haar niet verteld heeft welke trein ze nemen. Maar dat zou Ralph gezegd kunnen hebben.

Ze blijft zoeken, ook als de locomotief in beweging komt. Dan gaat het gillen van de fluit en het sissen van de stoom over in het gebonk van wielen op de rails. Nora keert zich naar Ralph, vangt zijn geruststellende glimlachje op, en legt haar hoofd tegen zijn schouder.

Aan het begin van de avond arriveren ze in Antwerpen. De trein komt met veel geknars tot stilstand langs het perron. Op de perrons is het een en al rumoer van kruiers en reizigers. Nora is moe en kan niet veel meer hebben. Ze is blij als ze het stationsgebouw verlaten en ze frisse lucht kan happen. Maar ook op het stationsplein heersen drukte en herrie. Rijtuigen, elektrische trams, fietsen, handkarren, alles beweegt zich door elkaar heen, begeleid door geschreeuw.

Ralph wenkt een koetsier en die ment het paard door de drukte naar hen toe.

De jongen die achter op het rijtuig staat, springt op de grond en laadt hun bagage op het dak, terwijl Ralph met de koetsier onderhandelt over de prijs van het ritje. Even later zijn ze op weg, en na een korte rit houden ze halt voor een imposant herenhuis.

Met een onrustig gevoel stapt Nora uit het rijtuig. Ze ziet ertegen op, maar de kennismaking met haar schoonfamilie valt mee. Ralphs vader is een lange man met donker haar en grijzende bakkebaarden, die haar zonder iets te zeggen met een ferme handdruk begroet. Haar schoonmoeder, Veronika, is een slanke vrouw van een jaar of vijftig, modern gekleed in een lange rok met een rode, hooggesloten blouse.

Met beide handen pakt ze Nora's hand en zegt: 'Welkom, lieve kind. Ik heb altijd graag een dochter gewild, en nu heb ik er een.'

Ralphs broer Julien is eenentwintig, vijf jaar jonger dan hij. Hij heeft een frisse, open blik en begroet haar hartelijk.

'Waarom woon je eigenlijk nog bij je ouders thuis?' vraagt Nora aan Ralph, als hij haar hun slaapkamer laat zien.

'Ach, ik vond het onzin om voor mij alleen een huis te zoeken. Daar wilde ik mee wachten tot ik een vrouw gevonden had.' Ralph slaat zijn arm om haar heen en voert haar mee naar het raam. Hij trekt het gordijn een stukje opzij en zegt: 'Mooie panden genoeg aan de Meir.'

'Kun je je zo'n groot huis veroorloven?'

'Misschien niet zo groot als dit, maar we kunnen een heel behoorlijk huis uitzoeken. Het leek me leuker om dat samen te doen.'

Nora knikt glimlachend en leunt tegen hem aan. Ze had liever meteen haar eigen woning gehad, maar een tijdje samenwonen met haar schoonfamilie geeft haar wel de gelegenheid om hen beter te leren kennen.

Die avond komt daar niet veel meer van. Gustaaf, Veronika en Julien hebben al gedineerd, en de kokkin maakt nog snel een warme maaltijd voor Ralph en Nora. Daarna drinken ze wat met z'n allen.

Tegen tienen kost het Nora steeds meer moeite om haar gegeeuw te onderdrukken.

Ralph ziet het en staat op. 'Wij gaan slapen, het is een lange dag geweest. Welterusten allemaal.'

Hij buigt zich naar zijn moeder om haar een kus te geven en nadat iedereen hun een goedenacht heeft gewenst, gaan Nora en Ralph naar boven.

Onwennig en een beetje zenuwachtig kleedt Nora zich uit, maakt haar haren los en glijdt onder het laken. Ralph voegt zich bij haar en kust haar.

'Welterusten, echtgenote,' zegt hij. 'Je zult wel moe zijn.'

'Ja, maar niet té moe,' zegt Nora met een lachje. Ze weet niet precies wat ze moet verwachten van haar huwelijksnacht, ze heeft de tijd niet gekregen om het daarover te hebben met haar moeder, maar ze vertrouwt erop dat Ralph lief en voorzichtig zal zijn.

Hij buigt zich over haar heen en ze kussen en strelen elkaar, maar daar blijft het bij. Algauw maakt Ralph zich van haar los en gaat naast haar liggen. Hij legt zijn arm over haar heen en zegt: 'Een andere keer, goed?'

'Ja,' zegt Nora, verbouwereerd. 'Natuurlijk. Slaap lekker.'

Ralph sluit zijn ogen en het duurt niet lang voor hij slaapt. Voorzichtig draait Nora zich op haar zij, zodat zijn arm niet van haar af glijdt. Ze voelt de warmte van zijn lichaam naast haar, luistert naar zijn ademhaling en legt haar hand op de zijne.

Ze begrijpt het wel, ze is zelf ook moe. Ze hebben nog hun hele leven om elkaar lief te hebben.

33

De volgende ochtend, na het gezamenlijk ontbijt, neemt Gustaaf Nora mee naar zijn studeerkamer.

'Ik wil je iets laten zien.' Hij wijst naar zijn bureau, waar een doos op staat. Over het bureaublad liggen foto's verspreid.

Gustaaf pakt er een en houdt hem Nora voor. 'Dit zijn je vader en ik toen we klein waren. Ik moest er opeens aan denken.'

Op de foto zijn twee jongetjes te zien, gekleed in matrozenpakjes. Nora neemt het portretje aan en bestudeert het een tijdje. 'Wat leuk. Hoe oud zijn jullie daar?'

'Een jaar of tien. We zagen elkaar niet heel vaak, maar we konden het goed met elkaar vinden. Als onze families elkaar opzochten speelden we graag samen. Je weet dat mijn vader en jouw grootvader zaken met elkaar deden en goede vrienden waren?'

Nora knikt en wil de foto teruggeven, maar Gustaaf steekt zijn hand op.

'Hou hem maar. Ik kan me voorstellen dat je het leuk vindt om deze foto te hebben, en ik heb er twee van.'

Het zou vreemd zijn om te weigeren, en dus bedankt Nora

haar schoonvader. Hij kijkt haar vriendelijk aan en zegt: 'Ik kan niet zeggen hoe blij ik ben met jullie huwelijk, Nora. Wat mij betreft heeft Ralph een uitstekende keus gemaakt.'

'U kent me helemaal niet,' zegt Nora met een lachje.

'Maar ik ken je familie. Het nest waar je uit komt is goed, en als de basis in orde is, is de persoon dat ook.'

Het valt niet mee om de glimlach op haar gezicht vast te houden, maar Nora slaagt er toch in.

'Ik hoop dat je het hier naar je zin zult hebben,' zegt Gustaaf. 'Het zal wel even wennen zijn, maar Antwerpen is een fijne stad. En wij zijn blij dat je er bent.'

'Dank u wel. Met zo'n hartelijke ontvangst voel ik me vast snel thuis.'

Na nog een paar plichtplegingen over en weer draait Nora zich om en gaat de trap op. In haar slaapkamer bekijkt ze het fototje. Het liefst had ze het weggegooid, of in ieder geval opgeborgen, maar dat kan ze niet doen. In plaats daarvan schuift ze de foto tussen de lijst van haar kapspiegel, als een voortdurende herinnering aan wat had kunnen zijn.

Na het hartelijke welkom van haar schoonfamilie zou Nora zich snel thuis moeten voelen, maar het kost haar moeite om haar plek te vinden in het deftige herenhuis. Ze had verwacht in Antwerpen een eigen thuis te kunnen creëren in plaats van aan het gezin van Veronika te worden toegevoegd. Gelukkig maakt Ralph haast met het zoeken naar een woning. Ze bekijken het aanbod samen, en de keus valt op een pand aan de Meir, niet ver bij Ralphs ouderlijk huis vandaan.

'Het is niet zo heel groot,' zegt Veronika, als Gustaaf en zij meegaan om het te bekijken.

'Groot genoeg. En we zitten dichter bij het Koninklijk Paleis dan jullie,' zegt Ralph met een lach. 'Nora, zullen we het doen?'

'Met de koning en koningin als buren? Zeker weten.'

Ze lachen allemaal en na nog een grondige inspectie door Gustaaf, waarbij hij op houtwerk klopt en de plafonds inspecteert, besluiten ze dat het een ideale woning is. Het zal alleen nog even duren voor ze erin kunnen, want er moet veel aan gebeuren. Dat maakt Nora niet uit. Er moeten behang, stoffering en meubels uitgezocht worden, en ze stort zich er vol enthousiasme op, blij dat ze iets te doen heeft.

De dienstmeisjes, Martha en Anna, vergezellen haar beurtelings naar de warenhuizen. Vooral met Martha kan Nora het goed vinden, en dat blijkt wederzijds te zijn.

'Eigenlijk zou ik heel graag met u en meneer Ralph mee willen als u gaat verhuizen,' zegt Martha, als ze door de Grand Bazar lopen. 'Mevrouw zei laatst dat ze het met één dienstmeisje ook wel af kan, en Anna is er het langst. Ik ben zo bang dat ik straks zonder werk zit.'

'Ik zal mevrouw straks vragen of je met ons mee mag,' zegt Nora.

Tot Martha's blijdschap vindt Veronika het prima. Ook Nora is tevreden met deze oplossing; ze zou het vervelend hebben gevonden om weer aan een nieuw meisje te moeten wennen.

'Er is een brief voor je bezorgd,' zegt Veronika op een regenachtige middag.

Nora zit te lezen in de salon, haar benen opgetrokken in de ruime fauteuil. Ze laat ze haastig zakken en trekt haar rok recht. Ze neemt de brief aan en draait hem om zodat ze de afzender kan zien. 'Van mijn moeder.'

Veronika neemt plaats in een stoel vlak naast haar. 'Ze zal

je wel erg missen. Waarom vraag je haar niet of ze een paar dagen komt logeren?'

'Dat gaat niet, daar heeft ze het veel te druk voor.'

'Ik weet dat ze een fabriek heeft, maar ze zal het toch zeker niet te druk hebben om haar eigen dochter te bezoeken?'

Aarzelend draait Nora de envelop om en om, alsof ze er niet zeker van is of ze de inhoud wel wil lezen. Alleen al de aanblik van het vertrouwde handschrift van haar moeder roept zoveel tegenstrijdige gevoelens in haar op dat ze moeite heeft om niet in tranen uit te barsten.

'Wat is er aan de hand, Nora?' vraagt Veronika vriendelijk. 'Ik kan zien dat je niet gelukkig bent. Er zit je iets dwars. Heeft het met je moeder te maken? Mis je haar?'

'Een beetje.'

'Heb je geen goede relatie met haar? Ik heb van Ralph begrepen dat ze niet op jullie bruiloft is geweest.'

Na een paar seconden stilte knikt Nora, en ze kiest haar woorden met zorg. 'Mijn moeder en ik zijn altijd hecht geweest, maar de laatste tijd hadden we problemen.'

Gelukkig vraagt Veronika niet door over de oorzaak van die problemen. Ze kijkt Nora onderzoekend aan en zegt: 'Je bent alleen met je moeder opgegroeid, nietwaar?'

Nora knikt.

'Ze was nog jong toen je vader stierf. Je zou verwachten dat ze zou hertrouwen,' zegt Veronika.

'Mijn ouders waren niet getrouwd. Daar hebben ze de kans niet voor gekregen.'

'Nee, dat weet ik. Heel tragisch.'

Er valt een stilte, en na een tijdje vraagt Nora aarzelend: 'Vond u het geen bezwaar dat ik...'

'Dat je ouders niet getrouwd waren? Tja, wat zal ik zeggen.

Een ideale situatie vind ik het niet, daar moet ik eerlijk over zijn. Maar jij kunt daar weinig aan doen. Ralph had zijn zinnen op jou gezet, en dat begrijp ik. Zodra ik je zag wist ik dat hij de juiste keuze had gemaakt. Je bent lief en mooi, en je komt uit een uitstekende familie. Laat je door niemand wijsmaken dat je minder bent omdat je ouders niet getrouwd waren. Het enige waar het uiteindelijk om draait is de bloedband.'

Haar schoonfamilie mag dan blij met haar zijn, Nora vraagt zich af of dat voor Ralph ook geldt. Vanaf het moment dat ze hun eigen huis betrekken, wordt hij steeds afstandelijker, en als hij 's nachts toenadering zoekt, bedrijft hij op zo'n lauwe manier de liefde met haar, dat Nora er onzeker van wordt.

Heeft hij spijt van hun snelle huwelijk? Ligt het aan haar? Kon ze hier maar even over praten met haar moeder. Wat zou het fijn zijn om haar zorgen met haar te kunnen delen, haar mening te horen. Erover schrijven is niet hetzelfde, en bovendien zit haar boosheid haar nog te veel in de weg.

Voor de zoveelste keer leest ze haar moeders brief; een lange spijtbetuiging, afgewisseld met uitleg over de beslissing die ze ooit heeft genomen.

Uiteindelijk schrijft Nora terug. Het wordt een korte brief waarin staat dat het goed met haar gaat en dat Antwerpen een fijne stad is. In de weken daarna schrijft ze nog een paar keer, maar zonder in te gaan op hun ruzie of verslag te doen van wat haar verder bezighoudt.

Op een avond, als Nora achter haar kaptafel zit en haar sieraden afdoet, kijkt ze via het spiegelbeeld naar haar man. Hij zit op de rand van het bed en trekt zijn schoenen uit zonder ook maar één blik op haar te werpen.

'Doe ik iets verkeerd?'

De vraag zeilt de kamer in en ploft tussen hen in. Ralph kijkt verbaasd op. 'Wat zeg je?'

'Ik vroeg of ik iets verkeerd doe. Ben je teleurgesteld, of boos op me?'

'Nee, hoe kom je daar nou bij?'

Nora draait zich om op haar stoel en vouwt haar handen in haar schoot. 'Dat gevoel geef je me. Vanaf het moment dat we uit de trein stapten heb je maar weinig aandacht aan me besteed.'

'Dat is niet waar. We zien elkaar elke dag, ik neem je mee naar het theater, naar feestjes en...'

'Ik bedoel 's nachts.'

Ralph zet zijn schoenen netjes naast elkaar. Dan kijkt hij op en zegt: 'Ik weet niet wat je had verwacht, maar misschien had jij een andere kijk op het huwelijk dan ik.'

'En wat is jouw kijk erop dan?'

'Wat ik belangrijk vind, is om een levensgezel te hebben. Iemand met wie je alles kunt bespreken en die aanvoelt wat je nodig hebt. Verbondenheid, intimiteit, geborgenheid, dát zijn belangrijke zaken in een huwelijk.'

'En... dat andere? Ik dacht dat mannen dat ook heel belangrijk vonden.'

'Niet alle mannen. Het is natuurlijk wel belangrijk, maar het hoeft niet elke nacht. Dat zijn alleen maar stoere verhalen.'

Zwijgend observeert Nora hem. Hij komt oprecht over en toch heeft ze het gevoel dat er iets niet klopt.

'Hou je van me?' vraagt ze.

Ralph loopt naar haar toe en trekt haar aan beide handen van haar stoel. Hij blijft haar vasthouden en zegt ernstig: 'Meer dan ik kan zeggen. Je bent de belangrijkste vrouw in mijn leven.'

Maar half gerustgesteld laat Nora zich kussen. Na een tijdje trekt Ralph zich terug en kleedt zich uit. Nora kijkt naar zijn goedgebouwde lichaam en voelt een steek van verlangen door zich heen gaan. Ze loopt naar hem toe, slaat haar armen om hem heen en kust zijn schouder.

Hij reageert niet, maar wijst haar ook niet af, wat ze als een aanmoediging opvat. Haar handen glijden over zijn bovenarmen, zijn rug, en ze drukt zich tegen hem aan.

Ralph doet een stap opzij. 'Vanavond niet, liefje. Ik heb een lange dag gehad. Binnenkort maak ik het goed, dat beloof ik. Afgesproken?'

Met een strak gezicht kleedt Nora zich eveneens uit. Ze trekt haar nachtjapon aan en schuift naast haar echtgenoot onder de dunne deken. Ralph draait zich naar haar toe en liggend op zijn zij strijkt hij een krul uit haar gezicht.

'Ik hou van je,' zegt hij.

Nora knikt, maar als Ralph allang slaapt, ligt zij nog wakker.

34

Haar grootmoeder schrijft haar; een lang epistel met veel Franse woorden. Of Nora al een beetje gewend is aan haar leven in Antwerpen, of ze gelukkig is. Louise laat weten dat ze haar ontzettend mist, en dat ze hoopt dat Nora regelmatig zal schrijven. Misschien dat Ralph en zij een keer kunnen komen logeren in Amsterdam?

Nora schrijft een lange, maar vrij nietszeggende brief terug. Ze roemt Antwerpen, vertelt dat ze het er erg naar haar zin heeft, dat ze nu haar eigen huis heeft en voorlopig niet naar Amsterdam kan komen.

Ze is niet van plan om Louise regelmatig te schrijven. Nu ze weet dat ze helemaal geen familie zijn, lijkt het haar beter om contact zo veel mogelijk te vermijden. Ze zou onmogelijk de schijn kunnen ophouden.

In de weken na hun aankomst in Antwerpen is er niet veel veranderd tussen Nora en Ralph. Hij bedrijft wat vaker de liefde met haar, maar zijn aanrakingen voelen als een klusje dat geklaard moet worden, en het duurt zo lang voor hij zich naar een hoogtepunt heeft gewerkt dat Nora elke keer blij is als het zover is.

Daarna neemt ze het initiatief niet meer. Heel af en toe maakt hij haar 's nachts wakker en dan neemt hij haar met een passie die ze nooit achter hem had gezocht, en waarvan ze zich afvraagt hoeveel die met háár te maken heeft.

Op mooie dagen wandelen ze over de kaai langs de Schelde, waarna ze op het plein voor het Steen neerstrijken. Ze lopen ook graag over de wandelbruggen om thee te gaan drinken in café-restaurant het Noorderterras. Op zondag flaneert een groot deel van de bourgeoisie over die bruggen.

In het weekeinde gaan ze uit in een van de chique horeca-etablissementen aan de Keyserlei. Daar wordt livemuziek gespeeld en er wordt gedanst; ze komen er vaak. Nora leert er de vrienden van Ralph kennen, onder wie zijn beste kameraad Emiel.

Ook Julien is vaak van de partij. Met zijn knappe uiterlijk en ongedwongen, opgewekte karakter heeft hij over belangstelling van meisjes niet te klagen, maar hij heeft ook altijd aandacht voor Nora. Ze houden allebei van ragtime, de nieuwste muziekvorm die uit Amerika is komen overwaaien. Het is veel vrolijker en energieker dan de negentiende-eeuwse dansen die Nora kent, en ze geniet van het opzwepende tempo.

Op zo'n avond ziet Nora Ralph geanimeerd met een blonde jongedame dansen en praten. Nora weet niet precies wat de alarmbellen bij haar doet afgaan. Hun lichaamstaal misschien. Ze observeert het tweetal een tijdje en als de dans is afgelopen, vraagt ze aan Julien: 'Wie is dat meisje met wie Ralph praat?'

Julien kijkt opzij. 'Adriana Cauwenberghe, de zus van Emiel. Ken je haar niet?'

'Nee, ik kan me niet herinneren dat ik haar eerder heb gezien.'

'Ze gaat ook niet vaak uit. Adriana heeft het nog erg moeilijk met de dood van haar ouders. Die zijn twee jaar geleden omgekomen bij een treinongeluk. Emiel en zij zijn samen in hun ouderlijk huis blijven wonen.'

Nora's blik blijft gericht op het blonde meisje, dat lachend opkijkt als Ralph iets in haar oor fluistert. De glimlach die Ralph haar toewerpt bevalt haar niets.

'Zo te zien kunnen ze het goed vinden samen,' zegt ze.

'Ja, dat klopt. Ze kennen elkaar al heel lang,' zegt Julien, en als Nora niets meer zegt kijkt hij haar opmerkzaam aan. 'Je ziet haar toch niet als een bedreiging?'

Nora haalt haar schouders op.

'Hij heeft voor jou gekozen,' zegt Julien.

'Ja, en god mag weten waarom.'

Die opmerking doet Julien fronsen. 'Het gaat toch wel goed tussen jullie?'

Nora's blik glijdt naar Ralph, die zich net naar Adriana toe buigt, met één hand op haar onderrug.

'Ik heb geen idee,' zegt ze.

Wanneer hij zich onbespied waant, bestudeert Nora haar man. Ze kijkt hoe hij eet en praat, of, zoals meestal het geval is, zwijgt en luistert, en dan vraagt ze zich af wat er in hem omgaat. Zelfs een gesloten man als Ralph moet een gedachte- en gevoelswereld hebben, maar als dat zo is, dan houdt hij die goed verborgen. Het enige waar hij graag, en met kennis van zaken, over praat is politiek, en dan vooral over de dreigende oorlog.

'Er hoeft maar dít te gebeuren en het is zover,' zegt hij tijdens een etentje met zijn ouders. 'Soms denk ik dat het beter is om ons bedrijf te verplaatsen naar Frankrijk en daar te gaan wonen.'

'Omdat je bang bent voor oorlog?' vraagt zijn vader. 'En je denkt dat Frankrijk er niet bij betrokken zal raken als die oorlog uitbreekt?'

'Natuurlijk wel. Frankrijk zal aan onze zijde staan. Het is een groot land, en België is maar klein. Als er oorlog uitbreekt met Duitsland worden we gemangeld, zo tussen al die grootmachten in. Alle legers moeten over Belgische grond, we zullen de volle laag krijgen.'

'Moet het werkelijk altijd over oorlog en ellende gaan?' vraagt Veronika met een zucht. 'Kunnen we niet gewoon gezellig dineren?'

'Het spijt me, mama,' zegt Ralph, 'maar dit is te belangrijk om te negeren. Ik loop hier al een tijd over na te denken.'

'Ik niet. We blijven gewoon in Antwerpen,' zegt Gustaaf. 'Als het echt oorlog wordt, kijken we wel verder.'

Het voorjaar komt eraan en met de kou lijkt ook de oorlogsdreiging te verdwijnen. Nora begint haar moeder steeds meer te missen, maar ze kan zich er toch niet toe zetten om zich met haar te verzoenen. Eén keer in de maand schrijft ze plichtmatig een briefje waarin ze laat weten dat het haar goed gaat. Ze had verwacht dat haar moeder naar Antwerpen zou willen komen, maar daar begint ze niet over, en hoewel Nora haar dat verboden zou hebben, is ze diep in haar hart gekwetst dat ze het niet eens voorstelt.

Regelmatig vraagt ze zich af hoe haar leven verlopen zou zijn als haar moeder met Huib getrouwd was, en hij haar als zijn dochter had erkend. Ze zou niet beter geweten hebben. Zou ze ook gelukkiger geweest zijn? Zou ze nu, als dat mogelijk was, de tijd willen terugdraaien om dát leven te leiden?

Ze weifelt. Het is natuurlijk onzin om je zoiets af te vragen, want ze weet wél beter, en een leven dat zich uitsluitend in en rond Purmerend afspeelt lijkt haar erg beperkt. Langzaam daalt het besef bij haar in dat de sociale status die ze nu heeft precies is wat haar moeder voor haar wilde.

In mei is Ralph jarig en dat wordt gevierd met een groot feest. Er is een diner, en daarna een bal waarbij dienstmeisjes rondgaan met zilveren bladen vol oesters, garnalenmousses en champagne.

Adriana is ook aanwezig, gekleed in een prachtige japon van brokaat met parelmoeren knoopjes. Nora is blij dat ze zelf ook niet bezuinigd heeft op haar kleding, en toch maakt ze zich zorgen of ze niet voor haar concurrente onderdoet met haar roomkleurige kanten jurk.

Nauwlettend houdt ze Adriana in de gaten, die steeds het gezelschap van Ralph zoekt. Vervolgens blijft Nora's blik rusten op Emiel. Hij staat met een glas whisky in zijn hand langs de kant, iets buiten de drukte. Als hun ogen elkaar ontmoeten glimlacht hij naar haar. Nora loopt naar hem toe.

'Weet je dat wij nog nooit met elkaar gepraat hebben?' zegt ze.

'Is dat zo? Volgens mij...'

'Ik bedoel écht gepraat. Ja, over koetjes en kalfjes, maar we hebben nooit een echt gesprek gevoerd.'

'Dat is waar. We hebben ook nog nooit met elkaar gedanst. Dus als je me de eer wilt gunnen...'

'Graag.' Nora steekt haar hand uit en Emiel leidt haar de dansvloer op.

Er speelt een rustige wals, die alle gelegenheid biedt voor een gesprek.

'Ben je al een beetje gewend hier?' vraagt Emiel.

'Een beetje. Antwerpen is een fijne stad, maar ik mis Amsterdam wel.'

'Maar daar woonde je niet, begreep ik van Ralph.'

'Nee, ik woonde in Purmerend. Maar ik logeerde vaak bij mijn grootmoeder in Amsterdam. Zo hebben Ralph en ik elkaar ontmoet.'

Emiel knikt. 'Dat had ik begrepen. Je moeder leidt een fabriek in Purmerend, heb ik gehoord. Wat ondernemend.'

'Ze is ook heel ondernemend. Toen ze die fabriek opzette werd er veel over haar gepraat, maar daar trok ze zich niets van aan.'

'Daar hou ik wel van. Ben jij ook zo?' Lachend kijkt hij op haar neer.

'Zou ik anders hier zijn?'

'Nee, dat is waar. Er is moed voor nodig om alles wat je vertrouwd is achter te laten. Je zult je moeder wel erg missen.'

Als Nora zwijgt, kijkt Emiel haar onderzoekend aan.

'We zijn niet zo prettig uit elkaar gegaan,' zegt ze ten slotte.

'Wat vervelend. Hebben jullie nu geen contact meer?'

'Dat wel.'

'Gelukkig. De verstandhouding tussen moeders en dochters kan ingewikkeld zijn, dat heb ik bij mijn eigen moeder en Adriana wel gemerkt. Jarenlang hebben ze niets anders gedaan dan ruziën, en net toen ze naar elkaar toe groeiden, gebeurde dat ongeluk.'

'Dat hoorde ik. Een treinongeluk, hè? Wat afschuwelijk.'

'Ja, dat was vreselijk. Vooral voor Adriana, ze was toen nog maar zeventien.'

De wals is opgehouden, vrolijkere muziek begint, en Emiel leidt Nora van de dansvloer af. Tussen de groepjes pratende gasten door lopen ze naar het terras, waar het koud maar rustig is. Emiel trekt zijn jasje uit en slaat het om Nora heen.

'Het is fris. Ralph vermoordt me als ik je kou laat vatten,' zegt hij.

Nora bedankt hem, en dan valt er een stilte. Nu de intimiteit even onderbroken is geweest, is het moeilijk om het gesprek voort te zetten. Emiel lijkt er ook geen behoefte aan te hebben om op de dood van zijn ouders door te gaan. Hij steekt een sigaret op en kijkt de donkere tuin in.

'Emiel,' zegt Nora, 'ik wilde je iets vragen. Iets persoonlijks.'

'Ga je gang.'

'Ik wil graag weten of Ralph gevoelens heeft voor Adriana. Of zij voor hem.'

Emiels kaak lijkt te verstrakken, maar als hij antwoord geeft, klinkt zijn stem luchtig. 'Ralph en mijn zus? Hoe kom je daar nou bij?'

'Ik heb het gevoel dat er iets speelt, al begrijp ik dat niet helemaal. Ik bedoel, waarom zijn ze niet met elkaar getrouwd als ze elkaar leuk vinden?'

'Ze zijn gewoon heel goede vrienden. Waarom twijfel je aan Ralphs gevoelens?'

'Omdat hij erg afstandelijk doet, alsof hij spijt heeft van ons huwelijk. Het is ook wel erg snel gegaan. Misschien heeft hij inderdaad spijt.'

'Ik weet zeker van niet. Hij houdt van je.'

'Maar niet zoveel als je zou verwachten. Als je echt van elkaar houdt, wil je voortdurend bij elkaar zijn en alles met elkaar delen, ook... Nou ja...' Nora breekt haar zin af. 'Je begrijpt wel wat ik bedoel.'

Het gesprek valt even stil.

'Ralph is altijd een beetje apart geweest,' zegt Emiel dan. 'Als kind was hij al... anders. Beschouwend, afstandelijk. Ik nam dat ook persoonlijk op, maar op een gegeven moment heb ik geaccepteerd dat hij is zoals hij is.'

'En hoe is hij?'

'De beste vriend die je kunt hebben. Hij is niet zo uitbundig, maar hij houdt echt van je, Nora. Ik denk dat je gewoon moet accepteren wat hij te bieden heeft. Zullen we naar binnen gaan? Ik begin het koud te krijgen.'

Nora knikt en stapt de warme achterkamer in. Emiels woorden hebben haar enigszins gerustgesteld. Haar blik glijdt langs de gasten, op zoek naar Ralph, maar blijft rusten op Adriana. Ze staat midden in de kamer en kijkt Nora recht aan.

35

Het gemis van haar dochter achtervolgt Lydia de hele dag, bij alles wat ze doet. Herinneringen vallen haar voortdurend lastig, vooral aan de momenten waarop ze andere beslissingen had kunnen nemen. Om zichzelf wat afleiding te geven is ze weer wat vaker in Amsterdam en logeert dan bij Mia.

Via haar heeft Lydia Rosa Manus en Johanna Naber leren kennen, vrijgevochten vrouwen met wie ze congressen organiseert. Het recht op arbeid en vrouwenkiesrecht vormen iedere keer de speerpunten van het programma. Mia houdt, als voorzitster van het comité, vlammende toespraken. Lydia is trots op haar vriendin en applaudisseert van harte mee met het publiek. Zelf blijft ze wat meer op de achtergrond, maar die is, zoals Mia elke keer weer benadrukt, minstens zo belangrijk.

'Rosa en ik gaan naar Londen om kennis te maken met de suffragettes,' zegt ze. 'Ga je mee?'

Lydia aarzelt. Hun Engelse medestanders hebben geen goede naam. Onder leiding van Emmeline Pankhurst verstoren ze vergaderingen van het Lagerhuis, gooien stenen door de ruiten en slaan terug als de politie hen hardhandig oppakt.

'Ik weet het niet. Vind je ook niet dat ze wel erg tekeergaan? Ik bedoel, moeten ze per se rellen veroorzaken en vechten met de politie?'

'De pers heeft jarenlang geen enkele belangstelling getoond voor het vrouwenkiesrecht, maar nu wordt er volop over geschreven en dat is precies de bedoeling. Vriendelijk vragen helpt niet, dat is wel gebleken. Als we de huwelijks- en arbeidswetten willen veranderen, hebben we kiesrecht nodig. Het is belangrijk, Lydie. En we gaan alleen met hen praten, en kijken wat we van hun acties kunnen opsteken.'

'Je hebt gelijk. Natuurlijk ga jij daar geen stenen door ruiten gooien. Ik zal erover nadenken.'

Ondanks haar overtuiging dat het nodig is dat de maatschappij verandert, moet Lydia wennen aan die gewelddadige manier van actievoeren. Maar misschien is harde actie wel noodzakelijk.

'Hoe gaat het met Nora?' vraagt Mia als ze samen naar het Leidseplein lopen.

'Ze schrijft me één keer per maand, en ze zegt dat het goed gaat. Ik kan niet veel uit haar brieven opmaken. Het klinkt allemaal zo plichtmatig.'

'Waarom ga je niet een keer naar haar toe?'

'Ik denk niet dat ik welkom ben.'

'Je hoeft toch niet bij haar te logeren. Neem een kamer in een hotel en zoek haar op. Misschien wacht ze wel tot jij het initiatief neemt.'

'Die indruk krijg ik niet. De toon van haar brieven is zo afstandelijk... Nee, ik wacht liever tot ze me uitnodigt. Ik wil me niet opdringen.'

'Dat moet je juist wel doen. Hoe kan het anders ooit goed komen?' Mia kijkt even voor zich uit en zegt dan: 'Ik ben nog altijd blij dat er tussen mijn ouders en mij geen problemen waren toen ze stierven. En ik had ook echt weleens woorden met ze, vooral met mijn vader. Maar die vakantie in Italië, toen hij overleed, waren we hechter dan ooit. Het waren zulke mooie weken! Mijn vader genoot ervan om daar met mijn moeder en Helena en mij te zijn. We leerden samen Italiaans, heb ik je dat al eens verteld?'

Lydia knikt met een glimlach. Ze heeft het hele verhaal al meerdere keren gehoord, maar ze begrijpt dat Mia er behoefte aan heeft om er af en toe op terug te komen.

'We zaten in een prachtig hotel in Bellagio, aan het Comomeer,' zegt Mia op zachte, dromerige toon. 'Prachtig was het daar. Die tuin, met al die rozen en het uitzicht op dat blauwe meer! We konden er uren van genieten. We huurden ook regelmatig een bootje. Het was het paradijs. Mijn vader maakte er een wedstrijd van wie zich het snelst in het Italiaans kon uitdrukken. Op de dag dat hij die hersenbloeding kreeg waren we het meer overgestoken om een bezoek te brengen aan Cadenabbia. Dat wilde mijn vader heel graag, al was het eigenlijk te vermoeiend voor hem. 's Avonds voelde hij zich niet lekker en wilde hij vroeg naar bed. Hij wenste ons welterusten en tien minuten later ging het mis. Een jaar later stierf mijn moeder, en daarna Elisabeth ook nog.'

Als ze elkaar aankijken hebben ze allebei tranen in de ogen.

'Ik mis ze,' zegt Lydia zacht.

'Ik ook, elke dag. Maar ik heb gelukkig mijn andere broers en zussen nog. Toen jouw ouders stierven bleef je helemaal alleen achter.'

'Jullie waren mijn familie. Ik weet niet wat er zonder jullie van me geworden zou zijn.'

'Dan zou je je ook wel gered hebben. En nu heb je Nora.' Mia kijkt Lydia indringend aan. 'Zíj is je familie en je moet zorgen dat het goed komt tussen jullie. Het leven is veel te kwetsbaar om ruzie te hebben.'

Terug in Purmerend legt Lydia de kwestie aan Huib voor. Hij raadt haar juist af om naar Antwerpen te gaan.

'Laat Nora maar even,' zegt hij. 'Als je de zaak forceert maak je het misschien alleen maar erger. Ze heeft tijd nodig om alles te verwerken. Ik weet zeker dat ze op een gegeven moment, als ze tot rust is gekomen, wat meer begrip krijgt voor de situatie waarin jij toen verkeerde. Ze is nog maar negentien, wat weet je dan van het leven?'

'Woonde ze maar niet zo ver weg,' zegt Lydia somber.

Ze kijken beiden op als Joop, een van de werknemers, met een opgerolde krant aan komt lopen.

'Hebt u het al gehoord?' vraagt hij. 'Frans Ferdinand en zijn vrouw zijn vermoord.'

'Frans wie?' zegt Lydia.

'Frans Ferdinand, de aartshertog en troonopvolger van Oostenrijk-Hongarije. Hij bracht met zijn vrouw een bezoek aan Sarajevo, en toen ze een rijtocht door de stad maakten zijn ze doodgeschoten.'

Lydia en Huib kijken elkaar aan.

'Dat is vreselijk,' zegt Lydia.

'Ja, en niet alleen voor de aartshertog. Hier kan oorlog van komen,' zegt Joop. 'Die moorden zijn door een Serviër gepleegd en de Oostenrijkers zijn razend. Dat gaat gedonder geven, let maar op.'

Huib steekt zijn hand uit en als Joop hem de krant geeft, leest hij het bericht snel door. 'Daar kon je weleens gelijk in krijgen, Joop,' zegt hij bezorgd.

Gespannen kijkt Lydia van de een naar de ander. 'God verhoede dat dat gebeurt. Als Duitsland en Frankrijk elkaar de oorlog verklaren, zullen ze door België heen moeten om elkaar te bereiken. We moeten Nora waarschuwen. Ik ga haar schrijven dat ze onmiddellijk naar huis moet komen.'

'Lydie, het ís nog geen oorlog en Nora is getrouwd. Haar man zal besluiten wat ze gaan doen.'

Zijn woorden dringen maar gedeeltelijk tot Lydia door. In haar brein is maar plaats voor één gedachte: Nora moet terugkomen. Als het oorlog wordt zal Ralph toch wel zo verstandig zijn om naar Nederland te komen? Dat hoeft niet per se naar Welgelegen te zijn, Amsterdam is ook goed.

Natuurlijk doet hij dat, houdt ze zichzelf voor terwijl ze Huib de fabriek in volgt.

Ze zullen terugkomen naar Nederland. Alles komt goed.

36

De zomer gaat voort zonder dat er veel verandert. Niet in Nora's relatie met Ralph, en evenmin in die met haar moeder. Lydia stelt voorzichtig voor om elkaar te treffen, ze wil ervoor naar Antwerpen komen.

Nora pakt briefpapier en doopt de pen in de inkt. Ze aarzelt, en een druppel inkt valt naar beneden en maakt een vlek op het papier.

Wat moet ze in hemelsnaam schrijven? Als ze eerlijk is, moet ze toegeven dat ze haar moeder mist. Het liefst zou ze hun ruzie bijleggen, maar elke keer als ze dat wil doen, blijft haar pen boven het briefpapier hangen en willen de woorden niet komen.

Ralph verschijnt in de deuropening van de serre. 'Ga je mee, of ben je nog even bezig?'

'Nee, ik schrijf die brief later wel.' Nora legt de pen weg en staat op.

Het is een warme julidag en ze heeft afgesproken om met Ralph een aantal winkels te bezoeken om haar zomergarderobe uit te breiden. Erg ver is het niet naar het winkelgebied en ze gaan lopend. Het is een zonnige dag en de frisgroene gazons en perken staan vol bloemen.

Nora doet haar hoed af en heft genietend haar gezicht. Het is heerlijk om schone lucht in te ademen en de warme stralen van de zon op haar huid te voelen.

'Doe je hoed op,' zegt Ralph. 'De mensen kijken.'

'Nou en? Ik heb een hekel aan hoeden. Ze staan wel mooi, maar ze zitten niet lekker. Thuis droeg ik er nooit een.'

'In Amsterdam niet?' vraagt Ralph verbaasd.

'Nee, in Purmerend.'

'Nou ja, dat is natuurlijk ook maar een dorp. Je hebt trouwens een nieuwe nodig. De veren gaan eraf.'

'Ja,' zegt Nora, terwijl ze haar hoed in haar hand blijft houden. 'Ik ga zo wel even kijken.'

Ze lopen de Groenplaats op, waar ze graag komt. Vooral in het chique warenhuis Grand Bazar dat daar gevestigd is. Ze houdt ervan om de machtige centrale hal binnen te lopen en op te kijken naar het glazen dak, waar het zonlicht vrij over de dubbele bordestrap doorheen valt. De Grand Bazar binnengaan is een andere wereld betreden, een waar chic geklede vrouwen rondlopen en waar een voorname rust heerst.

Ralph gaat nooit lang mee, hij heeft een hekel aan warenhuizen. Terwijl Nora naar binnen gaat, drinkt hij een kop koffie onder de lindebomen bij het muziekpaviljoen.

Nora kijkt een tijdje besluiteloos rond op de hoedenafdeling en gaat even later zonder een aankoop weer naar buiten.

'Niet geslaagd?' vraagt Ralph. 'Wil je ook koffie?'

Ze knikt en gaat op de stoel naast hem zitten. Terwijl ze samen koffiedrinken en bekenden groeten, komt Julien aanlopen.

'Dag, jongelui.' Hij schuift ongevraagd aan en pakt een

koekje van de etagère. 'Wat zitten jullie hier knus.'

'Neem plaats,' zegt Ralph. 'Geneer je niet.'

Nora kijkt haar zwager met een glimlach aan. 'Het is ook zulk lekker weer, en dit is zo'n mooi plein met al die bomen. Ik begrijp waarom het de Groenplaats heet.'

'Eigenlijk komt die naam van het kerkhof dat vroeger bij de kathedraal lag,' zegt Ralph. 'Het Groen Kerkhof heette dat. Maar dat is aan het einde van de vorige eeuw weggehaald. In 1803 heeft Napoleon dit plein laten aanleggen. Place Bonaparte noemde hij het, maar na zijn val werd het gewoon Groenplaats.'

'Niets is voor eeuwig,' zegt Julien.

'Nee, inderdaad.' Ralph kijkt op zijn horloge. 'Ik moet zo nog even werken. Nora, wil je terug naar huis of wil je nog een beetje rondkijken?'

'Ik ga even terug naar de Grand Bazar om een hoed te passen. Ik twijfel of ik hem zal kopen, hij is nogal duur. Hij heeft echte pauwenveren. Kun je echt niet mee om te kijken?'

'Koop hem maar gewoon, lieverd. Ik ben ervan overtuigd dat hij je prachtig zal staan. Ik ga afrekenen. Julien, zou jij Nora straks naar huis willen brengen?'

Julien knikt, en Ralph komt overeind. 'Pauwenveren lijkt me mooi,' zegt hij, en hij kust Nora op de wang.

Als hij weg is, staan Nora en Julien ook op.

'Vind je het niet erg om even mee te gaan?' vraagt Nora.

'Helemaal niet. Als je maar naar mijn advies luistert. Ik heb kijk op hoeden.' Julien grijnst en Nora lacht mee.

'Dat zal best, je kijkt genoeg naar vrouwen. Maar je advies is welkom.'

Ze gaan naar binnen en lopen naar de hoedenafdeling. Nora pakt de hoed met pauwenveren uit de uitstalkast, zet hem op en kijkt in de spiegel.

‘Wat vind je?’ vraagt ze terwijl ze zich naar Julien keert.

Tot haar verbazing komt hij niet meer bij van het lachen. ‘Je ziet eruit als iets wat uit een vogelkooi is ontsnapt.’

Nora draait zich weer naar de spiegel toe en proest het uit. ‘Het zijn inderdaad wel erg veel veren.’

‘Veel te veel. Probeer die blauwe met die strik eens.’

De wollen dophoed die Julien aanwijst is eenvoudig maar chic. Nora zet hem op en kijkt aandachtig naar haar spiegelbeeld. Het is even wennen, zo’n klein hoedje, maar het bevalt haar dat hij geen opsmuk en grote randen heeft.

‘Deze staat je geweldig. Modern en fris,’ zegt Julien.

‘Echt?’

‘Ja. Jij kunt alles dragen wat je wilt. De hoed dient jou, niet andersom.’

Langzaam doet Nora het hoedje af en ze blijft ermee in haar handen staan. ‘Wat een mooi compliment. Ik hoop dat Ralph het ook zo ziet.’

‘Natuurlijk, hij heeft toch ogen in zijn hoofd. Hij mag van geluk spreken met jou.’

Nora draait de hoed om en om. ‘Maar waarom wilde hij niet mee? Hij gaat liever op het terras zitten dan met mij mee.’

‘Niet alle mannen houden van winkels bezoeken. Eigenlijk zijn er maar heel weinig die dat graag doen.’

‘Maar jij gaat wel mee. En ik neem aan dat je dat voor mij doet, niet voor jezelf.’

‘Dat is waar,’ geeft Julien toe. ‘Hoewel, niet helemaal. Eigenlijk vind ik het niet zo’n straf. Er lopen hier veel mooie vrouwen rond.’

Nora lacht en overhandigt de hoed aan een verkoopster, die al een tijdje gedienstig klaarstaat. ‘Deze wordt het,’ zegt ze.

In de dagen daarna valt Nora terug op de tactiek waarmee ze Ralph eerder voor zich heeft gewonnen: ze verdiept zich in de politiek. Dat is niet erg moeilijk nu de kranten vol staan met berichten over de oorlogsdreiging.

Nora maakt zich daar niet zo ongerust over. Waarschijnlijk trekt het onheil aan hen voorbij, als een storm die op het laatste moment afbuigt of luwt. Maar daar denkt Ralph heel anders over, en tijdens het avondeten duurt het nooit lang voor de oorlog ter sprake komt. Het nieuws dat de Oostenrijkse aartshertog Frans Ferdinand en zijn vrouw zijn vermoord, heeft hem diep verontrust.

Op een dag wil Nora met Martha naar de Groenplaats gaan, maar Ralph houdt haar tegen. Hij is tussen zijn werk door even thuisgekomen en zegt: 'Blijf vandaag maar liever binnen. Het is onrustig op straat.'

'Wat is er aan de hand dan?'

'Niets, er zijn gewoon veel onruststokers op de Meir. Dit is geen goed moment om de deur uit te gaan.'

'Ik hoor niets. Ik kan toch wel even naar de Groenplaats lopen? Het is zulk heerlijk weer.'

'Ik zei dat je binnen moet blijven, Nora,' zegt Ralph op scherpe toon.

Verbluft kijkt Nora hem aan. Ze opent haar mond om iets terug te zeggen, maar Ralph kust haar voor ze dat kan doen.

'Het spijt me,' zegt hij. 'Ik ben gewoon bezorgd.'

Nora weert hem niet af, maar beantwoordt de kus ook niet.

'Waar ga je naartoe?' vraagt ze.

'Ik heb een afspraak in de buurt, en ik moet nu snel gaan. Tot vanavond, liefje.'

Hij vertrekt en Nora kijkt naar de gesloten deur. Even staat ze daar roerloos, dan gaat ze naar buiten. Het is er bedrijvig als altijd, maar onrustig zou ze het niet willen noemen. Ze kijkt Ralph na, die met lichte tred over straat loopt, bekenden groet en nu en dan zijn hoed afneemt.

Nog een paar seconden kijkt ze naar zijn rug, dan gaat ze naar binnen.

Martha komt op haar af gelopen. 'Zal ik uw mantel aannemen, mevrouw?'

'Nee, ik ga uit. Wil je me mijn hoed geven?'

Even later loopt Nora de Meir op, en ze zet er flink de pas in. Ze kan Ralph onmogelijk inhalen, maar dat is ook niet haar bedoeling. Deze afstand is precies goed, ze ziet hem nog steeds.

Het is prachtig zomerweer. Rijtuigen ratelen voorbij, deftig geklede wandelaars lopen in een rustig tempo over de brede stoepen, dienstbodes passeren gehaast. Nora zorgt ervoor steeds achter andere mensen te blijven, voor het geval Ralph omkijkt. Erg lang hoeft ze hem niet te volgen. Hij loopt de Schoenmarkt op en na een tijdje klopt hij aan bij een imposante woning. Adriana's woning.

Al had Nora dat wel verwacht, toch is het een klap in haar gezicht. Dáárom wilde Ralph liever niet dat ze de deur uitging; ze moesten dezelfde kant uit.

Met een ruk draait Nora zich om en loopt terug. De pijn die komt opzetten is zo hevig dat ze moeite heeft om haar tranen tegen te houden. Pas als ze thuis is, laat ze ze de vrije loop.

De hele verdere middag is ze te overstuur om te kunnen lezen of brieven te schrijven, maar aan het einde van de dag is ze wat gekalmeerd. In ieder geval genoeg om te zwijgen als Ralph thuiskomt. Ook de dagen daarna begint ze niet over wat ze heeft gezien. Wat zou ze ook moeten zeggen? Dat ze hem gevolgd is en hem Adriana's huis heeft zien binnengaan? Hij zou zeggen dat hij even bij Emiel moest zijn, en misschien is dat ook wel zo.

Maar er speelt iets, dat voelt ze. Ze besluit dat ze Ralph beter in de gaten zal houden tot ze weet wat er aan de hand is, voor ze hem misschien vals beschuldigt.

37

De kans dat er oorlog uitbreekt is groter dan ooit na de moordaanslag op aartshertog Frans Ferdinand en zijn vrouw. In Antwerpen lijkt het leven door te gaan alsof er niets aan de hand is, maar intussen worden er driehonderd agenten gemobiliseerd en de jaarlijkse festiviteiten zijn afgelast. Zelfs de feestelijke optocht met de reus en de reuzin door de stad gaat niet door.

Nora vindt al die maatregelen nogal overdreven. Ze denkt dat het allemaal wel los zal lopen, tot op 28 juli Oostenrijk-Hongarije de oorlog verklaart aan Servië. Vanaf dat moment flitsen de oorlogsverklaringen de wereld over en begint ze zich zorgen te maken. Tot haar opluchting besluit België neutraal te blijven, en Nederland eveneens.

Het is een warme zomer, waarin Emiel en Adriana bijna elke avond te gast zijn, of Nora en Ralph bij hen. Dan dineren ze met z'n vieren en zitten ze daarna nog lang in de tuin.

Ze komen wel erg vaak, vindt Nora. Ze is amper meer een avond alleen met haar man. Ze houdt Ralph en Adriana scherp in de gaten, maar ze kan niets verdachts uit hun gedrag opmaken.

Op een avond, begin augustus, zijn ze weer bij elkaar. Ze zitten helemaal achter in de tuin, waar de laatste zonnestralen vallen. De gesprekken gaan over het schokkende nieuws dat de Duitse regering toegang tot België heeft gevraagd zodat het Duitse leger Frankrijk kan bereiken. Koning Albert heeft geweigerd.

'Ik vraag me af of Duitsland daar genoegen mee neemt,' zegt Emiel. 'Misschien had de koning wél toestemming moeten geven.'

'Waarom?' vraagt Nora.

'Omdat de Duitsers België niet willen bezetten, ze willen er alleen maar doorheen. Ik ben bang dat ze straks met geweld de grens over komen.'

'Koning Albert kon niet anders dan weigeren,' zegt Ralph. 'Hij kan onmogelijk toestaan dat ons land door de Duitsers gebruikt wordt om naar Frankrijk op te trekken.'

'Nee, en als ze Frankrijk willen bezetten, zullen ze dat met België ook van plan zijn,' merkt Adriana op. 'We moeten aan de kant van Frankrijk blijven staan, dat kan niet anders. Trouwens, de Duitsers hebben ons helemaal niet nodig om Frankrijk aan te vallen. Ze kunnen om België heen.'

Terwijl ze aan het woord is, kijkt ze onafgebroken naar Ralph, wat Nora niet ontgaat. Ralphs goedkeurende glimlachje ontgaat haar evenmin.

'Zouden we niet beter terug naar Nederland kunnen gaan?' vraagt ze. 'We zouden in Amsterdam kunnen gaan wonen. Daar zijn we veilig.'

In de stilte die valt ziet ze dat Adriana en Emiel haar geschokt aankijken.

'Het is nog geen oorlog,' zegt Adriana, als de stilte voortduurt.

'Nog niet, maar dat kan niet lang meer duren. Dat zeg je net zelf.'

Ralph kijkt van de een naar de ander en steekt een pijp op. 'Adriana heeft gelijk, het is nog niet zover. België is neutraal, de kans is groot dat we erbuiten blijven. En als dat niet zo is, bekijken we het tegen die tijd wel.'

'Je maakt je ongerust, dat is heel begrijpelijk.' Emiel legt zijn hand op Nora's schouder. 'Maar ik denk dat onze neutraliteit ons zal beschermen.'

'Ik niet,' zegt Nora, maar Emiel gaat over op een ander onderwerp: de gevolgen van een eventuele oorlog voor zijn katoenfabriek.

Als hij naar binnen gaat, praten Ralph en Adriana samen door. Nora luistert zwijgend. Het is niet dat ze haar negeren, maar ze zijn het wel erg eens. Dat, en de intimiteit van hun naar elkaar toe gebogen hoofden, doen haar pijn.

Emiel komt terug, en dan staat Adriana op en gaat naar binnen. Nora schuift haar stoel naar achteren en volgt haar. Ze ziet het meisje in het toilet verdwijnen en neemt plaats op een bankje in de hal. Na een tijdje gaat de deur open en komt Adriana naar buiten.

'O, ik wist niet dat je zat te wachten,' zegt ze als ze Nora ziet. 'Meende je dat nou, dat je terug wilt naar Nederland?'

'Dat lijkt me verstandig, ja.'

'Verstandig misschien wel, maar Ralph zal dat nooit doen.'

'O nee? Waarom niet?'

Adriana aarzelt, zegt dan: 'Omdat hij geboren en getogen is in Antwerpen. Omdat hij hier te veel achterlaat.'

'Wat laat hij dan allemaal achter? Of moet ik zeggen *wíé*?'

Ze kijken elkaar strak aan. Adriana opent haar mond om iets te zeggen en op dat moment beginnen de kerkklokken te luiden. Geen feestelijk gebeier, maar een dof, sinister gedreun.

'Wat is dát?' zegt Nora verschrikt.

Ze loopt snel de salon in, schuift de vitrage een stukje opzij en kijkt naar buiten. Adriana komt naast haar staan. Er verschijnen meer mensen voor het venster.

Intussen gaat het gebeier maar door, zo hard en alarmerend dat de mannen vanuit de achtertuin aan komen rennen.

'Alarmklokken!' roept Emiel.

Ze gaan de straat op, waar buurtbewoners zich verzamelen. Aan het begin van de Meir loopt de stadsomroeper, omgeven door een grote groep mensen. Naarmate hij dichterbij komt zwelt het geluid van ontstelde uitroepen aan. Ralph rent naar de menigte toe, Emiel blijft bij Nora en Adriana. Het duurt even voor Ralph terugkeert, en hoewel het duidelijk is wat er aan de hand is, kijkt Nora haar man toch vol angstige spanning aan. Zijn gezicht is bleek.

'De Duitsers staan aan de grens. Het is oorlog,' zegt hij.

Die nacht slaapt Nora slecht. In haar dromen overspoelen Duitse troepen de stad en sleuren haar uit haar huis. Met een verstikte kreet wordt ze wakker, om te ontdekken dat ze rechtop zit.

Het is nog maar net licht, de grauwheid van de nacht hangt nog in de kamer. Ze laat zich uit bed glijden en schuift het gordijn wat opzij. Angstig kijkt ze de straat in. De Meir ligt er verlaten bij.

'Kun je niet meer slapen?' klinkt Ralphs stem achter haar.

Nora draait zich om en ziet dat hij zich op zijn elleboog opricht. 'Nee, jij wel?'

'Ik ben bang van niet. Laten we maar opstaan.'

De krant is al bezorgd, maar daar staat het laatste nieuws

nog niet in. De stadsomroepers zijn echter al vroeg op de been, en terwijl de ochtend vordert horen ze dat de Duitsers nog steeds aan de grens staan, wachtend op toestemming van koning Albert om het land binnen te trekken. Opnieuw weigert de koning.

'Ik ga even naar kantoor,' zegt Ralph. 'Als er iets verandert, kom ik meteen naar huis. Blijf binnen.'

Nora knikt. Zodra hij weg is, gaat ze naar boven, waar ze hem langer na kan kijken.

'Je kantoor is de andere kant uit,' zegt ze zacht.

Met snelle passen loopt ze naar beneden. Ze roept Martha en ze gaan samen de deur uit, de gistende stad in. Op de Grote Markt is het drukker dan ooit. Op de zuilen en winkelramen worden aanplakbiljetten geplakt: DUITSLAND EN FRANKRIJK IN OORLOG.

'Wát?' zegt Nora ontsteld.

Een man draait zich naar haar om. 'Ja, Duitsland heeft Frankrijk de oorlog verklaard. Nu zullen wij ook wel snel aan de beurt zijn.'

'Misschien zíjn de Duitsers al binnengevallen!' zegt Martha angstig.

'Dan was dat wel bekendgemaakt. Kom mee, we gaan naar huis. Ik wil dat je alvast onze belangrijkste spullen bij elkaar zoekt, voor het geval dat. De rest pak ik zelf wel.'

'Denkt u dat de Duitsers naar Antwerpen komen?'

'Daar moeten we wel rekening mee houden,' zegt Nora.

Als ze thuiskomen is Ralph er al. Woedend loopt hij de hal in en roept: 'Waar zat je in hemelsnaam? Ik had gezegd dat je thuis moest blijven.'

'De hele dag, in mijn eentje? Ik wil weten wat er gebeurt.'

'Duitsland en Frankrijk zijn in oorlog! Dát is wat er gebeurt, en ik wil niet hebben dat mijn vrouw in dit soort tijden over straat zwalkt.'

'Misschien moet je je vrouw dan wat minder vaak alleen laten,' zegt Nora scherp.

'Ik heb werk te doen, Nora. Oorlog of niet.'

'Ja,' zegt Nora. 'Natuurlijk.'

Martha komt de trap af met een kleine reiskoffer in haar hand. 'Zal ik hem hier neerzetten, mevrouw?'

'Dat is goed. Dank je, Martha.'

Met gefronste wenkbrauwen kijkt Ralph naar het koffertje. 'Wat heeft dat te betekenen?'

'Een vluchtkoffertje. Voor het geval dat.'

'Een vluchtkoffertje? Is dat niet wat voorbarig? België is nog niet eens in oorlog.'

'Maar dat gaat wel gebeuren, dat weet jij net zo goed als ik. We moeten hier weg, Ralph. Laten we naar Nederland gaan.'

Ralph zucht diep. 'Ik begrijp dat je je zorgen maakt, maar ik kan het bedrijf echt niet zomaar achterlaten. We zouden geruïneerd raken. En stel dat de Duitsers binnenvallen, wat dan nog? Ze willen naar Frankrijk, niet naar Antwerpen.'

'En als ze nou tóch opeens hiernaartoe komen?'

'Dan zijn we zo in Nederland.'

Nora doet een paar passen naar voren, zodat ze recht tegenover haar man staat. 'Beloof je dat? Beloof je dat we weggaan als het hier oorlog wordt?'

'Natuurlijk,' zegt Ralph. 'Als het onveilig wordt vertrekken we.'

De volgende ochtend, 4 augustus, valt het Duitse leger Wallonië binnen. Nora houdt de berichtgeving angstvallig in de gaten. Gelukkig blijft Nederland neutraal en is haar moeder veilig. Ze mist haar. Nog niet zo lang geleden lag de boosheid diep in haar binnenste, als een blok ijs dat al haar zachtere gevoelens verdoofde, maar het is gaan smelten. Het enige wat ze nu wil is naar huis.

Het is snikheet. De hittegolf weet maar niet van ophouden. Ralph wil niet dat Nora de straat op gaat in deze onrustige tijden, maar ze is niet van plan om thuis op de bank te blijven zitten. Er gebeurt van alles in de stad, en ze wil weten wát. Ze vindt een bondgenoot in Julien, die met haar meegaat.

Op een middag lopen ze samen de stad in. Nora draagt niet veel meer dan een witte zomerjurk en een hoed. Haar rijglaarzen voelen er vreemd lomp onder, maar ze heeft ze op advies van Julien toch maar aangetrokken, omdat, zoals hij zei, de straten bezaaid zijn met glas.

Dat is wat overdreven, maar het klopt dat er veel ramen zijn ingegooid; allemaal van huizen en horecagelegenheden met Duitse eigenaren. Op andere plekken ligt het meubilair in stukken op het plaveisel en staan de deuren wijd open, alsof de bewoners gevlucht of naar buiten gesleept zijn. Hier en daar komen plunderaars naar buiten, hun armen vol spullen.

Nora en Julien werpen er een blik op en lopen door. Ze slaan een hoek om en stuiten op een lange rij jongemannen die voor een rekruteringsbureau staan.

'Ik ga ook,' zegt Julien, terwijl ze erlangs lopen.

Nora kijkt afwezig opzij, met haar gedachten bij wat ze allemaal om zich heen ziet, maar dan blijft ze staan. 'Wat zeg je?'

'Ik ga in militaire dienst. Er moet één zoon uit elk gezin gaan, en ik wil wel. Ik heb het er met Ralph over gehad en we waren het erover eens dat hij niet weg kon. Met het oog op het bedrijf, bedoel ik.'

'Maar... heb je dan al een oproep gehad?'

'Nee, dat niet.'

'Kun je niet even wachten? Ze zeggen dat de oorlog zo voorbij is. Misschien is het niet eens nodig dat je je aanmeldt.'

'Ik wíl gaan. Ik heb er genoeg van om tweede viool te spelen in het bedrijf en te moeten luisteren naar mijn broer. Dat ben ik al een hele tijd zat, maar ik wist niet wat ik anders moest.'

'En toen dacht je: het leger. Dát lijkt me leuk.'

'Ik zal in elk geval met veel plezier de moffen ons land uitschoppen.'

Ze staan een tijdje naar de alsmaar groeiende rij vrijwilligers te kijken.

'Ik wil niet dat je gaat,' zegt Nora. 'Dan ben ik helemaal alleen.'

'Is het echt zo erg? Ik dacht dat het wat beter ging tussen Ralph en jou.'

'We praten met elkaar, maar dat is ook alles.' Nora aarzelt even en voegt er dan aan toe: 'We leven niet als man en vrouw.'

Julien opent zijn mond alsof hij iets wil zeggen en lijkt zich dan te bedenken.

'Wat is er?' vraagt Nora.

'Niets.'

'Jawel, je wilde iets zeggen.'

'Maar dat kan ik beter niet doen.' Julien draait zich om, en Nora grijpt hem bij de arm.

'Zeg het, Julien! Wat heb ik eraan als ik van niets weet?'

'Je hebt er ook niets aan als je het wel weet.'

'Houdt Ralph van iemand anders?'

Julien is een slechte leugenaar en Nora speurt zijn gezicht af, op zoek naar de waarheid. Hij aarzelt even, en zegt dan: 'Voordat Ralph jou leerde kennen heeft hij een onmogelijke liefde gehad, en hij vecht nog altijd tegen die gevoelens.'

Langzaam laat Nora haar hand van zijn arm glijden. 'Waarom was het onmogelijk?'

'Het was niet gepast.'

'Was het Adriana?'

Verbaasd kijkt Julien haar aan. 'Waarom zou dat ongepast zijn? Nee, het was niet Adriana.'

'Kwam dat meisje dan uit een andere sociale klasse?'

Julien richt zijn blik naar de grond en zegt: 'Ik kan er verder niets over zeggen, Nora. Dat is niet aan mij. Het enige wat ik kan zeggen is dat mijn broer van je houdt.'

'Ja,' zegt Nora, 'maar ik ben wel tweede keus.'

38

Het gesprek met Julien laat Nora niet los. Er is een meisje vóór haar geweest, iemand van wie Ralph gehouden heeft en die hem nog in haar greep heeft. Wie?

Nora weet dat ze moet ophouden zichzelf met die vraag te kwellen, maar ze kan er niets aan doen. Ze móét weten wie het is.

Een onmogelijke liefde, heeft Julien gezegd. Hoe komt ze erachter wie het was?

Op een middag, als ze met Martha de stad in gaat, vraagt ze het aan haar. Dienstmeisjes weten meestal precies wat er speelt in het huis waar ze werken. De moeilijkheid is alleen dat er discretie van hen wordt verwacht, en dus stelt Nora haar vragen met zorg. Ze informeert losjes of Ralph eerdere relaties heeft gehad.

'Ja, dat denk ik wel,' zegt Martha.

'Je dénkt van wel?'

'Nou ja, het lijkt me logisch voor iemand zo knap en rijk als meneer Ralph.'

'Maar is hij verloofd geweest, of heeft hij weleens iemand aan zijn ouders voorgesteld?'

'Niet dat ik weet. Maar ik heb niet zo lang bij de familie gewerkt. Ik kwam er een paar maanden voordat u met meneer Ralph trouwde.'

'En wie heb je vervangen?'

'Justine. Zij ging opeens weg.'

'Heeft Justine lang voor mevrouw Reymaekers gewerkt?'

Martha knikt. 'Een paar jaar. Anna was heel verbaasd dat ze wegging.'

'Ging ze zelf weg of is ze ontslagen?'

'Ze is zelf weggegaan. Toen ik haar tegenkwam vertelde ze dat ze een veel betere betrekking had gevonden.'

'Bij wie?'

'Niet bij een familie, ze werkt niet meer als dienstmeid. Ze is nu winkeljuffrouw bij de Grand Bazar.'

Vol verbazing kijkt Nora opzij. 'Dat is nogal een stap!'

'Ja, het was een enorme kans voor haar. Ik begrijp dat ze die heeft gepakt, dat zou ik ook doen. Stel je voor, winkeljuffrouw!' Er klinkt een lichte jaloezie door in Martha's stem.

Ze zijn intussen de Meir af gelopen en slaan links af, naar de Groenplaats.

'Waar wilt u precies naartoe, mevrouw?' vraagt Martha.

'Naar de Grand Bazar,' zegt Nora. 'En dan wil ik dat je Justine aanwijst.'

Martha voelt zich duidelijk niet op haar gemak, maar daar houdt Nora zich niet mee bezig.

'Je zei toch dat ze op de kledingafdeling werkt? Die is hier,' zegt ze, terwijl ze de bordestrap op gaan.

Ze lopen langs de smeedijzeren borstweringen van de galerij naar de kledingafdeling, die verlicht wordt door kroonluchters. Verkoopsters in zwarte japonnen fladderen bedrijvig heen en weer om de klanten te helpen, en Nora kijkt Martha vragend aan.

'Daar staat ze. Achter de vitrine.'

Nora volgt haar blik naar een knap meisje met rossig haar, dat ze losjes opgestoken draagt. Als ze ziet dat Nora naar haar kijkt, komt ze met een glimlach op haar af.

'Kan ik u van dienst zijn?'

'Justine?' vraagt Nora, en als het meisje knikt, voegt ze eraan toe: 'Ik ben Nora Reymaekers.'

'Dat weet ik, mevrouw. Ik heb u en mevrouw Veronika hier weleens samen gezien. Kan ik u ergens mee helpen?'

'Ik wilde je graag even spreken.'

Slecht op haar gemak kijkt Justine om zich heen. 'Ik ben aan het werk, mevrouw...'

'Na werktijd dan. Hoe laat ben je klaar?'

Justine aarzelt en dan komt haar cheffin, die bij de tafel met sjaals staat, naar hen toe.

'Goedemiddag, mevrouw Reymaekers. Gaat het goed met u? Is er een probleem?' Ze glimlacht, maar haar ogen flitsen van Nora naar Justine en terug.

'Helemaal niet. Justine heeft me de laatste keer uitstekend geholpen en ik wil nu graag haar advies bij het uitkiezen van...' Nora laat haar stem dalen, 'delicate kleding.'

De vrouw knikt begrijpend. 'Daar hebben wij een speciale ruimte voor. Justine zal u helpen.' Ze kijkt het meisje aan en loopt door.

Met een ongemakkelijk glimlachje begeleidt Justine Nora naar een ruim vertrek, waarin een bank, een kamerscherm en een dressoir met glazen en een fles water staan. Terwijl Nora zich met Martha's hulp ontkleedt, draagt Justine setjes onderkleding aan. Nora maakt snel een keus. Ze laat zich weer in haar rok en blouse helpen en zegt: 'Wil je ons even alleen laten, Martha?'

Als het meisje de kleedruimte heeft verlaten, neemt Nora plaats op de bank. Ze gebaart naar de plek naast haar en met enige tegenzin gaat Justine zitten.

'Ik heb begrepen dat je in dienst bent geweest bij mijn schoonfamilie,' zegt Nora. 'En dat je nogal plotseling bent weggegaan.'

'Niet zo héél plotseling.' Justine lijkt op haar hoede, wat Nora sterkt in haar vermoeden dat er iets aan de hand is.

'Volgens Martha wel. Van de ene op de andere dag, zei ze. Ze kon meteen beginnen toen ze jou opvolgde. Ik wil graag weten waarom je bent weggegaan.'

Justine ziet eruit alsof ze het liefst ook nu weg zou gaan, maar ze blijft zitten. Nora vermoedt dat het standsverschil tussen hen en Justines angst om haar baan te verliezen daarvoor zorgen, en even voelt ze zich schuldig dat ze het meisje zo in de hoek drijft. Ze buigt zich naar haar toe en raakt met een licht, vriendelijk gebaar haar arm aan.

'Ik ben hier niet om je in de problemen te brengen, Justine. Ik wil alleen iets weten en daarna ga ik weer.'

'Wat wilt u weten?'

'Of je ontslagen bent.'

'Nee, ik kon deze baan krijgen en dat was een ongelooflijke kans. Ik hoefde er niet lang over na te denken. Eigenlijk helemaal niet.'

'Precies, een ongelooflijke kans,' zegt Nora. 'Ik vraag me af waarom. Dienstmeisjes worden niet zomaar opeens winkeljuffrouw. Ze hebben een opleiding nodig, moeten accentloos kunnen praten en geen werkhanden hebben. Dat laatste komt vanzelf wel goed, maar de rest... Waarom heb jij die kans gekregen, Justine?'

'Ik moet weer aan het werk. Mijn cheffin wordt kwaad als ik lang met één klant bezig ben en niets verkoop.'

'Ik zorg dat ze daarover niets te klagen heeft. Ze zal nooit weten dat wij hier hebben zitten praten. Tenzij je niets wilt zeggen, natuurlijk. In dat geval ga ik mijn beklag doen over de slechte service.'

Justine kijkt strak voor zich uit. 'Goed, als u het per se wilt weten: de familie heeft een goed woordje voor me gedaan.'

'De hele familie of één iemand in het bijzonder? Mijn echtgenoot, bijvoorbeeld?'

'Nee, mevrouw Veronika. Ze riep me bij zich en vertelde dat er een vacature bij de Grand Bazar was en vroeg of ik daar belangstelling voor had.'

'Justine, dat is onzin,' zegt Nora. 'Het is heel moeilijk om goed huishoudelijk personeel te vinden, dus niemand wijst een dienstmeisje dat goed bevalt op een andere baan. Als je het mij vraagt wilden ze op een nette manier van je af, door je iets aan te bieden dat je niet kon weigeren. Zo is het gegaan, toch?'

De stilte die valt is een antwoord op zich. Justine buigt haar hoofd.

'Ik kan er echt niets over zeggen. Dat hebben we afgesproken.'

Een gevoel van opwinding, vermengd met angst, overvalt Nora. Nu komen ze ergens. Haar onderbuikgevoel klopte; dit heeft met Ralph te maken.

'Heb je dat met mevrouw afgesproken of met mijn man?' vraagt ze zacht.

'Met mevrouw. Zij heeft alles geregeld.'

'Maar je moest weg vanwege mijn man, nietwaar? Zeg het me alsjeblieft, alleen dat! Ik moet het weten.'

Justine kijkt Nora aan, en haar blik verzacht. 'Ja.'

'Was je... Ik bedoel, hadden jullie...'

'Ik kan verder echt niets zeggen. Als ik dat doe en ze komen erachter, dan lichten ze mevrouw Moenaert in en ben ik mijn baan kwijt. Dat ik hier werk is een vriendendienst van haar voor mevrouw Veronika. Daarom keek ze zo argwanend toen u mij aansprak. Ik wed dat ze in de gang staat te wachten. Misschien luistert ze wel aan de deur.'

'Die deur is heel dik en wij praten zachtjes, dus maak je geen zorgen. Ik zal straks niets laten merken en een grote aankoop doen. Vertel me alsjeblieft wat er gebeurd is. Je begrijpt toch wel hoe belangrijk dit voor me is?' Nora pakt Justines hand en houdt die stevig vast.

Het meisje kijkt erop neer en knikt langzaam. 'U hebt gelijk, het heeft met meneer Ralph te maken, maar ik kan niet zeggen op welke manier. Het spijt me.'

Iedereen heeft recht op zijn geheimen. Nora heeft ze zelf ook, dus in zekere zin staan Ralph en zij quitte. Ze hadden beiden hun redenen om zo snel met elkaar te trouwen, moesten beiden hun goede naam beschermen. Zij heeft die keus in ieder geval nog zelf gemaakt, maar Ralph zal de druk van zijn familie gevoeld hebben. Hij heeft natuurlijk het bed gedeeld met Justine. Hij moet ook echt om haar gegeven hebben, zoveel dat zijn ouders van haar af wilden.

Nu begrijpt ze waarom Ralph haar liever niet vergezelde naar de Grand Bazar.

Een serieuze relatie beginnen met een dienstmeisje, erger kan bijna niet. En het kan niet anders dan serieus geweest zijn, anders hadden ze haar gewoon ontslagen. In verwachting kan Justine ook niet geweest zijn, want dan had ze niet in de Grand Bazar aan de slag gekund.

Dus moet het liefde zijn geweest. Een echte, maar volslagen onmogelijke liefde.

Het enige wat ze kan doen is zorgen dat ze Ralphs hart wint. Ze moet het hem niet moeilijk maken, maar hem steunen. Haar liefde zal die andere misschien niet kunnen uitwissen, maar wel laten vervagen. Op een dag zal hij inzien dat trouwen met haar de beste beslissing was die hij kon nemen.

Vanaf dat moment maakt Nora er het beste van. Ze zorgt dat ze er op haar mooist uitziet als Ralph thuiskomt. Ze toont interesse in zijn dag, luistert naar zijn verhalen en is lief en inschikkelijk. Maar dat zorgt niet voor veel verandering in hun relatie. Ralph blijft haar op dezelfde manier behandelen: als een huisdier dat hij af en toe een aai geeft.

39

Ingesloten door oorlogvoerende buurlanden heeft Nederland geen andere keus dan Engeland te verbieden hun schepen de Schelde te laten bevaren. En neutraal of niet, ook Nederland heeft alle dienstplichtige mannen gemobiliseerd. Omringd door diverse grootmachten leek het de regering verstandig om niet bij de naderende wereldoorlog betrokken te raken, maar het gevaar dat Duitsland Nederland zou inlijven was te groot om geen maatregelen te nemen. En zo moeten op 31 juli alle dienstplichtigen zich melden bij de kazernes.

Ook de openbare gebouwen van Purmerend hangen vol plakkaten, en op de belangrijkste straathoeken staan omroepers die het nieuws luidkeels verkondigen. Vijftien lichtingen zijn opgeroepen, alle weerbare mannen van zeventien tot veertig jaar.

Voor het eerst is Huib dankbaar dat hij al tegen de vijftig loopt. Geen militaire dienst voor hem. Gevochten zal er waarschijnlijk niet worden, dat is het punt niet, maar hij voelt er niets voor om voor langere tijd de kaasfabriek onbeheerd achter te laten. Het is nu al een probleem om te blijven draaien.

Veel van zijn mensen, vakmannen die hij eigenlijk niet kan missen, moeten wél in militaire dienst.

'Zijn er veel boeren opgeroepen?' vraagt Lydia als ze tegenover elkaar in het kantoor zitten.

'Dat valt gelukkig mee,' zegt Huib. 'De meeste zijn ouder dan veertig, of ze kunnen aantonen dat zonder hen alles in het honderd loopt op de boerderij. Maar we krijgen wel minder melk aangeleverd. Heb je al iets van Nora gehoord?'

'Voorlopig blijven ze in Antwerpen. Ze denken dat ze daar wel veilig zijn.' Lydia's stem klinkt bitter en Huib zucht.

'Nou ja, misschien hebben ze daar wel gelijk in. Antwerpen is een belangrijke stad, maar de Duitsers hebben alleen interesse in Frankrijk.'

'Denk je dat het hier ook oorlog wordt?'

'Nee. De Duitsers zouden natuurlijk graag onze kust in handen willen hebben om naar Engeland te gaan, maar ik denk niet dat het zover komt. Daar kunnen ze ook de Vlaamse kust voor gebruiken. En in de krant stond dat Duitsland er belang bij heeft om Nederland te vriend te houden, voor de invoer van levensmiddelen.'

Huib krijgt gelijk; voorlopig respecteert Duitsland de Nederlandse neutraliteit.

Nauwlettend houden Lydia en hij de berichten in de gaten. Ze spellen de kranten en rijden elke dag samen naar Purmerend om het laatste nieuws te horen. Verdwenen zijn de verwijten en het oud zeer. Die verliezen hun kracht en lossen op in de gedeelde ongerustheid over Nora.

Zolang Nederland niet bij de oorlog betrokken raakt, maakt Huib zich niet zoveel zorgen over Wouter. Maar dan zit bij de post voor De Purmer een brief waarin zijn zoon schrijft dat hij zich als vrijwilliger heeft aangesloten bij het Franse leger.

'De stommeling!' Woedend verfrommelt Huib de brief en gooit de prop in een hoek. 'Dat is verboden nu we neutraal zijn. Hij kan er zijn Nederlandse identiteit mee verliezen! Of nog erger, zijn leven.'

Verslagen kijkt hij voor zich uit, raapt dan de prop op en strijkt hem glad op het bureau. Hij voelt dat Lydia voorzichtig zijn schouder aanraakt. Het is een liefhebbend, troostend gebaar dat hij in eerste instantie negeert, maar opeens keert hij zich naar haar toe en kijken ze elkaar recht aan. Wat hij in haar ogen ziet brengt hem in verwarring. Hij had verwacht dat de muur die hij voor zichzelf had opgetrokken tegen meer bestand zou zijn, maar Lydia's liefdevolle aanraking doet het hele bouwwerk wankelen.

'Ik ga even de advertenties in de krant nalopen,' zegt hij, terwijl hij zich omdraait. 'We hebben een machinist nodig.'

Op 4 augustus is het Duitse leger België binnengevallen en aan zijn opmars door Wallonië begonnen. Nu ligt de vijand voor Luik. Dat is zo'n beetje de best versterkte plaats in Europa, leest Lydia, met twaalf ondergrondse forten, die in een cirkel om de stad liggen. De Duitsers zullen ook nog de Maas moeten oversteken, dus het lijkt een onmogelijke opgave om de stad in handen te krijgen. Maar Luik ligt op de weg naar Parijs, dus de Duitsers zullen alles op alles zetten.

Met grote spanning blijft Lydia het nieuws volgen. In de dagen daarna leest ze dat de Luikenaren zich niet zomaar gewonnen geven. Na een hevige strijd moeten de Duitsers zich terugtrekken, en dat geweldige nieuws verspreidt zich in een ommezien door het land. GROTE BELGISCHE OVERWINNING! koppen de avondkranten, en in alle steden viert men feest.

Maar na die eerste zege keert het tij; de ijzeren discipline van de Duitsers werpt zijn vruchten af. Ze veroveren de forten en op 6 augustus bombarderen ze Luik. Een kleine week later geven de Luikenaren zich over.

Moe van al het oorlogsnieuws en het gepieker wandelt Lydia op een ochtend de tuin van Welgelegen in. Het is zomer, en de geur van gras en bloemen komt haar tegemoet. Er heerst een weldadige rust. Alleen het gekwinkeleer van vogels klinkt om haar heen. Het is moeilijk voor te stellen dat op zo'n betrekkelijk korte afstand chaos en ellende heersen. Een levensbedreigende situatie, waar haar dochter zich vlakbij bevindt.

Vanaf het moment dat de oorlog is uitgebroken heeft ze geen nacht meer goed geslapen, en overdag doet ze niets anders dan piekeren. Een zwaar gevoel heeft zich in haar lichaam gemanifesteerd en verspreidt zich langzaam, als een sluimerende griep.

'Mevrouw... er is iemand voor u.'

Ze schrikt op van Ans, het nieuwe dienstmeisje, dat opeens achter haar staat. Lydia schudt haar hoofd. 'Nu even niet, Ans.'

'Hij is achter me aan gelopen,' zegt Ans verontschuldigend.

Lydia draait zich om en ziet Huib aankomen. Zijn gezichtsuitdrukking jaagt haar angst aan en ze loopt snel op hem af.

'Wat is er? Is er iets gebeurd?'

'De Duitsers zijn Vlaanderen binnengevallen. Ze schijnen er nogal tekeer te gaan. Nog steeds niets gehoord van Nora?'

'Nee,' zegt Lydia. Ze wil nog meer zeggen maar vertrouwt haar stem niet, en als Huib zijn armen spreidt barst ze in tranen uit en laat ze zich in zijn omhelzing opnemen.

40

Een golf van woede en vaderlandsliefde slaat over België. Terwijl het leger zich terugtrekt in de richting van Antwerpen, blijven de rijen voor de rekruteringskantoren groeien. Veel vrouwen sluiten zich aan bij het Rode Kruis en er worden grootschalige inzamelingsacties gehouden voor lakens, dekens en verband voor de noodhospitalen.

Reikhalzend kijkt men uit naar de komst van de Fransen, maar die rukken op om Lotharingen op de Duitsers te heroveren. De strijd eindigt op 22 augustus in een nederlaag voor de Fransen, maar ze slagen er toch in om de opmars van de Duitsers tot stilstand te brengen.

De eerste stroom gewonden keert terug van het front, met treinen vol. Er verschijnen dodenlijsten in de kranten, waarop ook de namen van Antwerpse vrijwilligers staan. Bij veel huizen hangt de vlag halfstok.

Als Nora langs zo'n huis komt, slaat ze iedere keer een kruis, ook al is ze niet gelovig.

Eén keer hoort ze vanuit een open raam een wild gehuil opstijgen, wat de rillingen over haar rug doet lopen.

Dezelfde middag schrijft ze een lange brief aan haar moeder. Over hun ruzie rept ze niet, ze vertelt haar alleen dat het goed met haar gaat en dat ze de oorlogssituatie in de gaten houden.

'Voorlopig zijn we hier veilig,' schrijft ze. 'Ik zou wel terug naar Nederland willen, maar Ralph vindt dat niet nodig. We hebben het er regelmatig over, maar hij raakt steeds geïrriteerder en het gaat al niet zo goed tussen ons. Ik heb erover nagedacht om alleen terug te gaan, maar ik ben bang dat mijn huwelijk dan voorbij is.'

Juliens oproep voor militaire dienst komt binnen. Hij had vrijwillig willen gaan, nu heeft hij die keus niet meer. Ook Ralph krijgt een oproep, maar voorlopig volstaat het als één zoon per gezin gaat.

Ze zwaaien Julien uit op het station. Overal staan jongens met ransels over hun schouder. Velen van hen lijken geen dag ouder dan zestien.

Veronika huilt, Gustaafs gezicht staat gespannen, en ook Ralph ziet er aangedaan uit. Julien blijft lachen en grapjes maken, maar hij komt wat nerveus over.

Nora kijkt om zich heen, naar al die jonge jongens. Nu dragen ze nog petten en schoenen, sommigen zelfs klompen, maar over niet al te lange tijd zullen ze allemaal in laarzen en uniform gestoken zijn en op de Duitsers af marcheren.

Haar korset zit strak, maar dat is niet de reden dat ze bijna geen adem krijgt. Een gevoel van diepe vrees overvalt haar en ze omhelst Julien.

'Pas alsjeblieft goed op jezelf,' zegt ze zacht.

'Natuurlijk.' Hij glimlacht haar toe. 'Maak je maar geen zorgen, ik kom echt wel terug.'

Maar ze maakt zich wel zorgen, en zijn familie ook. Veronika wuift en glimlacht als de trein vertrekt, maar zodra die uit het zicht is verdwenen, draait ze zich met een bleek, vertrokken gezicht om. Gustaaf slaat zijn arm om haar heen, maar zegt niets. Zijn gezicht is net zo bleek als dat van zijn vrouw.

Nora geeft Veronika een arm en zegt troostend: 'De oorlog gaat niet lang duren, dat weet u toch? Waarschijnlijk hoeft Julien niet veel te doen en is hij zó weer terug.'

'Denk je?'

'Natuurlijk, het staat in alle kranten. De Engelsen en Fransen komen ons vast snel helpen, en dan is het gedaan met de Duitsers.'

Samen met Ralph blijft ze haar schoonmoeder moed inpraten tot ze bij het huis van haar schoonouders zijn. Als ze bij de voordeur staan, legt Veronika een hand tegen Nora's wang en zegt: 'Dank je, lieve kind. Je bent zo lief voor me. Ik ben erg blij met jou als schoondochter.'

Nora glimlacht naar haar en neemt afscheid. Ralph doet hetzelfde en daarna lopen ze in stilte naar hun eigen huis. Binnen, in de hal, houdt Ralph Nora staande.

'Ik hoorde wat mijn moeder tegen je zei,' zegt hij, 'en ik wil je ook bedanken. Je bent inderdaad erg lief voor haar. Voor mij trouwens ook.' Hij buigt zich naar haar toe en drukt zijn lippen op de hare.

De kus kan Nora niet lang genoeg duren, maar is voorbij voor ze het beseft. Ze slaat haar armen om zijn nek en vraagt zacht: 'Zullen we samen iets gaan doen? Even weg? Ik wil niet thuiszitten.'

'Het spijt me, ik moet aan het werk. Een andere keer.' Hij maakt zich van haar los en kust haar op de wang. 'Tot vanavond, liefje.'

Nora kijkt hem na terwijl hij de kamer verlaat en even later hoort ze de voordeur dichtslaan.

Als een verwoestende tornado trekken de Duitsers door België. Elke plaats die ze passeren wordt in de as gelegd. De colonnes marcheren dwars door Limburg, op weg naar Leuven en Brussel, en laten een spoor van dood en ellende achter zich. Het Belgische leger doet wat het kan om ze tegen te houden, maar uiteindelijk kan het niet veel meer doen dan de Duitse opmars vertragen. Geholpen door burgers blazen de Belgische soldaten bruggen op, versperren de spoorwegen door locomotieven tegen elkaar aan te laten botsen, werpen barricades op met omgehakte bomen, maar alles wat ze ermee bereiken is dat de Duitsers geïrriteerd raken en wraak nemen in de dorpen die ze onder de voet lopen.

Steeds meedogenlozer worden hun represailles, steeds verder drijven ze het Belgische leger terug. Duizenden families verlaten halsoverkop de dorpen en steden, voor de Duitsers uit, die als een reusachtige zeis over akkers en velden door Oost-Vlaanderen gaan, naar Diest. Onderweg sleuren ze de mensen uit de huizen en steken ze dorpen en graanvelden in brand.

Diest verdedigt zich, maar de stad wordt gebombardeerd en capituleert dan. Veel inwoners vluchten naar Aarschot en Antwerpen, waar ze gastvrij worden opgenomen. Op 19 augustus wordt Aarschot aangevallen. De burgers en een divisie van het leger verdedigen de stad fel, maar ook zij delven het onderspit. Aarschot wordt geplunderd en in brand gestoken.

Honderden gevangengenomen burgers worden in de kerk opgesloten en na een paar dagen, als de stad is leeggehaald, worden ze gedwongen naar Leuven te lopen, als levend schild.

In Leuven is een groot deel van de bevolking er al vandoor gegaan. In volgepakte treinen, met alleen het hoognodige in een koffertje bij zich, vluchten de mensen naar Brussel, Antwerpen en de kust. De legerleiding heeft besloten dat Leuven niet verdedigd zal worden, om represailles te voorkomen, met als gevolg dat ook daar de Duitsers in een triomftocht de stad binnentrekken.

De angst voor de oorlog verdrijft Nora's bezorgdheid om haar huwelijk. 's Nachts, als ze wakker ligt, vraagt ze zich af hoe het moet zijn om in een bezette stad te wachten op wat komen gaat. Wat moeten de Leuvenaren bang zijn na alles wat in Wallonië is gebeurd...

Op een nacht kruipt ze zo dicht tegen Ralph aan dat hij er wakker van wordt.

'Wat is er?' vraagt hij slaperig.

'Ik kan niet slapen.'

Hij draait zich naar haar toe en legt zijn arm om haar heen. 'Je trilt helemaal. Heb je een nachtmerrie gehad?'

'Nee, ik ben bang. De Duitsers zitten zo dichtbij.'

'Ze komen niet hier. Antwerpen ligt niet op hun route. Waarschijnlijk trekken ze nu naar Brussel en gaan ze daarna naar de kust en de Franse grens.'

'De kust?'

'Ja, van daaruit kunnen ze Engeland aanvallen. Antwerpen is op dit moment niet belangrijk voor ze.'

'Maar later wel. Vanwege de haven.'

'Oostende heeft ook een grote haven. Maar je hebt gelijk, natuurlijk is Antwerpen wel belangrijk. Zo belangrijk dat ze de stad echt niet zullen verwoesten.'

'Maar ze zullen hem wel willen bezetten, dus er zal gevochten worden...'

'Tegen die tijd zijn de Engelsen en Fransen er om ons te helpen. Ga lekker slapen, Nora. Je bent veilig.'

Het is lang geleden dat zijn stem zo teder klonk. Het geeft Nora de moed om zich op één elleboog op te richten en hem te kussen. Aanvankelijk reageert Ralph nogal lauw, maar hij weert haar niet af.

Nora laat haar handen over zijn lichaam glijden. Ze verwacht half en half dat hij zal zeggen dat hij moe is, maar dat doet hij niet. Ze kijkt naar hem en ziet dat hij zijn ogen gesloten heeft. Een zacht gekreun ontsnapt uit zijn keel en dan, o wonder, geeft hij zich over. De oorlog drijft weg naar een donkere hoek in de kamer terwijl ze voor het eerst sinds weken de liefde weer bedrijven.

In eerste instantie lijkt de inname van Leuven zonder brandstichting en bloedvergieten te verlopen. Vluchtelingen uit die stad vertellen dat in veel huizen soldaten zijn ingekwartierd en dat de spanning er groot is. Anderen zeggen dat de bezetters nerveus zijn, en dat Duitse detachementen op weg zijn naar Mechelen.

'Er schijnt een paar keer op de Duitsers te zijn geschoten en nu denken ze dat er een tegenaanval wordt voorbereid,' zegt Ralph, die enkele gevluchte Leuvenaren heeft gesproken. 'Er hoeft maar íéts te gebeuren en het gaat mis.'

De volgende dag komen er inwoners uit de bezette stad naar Antwerpen, met verhalen over executies, deportaties en andere afstraffingen.

Intussen trekt een andere divisie van het Duitse leger op naar Brussel. Nog net op tijd verlaat de koninklijke familie de hoofdstad en neemt haar intrek in het paleis aan de Meir in Antwerpen. Op 20 augustus marcheren de Duitsers in een parade met marsmuziek door de straten van Brussel.

Om Aalst, Mechelen, Dendermonde en Charleroi wordt zwaar gevochten, en tot ieders verbazing en verontwaardiging leggen de Duitsers het veroverde Leuven in de as. Ook de Lakenhal met zijn eeuwenoude universiteitsbibliotheek, zijn gotische hal en honderden middeleeuwse manuscripten zetten ze in lichterlaaie. Verbrande snippers papier worden door de wind meegevoerd en in de wijde omtrek, in weilanden en dorpen, teruggevonden.

'Ik ga naar huis,' zegt Nora. 'Ik wil hier niet langer blijven. Mijn moeder heeft al zo vaak geschreven dat we terug moeten komen en ze heeft gelijk. Waarom zijn we in godsnaam nog niet weg?'

Ze staat in de tuin, waar Ralph hun kostbaarheden begraaft.

'Hoor je me?' vraagt ze. 'Ik ga terug naar huis, Ralph. Met of zonder jou.'

Ralph gooit het gat weer dicht, waar een metalen kistje met geld en juwelen in ligt. Dan kijkt hij op, waarbij een haarlok over zijn voorhoofd valt. Zo nonchalant ziet hij er knapper uit dan ooit. Nora's hart breekt, maar ze is vastbesloten. Als Ralph nog steeds niet reageert, draait ze zich om en zegt: 'Ik ga mijn spullen inpakken.'

Met twee stappen is hij bij haar. Zijn hand omvat haar arm in een knellende greep en zijn gezicht is zo vertrokken dat Nora even bang is. Tot ze ziet dat hij handelt uit wanhoop, niet uit woede.

'Niet weggaan,' zegt hij. 'Alsjeblieft, blijf hier.'

Zwijgend kijkt ze hem aan. 'Waarom?' vraagt ze uiteindelijk.

'Omdat ik je nodig heb.'

'Is dat zo?'

'Natuurlijk. Twijfel je daaraan?'

'Ja,' zegt Nora zacht. 'Daar twijfel ik heel vaak aan.'

Ralph neemt haar in zijn armen en trekt haar tegen zich aan. 'Ik weet dat ik niet altijd een goede echtgenoot voor je ben, maar ik hou van je. Echt waar.'

Ze zou het zo graag willen geloven. En waarom ook niet? Hij zegt dat toch niet zomaar. Tegen zijn borst geleund, waarbij ze zijn geur inademt, is Nora maar al te graag bereid om haar twijfels los te laten.

'Ga dan met me mee. Je kunt je bedrijf ook vanuit Amsterdam leiden. Laten we daar gaan wonen. Alsjeblieft, Ralph!'

'Goed,' zegt Ralph. 'Ik zal het vanavond met mijn ouders bespreken.'

'Ik ga absoluut nergens anders naartoe,' zegt Gustaaf die avond, als ze op bezoek gaan.

'Waarom niet, vader?' vraagt Ralph. 'Vanuit Amsterdam of Oostende kunnen we onze zaken net zo goed regelen als vanuit Antwerpen.'

'Dit is mijn stad, mijn geboorteplaats. Ik laat me niet wegjagen door die moffen.'

'En als er straks niets meer over is van je geboortestad?'

'Dat zal wel meevallen. De Duitsers hebben er geen belang bij om Antwerpen te vernietigen.'

'Ze hadden er ook geen belang bij om Leuven in de as te leggen,' zegt Ralph.

Gespannen kijkt Nora van de een naar de ander. 'Volgens mij is het het verstandigst om naar Amsterdam te gaan.'

'Waarom? Ik ben er niet gerust op dat de Duitsers de Nederlandse neutraliteit zullen respecteren,' zegt haar schoonvader.

'Nederland heeft ook een leger.'

'Dat niets voorstelt. Als de Duitsers besluiten om Nederland binnen te vallen, houdt niemand hen tegen. En ik denk dat ze dat ook zullen doen; ze zullen vast het risico niet willen nemen dat de Engelsen hen via Nederland in de rug aanvallen.'

'Vader, Nora heeft gelijk. Ik vind ook dat we Antwerpen moeten verlaten. Ik kan elk moment alsnog worden opgeroepen voor militaire dienst, en ik voel er niets voor om te vechten. We hoeven niet per se naar Amsterdam. We kunnen ook naar Oostende gaan. Als de oorlog uit de hand loopt, nemen we vandaar de boot naar Engeland.'

'We zouden toch naar Amsterdam gaan!' roept Nora uit.

'Dat heb ik niet gezegd. We zouden weggaan.'

'Maar waarom dan niet naar Nederland? Daar ís geen oorlog.'

'Dat is waar, maar om eerlijk te zijn heb ik meer vertrouwen in het Britse dan in het Nederlandse leger, liefje.' Ralph wendt zich tot zijn vader, maar voor hij iets kan zeggen, steekt die zijn hand op.

'En ik heb vertrouwen in óns leger en in onze forten,' zegt Gustaaf. 'Doe wat jullie willen, maar je moeder en ik gaan nergens naartoe.'

Die nacht schrikt Nora wakker van een doffe dreun, die het bed zo doet trillen dat ze er bijna uitvalt. Naast haar schiet Ralph rechtop.

'Wat was dat?' vraagt ze verschrikt, maar voor Ralph kan reageren dreunt het geluid van een explosie door de straat.

'Een bombardement!' Ralph springt uit bed, schiet haastig zijn broek aan en rukt het gordijn open.

Nora staat snel op en trekt een peignoir aan. Buiten zou het donker moeten zijn, maar de hemel is fel verlicht door branden.

'Snel!' Ralph grijpt haar bij de arm en trekt haar mee de slaapkamer uit.

Op de overloop komen ze een doodsbange Martha tegen.

'We worden gebombardeerd!' roept Ralph. 'Snel, naar buiten!'

Ze vluchten de Meir op, waar meerdere huizen zijn getroffen. De deftige boulevard ziet zwart van de rook en overal schieten vlammen de donkere lucht in. Nora kijkt naar het huis van Gustaaf en Veronika, dat tot haar opluchting onbeschadigd is. Haar schoonouders komen naar buiten en Ralph en zij snellen hun tegemoet. Met een bleek gezicht en loshangend haar klampt Veronika zich aan haar man vast.

'Alles goed met jullie?' roept Ralph, en ze knikken.

Nora drukt zich tegen hem aan en hij slaat een arm om haar heen. Dicht bij elkaar kijken ze naar het inferno, en bij elke inslag krimpen ze ineen. Er is geen enkele schuilplaats. Niets om naartoe te vluchten. Mensen rennen over straat met de armen beschermend boven hun hoofd, anderen maken zich klein of drukken zich tegen de gevels van de huizen aan.

In het licht van het bombardement ziet Nora iets groots en langwerpigs boven de daken zweven. Het ziet eruit als een gigantische, witte cocon die zich langzaam door de lucht verplaatst. Beschenen door de maan biedt het een magische aanblik.

Met open mond kijkt Nora toe. Dit moet een zeppelin zijn. Ze heeft ervan gehoord, maar er nog nooit een gezien. Het is een ongelooflijke uitvinding, bedoeld om mensen door de lucht te vervoeren, niet om bommen op de stad te laten vallen. Ze ziet ze neerkomen, verlicht door de branden er vlak onder, ze hoort de dreunende inslagen. Ze zijn dichtbij, heel dichtbij, maar ze bereiken het stuk van de Meir waar zij woont net niet.

Na een tijdje lijkt het rustiger te worden. De inslagen klinken steeds verder weg en houden dan helemaal op. Nora ziet de zeppelin langzaam wegvliegen.

Ralph pakt haar bij haar schouders en kijkt haar aan. 'Ga naar binnen met mijn ouders en blijf daar. Als dat onding terugkomt, verschuilen jullie je in de kelder. Dat hadden we eigenlijk meteen moeten doen.'

'Waar ga je naartoe? Alsjeblieft, niet weggaan!'

'Ik ga even kijken bij Adriana en Emiel, ik ben zo terug.' Zonder haar reactie af te wachten draait Ralph zich om en rent weg.

'Ralph!' schreeuwt Nora, maar hij luistert niet. Vol ongeloof kijkt ze haar man na. Ze trekt haar dunne peignoir wat dichter om zich heen en laat haar blik in het rond dwalen. Overal staan mensen angstig in de lucht te turen.

Ze kan niet geloven dat ze hier in haar eentje is, dat Ralph haar alleen heeft gelaten. En op dat moment weet ze dat het voorbij is. Dit huwelijk was meteen al gedoemd te mislukken, hoezeer ze ook haar best heeft gedaan om Ralphs liefde te winnen. Ze weet niet eens of ze daar nog wel behoefte aan heeft.

Gustaaf wenkt haar. 'Kom maar met ons mee.' Maar terwijl hij dat zegt verandert zijn gezicht, en zijn stem klinkt gealarmeerd als hij eraan toevoegt: 'O nee, daar komt hij weer.'

Ze kijken allemaal omhoog, om hen heen beginnen mensen te wijzen en te schreeuwen. De cocon hangt recht boven hen, glanzend in het licht van de branden.

'Gustaaf!' roept Veronika, en dan vallen de bommen.

Nora ziet ze naar beneden suizen en ze duikt ineen. Het ene huis na het andere wordt getroffen. Brokstukken vliegen in het rond, eeuwenoude panden storten in en er breken nieuwe branden uit. Tussen de inslagen door is een oorverdovend gegil en geroep te horen.

Nora wil naar haar schoonouders rennen, maar het is alsof een reusachtige, onzichtbare hand haar optilt en wegsmijt. Ze belandt languit op straat, tussen bakstenen, glasscherven en stukken versplinterd hout. Haar hoofd doet zo zeer dat ze maar net bij bewustzijn blijft. Waarschijnlijk is ze ook even weg geweest, want opeens is het donker om haar heen. Het kost haar moeite om haar ogen te openen.

Ze wordt weggedragen en ze kreunt van pijn, maar een geruststellende stem zegt dat alles goed komt. Dan zakt ze weer weg, om in een huiskamer opnieuw bij te komen. Een gezicht doemt op als uit de mist, een vrouwengezicht, dat zich terugtrekt en weer dichterbij komt, steeds opnieuw.

Ze hoort een bekende stem, die ongerust haar naam zegt.

'Mama,' mompelt ze.

Langzaam wordt haar zicht weer scherp, wat gepaard gaat met een ondraaglijke hoofdpijn. Ze kreunt en sluit haar ogen. Haar schoonouders praten op zachte, ongeruste toon met elkaar, Ralphs naam valt.

Daar is de dikke, zwarte duisternis weer. De pijn is zo hevig dat Nora zich er zonder verzet door laat opslokken. Als het licht terugkeert, hoort ze geruzie.

'Wat moest je daar, verdomme? Je laat je eigen vrouw op zo'n moment toch niet alleen!'

'Nora was niet alleen, ze was bij jullie. Is ze in orde?'

'Nee, ze is niet in orde. Ze heeft een gat in haar hoofd. Je mag blij zijn dat ze nog leeft!'

Heel voorzichtig draait Nora haar hoofd. Ralph ziet het en schiet op haar af. Hij knielt bij haar neer, pakt haar hand en zegt zacht: 'Nora, hoe gaat het? Het spijt me zo. Ik had niet weg moeten gaan.'

Nora reageert niet; elke beweging die ze maakt doet pijn en de duisternis lonkt weer. Terwijl Ralph lieve woordjes fluistert en haar arm streelt, vervaagt zijn stem en laat ze zich meevoeren.

41

Van terugkeren naar Nederland is voorlopig geen sprake meer. Met een zware hersenschudding en verwondingen aan haar armen en benen door de glasscherven is Nora wekenlang aan bed gekluisterd. Veronika en Martha verzorgen haar met veel toewijding, en ook Ralph zit elke dag aan haar bed. Dan leest hij haar voor, of hij vertelt wat er in de buitenwereld gaande is.

Adriana en Emiel zijn ongedeerd en ook hun huis staat er nog. De aanval met de zeppelin was een aanslag op de koninklijke familie; de bommen zijn voornamelijk neergekomen op de Meir, in de buurt van het paleis. Gelukkig hebben ze geen doel getroffen, maar koningin Elisabeth heeft een volgend bombardement niet afgewacht en is met haar kinderen naar Engeland afgereisd. Nadat ze hen heeft ondergebracht, is ze teruggekeerd naar België om zich weer bij haar echtgenoot te voegen.

In Antwerpen is de sfeer volledig veranderd. Straten en huizen mogen niet meer worden verlicht, en de angst voor nog een aanval is groot.

Terwijl september voorbijgaat, herstelt Nora langzaam

maar zeker. De eerste drie weken is ze voornamelijk in bed gebleven, maar nu is ze steeds wat langer op. Ralph heeft Lydia ingelicht over het bombardement en haar laten weten dat Nora lichtgewond is geraakt.

Op een zonnige ochtend schrijft Nora haar moeder zelf; dat het beter gaat en dat Ralph en zij waarschijnlijk terugkomen naar Nederland. Ze hoopt maar dat de brief aankomt. De afgelopen weken heeft ze niets van haar moeder gehoord. Wordt de post nog wel bezorgd?

Ze stopt de brief in een envelop en schrijft met duidelijke letters het adres erop. Daarna legt ze hem opzij en pakt de krant.

Het oorlogsnieuws van de afgelopen maand is niet helemaal aan haar voorbijgegaan, maar ze heeft wel veel gemist. De toestand waarin België verkeert is ernstiger dan ze dacht.

Het kleine land blijft zich verzetten, zonder de beloofde steun van Frankrijk, dat zelf de handen vol heeft aan de Duitsers. Intussen komt een andere divisie van het Duitse veldleger steeds dichter bij Antwerpen, en dwingt het Belgische leger terug in de ring van forten die rond de stad ligt.

'Dit kan niet lang meer goed gaan,' zegt Ralph, die tegenover Nora in een andere krant verdiept is. 'Antwerpen begint een soort verzetshaard te worden. De Duitsers kunnen dat niet toestaan. Ze zullen de stad veroveren of bombarderen, misschien wel allebei. Als je je goed genoeg voelt, wil ik zo snel mogelijk vertrekken.'

Nora kijkt op. 'Naar Nederland?'

'Nee, naar Oostende. Ik heb het gisteren met Emiel besproken en hij voelt er ook meer voor om naar de kust te gaan. Nederland neemt veel te veel vluchtelingen op, dat brengt hun neutraliteit in gevaar. De Duitsers kunnen dat als argument gebruiken om aan te vallen.'

Zwijgend pakt Nora de koffiekan en schenkt haar kopje vol. Als ze niet gewond was geraakt bij het bombardement, zou ze al thuis zijn geweest. Met of zonder Ralph. Het liefst zou ze nu haar spullen pakken en alleen teruggaan naar Nederland, maar dat is onmogelijk. Het is te ver weg, dat redt ze nooit in haar eentje.

De teleurstelling die komt opzetten, maakt plaats voor een matte berusting.

Oostende, dat is niet ver van de Nederlandse grens. Als ze daar blijven tot ze helemaal is hersteld, dan kan ze altijd nog naar huis gaan.

'Goed,' zegt ze. 'Ik zal tegen Martha zeggen dat ze onze spullen moet klaarzetten.'

Die nacht blijken de Belgische soldaten zich heimelijk te hebben teruggetrokken uit de forten en in de beschermende duisternis de stad te hebben verlaten. De volgende dag doen er geruchten de ronde dat ze vluchten omdat er een bombardement op komst is. Martha is druk aan het pakken, en tussen de bedrijven door gaan Nora en Ralph de stad in om het laatste nieuws te horen.

Op het Steen staat een menigte te kijken naar de uittocht van de laatste garnizoenen van het leger, en dan klinkt er een kreet: 'De koning vertrekt!'

Halzen worden gerekt, mensen gaan op hun tenen staan. Nora krijgt een duw in de rug en valt bijna, maar Ralphs arm om haar heen voorkomt dat. Met zijn lengte kan hij over de meeste hoofden heen kijken en hij zegt: 'Het is waar. Daar gaan ze.'

Tussen de vele lichamen door vangt Nora alleen een glimp op van de deftige grijze auto die hen passeert, maar als er een zwak gejuich opgaat, weet ze dat het de koning en koningin zijn die voorbijkomen.

Gespannen trekt ze Ralph aan de arm. 'Wij moeten ook weg. Vandaag nog!'

Ralph knikt. 'We gaan.'

Ze keren meteen terug naar huis. Terwijl Nora de laatste bezittingen bij elkaar zoekt, doet Ralph nog een poging om zijn ouders ervan te overtuigen dat ze moeten vluchten.

'De Fransen en de Engelsen komen nu vast heel snel. Dat kan niet anders, het is ook in hún belang. Als België valt, stomen de Duitsers zo door,' zegt Gustaaf.

'Ze hadden er allang moeten zijn, vader! Begrijp het dan, we staan er alleen voor. Dat de koning en de koningin vertrekken is geen goed teken. Misschien is het waar dat Antwerpen gebombardeerd gaat worden. We moeten hier weg!'

Ralph knielt naast zijn moeder, die in haar fauteuil bij het venster naar buiten zit te kijken, en pakt haar hand. 'Moeder, ik begrijp dat het moeilijk voor u is, maar het zou echt heel onverstandig zijn om te blijven.'

Somber kijkt Veronika voor zich uit. 'En Julien dan? Hoe moet Julien weten waar wij zijn als hij terugkomt?'

'We schrijven hem. Ik weet zeker dat hij het ook een verstandig besluit zal vinden.'

'Ik weet het niet.'

'We gaan toch niet voorgoed weg,' zegt Nora. 'Als het weer veilig is, komen we terug.'

'Om ons huis leeggeroofd aan te treffen? Veel schilderijen en meubels zijn eeuwenoude erfstukken...'

Terwijl Nora op haar schoonmoeder inpraat, staat Ralph op. 'Ik ben zo terug,' zegt hij, en hij verlaat het huis.

Als hij terugkomt staat Nora al klaar. Ze heeft het kistje met kostbaarheden uit de tuin opgegraven, en de vestibule staat vol met koffers. Vragend kijkt ze Ralph aan. 'Waar ging je naartoe?'

'Naar Emiel en Adriana. Zij gaan naar Veurne, daar hebben ze familie wonen. We kunnen met ze mee.'

'Ik dacht dat we naar Oostende gingen.'

'Dat is misschien toch niet zo'n goed idee. Iedereen gaat naar de kust: vluchtelingen, het Belgische leger, de Duitsers... Oostende schijnt overspoeld te worden. Volgens Emiel kunnen we beter naar Veurne gaan. Dat ligt dicht bij de Franse grens. We kunnen daar de gebeurtenissen afwachten en eventueel via Calais naar Engeland vluchten.'

Nora zegt niets.

Ralph pakt haar hand en trekt haar naar zich toe. 'Geloof me, Nederland is het volgende land dat onder de voet gelopen wordt.' Hij draait zich om naar zijn ouders. 'Ga alstublieft mee! Het is levensgevaarlijk om hier te blijven.'

Gustaaf staat met zijn handen in de zakken van zijn jasje naar de koffers en manden in de hal te kijken, en tot ieders verbazing knikt hij opeens. 'Goed, wij gaan ook. Veronika, laat de meiden onze spullen inpakken.'

Ralph omhelst zijn vader kort, en daarna slaat hij zijn armen om zijn moeder heen. 'Goddank! Jullie moeten snel zijn. Neem alleen het hoogstnoodzakelijke mee.'

Nora is ook opgelucht, al wordt haar blijdschap overschaduwd door het bericht dat ze naar Veurne gaan, en uiteindelijk misschien zelfs naar Engeland. Een gevoel van moedeloosheid overvalt haar. Wat ze ook van plan is, ze wordt steeds een andere kant op gevoerd. Het is alsof het lot een spelletje met haar speelt.

Ralph gaat het rijtuig en de paarden uit de stalling op de

Eiermarkt halen en komt een halfuurtje later voorrijden. Onmiddellijk begint hij met de hulp van Martha de bagage in te laden.

'Ik heb erover nagedacht, maar ik ga niet mee, meneer,' zegt het meisje. 'Ik heb familie in Melseledijk wonen. Dat is niet zo ver, daar kan ik lopend naartoe.'

'Goed, Martha, ik begrijp het. Veel geluk.' Ralph pakt zijn portefeuille en stopt haar een paar biljetten toe. 'Je loon, en wat extra's.'

Nora omhelst het meisje en neemt zo, veel te gehaast naar haar zin, afscheid van haar.

De koets van Emiel en Adriana komt al aanrijden, en na een halfuurtje arriveert ook die van Gustaaf en Veronika. Emiel zit op de bok en kijkt verrast naar Veronika, die in het rijtuig plaatsneemt.

'Gaat u toch weg? Wat een goede beslissing.'

'We gaan naar familie in Brugge,' zegt Veronika.

'Wilt u niet naar Veurne? Ik weet zeker dat mijn nicht...'

'Nee,' zegt Gustaaf kortaf en hij klimt op de bok.

Even later rijden ze achter elkaar de Meir af. Ook al is het een brede boulevard, het is moeilijk om door de drukte heen te komen. De straat is gevuld met mensen die allemaal zo snel mogelijk de stad willen verlaten. Bij elke straathoek vormt zich een rij voertuigen die heel langzaam voortbeweegt.

Het lijkt eindeloos te duren voor ze de Meir en vervolgens de Keyserlei af zijn, maar bij het station is het helemaal een gekkenhuis. De loketten zijn gesloten; iedereen mag gratis de trein in, wat een ware stormloop tot gevolg heeft. Andere mensen verlaten de stad met alles wat rollen kan; hondenkarretjes met koffers en manden erop, gammele wagens die overladen zijn met huisraad, karren vol stro waar hele families op vervoerd worden. De rijkeren verplaatsen zich in koetsen, maar iedereen loopt vast in dezelfde chaos.

Binnen de kortste keren zijn ze Gustaaf en Veronika kwijt. Ralph speurt de wirwar van vervoersmiddelen af, maar hij ziet zijn ouders nergens.

'Misschien hebben ze een andere weg genomen,' zegt Nora. 'We komen ze wel tegen als we de stad uit zijn.'

Na lang dringen en manoeuvreren kunnen Ralph, Nora, Emiel en Adriana eindelijk Antwerpen verlaten. De straatweg naar Gent die zich voor hen uitstrekt is gevuld met een eindeloze stroom mensen die nauwelijks vooruit lijkt te komen.

'Mijn hemel,' zegt Nora. 'Moeten wij ook die kant op?'

'Ik vrees van wel.' Met een bezorgde uitdrukking op zijn gezicht kijkt Ralph om zich heen. 'En ik ben ook bang dat we mijn ouders niet zullen vinden.'

'Dit gaat zo door tot aan Gent, wedden?' roept Emiel vanaf de bok.

'Ja, dat denk ik ook. We zouden de weg onderlangs kunnen nemen,' roept Ralph terug.

'Dan komen we te dicht bij de Duitsers. Ze zitten al in Dendermonde, misschien wel nog dichterbij. Dat is een te groot risico. Maar we kunnen bovenlangs gaan.'

'Ik denk dat het niet veel uitmaakt, alle wegen zullen wel overvol zijn. Deze route is het snelst, laten we die maar blijven volgen. Er zit niets anders op.'

Ze sluiten aan bij de stoet en na een tijdje rijden ze verder.

Terwijl ze om zich heen kijkt prijst Nora zich gelukkig dat ze over een rijtuig beschikken. De meeste mensen vluchten te voet, op de fiets, in een veewagen of op een ezel. Een man duwt een kar voort met een stapel matrassen waarop vier kinderen zitten. Moeders slepen huilende kleuters mee, zieken worden vervoerd in kruiwagens, sommige mensen hebben alleen een baal onder de arm, andere sjouwen een groot deel van hun huisraad mee.

Na uren rijden arriveren ze in Lokeren, dat halverwege de weg naar Gent ligt. Daar wordt het nog drukker, want ook de Lokenaren sluiten zich bij de vluchtelingen aan. Paniekerig roepen ze dat de Duitsers oprukken en elk moment kunnen arriveren.

Een oude man met een stok loopt huilend voort in de berm. Nora pakt Ralphs arm en wijst naar hem. 'Laten we hem meenemen. Hij haalt het nooit naar Gent.'

'Goed, maar dan ga jij in de koets. Je moet rusten, probeer wat te slapen.'

Ralph houdt het paard in en wenkt de oude man. Onmiddellijk worden ze omgeven door tientallen mensen die ook mee willen rijden. Ralph springt van de bok en opent het portier voor een zwangere vrouw en haar man, en voor een vrouw met twee kleine kinderen. Nora neemt plaats in het rijtuig, de man van de zwangere vrouw klimt naast Ralph op de bok.

Ook Emiel en Adriana zijn gestopt om vluchtelingen mee te nemen: twee oude mensen en een gezin met drie kleine kinderen. Met hun spaarzame bezittingen op schoot nemen ze dankbaar plaats.

'De Duitsers zijn vlakbij,' vertelt de oude man die naast Nora zit. 'Aalst en Dendermonde liggen in puin en nu komen ze deze kant op. Het is maar dertien kilometer, dat is niets!'

'We komen wel op tijd in Gent,' zegt Nora op geruststellende toon.

Sneller dan stapvoets kunnen ze niet rijden. Na nog eens twee uur is de ochtend voorbij en laten ze de paarden rusten. Nora heeft kip en brood meegenomen. Veel is het niet, zeker niet nu ze moeten delen met de mensen die meerijden. Ze houdt wat achter voor de avond, en als ze uitgegeten zijn gaat het weer verder, mee met de stroom.

Langzaam gaat ook de middag voorbij. Nora laat haar hoofd tegen de wand van de koets rusten, maar erg geriefelijk ligt dat niet. Hoofdpijn komt aanrollen en ze sluit haar ogen.

Van slapen komt natuurlijk niets, daarvoor hobbelt het rijtuig te erg en is het buiten te onrustig. Na een lange, ongemakkelijke rit komen ze aan het einde van de dag eindelijk aan in Gent.

De passagiers die meegereden zijn, stappen met veel 'dank u wel' en 'God zal het u lonen' uit, en verdwijnen in de stroom mensen die de stad intrekt.

'Het lijkt me het beste om hier in Gent te overnachten,' zegt Emiel. 'De paarden zijn moe en ze kunnen niets zien in het donker. Als we van de weg raken en ze zich verwonden dan hebben we een probleem.'

'Ik ben ook moe.' Nora zit met een deken om zich heen gewikkeld in de koets en luistert door het open raam mee.

'Goed, we zoeken hier een herberg. Al doe ik vast geen oog dicht met de Duitsers zo dichtbij,' zegt Ralph. 'Emiel, laten we om beurten de wacht houden.'

Emiel knikt. 'Ik ga wel even kijken of er een hotel of herberg is die kamers vrij heeft.' Hij springt van de bok en mengt zich in de mensenmenigte.

Het duurt niet lang voor hij terug is. 'Er is geen doorkomen aan. Overal staat "vol" op de ramen en deuren, zelfs op die van woningen.'

'Dan overnachten we allemaal hier, in de rijtuigen.' Ralph kijkt naar Nora, die het bericht gelaten opneemt. Ook Adriana legt zich zonder protest neer bij het vooruitzicht van een oncomfortabele nacht.

Ze eten wat en daarna gaan ze slapen. Nora maakt een kussen van een oude jas en trekt een deken over zich heen.

'Ik hoop maar dat mijn ouders wel een slaapplek hebben gevonden,' zegt Ralph. 'Ik zie ze niet op die kleine bankjes van hun koets liggen.'

'Ik hoop het ook,' zegt Nora, maar als ze naar de mensenmassa buiten kijkt, geeft ze haar schoonouders weinig kans.

Even na middernacht schrikt ze wakker. Ze komt overeind en kijkt om zich heen. Het is donker, maar in het maanlicht ziet ze dat de bank aan de andere kant leeg is. Dat Ralph niet in het rijtuig is verontrust haar niet direct, maar een dof gedreun in de verte doet dat wel.

Ze wikkelt de deken om zich heen, opent het portier en zet haar voet op de treeplank. Meteen valt haar de rode vuurgloed in de verte op en ontzet blijft ze staan. Is dat Antwerpen?

Er staan meer mensen te kijken; ze houden elkaar huilend vast. Ja, het is Antwerpen, en het doffe gedreun is afkomstig van het bombardement waarvan de stad het slachtoffer is. Nora stapt van de treeplank af en trekt de deken nog wat steviger om zich heen. Haar blik glijdt in het rond tot ze Ralph ziet.

Hij staat een eindje verderop naar het bombardement te kijken, met zijn arm om iemand heen geslagen.

Eén moment denkt Nora dat het Adriana is, maar nee, zij is een kop kleiner. De persoon naast Ralph kijkt even opzij en dan herkent Nora hem: het is Emiel.

Hij heeft ook een arm om Ralph heen geslagen en streelt hem onophoudelijk over zijn rug. Het is alsof ze troost bij elkaar zoeken voor wat aan de horizon zichtbaar is: een uitgestrekte rode gloed die fel oplicht in de nacht.

Er gaat zoveel liefde en verbondenheid uit van hoe ze daar staan, dat Nora verstart. Als bevroren kijkt ze toe, en ze schrikt als Ralph zich omdraait en naar het rijtuig loopt. Halverwege ziet hij haar. Even houdt hij zijn pas in, dan loopt hij langzaam door. Ze kijken elkaar aan, maar zeggen niets. Nora's mond voelt droog en haar hart gaat tekeer.

'Ik dacht dat je sliep,' zegt Ralph ten slotte.

'Ik sliep ook, maar ik werd wakker.'

'Hoe lang sta je daar al?'

'Lang genoeg.' Ze kijkt hem in de ogen, zoekend naar iets wat ze niet kan benoemen.

Ralph wendt zich af en kijkt, weggedoken in de kraag van zijn mantel, naar het brandende Antwerpen. Ze wil hem bij de arm pakken en vragen wat het tafereel waarvan ze net getuige was te betekenen heeft, maar ze ziet dat hij huilt en dan zwijgt ze maar.

42

Bij het eerste ochtendlicht lijken de beelden van de afgelopen nacht een boze droom, maar de brandlucht en het aanhoudende gedreun in de verte maken duidelijk dat het dat niet was.

Nora draait zich om en richt zich op, zodat ze uit het raam kan kijken. Veel ziet ze niet; het daglicht wordt versluierd door aswolken. Ze gaat de koets uit en ziet Ralph met een paar mensen staan praten. Huiverend in de ochtendkou kijkt ze naar de brandende stad in de verte.

Ralph ziet haar en komt naar haar toe. 'Je bent wakker,' zegt hij.

Het klinkt bijna als een beschuldiging en Nora verdedigt zich meteen.

'Ik was ontzettend moe, en...'

Ralph schudt zijn hoofd en dan zwijgt ze. Samen kijken ze naar de enorme rookwolken.

'Is het de hele nacht doorgegaan?' vraagt Nora.

'Ja, het was vreselijk.'

'Gelukkig dat je ouders op tijd zijn weggegaan.'

'Maar waar zijn ze nu?'

'Waarschijnlijk niet ver bij ons vandaan, maar in deze drukte kunnen we ze nooit vinden.'

'We gaan ook niet zoeken. Ze komen vast veilig in Brugge aan. Ze zijn in ieder geval op tijd uit Antwerpen vertrokken. Ik ga de paarden voeren, dan kunnen we zo vertrekken.'

Als hij wegloopt kijkt Nora hem na. Of Gustaaf en Veronika uit Antwerpen zijn vertrokken weten ze helemaal niet zo zeker, want ze zijn elkaar bijna meteen uit het oog verloren. Maar het zal toch wel?

Haar gedachten gaan naar haar eigen problemen, naar het tafereel waarvan ze vannacht getuige is geweest. Een loodzwaar gevoel neemt bezit van haar.

Het leek op de troostrijke omhelzing van twee vrienden die steun bij elkaar zochten, maar de intimiteit ervan zit haar dwars. Het wijst op iets anders, iets waar ze bijna niet over na durft te denken, maar dat zich aan haar blijft opdringen.

Adriana komt naar haar toe, met slordig haar en verkreukelde kleding.

'Heb jij geslapen?' vraagt ze.

'Ja, een paar uurtjes.'

'Ik heb geen oog dichtgegaan. Moet je zien, de hele stad gaat in vlammen op.' Er verschijnen tranen in haar ogen.

Achter hen klinken voetstappen.

'Goedemorgen,' zegt Emiel. Zijn gezicht staat somber.

'Ik vind het vervelend dat ik niet wakker ben geworden toen het begon,' zegt Nora. 'Ik had Ralph moeten steunen.'

'Je was erg moe.'

'Ja, maar toch. Gelukkig was jij er voor hem.'

Een paar seconden kijken ze elkaar aan, dan slaat Emiel zijn ogen neer en loopt weg.

Aan de stroom vluchtelingen komt geen einde. Het zijn Antwerpenaren, met schroeiplekken op hun kleren. Ze moeten de hele nacht hebben gelopen.

Nora kijkt hoe ze voorbijsjokken, met verwilderde gezichten, de ontzetting over wat ze hebben meegemaakt nog in de ogen, en met niets meer bij zich dan de kleren die ze dragen.

Rondom Gent liggen nog een paar mensen in de berm te slapen, maar de meesten zijn al op en zetten hun tocht voort. Naar de kust gaan ze, in de hoop een boot naar Engeland te kunnen nemen, of om in ieder geval zo ver mogelijk bij de Duitsers vandaan te zijn. Ze trekken de rapen uit de velden en eten die rauw op.

Ook Nora en de anderen sluiten weer aan bij de karavaan en laten zich meevoeren over de straatweg in de richting van Oostende. Ze nemen een paar uitgeputte vluchtelingen mee, mensen met kleine kinderen.

Zwijgend zit Nora naast Ralph op de bok. Van tijd tot tijd kijkt ze naar hem, maar hij ontwijkt haar blik en zegt geen woord.

Hij zit natuurlijk te piekeren over zijn ouders, bedenkt ze. Dit is niet het moment om vragen te stellen. Ze kan beter iets troostends of bemoedigends zeggen, maar ze kan niets bedenken. Zeker niet nu hij haar buitensluit, voor de zoveelste keer. Wat hij ook nodig heeft en zoekt, hij kan het blijkbaar niet bij haar vinden.

Nora heeft het gevoel dat haar hoofd te klein is voor alle gedachten die in haar opkomen. Talloze kleine voorvallen krijgen een nieuwe betekenis. Voorvallen waarbij Emiel altijd een rol speelde. Zijn voortdurende aanwezigheid in hun huis. Een lange blik, een terloopse aanraking, de snelle manier waarop hij de kamer uit kon gaan als zij binnenkwam. Ralphs bezoekjes aan Emiels huis, terwijl zij dacht dat hij naar Adriana ging.

Opnieuw werpt Nora een blik op haar man, die in gedachten verzonken de paarden ment. Tientallen vragen buitelen rond in haar hoofd, maar ze stelt er niet een. Nog niet.

Na een rit van drie uur over een modderige weg naderen ze de kust. Bij het dorp Jabbeke verlaten ze de weg die naar Oostende leidt en buigen af naar Veurne, dat vlak bij de Franse grens ligt. De gezinnen die met hen meereizen stappen uit, zij willen naar Oostende.

Het begint te regenen. Een koude wind komt aanwaaien over de knollenvelden en weilanden.

'Ga maar in de koets zitten, straks word je nog ziek,' zegt Ralph.

Nora protesteert niet. Als hij dan toch niets zegt, kan ze net zo goed binnen zitten. Bovendien komt er weer hoofdpijn opzetten.

Ze zijn niet de enigen die naar de Franse grens trekken, al is de menigte hier een stuk minder groot. Halverwege de weg naar Veurne komt een regiment van het Belgische leger aan; soldaten met de rode band, de driekleurige kokarde op het uniform. Ze dragen grauwe zakken met hun uitrusting op hun rug, het geweer schuin over de schouder. Niet fris en vastberaden, maar zichtbaar uitgeput lopen ze over de landweg.

Als ze vlakbij zijn, steekt de luitenant zijn hand op. Ralph en Emiel houden de paarden in. Nora opent het raam om te horen wat er aan de hand is.

'Is er een probleem? Kunnen we niet verder?' vraagt Emiel.

'Jawel, de Duitsers zitten nog zeker honderd kilometer achter jullie. Waar gaat de reis naartoe?' informeert de luitenant.

'Veurne.'

‘Helaas moet ik u mededelen dat u te voet verder moet gaan. In opdracht van koning Albert worden alle paarden gevorderd ten behoeve van het leger.’

‘Maar hoe komen wij dan in Veurne?’ vraagt Ralph.

‘Zoals ik al zei: te voet,’ zegt de luitenant ongeduldig, alsof hij bedoelt dat er wel grotere problemen bestaan.

Nora opent het portier en stapt naar buiten. ‘En onze bagage? Die kunnen we niet dragen, dat is veel te veel!’

Vermoeid kijkt de luitenant haar aan, en hij antwoordt onverschillig: ‘Dan moet u maar wat achterlaten. Het spijt me, mevrouw, ik kan er ook niets aan doen. Mijn instructie luidt om alle paarden in beslag te nemen, en dat doe ik bij dezen.’

Zonder verder in discussie te gaan geeft hij zijn mannen een teken. Twee van hen stappen naar voren en beginnen de paarden uit te spannen. Protesteren heeft duidelijk geen zin.

Ralph en Emiel springen van de bok, Nora en Adriana komen uit de koets.

‘Pak alle bagage en zoek uit wat je mee wilt nemen,’ zegt Ralph. ‘Niet te veel, het is zeker twintig kilometer lopen naar Veurne.’

Terwijl ze alle koffers en reismanden uit de rijtuigen en van het dak af halen, zijn de soldaten klaar met de paarden en na een beleefd ‘dank u wel’ voeren ze de dieren mee.

‘Eén troost: het is in het belang van België,’ zegt Emiel, hurkend bij zijn koffer. ‘Ik sta mijn paard liever af aan onze jongens dan aan de Duitsers.’

‘Wat je maar een troost noemt. Twintig kilometer lopen!’ Vol ontzetting kijkt Adriana naar de bagage. ‘We kunnen onze spullen toch niet zomaar achterlaten? Ik heb alles nodig!’ Ze opent een koffer en haalt er de ene japon na de andere uit. ‘Deze laat ik echt niet achter. En deze ook niet, en deze.’

'Aan twee jurken heb je wel genoeg. Práktische jurken,' zegt haar broer.

Adriana draait zich naar Nora toe. 'Wat neem jij mee?'

'Wat Emiel zegt: praktische kleding. Het is natuurlijk jammer, maar die feestjurken en dansschoenen heb je nu niet nodig.' Nora is druk bezig haar spullen te sorteren. Haastig verdeelt ze alles over twee koffers voor haar kleren natregenen.

Met opeengeklemde kaken buigt Adriana zich over haar bagage en maakt langzaam stapeltjes, waarbij ze steeds weer kledingstukken verlegt. Uiteindelijk is ze klaar, en Emiel tilt een grote reistas op.

'Deze draag ik wel. Mijn hemel, wat zit daar allemaal in?'

Hij doorzoekt de tas en vist een porseleinen theepot tussen de hemdjes en onderjurken vandaan. 'Heb je het theeservies meegenomen? Je wilt toch niet zeggen dat de rest in die andere koffers zit?'

'Dat is het favoriete servies van mama! Ze zei dat het ooit van mij zou zijn en ik neem het mee!'

Emiel opent zijn mond om iets te zeggen, maar dan begint Adriana te huilen.

'Hij kan wel bij mij in de koffer, ik heb nog plek,' zegt Nora. 'We verdelen het servies over onze koffers, dat gaat best.'

Zonder op instemming van de anderen te wachten haalt ze een paar kopjes en schotels uit Adriana's tas en legt die voorzichtig tussen haar kleding. Ralph volgt haar voorbeeld en dan geeft Emiel zich gewonnen.

'We kunnen in ieder geval in stijl thee blijven drinken,' zegt hij.

Het wordt een moeizame voettocht in de regen. Ralph en Emiel gaan voorop en dragen de grootste koffers. Ze lopen dicht naast elkaar en praten op gedempte toon. Nora kijkt onafgebroken naar hun ruggen, die een afwerend front vormen.

Niet alleen het uitzicht, ook de voettocht valt haar zwaar. Gelukkig heeft ze degelijke rijglaarzen aan, maar ze is het niet gewend om lang te lopen. Na een klein uur kondigen de eerste blaren zich aan en beginnen haar koffers erg veel te wegen. Kramp schiet in haar ene en dan in de andere hand, waar de greep een rode afdruk op achterlaat.

Ook Adriana heeft het moeilijk. Ze veegt een lok haar uit haar gezicht en zegt: 'Haal dat servies er maar uit. Het is eigenlijk belachelijk om dat mee te sjouwen.'

'We hebben er nu al zolang mee gelopen, de rest lukt ook wel. Bovendien dragen de mannen het meeste.' Nora zet haar koffers even neer om haar handen te strekken.

'Hoe is het met je hoofdpijn?' vraagt Adriana.

'Het gaat wel. Vertel eens wat over de nicht bij wie we in huis komen? Hoe heet ze eigenlijk?'

'Frederike. Onze moeders waren zussen, maar Frederike is wat ouder dan ik. Rond de dertig, geloof ik. Daarom had ik ook niet veel contact met haar.'

'Heeft ze een man, kinderen?'

'Ze is getrouwd ja, met Henri. Hij is advocaat, maar hij zit nu aan het front. Ze hebben geen kinderen.'

Een tijdlang lopen ze in stilte voort. Nora kijkt naar de rug van Ralph. Waarom bekommert hij zich niet wat meer om haar? In het begin keek hij af en toe om, maar nu niet meer. Hij loopt nog steeds met Emiel te praten. Af en toe raken hun handen elkaar, als bij toeval. Ze zijn zo in elkaar verdiept dat ze niet eens in de gaten hebben dat Adriana en zij wat achterop zijn geraakt.

'Zijn ze altijd zo geweest?' vraagt Nora.

'Wie?'

'Ralph en Emiel.'

'Wat bedoel je?'

'Dát. Zijn ze altijd zo geweest?'

Adriana richt haar blik op de ruggen van de twee mannen voor hen. Dat ze zwijgt vertelt Nora meer dan wanneer ze een nietszeggend antwoord zou hebben gegeven.

'Adriana, zeg eens: waarom is hij met mij getrouwd?' vraagt ze zacht.

'Wat een rare vraag.' Adriana lacht, maar Nora doet niet mee.

'Vertel het me.'

'Nora...'

'Kijk hoe ze daar lopen. Ze zijn ons compleet vergeten. Vertel het me, Adriana. Alsjeblieft!'

Met een diepe zucht blijft Adriana staan en kijkt Nora, die ook blijft staan, ernstig aan. 'Ik vind eigenlijk dat je recht hebt op de waarheid, maar die zou je niet van mij moeten horen.'

'Ik denk dat ik wel weet hoe het zit. Ik dacht eerst dat Ralph verliefd was op jou, maar dat was niet zo.' Ondanks alles kijkt ze Adriana vragend aan, alsof er in een hoekje van haar hart nog hoop zit.

'Nee,' zegt ze. 'Niet op mij.'

Ook al zag ze de klap aankomen, hij treft Nora toch hard. Zo hard dat ze even niet in staat is te ademen, laat staan om door te lopen.

Ze wil doorvragen, maar Adriana schudt beslist haar hoofd. 'Ik wil het er niet over hebben,' zegt ze. 'Praat met Ralph als we in Veurne zijn.'

Voor Nora iets kan zeggen, draait Emiel zich om en roept: 'Willen jullie uitrusten, dames?'

Ze schudden allebei hun hoofd. Alleen als ze een straf tempo aanhouden kunnen ze voor het vallen van de avond Veurne bereiken. Bovendien blijft Nora liever even op afstand van Ralph en Emiel. Ze moet haar hoofd helder zien te krijgen, nadenken. Ze kan nog steeds niet geloven dat het waar is. Natuurlijk weet ze wel dat het voorkomt dat mannen verliefd op elkaar worden, maar Rálph?

Achter hen klinkt geratel van wielen, en Nora kijkt om.

'Een wagen,' zegt ze.

Met hun koffers aan hun voeten wachten de meisjes tot de wagen hen heeft bereikt. Ralph en Emiel komen teruglopen.

In de laadbak zit een gezin met twee kleine kinderen, en even is Nora bang dat er geen plaats meer is. Tot haar opluchting houdt de man op de bok halt en vindt hij het goed dat zij ook meerijden.

Terwijl ze een plekje zoeken, zegt Ralph tegen de voerman: 'Dat u nog een paard-en-wagen heeft.'

'Nog wel, inderdaad,' zegt de man. 'Ik vrees dat dat niet lang meer zal duren. Nou ja, als we eerst Veurne maar bereiken.'

'Hoe is de situatie daar?' informeert Emiel terwijl ze doorrijden.

'In Veurne? Geen idee, ik kom uit Diksmuide.' In gelegenheidsconversatie lijkt de man geen zin te hebben, want hij geeft daarna alleen maar eenlettergrepige antwoorden.

Ook het gezin achter in de wagen is zwijgzaam. De kinderen leunen vermoeid tegen hun ouders aan. Nora is blij met de rust. In haar hoofd is het al rumoerig genoeg.

43

Veurne moet kortgeleden nog een rustig provinciestadje zijn geweest, maar nu lijkt het meer op een soldatenkamp. De straten zijn bedekt met paardenmest, overal lopen soldaten en de Grote Markt staat vol legervoertuigen.

Frederike Lauwereins woont er vlakbij, in de Noordstraat. Ze is een niet onknappe jonge vrouw van begin dertig die hen vriendelijk maar ook wat geschrokken ontvangt.

'Ik dacht dat jullie met z'n tweeën zouden komen,' zegt ze, terwijl ze Emiel en Adriana ter begroeting kust. 'Nou ja, vier kan ook wel. Wat zien jullie eruit! Ik zal jullie je kamers wijzen, dan kunnen jullie je even opfrissen.'

Ze gaat hun voor naar boven en geeft Nora en Ralph een kamer aan de voorzijde van het huis. Het is een ruim vertrek met een tweepersoons bed, waar een crèmekleurige hemel boven hangt. Verder staan er een grote linnenkast, een tafeltje en twee stoelen, en een commode met een porseleinen waskom en lampetkan.

'Het is prachtig. Dank je wel,' zegt Ralph.

'Kom maar naar beneden als jullie klaar zijn, dan heb ik wat te eten.' Frederike sluit de deur en haar voetstappen verwijderen zich.

Het liefst had Nora zich languit op het smetteloze witte bed laten vallen, maar ze is zo vies dat ze zich amper durft te bewegen. Staand op de kale plankenvloer, naast het mooie kleed, ontdoet ze zich van haar kleding en wast ze zich. Ralph volgt haar voorbeeld. Eenmaal in schone kleren en met gekamde haren kijken ze elkaar aan.

'Daar staan we dan,' zegt Ralph. 'Waren mijn ouders ook maar hier.'

'Ze leven nog. Ze redden zich wel.' Nora klinkt wat kortaf, wat ze niet wil, maar ze kan het niet helpen.

'Dat is waar, maar ik vind het vreselijk dat ik niet weet wanneer ik ze weer zie.'

'Ik begrijp precies wat je bedoelt,' zegt ze.

Haar koele toon valt Ralph op. Ze ziet het aan zijn gezicht, maar voor hij kan reageren zegt ze: 'Zullen we naar beneden gaan?'

'Henri is aan het front,' zegt Frederike tijdens het diner. 'Hij was nog niet opgeroepen, hij is als vrijwilliger gegaan.'

Ze vertelt dat de oorlog voor de Veurenaars wekenlang iets is geweest wat zich buiten hun beleving afspeelde. Ze lazen erover in de kranten, maar de verschrikking van plundering, verkrachting, kanongebulder en afgebrande dorpen en steden was te veel om zich voor te kunnen stellen. Aanvankelijk vroegen veel mensen zich zelfs af of de verhalen waarmee de vluchtelingen aankwamen niet een beetje overdreven waren. Zo erg konden de Duitsers toch niet tekeergaan?

Inmiddels weten ze beter. Veurne wordt overspoeld door mensen die allemaal hetzelfde vertellen, en na de vernietiging van Leuven en het bombardement op Antwerpen zijn ze van de ernst van de situatie doordrongen. Maar ze realiseren zich ook dat de ontheemden die ze zo gastvrij in hun midden hebben opgenomen veel langer zullen blijven dan ze hadden verwacht.

'In het begin was iedereen nog erg begaan met de vluchtelingen, maar het worden er nu wel erg veel,' zegt Frederike. 'Als je geen vrienden of familie hebt bij wie je terecht kunt, is het onmogelijk om nog ergens onderdak te vinden. Het zit hier propvol met mensen uit Mechelen, Aalst en Leuven en daar komen die uit Antwerpen nu nog eens bij.'

'Maar niet hier,' zegt Emiel met een vragende blik. 'Wilde je geen vluchtelingen in huis?'

'Ik heb ze wel gehad, tijdelijk,' zegt Frederike. 'Die mensen zijn verder getrokken, naar Frankrijk. Daarna heb ik niemand meer opgenomen want ik had wel zo'n vermoeden dat er familie deze kant op zou komen. Jullie zijn van harte welkom. Maar hoe zit dat met jullie, mannen? Moeten jullie het vaderland niet verdedigen?'

'We hebben een oproep gehad,' zegt Emiel. 'Vlak voor het bombardement, dus we kregen de kans niet om te gaan. Nu bijna het hele land op de vlucht is zal het voor de legerleiding moeilijk worden om dienstplichtigen naar het front te krijgen.'

'En dat komt je goed uit?' Frederikes stem klinkt afgemeten. 'Je zou gewoon je plicht kunnen doen en je aanmelden.'

'Dat zou kunnen, maar ik voel er niets voor. Deze oorlog is zo zinloos.'

'Het is helemaal niet zinloos, het gaat om onze vrijheid.'

'Dat begrijp ik, maar ik heb veel Duitse vrienden en ik weiger die als vijand te zien. Ik ben principieel tegen het doden van mijn medemens, dus ik denk niet dat ik een erg goede soldaat zou zijn.'

'Emiel heeft steeds gezegd dat hij dienst gaat weigeren,' zegt Adriana. 'Ook als hij daardoor in de gevangenis terechtkomt.'

Emiel knikt. 'Ik zit liever in de gevangenis dan aan het front. Maar zoals ik al zei, nu ze mijn adres niet meer hebben, zal het erg moeilijk worden om me op te roepen.'

'En jij?' Frederikes grijsblauwe ogen richten zich op Ralph.

'Ik ben het met Emiel eens,' zegt hij. 'Ik vind het wél belangrijk om onze vrijheid te verdedigen, maar ik zie mezelf ook niet met een geweer in mijn handen op de Duitsers afrennen. Niet omdat ik bang ben, maar omdat ik net als Emiel veel Duitse vrienden heb. Of iemand je vriend of vijand is hangt opeens af van je nationaliteit en daar heb ik moeite mee.'

'Dat begrijp ik. Maar jullie moeten je één ding goed realiseren.' Frederike kijkt de tafel rond. 'Mijn huis is geen vakantieoord waar jullie rustig kunnen wachten tot de oorlog is afgelopen. Zeker niet nu mijn eigen man aan het front is en jullie op zíjn stoel zitten en van zíjn servies eten. Voor Adriana en Nora is hier genoeg te doen aan vrijwilligerswerk, en van jullie mannen verwacht ik dat jullie je dienstplicht gaan vervullen. Aan dienstweigeraars bied ik geen onderdak, laat dat duidelijk zijn.'

Er valt een diepe stilte, waarin de twee mannen elkaar een blik toewerpen en Nora en Adriana ophouden met eten.

'Ik wist niet dat je een oproep had gekregen,' zegt Nora op gespannen toon tegen Ralph.

'Die kreeg ik een week voor het bombardement, maar ik heb hem weggegooid. Ik wilde jou en mijn ouders niet alleen laten terwijl Antwerpen bedreigd werd, en ik wilde niet vechten tegen Duitse vrienden.'

'Voor mij geldt hetzelfde. Adriana zou helemaal alleen zijn geweest als ik naar het front was vertrokken,' zegt Emiel.

'Denk je dat Henri het leuk vond om een uniform aan te trekken en een geweer om zijn schouder te hangen?' vraagt Frederike. 'Hij is advocaat! En ik zit ook alleen.'

Er valt een stilte en Ralph legt zijn bestek neer. 'Ik begrijp je probleem, Frederike. We zullen niet te lang gebruikmaken van je gastvrijheid. Morgen gaan we achter papieren voor Engeland aan.'

'Jullie moeten ook mijn situatie begrijpen,' zegt Frederike na een korte stilte. 'Ik zou geen leven hebben als bekend werd dat ik dienstweigeraars in huis had. De stenen zouden hier door de ruiten vliegen.'

Emiel schenkt voor zichzelf een glas water in en zegt: 'Je hebt gelijk, Frederike, dat mogen we niet van je vragen. Zoals Ralph al zei zullen we niet te lang blijven. Is een paar dagen goed? Zo lang duurt het denk ik wel om passen te regelen. Zodra we die hebben, vertrekken we.'

Nora is te moe om tot zich door te laten dringen dat de beslissing om naar Engeland te gaan nu echt genomen is. Als ze naar bed gaat, duurt het niet lang voor ze in slaap valt, en bij het ontwaken kan ze zich geen laatste gedachte meer herinneren. Maar wel het gesprek.

Engeland...

Door het half openstaande luik valt daglicht naar binnen en ze staart de kamer in. Acht uur diepe slaap heeft haar goed gedaan: haar hoofd is weer helder.

Ze draait zich op haar zij en kijkt naar Ralph, die nog slaapt, en ze maakt van de gelegenheid gebruik om zijn gezicht te bestuderen. Houdt ze van hem? Heeft ze ooit echt van hem gehouden, of wíldе ze gewoon per se dat het zou werken tussen hen?

Van begin af aan was hun relatie kansloos, beseft ze, en nu is het voorbij. Ze gaat niet mee naar Engeland, en dat zal ze Ralph vertellen zodra hij wakker wordt.

44

Lange tijd heeft Lydia zichzelf moed ingesproken door zich voor te houden dat Nora veilig is in Antwerpen, tot het vreselijke nieuws komt dat de Duitsers voor de tweede keer Antwerpen hebben gebombardeerd. De eerste keer bezorgde dat nieuws haar al een doodschrik, maar er kwam snel een brief van Ralph, waarin hij vertelde dat haar dochter gewond was geraakt maar dat ze zich geen zorgen hoefde te maken.

Dat deed ze natuurlijk wel. Gelukkig kreeg ze daarna Nora's brief, met het geweldige nieuws dat ze van plan waren om naar Nederland terug te komen.

Lydia was meteen begonnen met het treffen van voorbereidingen. Nora's oude slaapkamer was groot genoeg voor Ralph en haar, er moest alleen een tweepersoonsbed komen en een extra kast.

'Heeft ze geschreven wanneer ze komt?' vroeg Huib, sjouwend met de nieuwe kast.

'Ik neem aan meteen,' zei Lydia.

Ze hebben gewacht, maar tevergeefs. En nu is Antwerpen opnieuw gebombardeerd, en veel heviger dan de eerste keer.

De stad heeft de volle laag gekregen. Duizenden vluchtelingen schijnen de grens over te steken, in een golf waaraan geen einde lijkt te komen. Ze staan opgepropt in treinen en er rijden zelfs mensen op de daken mee. De kranten spreken van een volksverhuizing en doen uitgebreid verslag van wat zich langs de grens en op de stations afspeelt. Een journalist beschreef hoe een Belgische machinist onderweg naar de Nederlandse grens op elk station nieuwe wagons liet aankoppelen, waarna hij met zeventig wagons stampvol vluchtelingen in Roosendaal aankwam.

Alle Brabantse dorpen en steden zitten propvol. In Tilburg slapen de mensen op straat, dicht tegen de gevels aan. Honderden vluchtelingen, onder wie veel bejaarden en gezinnen met kleine kinderen, overnachten noodgedwongen in het bos of in het open veld.

Het Nederlandse nationale hulpcomité heeft er de handen vol aan om de exodus in goede banen te leiden. In alle grote steden zijn speciale opvangcentra opgericht, in de kleinere plaatsen doen leegstaande scholen en loodsen dienst als onderkomen. Half oktober zijn er in het hele land bijna een miljoen vluchtelingen opgenomen. Alleen in Amsterdam zijn het er al twintigduizend, en ook andere steden barsten uit hun voegen. Maar Nora en Ralph zijn niet gekomen.

Wie wel komt is Mia. Door de kleine, melkglazen ruitjes van de fabriek ziet Lydia haar op een ochtend uit een huurrijtuig stappen. Verbaasd loopt ze het erf op.

'Wat brengt jou nou hier?' vraagt ze, terwijl ze haar vriendin op de wang kust.

'De trein,' zegt Mia lachend. 'En dit rijtuig. Ik heb je hulp nodig, Lydie.'

'Heb je problemen?'

'Nee hoor, schrik maar niet. Eerst wil ik weten hoe het met jou is. Heb je al iets van je dochter gehoord?'

Lydia schudt haar hoofd en meteen zijn daar de tranen.

'Ach, lieverd. Je moet doodongerust zijn.' Mia slaat haar armen om haar heen.

'Ze waren van plan om naar Nederland te komen,' zegt Lydia. 'Ik heb nog hoop dat ze op tijd vertrokken zijn en ergens vast zijn komen te zitten. Ergens waar ze me niet kunnen schrijven. Sowieso is de post tegenwoordig een ramp.'

'Dat is het zeker, ik hoor niet anders van de vluchtelingen voor wie ik zorg.'

'Zorg jij voor vluchtelingen?'

'Ja, ik zit in een steuncomité en we hebben plekken nodig waar we de mensen kunnen onderbrengen. Ik wil je iets voorstellen.'

'Kom mee, dan bespreken we het binnen.' Lydia voert haar de fabriek in en leidt haar naar het kantoor. Onderweg laat ze een werknemer Huib halen, die in de machinekamer bezig is.

Zijn zwarte handen afvegend aan een doek komt hij binnen. Hij heeft Mia nog nooit persoonlijk ontmoet en knikt haar vormelijk toe.

'Ik zal u maar geen hand geven,' zegt hij, 'maar dat is niet onbeleefd bedoeld.'

'Dat begrijp ik.' Mia glimlacht. 'Aangenaam u te ontmoeten. Het is een schande dat ik nog nooit in de fabriek ben geweest, terwijl Lydia en ik zulke goede vriendinnen zijn.' Ze kijkt door het kantoorraam en voegt eraan toe: 'Hij is veel groter dan ik had verwacht. Wat een geweldige ruimte.'

'Iets te groot op dit moment. De meeste van onze mensen zijn opgeroepen voor militaire dienst, en veel apparaten staan stil.' Lydia's stem klinkt bezorgd. 'Nog even en we draaien verlies.'

'Is er geen vraag meer naar kaas?'

'Jawel, meer dan ooit,' zegt Huib. 'Zowel Engeland als Duitsland wil van ons afnemen. We kunnen alleen niet leveren.'

'Lydia schreef al dat jullie een personeelstekort hebben. Dat heeft me op een idee gebracht. Zijn jullie geïnteresseerd in Belgische werknemers?'

Huib geeft het schoonmaken van zijn handen op en legt de doek weg. 'Ik neem aan dat u het over vluchtelingen heeft?'

Mia knikt. 'Ik heb een comité opgericht dat voor huisvesting zorgt, maar in Amsterdam is geen plaats meer. Het zou geweldig zijn als die mensen naar Purmerend konden komen.'

'Mijn boerderij is groot zat. Ik zou de bijgebouwen ook voor ze kunnen inrichten, dan wonen ze praktisch naast hun werk.'

'Wat een goed idee, Mia,' zegt Lydia op warme toon. 'We zullen ze een goed loon geven.'

'Dat zou geweldig zijn. Veel mensen hebben er moeite mee om liefdadigheid te accepteren, die steken liever de handen uit de mouwen. En voor jongeren zou de fabriek een goede opleidingsplek zijn.'

'Hebt u vaklui in de aanbieding? Ik kan wel een goede machinist gebruiken. Iemand die de stoommachine kan repareren, want daar is de laatste tijd telkens wat mee,' zegt Huib.

'Die zijn er genoeg. Er zitten veel fabrieksarbeiders bij, dus dat zal geen probleem zijn.' Mia wendt zich tot Lydia. 'Wil je dat ik ze voor je uitzoek of ga je mee naar Amsterdam?'

'Ga maar mee,' zegt Huib. 'Praat met die mensen, selecteer er een aantal en neem ze meteen mee terug. Dan zorg ik dat die bijgebouwen worden schoongemaakt en dat er bedden staan.'

'Waar haal je die zo snel vandaan?' vraagt Lydia.
'Maak je maar geen zorgen. Dat regel ik wel.'

Na de koffie rijden Lydia en Mia naar Welgelegen, waar Lydia een koffertje met benodigdheden voor één nacht inpakt. Daarna brengt het huurrijtuig hen naar het station van Purmerend en nemen ze de trein naar Amsterdam.

Lydia heeft gelezen over de enorme aantallen vluchtelingen, en toch is ze niet voorbereid op wat ze te zien krijgt. Verschillende gebouwen en loodsen zijn ingericht als opvangcentrum, onder andere de Diamantbeurs op het Weesperplein. Er is een veldkeuken, een eetzaal en er zijn diverse slaapzalen waar honderden mannen, vrouwen en kinderen bijeen hokken.

'Ze krijgen drie keer per dag een maaltijd en 's avonds koffie,' zegt Mia. 'En voor de kinderen is er karnemelkspap.'

Langzaam laat Lydia haar ogen langs de vele gezichten gaan. De aanwezigheid van al die mensen, die zich in geen dagen gewassen hebben, zorgt voor een penetrante, verstikkende lucht. De zalen zijn gevuld met een aanhoudend gegons van stemmen en het gehuil van kinderen. Hun ouders staren met een matte blik voor zich uit, alsof ze nog steeds niet goed kunnen geloven hoe hun wereld zo heeft kunnen instorten.

Lydia's hart knijpt samen van medelijden. In elk jong meisje ziet ze Nora en ze moet haar tranen wegknipperen. Hopelijk is er ergens in België iemand die ook voor háár dochter zorgt. Als ze nog leeft.

Samen met Jitta, de voorzitster van het comité, bekijken Lydia en Mia de registratielijst. Daar staan de namen van de vluchtelingen op, met leeftijd en beroep. Twee dames gaan op zoek naar geschikte mensen uit wie Lydia een keus kan maken.

Terwijl Lydia en Mia wachten tot ze gevonden zijn, maken ze zich nuttig door te helpen met het uitdelen van kleding die net is binnengekomen. Lydia knoopt zo veel mogelijk praatjes aan, zoekend naar mensen die uit Antwerpen komen. Dat zijn er heel wat, en de familie Reymaekers kennen ze wel, maar niet persoonlijk en niemand kan haar iets over Nora vertellen.

Een vrouw van midden dertig, met slordig opgestoken haar, komt naast haar staan en lijkt te aarzelen of ze iets durft te zeggen. Ze heeft een jongen en een meisje aan de hand.

'Kan ik u helpen?' vraagt Lydia, terwijl ze van de vrouw naar de kinderen kijkt.

'We hebben al kleding gekregen,' zegt de vrouw haastig. 'Ik wilde iets anders vragen. Ik hoorde dat u werknemers zoekt. Mijn man is machinist, hij werkte in een weefgetouwenfabriek in Luik. Hij is erg goed in zijn vak, hij weet alles van stoommachines. Wilt u hem in dienst nemen?'

'Waar is uw man?'

De vrouw wijst naar een vrij kleine man, die meteen komt aanlopen als hij de blik van zijn vrouw vangt. Hij maakt een soort halve buiging voor Lydia en stelt zich voor als Jean.

'Mevrouw zoekt werknemers voor haar fabriek. Ze heeft een machinist nodig,' zegt de vrouw op snelle, nerveuze toon.

Jean geeft haar een geruststellend knikje en zegt tegen Lydia: 'Dit is mijn vrouw, Martine, en dit zijn onze kinderen, Odette en François. We komen uit Luik. Ik ben inderdaad machinist. Als u iemand zoekt, dan bied ik graag mijn diensten aan.'

Iets in de houding van de man spreekt Lydia aan. Hij is beleefd zonder kruiperig te zijn, en het is duidelijk dat zijn smoezelige uiterlijk niet zijn normale verschijning is.

'Loopt u even mee, dan drinken we een kop koffie,' zegt ze.

Ze neemt Jean aan, en met de hulp van het comité zoekt ze nog een aantal werknemers uit. Het is niet moeilijk om vakmensen te vinden. België heeft veel meer fabrieken dan Nederland en onder de vluchtelingen zijn genoeg mensen die werkzaam zijn in de zuivelindustrie.

Lydia blijft bij Mia overnachten, met de bedoeling de volgende ochtend vroeg terug te keren naar Purmerend en alles voor de komst van de Belgen in orde te maken.

Maar als er 's morgens een huurrijtuig voor de deur stopt, bedenkt ze zich.

'Naar de Herengracht, graag,' zegt ze tegen de koetsier.

Even later stapt ze uit voor het huis van Louise.

Ze is thuis, maar nog niet aangekleed, zoals de huisknecht lichtelijk ontstemd zegt. Zo vroeg op de ochtend verwacht mevrouw geen bezoek.

'Ik wacht in de salon. Dat vindt ze wel goed,' zegt Lydia en ze loopt meteen door. Tot haar verrassing hoort ze gepraat en getinkel van bestek.

Door de openstaande schuifdeuren werpt ze een blik in de eetkamer, waar twee haar onbekende mensen zitten te ontbijten. Vragend kijkt ze de huisknecht aan, die haar voorstelt.

'Mevrouw Veronika Reymaekers en meneer Gustaaf Reymaekers. Mevrouw Lydia Oorthuys.'

Verrast kijkt Lydia van de een naar de ander. 'U bent de ouders van Ralph!'

Gustaaf Reymaekers komt overeind en begroet haar met een buiging. Zijn vrouw staat ook op en geeft Lydia een hand en een warme glimlach.

'De moeder van Nora! Wat een aangenaam toeval.'

'Ja, inderdaad. Ik wilde aan Louise vragen of ze weet hoe het met Ralph en Nora gaat. Ik hoor maar niets en ik maak me ontzettend ongerust.'

'Wij hebben ook niets gehoord. De postdienst ligt helemaal plat,' zegt Gustaaf. 'Waar ze ook zitten, het zal erg moeilijk zijn om een brief te versturen.'

'Zitten ze niet meer in Antwerpen? Zijn ze op tijd gevlucht?'

Gustaaf knikt. 'Vlak voor het bombardement zijn ze naar Veurne gegaan. Mijn vrouw en ik gingen naar familie in Brugge.'

Op dat moment gaat de deur open en komt Louise binnen. Het is lang geleden dat Lydia haar heeft gezien en hoewel de tijd duidelijk niet heeft stilgestaan voor de oudere dame, ziet ze er goed uit voor haar vierenzeventig jaar.

Met een ongeruste blik neemt ze Lydia op. 'Lydia. Waaraan heb ik dit vroege bezoek te danken? Er is toch niets met Eleonora?'

'Dat weet ik niet. Ik kwam juist om te vragen of u iets van haar hebt gehoord, en tot mijn grote verrassing zijn haar schoonouders hier. Wat een toeval!'

'Toeval bestaat niet,' zegt Louise terwijl ze plaatsneemt en Lydia beduidt hetzelfde te doen. 'Het is zelfs heel logisch. Je had kunnen verwachten dat ze hiernaartoe zouden komen. Ik had Ralph en Eleonora ook verwacht, maar ze zijn zo onverstandig geweest om naar Veurne te gaan.'

'Ja, waarom eigenlijk?' Lydia gaat zitten en kijkt Gustaaf en Veronika beurtelings aan.

'Ralph was bang dat de Duitsers de Nederlandse neutraliteit niet zouden respecteren. Het leek hem beter om naar Engeland te vluchten, met een tussenstop in Veurne.' Gustaaf gaat verder met zijn ontbijt en tikt de kop van zijn gekookte ei. 'We vonden het allemaal moeilijk om te bepalen wat we het beste konden doen. Veronika en ik wilden eerst niet weg, maar uiteindelijk besloten wij ook te vertrekken. We zijn naar Brugge gegaan, en toen de Duitsers daar kwamen, zijn we naar Nederland gevlucht.'

'We hebben geen idee of ons huis er nog staat,' zegt Veronika zacht. 'Als ik de verhalen zo hoor, heb ik weinig hoop. Maar dat is niet belangrijk. Ik vind het veel erger dat we nooit meer iets van onze jongste zoon hebben gehoord.'

'En uw oudste? Bent u niet bezorgd om Ralph?' vraagt Lydia.

'Jawel, maar het gebied waar ze doorheen trokken was veilig, de Duitsers waren daar nog niet, dus er is alle reden om aan te nemen dat ze goed zijn aangekomen in Engeland.'

'Engeland?' zegt Lydia. 'Nora schreef dat ze naar Nederland zouden komen.'

'Ik weet dat Nora dat graag wilde, maar Ralph niet. Hij was van begin af aan van plan om naar Engeland te vluchten. Laten we bidden dat dat is gelukt,' zegt Gustaaf.

Lydia knikt, en al is ze niet gelovig, ze slaat toch een kruis. Even was daar een wilde opflakkering van hoop op informatie, op de bevestiging dat Nora ergens in Nederland is. Maar Nederland of Engeland, wat maakt het uit? Ze zijn aan het bombardement ontkomen.

Ze staart voor zich uit, en wordt uit haar sombere gedachten gehaald door Louise. De oude dame legt haar hand op die van Lydia en zegt: 'Ze redden zich wel. Ik weet zeker dat Ralph ervoor zorgt dat Eleonora veilig is.'

'Daar ben ik helemaal niet zo zeker van,' zegt Lydia. 'Anders had hij haar wel naar huis teruggebracht.'

45

'Ik ga niet mee,' zegt Nora, als Ralph wakker is en zich zittend op de rand van het bed aankleedt.

Hij somt op wat ze allemaal moeten regelen voor hun vertrek naar Engeland en hij praat gewoon door, alsof Nora's woorden niet tot hem doordringen. Maar opeens draait hij zich naar haar toe. 'Wat zeg je?'

'Ik ga niet mee naar Engeland.' Nora staat midden in de kamer, haar handen gevouwen voor haar schoot.

'Wat bedoel je, je gaat niet mee? Je kunt niet in je eentje hier blijven.'

'Dat kan wel. Althans, voorlopig. Tot ik een manier heb gevonden om thuis te komen.'

'Nora, hou op met die flauwekul. Ik begrijp dat je je familie mist, maar we kunnen niet naar Nederland. In Engeland zijn we veiliger, dat heb ik al een paar keer uitgelegd.' Terwijl Ralph zijn schoenen aantrekt, werpt hij haar een geïrriteerde blik toe.

'Daar gaat het niet om. Ik wil helemaal niet dat je met mij meegaat, ik ga alleen. Dat lijkt me het beste.' Nora's stem is niet meer dan een fluistering als ze eraan toevoegt: 'Ik wil scheiden.'

Ralph staart haar aan. 'Schéíden? Waarom in vredesnaam?'

'Je weet best waarom. Concurrentie van een andere vrouw zou ik misschien nog wel aankunnen, maar niet die van Emiel.'

Langzaam lijkt Ralph te beseffen wat ze bedoelt. Zijn verwarring en ontzetting zijn pijnlijk om aan te zien. Verslagen buigt hij naar voren en laat de schoen op de grond vallen.

Nora gaat naast hem zitten en zegt: 'Het is zo, hè?'

Hij knikt, en er valt een stilte.

'Hoe lang al?' vraagt Nora uiteindelijk.

'Zolang ik Emiel ken. Vanaf dat we een jaar of twaalf waren, al was ik me er toen nog niet zo van bewust. Ik voelde me ook weleens aangetrokken tot meisjes, maar meer tot hém. En dat bleek wederzijds te zijn.'

'Weet je familie ervan?'

'Ja, daarom waren mijn ouders zo blij met jou. Ze hoopten dat ik "tot inkeer" zou komen, zoals ze het noemden.'

'En Justine? Ik dacht dat je een verhouding met háár had.'

'Met ons dienstmeisje? Welnee. Ze heeft Emiel en mij een keer samen gezien, en toen wilde ze onmiddellijk weg. We hebben haar zwijggeld gegeven en een andere baan voor haar geregeld om te zorgen dat ze haar mond hield.'

'En ik maar denken dat je verliefd was op een andere vrouw. Eerst verdacht ik Adriana, toen Justine...' Nora lacht schamper. 'Ik ben zo stom geweest.'

'Je was niet stom, je kon het onmogelijk weten. Ik voelde me ook voortdurend schuldig, schaamde me diep. Je was zo lief, deed zo je best.' Onverwacht pakt Ralph haar kin en draait haar gezicht naar zich toe. 'Denk niet dat je me onverschillig laat, Nora. Ik hou van je, op mijn manier.'

Met tranen in haar ogen kijkt ze hem aan. 'Kun je niet...' Ze breekt haar zin af.

'Kan ik wat niet?'

'Ik heb gelezen dat zoiets over kan gaan. Dat het een aandoening is waar behandelingen voor bestaan.'

'Geloof me, het is geen ziekte. Het is een gevoel. Het is houden van, daar helpt geen behandeling tegen.'

'En nadat je met mij getrouwd was? Heb je toen ook...'

De stilte die valt staat bol van spanning. Ralph durft haar niet eens aan te kijken. Hij laat haar los, staart naar de vloer en fluistert: 'Het spijt me. Het spijt me echt verschrikkelijk. Ik vond je zo leuk toen ik je voor het eerst ontmoette. Je was zo mooi en sprankelend, ik kon mijn ogen niet van je afhouden. En ik dacht, als het een meisje moet zijn, dan is zij het. Met niemand anders zal het gaan. Ik wilde een vrouw. Trouwen, een gezin. Ik was het zat om stiekem lief te hebben en om alleen te zijn. Dat was mijn grootste schrikbeeld: dat ik mijn hele leven alleen moest doorbrengen. Ik nam me voor om te vechten tegen mijn gevoelens voor Emiel, en ik dacht dat trouwen en een gezin stichten zouden helpen.'

'Maar dat was niet zo.' Nora laat haar tranen gewoon lopen. 'Denk je dat ik dat niet heb gemerkt? Weet je hoe vaak ik de schuld bij mijzelf heb gezocht, hoe vaak ik me heb afgevraagd wat er aan mij mankeerde als je zo afstandelijk deed?'

Hij slaat zijn arm om haar schouders, streelt haar haren. 'Het spijt me,' zegt hij weer.

Zijn toon is zo berouwvol dat Nora even overweegt om te bekennen dat zij ook niet eerlijk tegen hem is geweest, maar ze laat dat moment voorbijgaan. Het zou hun gesprek nog gecompliceerder maken dan het al is. Bovendien had de waarheid over haar afkomst een liefdevolle relatie niet in de weg hoeven staan, maar het uitkomen van zíjn geheim maakt dat wel onmogelijk.

Ze laat toe dat Ralph haar hand weer pakt.

'Weet je het zeker, Nora? Kunnen we er niet iets op bedenken? Ik wil je niet kwijtraken.'

Langzaam trekt Nora haar trouwring van haar vinger, kust Ralph op de mond en legt de ring in zijn hand. 'Dat is al gebeurd,' zegt ze zacht.

Nora ziet ertegen op om Emiel en Adriana onder ogen te komen, maar tot haar opluchting zijn ze nog niet op. Ralph zegt dat hij geen trek heeft en blijft boven, zodat Nora alleen naar beneden gaat.

'Goedemorgen,' zegt Frederike, die aan de ontbijttafel zit. 'Neem plaats. Is je man nog niet wakker?'

Nora verstrengelt haar vingers en staart naar het brood en fruit op tafel. 'Ik heb geen trek, ik heb frisse lucht nodig.'

'Wat is er?' Onderzoekend kijkt Frederike haar aan. 'Je ziet doodsbleek.'

'Niets. Ik ga even de tuin in.'

Met een gedecideerde beweging schuift Frederike haar bord van zich af en ze staat op. 'Ik wilde net boodschappen doen. Ga je mee?'

Nora aarzelt, maar als ze bedenkt dat de anderen elk moment naar beneden kunnen komen, knikt ze. Even later lopen ze over straat.

'Ralph en Emiel willen naar Engeland, maar ik niet,' zegt ze.

'O? Waarom niet?'

'Ik wil naar huis, naar Purmerend.'

'Dat kan toch niet. Een vrouw hoort met haar man mee te gaan.'

'Niet als die man...' Nora breekt abrupt haar zin af.

Frederike kijkt haar van opzij aan. 'Als die man wat?'

Even zwijgt Nora, en ze denkt na. Kan ze het zeggen? Ze zal wel moeten. Ze is bij Frederike te gast, ze kan haar er onmogelijk buiten laten.

'We gaan scheiden,' zegt ze op zachte toon.

'Wat?' Frederike blijft staan met een geschokte uitdrukking op haar gezicht. Ze werpt snel een blik om zich heen, maar er is niemand in hun buurt. 'Maar dat is vreselijk!'

'Het kan niet anders.'

'Waarom niet? Wat is er gebeurd?'

'Dat kan ik niet zeggen...'

'Wil je man scheiden of jij?'

'Ik.'

Een paar minuten lopen ze zwijgend naast elkaar voort, dan zegt Frederike: 'Ik weet natuurlijk niet wat er aan de hand is, maar ik hoop dat je beseft wat een scheiding inhoudt. Het is het allerlaatste wat je doet, pas als er geen enkele oplossing voor jullie problemen meer is.'

'Die is er ook niet.'

'En sociaal gezien is het ook niet handig. Veel mensen zullen niet meer met je willen omgaan.'

'Ik heb wel iets anders om me druk over te maken.'

Frederike zucht. 'Wat ga je nu doen?'

'Terug naar Nederland.'

'Helemaal alleen? Dat denk ik niet. Veel te gevaarlijk. Voorlopig logeer je maar bij mij, tot we een manier hebben gevonden om je veilig thuis te krijgen.'

'Meen je dat? Mag ik bij jou blijven?'

'Ja. Als je het tegen niemand zegt van die scheiding. Zeg maar dat je man in het leger zit.'

Nora knikt.

Tegen de tijd dat ze terugkomen, zitten de anderen aan de

ontbijttafel. Aan de gezichten van Emiel en Adriana ziet ze dat Ralph hen heeft ingelicht. Beiden durven haar bijna niet aan te kijken.

'Frederike is op de hoogte,' zegt Nora rustig. 'Ik mag voorlopig hier blijven.'

Vervolgens draait ze zich om en gaat naar boven, Ralph aan Frederike overlatend.

Later op de ochtend zitten ze met z'n vieren bij elkaar in de woonkamer. Frederike heeft zich teruggetrokken in de serre om een paar brieven te schrijven. Ralph, Adriana en Emiel willen praten, maar Nora heeft geen zin in een lang gesprek. Ook hun dankbaarheid omdat ze Frederike niets heeft verteld over de reden van de scheiding laat ze langs zich heen gaan. Ze voelt zich oneindig moe en alleen.

'Jullie hebben me voor de gek gehouden,' zegt ze. 'Jullie alle drie. Daar komt het op neer.'

'Het spijt me.' Emiel lijkt oprecht begaan met haar. 'Het was niemands bedoeling om je te kwetsen.'

'Maar dat is wel gebeurd. Eigenlijk ben ik wel opgelucht dat ik nu op de hoogte ben. Nu begrijp ik het tenminste. Nu weet ik dat het niet aan mij lag.'

'Het ligt zéker niet aan jou. Je bent geweldig, en je verdient beter,' zegt Adriana zacht. 'Ik had zo met je te doen.'

'Als ik er niet zelf achter gekomen was, had ik nu nog steeds van niets geweten. Dan had ik het in Engeland ontdekt.'

'Nora...' Ralph steekt zijn hand naar haar uit, maar ze ontwijkt hem en staat op.

'Ik ben niet boos,' zegt ze vermoeid. 'Of eigenlijk ben ik dat wel, maar alleen omdat jullie zo lang gelogen hebben. Over de rest kan ik niet kwaad zijn. Ik wens jullie alle geluk, echt waar. Maar laat me nu even met rust.'

In de stilte die valt verlaat ze de kamer en terwijl ze de deur achter zich sluit, vangt ze Ralphs gepijnigde blik. Ze wendt zich af en gaat de trap op. Vreemd genoeg geeft zijn bleke gezicht haar geen enkele voldoening. Ze is niet kwaad op hem. In feite is de situatie niemands schuld. Het is gewoon zo.

Het bevalt Ralph niets om Nora achter te laten in Veurne, ook al verzekert Frederike hem dat ze daar veilig is en dat ze mag blijven zo lang ze wil.

De passen om Frankrijk en Engeland mee binnen te komen zijn in twee dagen geregeld, en dan pakken Ralph, Emiel en Adriana hun spullen.

Het afscheid vindt plaats in Frederikes huis en is erg ongemakkelijk. Nora omhelst Ralph. Hij slaat lange tijd zijn armen om haar heen, zegt nog een paar lieve woorden en dan gaan ze. Nora kijkt hen na, zwaait als Ralph zich omdraait, en dan sluit ze de voordeur.

Met een leeg gevoel loopt ze naar de serre. Daar staart ze de tuin in, die niet groot is, maar die haar toch aan Welgelegen doet denken. Heimwee golft door haar heen. Soms heeft ze het gevoel dat ze nooit meer thuis zal komen, haar moeder nooit meer zal zien. Ze bijt op haar lip en kijkt om als er voetstappen achter haar klinken.

'Ga je mee naar de Markt?' vraagt Frederike. 'De koning en de koningin verplaatsen het hoofdkwartier van Nieuwpoort naar Veurne. Ze kunnen elk moment aankomen.'

Nora knikt.

Op de Grote Markt ziet het zwart van de mensen. Iedereen wil een glimp opvangen van Albert en Elisabeth, en als hun chique zilvergrijze auto komt aanrijden, gaat er een oorverdovend gejuich op.

'Het leger zit hier en de koning en de koningin ook,' zegt Frederike. 'Veiliger kunnen we niet zijn, lijkt mij.'

'Zolang de Duitsers er niet achter komen.... Toen ze in Antwerpen zaten was dat juist de reden om de stad te bombarderen.'

'Ja, dat is ook weer waar.'

De komst van de koning en de koningin biedt wat afleiding, waar Nora blij mee is.

'Als ik nu alleen was, zou ik de hele dag in bed hebben gelegen,' zegt ze.

'Ralph zou je niet hebben achtergelaten als je alleen was geweest. Ik begrijp niet waarom het mis is gegaan tussen jullie, want de liefde was er volgens mij nog wel.'

Nora knikt.

Frederike knijpt troostend in haar arm en dan hebben ze het er niet meer over. Ze wachten tot de ergste drukte voorbij is en gaan daarna naar het stadhuis om uit te zoeken of er nog een mogelijkheid is om naar Nederland te komen.

'Nee, mevrouw,' zegt de dienstdoende ambtenaar. 'De Duitsers hebben Oostende ingenomen. U zou dwars door bezet gebied moeten.'

Nora buigt zich over de balie naar hem toe. 'Maar ik móét naar Nederland.'

'Als u hier weg wilt, kunt u beter naar Frankrijk of Engeland gaan. Nederland is geen optie meer.' De ambtenaar kijkt naar Nora's verslagen gezicht en voegt eraan toe: 'Misschien later, als de rust is weergekeerd en de treinen weer rijden.'

'En over zee? Er gaan toch zeker wel schepen naar Nederland?'

De ambtenaar schudt zijn hoofd. 'Niet vanuit hier. U zou via Calais naar Engeland moeten gaan, en van daaruit naar

Rotterdam. Maar die lijn is voor de handel bedoeld, niet voor passagiers.'

'Kan ik wel een brief naar Nederland sturen?' vraagt Nora.

Gelukkig kan dat wel, al zegt de ambtenaar erbij dat de post via Engeland gaat en dat het erg lang kan duren voor die wordt bezorgd.

Ontmoedigd door het slechte nieuws lopen ze terug naar Frederikes huis. Nora heeft moeite om haar emoties onder controle te houden. Nu is ze eindelijk vrij om haar eigen beslissingen te nemen, en dan kan ze nóg niet naar huis.

'Ik had met de anderen mee moeten gaan, dan had ik vanuit Engeland naar Nederland gekund,' zegt ze op bittere toon.

'Je hoorde toch wat die man zei? Die verbinding is niet bestemd voor persoonsvervoer, dus dan had je in Engeland vastgezeten. Je kunt beter hier in Veurne afwachten tot je kunt reizen. Zelfs als België helemaal bezet raakt, komt er een moment dat het gewone leven weer op gang komt.' Frederike kijkt Nora van opzij aan. 'Was het Adriana?' vraagt ze op zachte toon.

Nora aarzelt even en schudt haar hoofd.

'Gelukkig. Had je het dan niet beter kunnen accepteren? Sommige mannen zijn gewoon zo, die hebben niet genoeg aan één vrouw, maar dat wil niet zeggen dat ze geen liefde kennen.'

'Nee,' zegt Nora. 'Soms is liefde alleen niet genoeg. Het maakt niet alles goed.'

'Misschien niet. Ik moet zeggen dat ik je bewonder. Het valt vast niet mee om opeens in je eentje te zijn.'

'Jij zult je man ook wel erg missen.'

'Dat valt wel mee. Ik kan nu gaan en staan waar ik wil,' zegt Frederike.

Het is niet zozeer wat ze zegt als de toon waarop die Nora

een blik opzij doet werpen. Ze durft niet door te vragen, maar Frederike voegt er zelf aan toe: 'Begrijp me niet verkeerd. Henri is een goede echtgenoot, maar hij is eraan gewend gehoorzaamd te worden. Zowel op zijn werk als thuis. Maar genoeg over hem. We gaan deze kant op.'

Ze geeft Nora een arm en leidt haar schuin de Grote Markt over, tussen de geparkeerde legervoertuigen door.

'Waar ga je naartoe? We moeten toch linksaf?' vraagt Nora.

'Ik wil je iets laten zien. Het is niet ver weg.'

Hoewel er hoofdpijn komt opzetten, gaat Nora toch mee. Ze slaan de Ooststraat in en wandelen naar de rand van Veurne. Daar ligt het station, en Frederike loopt er met doelbewuste passen op af.

Nora volgt haar, in de veronderstelling dat ze iemand van de trein wil halen. In de stationshal hangt een vreemde geur, iets rottends en ijzerachtigs, wat ze niet kan thuisbrengen. Tijd om daarbij stil te staan heeft ze niet, want Frederike loopt naar een groepje dames toe en stelt haar aan hen voor.

'Dit is Nora Reymaekers. Ze komt ons vandaag een handje helpen,' zegt Frederike, en de dames knikken vriendelijk.

'Waarmee?' vraagt Nora op gedempte toon.

'Met koffiezetten, brood snijden en soep maken. Er komt straks een trein binnen met gewonde soldaten die naar Duinkerke en Calais moeten. Veurne is voor hen een tussenstop, en in de tijd dat ze moeten wachten krijgen ze soep en koffie. De zwaargewonden blijven hier, die worden naar het College gebracht. Kijk, hier maken we alles klaar.' Frederike neemt haar mee naar een smalle doorgang onder een stationsboog, die dienstdoet als keuken. Er staan twee kachels, een voor de soep en een voor de koffie. Een houten hek vormt de afscheiding van de stationshal.

'Aan de slag,' zegt Frederike. 'De eerste trein met gewonden komt over een halfuur. Dan moeten wij alles klaar hebben staan. Wil jij het brood snijden?'

Voor ze het weet heeft Nora een broodmes in haar hand en staat ze verwoed te snijden. De andere vrouwen binden schorten voor en gaan ook aan de slag.

Nora doet haar best, maar ze is nog druk bezig als ze de stoomfluit hoort gillen. Haastig zet ze de manden met brood op een schragentafel en gaat weer verder met snijden.

'Waarom moeten ze hier zo lang wachten terwijl ze gewond zijn?' vraagt ze aan Ida, de vrouw die ze helpt met het brood.

'Omdat de treinen met munitie en voedsel voor het front voorgaan. Er is maar één spoor tussen Veurne en Frankrijk, en daar maken alle treinen gebruik van.'

De eerste soldaten komen binnen, en algauw volgen er meer, tot overal het geluid van hun stemmen en de zware stap van hun laarzen klinkt. Veelal jonge kerels zijn het, soms nog maar jongens. Hun uniformen zitten onder de modder. Ze hebben geïmproviseerde verbanden om, die in de medische voorposten zijn aangelegd.

De zwaargewonden worden op brancards en in kruiwagens vervoerd. Het is koud in de stationshal maar ze worden gewoon op de stenen vloer gelegd, waarna de brancardiers wegrennen om nieuwe slachtoffers uit de trein te halen. De doden krijgen een plek tegen een van de wanden, waar zich algauw een stapel vormt.

Nora wil niet openlijk om zich heen kijken, en al helemaal niet naar de lijken. Ze is blij als er zich een rij vormt voor de koffie en de soep, zodat ze iets te doen heeft. Algauw heeft ze het druk met het vullen van bekers en kommen. Om haar heen nemen het lawaai en de geur van bloed toe, en de hoofdpijn bonst boven haar ogen, maar ze werkt stug door.

Na een uur heeft iedereen te eten en te drinken gehad en gaan de lichtgewonde soldaten terug de trein in. Brancardiers hebben de zwaargewonden inmiddels naar het hospitaal gebracht, en de doden zijn op een kar naar een massagraf even buiten de stad gebracht.

'Zo, en nu drinken we zelf even koffie.' Ida schenkt een beker voor hen beiden in. 'Je hebt goed gewerkt, meisje. Het valt niet mee, hè?'

'In het begin is het moeilijk.' Frederike komt bij hen staan. 'Maar het is beter dan thuiszitten en nietsdoen. Het spijt me dat ik je zo voor het blok heb gezet, maar anders was je misschien niet meegegaan.'

Voorzichtig brengt Nora de beker hete koffie naar haar mond. Haar handen trillen nog steeds. Ze neemt een slokje en zegt: 'Dat geeft niet. Ik vond het niet erg om te helpen.'

'Mooi,' zegt Frederike. 'De volgende trein komt over een uur.'

46

Nora schrijft naar huis dat ze in Veurne is en vertelt ook, na enig aarzelen, dat ze gaat scheiden van Ralph. Ze schrijft dat ze erop aangedrongen heeft om naar Nederland te gaan, maar dat Ralph dat niet wilde, en hoe zwaar het haar valt dat het nu niet meer mogelijk is. Ze laat haar moeder weten dat ze haar mist, maar dat ze de oorlog in Veurne zal moeten uitzitten. 'Hopelijk duurt hij niet zo lang,' voegt ze eraan toe.

Ze vraagt zich af of haar brief aan zal komen. Er vertrekt dagelijks een trein naar Duinkerke met een postzak voor Engeland. Van daaruit wordt de post doorgestuurd, maar onderweg kan er van alles gebeuren.

En de oorlog gaat maar door. Elke ochtend ontwaakt Nora door kanongebulder. Als de wind, regen en hagel weer tegen de ramen slaan, denkt ze aan al die jongens en mannen aan het front, een paar kilometer verderop. Daarna denkt ze aan Ralph.

Ze is niet boos. Ralph bleek niet de man te zijn voor wie hij zich uitgaf, maar zij is ook niet degene voor wie ze zich heeft uitgegeven. Zou iemand zichzelf ooit volledig laten zien, zelfs aan dierbaren?

Dwars door haar liefdesverdriet heen zeurt de heimwee naar huis. Denken aan haar moeder is ook denken aan Huib. In de afgelopen maanden heeft ze langzaam afscheid kunnen nemen van de gedachte dat Eduard haar vader was. Nu ze de schijn niet meer hoeft op te houden tegenover Ralph en haar schoonfamilie, en door de oorlog iets als afkomst niet meer zo belangrijk lijkt komen herinneringen bovendrijven. Beelden uit haar jeugd, van Huib die haar ophaalde om naar een pasgeboren veulen te komen kijken, die haar meenam voor een ritje op de wagen, haar leerde hoe ze een paard moest mennen, en die suikerbrood bij zich had omdat hij wist hoe lekker ze dat vond.

Ze wil hem beter leren kennen. Nu haar huwelijk voorbij is, is er niets meer wat haar aan België bindt. Ze wil naar huis.

Maar voorlopig is daar geen sprake van. Het ziet ernaar uit dat Vlaanderen zal vallen. De Duitsers rukken op langs de kust, bombarderen Nieuwpoort plat. Het Belgische leger trekt zich terug achter de rivier de IJzer, de laatste verdedigingslinie.

In Veurne gaat het angstaanjagende nieuws rond dat de frontlinie op het punt staat het te begeven en dat de Duitsers elk moment de stad kunnen innemen. Iedereen begint te pakken, ook Nora en Frederike. Nauwlettend houden ze het stadhuis op de Grote Markt in de gaten, waar koning Albert nog steeds verblijft.

'Zolang de koning niet vlucht, zijn we veilig,' zegt Frederike.

De koning blijft en het Belgische leger maakt zich op voor de verdediging van de stad. De soldaten blazen bruggen op en leggen loopgraven aan, waar ze mitrailleurs en kanonnen in plaatsen. Koning Albert vergadert urenlang met de legerleiding en komt tot de conclusie dat er geen andere keus is dan de polder tussen de IJzer en de spoorweg Nieuwpoort-Diksmuide onder water te zetten.

Hoe de oorlog in de rest van de wereld verloopt weet Nora niet. Ze is alleen op de hoogte van wat er zich in haar directe omgeving afspeelt. Veurne is in korte tijd veranderd in een vesting. Alle bomen rond de stad zijn omgehakt en er zijn loopgraven aangelegd. In een wijd kordon omsingelen ze de stad.

Vluchtelingen die nog geen onderkomen hebben, worden doorgestuurd naar Frankrijk, want Veurne zit propvol. Vijftienduizend soldaten moeten in het stadje worden ondergebracht, elk bed is nodig. Er is geen school of kerk of er zitten soldaten in. De vloeren van de Sint-Niklaas- en de Sint-Walburgiskerk zijn bedekt met stro, waarop de soldaten slapen.

Als het damescomité soep en brood gaat uitdelen, zien Nora en Frederike jonge jongens onder de preekstoel zitten of op strozakken liggen. Een van hen heeft zijn ransel aan de arm van een heiligenbeeld gehangen, waar Nora heimelijk om moet lachen.

Frederike lacht niet. 'Waarom moest België zich ook zo nodig opofferen voor Frankrijk? Als we de Duitsers er gewoon door hadden laten gaan, was dit allemaal niet gebeurd,' zegt ze bitter.

Een soldaat die vlak bij haar op de grond zit, kijkt omhoog. 'Omdat we niet anders konden, mevrouw. Als er midden in de nacht inbrekers bij u zouden aanbellen die vroegen of ze door uw huis mochten om de buren te overvallen en te vermoorden, wat zou dan uw antwoord zijn? Zou u ze doorlaten?'

Bij wijze van antwoord zucht Frederike alleen maar diep. Nora weet dat ze het er moeilijk mee heeft dat ze niets van haar man hoort. Ze heeft de indruk dat het niet zo'n gelukkig huwelijk was, maar de onzekerheid over zijn lot knaagt natuurlijk toch.

Nu er geen treinverkeer meer mogelijk is, bieden Nora en Frederike hun diensten aan in de hospitalen. Hun hulp wordt dankbaar aanvaard.

Vroeg in de ochtend melden ze zich bij het Sint-Jansgasthuis. De Houtmarkt staat vol ambulances; er worden net nieuwe gewonden uit Ieper binnengebracht. De soldaten, jongens nog, hebben de nacht in de openlucht doorgebracht en zijn bij het eerste ochtendlicht gevonden. Slechts een paar kunnen op eigen kracht het gasthuis binnenkomen, maar voor de meesten lijkt elke hulp te laat. Op brancards worden ze naar binnen gedragen.

'Ik vind het wel een beetje eng. Ik ben geen verpleegster,' zegt Nora, terwijl Frederike en zij naar binnen gaan.

'Ik ook niet, maar er is vast genoeg te doen. Al hou je maar de hand van een soldaat vast, of geef je hem wat te drinken. Kijk, daar staat dokter Daels, hem heb ik gesproken.'

Frederike stapt op de dokter af, maar die duwt haar opzij omdat er net een brancard langs wordt gedragen. De andere dokters en verpleegkundigen hebben evenmin tijd om Nora en Frederike wegwijs te maken, en uiteindelijk lopen ze maar gewoon door. De geur van bloed komt op hen af, overal klinkt gekrijs en gehuil.

Al heeft Nora wel het een en ander gezien toen ze soep en brood uitdeelde op het station, ze raakt toch van haar stuk. Sprakeloos kijkt ze om zich heen, recht in het gezicht van een zwaar verbrande jonge soldaat. Met een ruk wendt ze haar blik af en ziet een man wiens gezicht in de vernieling is geschoten. Overal stuit ze op ellende, op soldaten die reutelend ademhalen en die met afgerukte ledematen liggen te kreunen of om hulp smeken.

Het gasthuis is propvol. In de refter liggen de gewonden zo

dicht naast elkaar dat er geen ruimte is om om de geïmproviseerde bedden heen te lopen. Bij gebrek aan plaats worden de gewonden in de gangen gelegd.

Vol afschuw kijkt Nora naar een jongeman die over zijn hele lichaam bloedt.

'Shrapnel,' zegt een brancardier, die ziet dat ze ervan schrikt. 'Daar worden de granaten mee gevuld. Als je daardoor getroffen wordt, zit je helemaal vol met die troep.'

Een verpleegster komt aanlopen en knipt het door bloed en modder verstijfde uniform van de soldaat open. De luizen springen haar tegemoet. De soldaat zit onder, geen plekje van zijn huid is onbedekt, en er komt een weerzinwekkende stank van zijn etterende wonden af.

Frederike trekt Nora mee naar de grote zaal. Op veel plaatsen liggen de bloederige verbanden enkelhoog. De dokters en verpleegsters hebben geen tijd om ze op te ruimen, ze gooien ze gewoon op de grond, waardoor er een macaber tapijt ontstaat.

Af en toe werpt Nora een blik opzij, naar de soldaten die wachten op hun beurt en liggen te huilen van de pijn. Kon ze maar iets voor hen doen, wist ze maar iets van medische verzorging af.

Ze kijkt naar de rommel en de chaos, en haar hulpeloosheid maakt plaats voor daadkracht. Het is niet haar taak om levens te redden, maar om de artsen en verpleegsters werk uit handen te nemen. Ze vraagt niet wat ze moet doen, ze gaat aan de slag.

Om te beginnen maakt ze samen met Frederike een vuur op de binnenplaats waar ze de bebloede windsels in kunnen verbranden. Ze hoort een verpleegster roepen dat het water uit de pomp niet gebruikt mag worden omdat het vervuild is, en dan brengt ze op de kachel water aan de kook. Nu en dan krijgt ze een goedkeurend knikje, een dankbare glimlach.

'Hoe heet je?' vraagt een verpleegster met donker haar die de leiding heeft.

'Nora.'

'Ik ben Rosa. Dank je voor je hulp, Nora,' zegt ze, en dan is ze weer weg.

Het is zo druk in het hospitaal dat er amper tijd is om behoorlijk kennis te maken met elkaar. In de dagen die volgen leert Nora het verplegend personeel tussen de bedrijven door kennen. Er zijn ook twee Engelse verpleegsters bij, Elsie en Mairi. Ze assisteren af en toe bij de verpleging, maar hun voornaamste taak is het vervoeren van gewonden per ambulance.

Vanaf het eerste ogenblik kan Nora haar ogen niet afhouden van de twee vrouwen. Als ze in het hospitaal aan het werk zijn dragen ze een verpleegstersuniform, maar zodra ze in de ambulance stappen hebben ze lange broeken en mannenjassen aan. Tot Nora's verrassing rijden ze zelf.

'Er zijn niet genoeg mannen meer,' zegt Mairi, als Nora informeert waarom ze geen chauffeur hebben. Ze zitten op de binnenplaats en rusten een moment uit met een beker thee. Mairi spreekt een beetje Nederlands en vrij goed Frans, waardoor ze een gesprek kunnen voeren.

'Waar heb jij leren autorijden?' vraagt Nora.

'Thuis, in Engeland. Daar reed ik motor, en soms reed ik ook in de auto van mijn vader.'

'Mag ik vragen hoe je hier bent beland?'

'Natuurlijk mag je dat vragen. Door Elsie. Ik ken haar van de motorclub waar we lid van waren. Ze vertelde me dat ze verpleegster was en naar België wilde om gewonden te verzorgen. Dat leek mij ook wel wat.'

'Ben jij ook verpleegster?'

'Nee, maar de gewonden moeten vervoerd worden, en ik kan rijden en sleutelen.'

'Sleutelen?'

'Aan motoren. Ik repareer ze. Mijn broer heeft het me geleerd, hij rijdt wedstrijden. Ik wilde ook leren rijden. Mijn moeder was erop tegen, maar mijn vader vond het gelukkig wel goed.'

Nora werpt een zijdelingse blik op het blonde meisje naast haar, dat er geen dag ouder uitziet dan zestien. 'En toen zijn jullie naar België gegaan. Hoe oud ben je eigenlijk?'

'Achttien. In februari word ik negentien.'

'Vonden je ouders het zomaar goed dat je hiernaartoe ging?'

'Natuurlijk niet, maar ik wilde zo graag dat mijn vader uiteindelijk toestemming gaf. Hij dacht dat een beetje sleutelen niet gevaarlijk zou zijn. Dus Elsie en ik zijn naar Londen gereden en hebben ons daar aangemeld. Ik heb mijn motor verkocht om de overtocht naar Oostende te kunnen betalen. Van daaruit zijn we naar Gent gegaan, naar het hospitaal van dokter Munro. Wist ik veel waar ik in zou belanden. Ik dacht dat het een avontuur zou zijn, een kans om weg te komen uit Dorset.'

'En nu verzorg je gewonden.'

'Ja, ik heb alles van Elsie geleerd, in de praktijk. Dat is de beste leerschool die je kunt hebben, zegt ze altijd. Toen de Duitsers kwamen zijn we met het team van dokter Munro meegegaan naar Veurne. Er waren daar op dat moment eigenlijk meer chauffeurs nodig dan verpleegsters, en zo zijn Elsie en ik op de ambulances beland. We halen gewonde soldaten op van het front en brengen ze hiernaartoe. Toen hier alles onder water werd gezet, is dokter Munro met zijn team naar Ieper gegaan, maar Elsie en ik zijn gebleven.'

'Waarom?'

'Omdat we het gevoel hadden dat we hier meer nodig waren. Het vervoer van gewonde soldaten over die slechte wegen kost veel te veel levens. Elsie kwam op het idee om een hulppost direct aan het front op te richten, waar we de eerste zorg konden bieden. We zijn op zoek gegaan naar een locatie en vonden een leegstaand huis in Pervijze, op vijftig meter van de eerste linie van het Belgische front. En daar werken we nu. Twee Belgische soldaten helpen ons de slachtoffers naar ons huis te dragen, en als we de gewonden een beetje opgelapt hebben, brengen we ze naar Veurne.'

Er valt een stilte waarin ze van hun thee drinken, en dan vraagt Mairi: 'En jij, Nora? Wat doe jij hier, als Nederlandse?'

Het zou prettig zijn als ze net zo'n avontuurlijk, interessant verhaal kon vertellen als Mairi, in plaats van een verslag van de ruzie met haar moeder en haar mislukte huwelijk. Maar er valt niet veel van te maken, en Nora houdt haar verhaal kort en past het een beetje aan.

Als ze uitverteld is, kijkt Mairi haar van opzij aan. 'Je zegt het alsof het allemaal niets voorstelt, maar het is nogal wat. Je man in het leger, en dan helemaal alleen achterblijven en dit werk doen... Niet iedereen is er geschikt voor. De meeste meisjes van onze leeftijd zouden allang huilend weggelopen zijn.'

'De eerste tijd huilde ik ook, 's avonds in bed,' zegt Nora.

'Ik ook, maar je kunt niet aan de gang blijven. Op een gegeven moment moet je door.'

'En je raakt eraan gewend. Hoewel, dat is niet het goede woord. Ik weet niet hoe ik het moet uitleggen...'

'Mis je je man?'

'Ja. Maar dat went ook.'

Mairi knikt begrijpend. Om te voorkomen dat ze er dieper op ingaat, staat Nora op. Het voelt niet goed om te liegen, maar ze is het aan Frederike verplicht om de waarheid over Ralph verborgen te houden.

Verrassend genoeg voelt ze zich helemaal niet zo verdrietig, en evenmin eenzaam. Eigenlijk denkt ze niet eens zo vaak meer aan Ralph, en als ze aan hem denkt hoopt ze altijd dat het hem goed gaat.

Het is onmogelijk om onverschillig te blijven voor de wanhoop om haar heen. Het smekende 'Zuster, zuster!' van de soldaten achtervolgt Nora de hele dag, en elke keer gaat ze naar de roepende soldaat toe en vraagt ze wat ze kan doen. Meestal is dat een slok water geven, of een beetje aandacht. Er zijn soldaten die vragen of ze wil helpen een afscheidsbrief naar huis te schrijven, anderen willen even verlegd worden.

Bij elke nieuwkomer kijkt Nora of het Julien is. Dat is in veel gevallen niet eenvoudig te zien, zo toegetakeld zijn ze.

Gewonden die stabiel zijn, worden met de trein naar hospitalen in Calais en Duinkerke gebracht, maar er zijn er ook die lange tijd in Veurne blijven.

De ergste gevallen liggen in de studiezaal van het College, in witgeverfde ijzeren bedden. Het Belgische leger heeft geen helmen, en de verwondingen van de jongens lopen uiteen van kogels in het hoofd tot hele stukken weefsel die weggeslagen zijn. Af en toe begrijpt Nora niet hoe het mogelijk is dat ze überhaupt nog leven.

De mannen vertellen hoe ze heten en waar ze vandaan komen, en ze willen haar naam ook weten. Het verbaast ze dat een meisje uit Nederland hen verzorgt, en ze zijn haar eindeloos dankbaar. Ze praten graag over thuis en laten haar foto's zien, terwijl anderen keer op keer vertellen wat ze hebben meegemaakt aan het front.

Nora wil het liever niet horen, maar de verhalen komen toch. Ze gaan over modder, pijn en honger. Over de loopgraven, waar de mannen dag en nacht tot aan hun knieën in de modder staan, waardoor hun voeten wegrotten.

Het zijn verhalen die Juliens gezicht op Nora's netvlies toveren en die haar 's nachts uit haar slaap houden. Als ze niet aan haar zwager denkt, gaan haar gedachten naar thuis. Ze hoeft haar ogen maar te sluiten of ze is op Welgelegen. Ze hoort haar moeders stem en haar lach. Ze loopt door de tuin, en door de kaasfabriek. De geur die haar altijd zo tegenstond is opeens een dierbare herinnering. Als ze dan eindelijk in slaap valt, ziet ze in haar dromen niet alleen haar moeder, maar ook Huib. Op een keer droomt ze dat hij zich naar haar omdraait, glimlacht en iets tegen haar zegt. Ze kan alleen niet verstaan wat, want op dat moment wordt ze wakker.

47

Frederike ziet ze overdag niet veel meer. Zij werkt in het Sint-Jansgasthuis en Nora in het Bisschoppelijk College. Eten doen ze tussen de bedrijven door, en 's avonds zijn ze te uitgeput om nog een gesprek te voeren.

Steeds vaker, als er handen te kort zijn, wordt Nora gevraagd om te assisteren bij het verzorgen van wonden. Ze let bij elke handeling goed op, zodat ze al snel weet hoe je een wond ontsmet, en wat voor soort verband er moet worden aangelegd. Hoewel ze niet het gevoel heeft dat ze voor verpleegster in de wieg is gelegd, is ze blij dat ze iets kan doen.

Bij iedere soldaat die wordt binnengebracht probeert ze een inschatting te maken van wat er moet gebeuren, waar ze steeds beter in slaagt. Meestal assisteert ze Rosa, die een landgenote blijkt te zijn.

Rosa is drieëndertig, geboren in Elburg en opgegroeid in Amsterdam. Nora kan het meteen goed met haar vinden.

'Hoe ben jij hier terechtgekomen, Nora?' vraagt ze.

'Ik ben getrouwd met een Vlaming. Hij zit in het leger. En jij?'

'Ik heb familie in België,' zegt Rosa. 'Het voelde als mijn plicht om te gaan helpen.'

Net als Elsie en Mairi maakt Rosa geen deel uit van een officiële organisatie, maar is ze op eigen initiatief naar Vlaanderen afgereisd. Ze is in het Belgian Field Hospital in Antwerpen terechtgekomen, en na het bombardement naar Veurne gegaan.

'Goed gedaan,' zegt ze, terwijl ze het verband dat Nora heeft aangelegd controleert. 'Als het niet tegen de regels was zou je best zonder toezicht de patiënten kunnen verbinden. Heb je er weleens over nagedacht om een verpleegstersopleiding te volgen?'

'Nee, ik denk niet dat dat iets voor mij is. Het voelt goed om te helpen, maar ik zou dit niet mijn hele leven willen doen.'

'Jammer. Hoewel, voor een opleiding zou je naar Engeland moeten en ik ben je liever niet kwijt.'

'Volgens Elsie en Mairi leer je het meest in de praktijk.'

'Dat is waar, maar zonder een diploma heb je daar niet veel aan. Ik moet zeggen dat ik erg blij ben met een vrijwilliger die niet denkt dat ze arts is omdat ze met een rolletje verband kan omgaan.'

Nora zegt maar niet dat haar terughoudendheid niet voortkomt uit bescheidenheid. Elke keer als haar hulp wordt gevraagd, moet ze iets overwinnen voor ze de confrontatie met al dat bloed en openliggend vlees aankan. Het geschreeuw van de soldaten achtervolgt haar 's nachts in haar dromen, waarin alleen nog amputaties en verminkingen voorkomen.

Op een dag meent ze de stem van Julien te horen tussen de gewonden die net zijn binnengebracht, en ze schiet op hem af. 'Julien? Ben jij het?'

Onderzoekend glijdt haar blik over het gezicht van de jongen, van wie de ogen bedekt zijn met verband. Zijn haar is bruin, net als dat van Julien.

'Wie ben jij?' vraagt de jongen met schorre stem.

'Ik ben Nora. En jij?' Haar hart bonst bijna uit haar borst.

'Kristof.'

De teleurstelling is groot, maar het was ook te mooi om waar te zijn.

'Wie is Julien?' vraagt Kristof.

'Mijn zwager, en een goede vriend. Je stem lijkt op die van hem. Het spijt me dat ik je hiermee lastigval, ik mag je niet vermoeien. Ik zal een dokter voor je halen.' Nora maakt aanstalten om op te staan, maar Kristof pakt haar bij de pols.

'Niet weggaan. Ik heb net morfine gekregen, dus het gaat wel. Blijf even bij me zitten.'

Nora laat zich weer op het randje van het ijzeren bed zakken. 'Wat is er met je gebeurd?'

'Een uitval, in de loopgraven bij Ieper. We moesten de Duitsers tegenhouden. Het was verschrikkelijk.'

'Zeg dan maar niets meer. Rust een beetje uit.'

Maar het is duidelijk dat hij zijn verhaal wil doen. De woorden blijven maar komen, in een vloed waar Nora geen enkel verweer tegen heeft.

'We zaten in de loopgraaf bij Ieper te wachten tot we moesten aanvallen,' zegt Kristof. 'De Duitsers bombardeerden ons, de granaten vlogen in het rond. Er was veel lawaai. Zoveel lawaai had ik nog nooit gehoord. De lucht was helemaal rood. Toen hield het op en werd het sein voor de aanval gegeven. Ik was niet bang. We hadden uren zitten wachten, ik wílde aanvallen. Ik klom met Fred, mijn maat, de loopgraaf uit en we renden samen met de anderen het niemandsland in. We schreeuwden niet, we waren allemaal heel stil. De eerste paar meter gingen goed, en toen begon het. Overal om me heen vielen mijn maten neer. Sommigen werden getroffen maar gingen gewoon door, strompelend of huppend op één been.

Ik zag mijn vrienden sterven, maar lette er niet op. Dat kon ook niet anders. Ik weet niet hoe lang ik gerend en geschoten heb, maar ik kwam verder dan de meesten. Achter me was iedereen dood of gewond. Het verbaasde me dat ik nog leefde, dat ik zelfs niet getroffen was. Fred was er ook nog, en Chris, een andere vriend. Op een gegeven moment zagen we Duitsers liggen. Er lagen zoveel doden dat ze moeilijk te ontwijken waren. De sergeant zei: "Niet naar kijken. Gewoon verder lopen." En dus liep ik door, struikelend over de lijken. Toen werd ik geraakt. Het voelde alsof ik een klap tegen mijn been kreeg. Vreemd genoeg deed het geen pijn, maar ik zag het bloed stromen. Een obus floot boven mijn hoofd. Naast me kreeg Fred de volle laag, zijn halve gezicht was weg. Om me heen hoorde ik gegil, overal lagen armen en benen, en de explosies bleven maar doorgaan. Een granaat had Chris geraakt. Zijn linkerarm en zijn linkerbeen waren eraf. Zijn oog hing op zijn wang en hij riep om zijn moeder. Hij was nog maar zeventien. Ik schoot hem dood. Dat was het enige wat ik nog voor hem kon doen. Toen voelde ik een klap tegen mijn arm en viel ik op de grond. Vlakbij was een groot inslaggat en daar liet ik me in rollen. Er lagen nog twee jongens in, en we bleven liggen tot het spervuur en het bombardement ophielden. Af en toe keken we over de rand. Er stond een Duitser op een verhoging met granaten te gooien, dus die schoot ik dood. Ook mijn maten begonnen te schieten, zo snel ze konden. Twee man laadden de geweergranaten en om beurten beschoten we de hele linie. Aan het gegil te horen deden we dat goed. Maar opeens stond er een machinegeweer op ons gat gericht, dus we wachtten tot de riem op was en daarna begonnen we pas weer te schieten. We schoten zo lang dat onze geweren te heet werden om mee te vuren. Het vet stroomde langs het hout en de loop vervormde. Ik probeerde het toch en toen raakte iets me tussen de ogen, als een mokerslag. Toen ben ik bewusteloos geraakt. Zo is het gegaan.'

Even blijft het stil tussen hen. Nora neemt zijn hand in de hare en vraagt: 'Hoe oud ben je, Kristof?'

'Achttien.'

'Spaar vanaf nu je krachten,' zegt Nora. 'Ik ga ervoor zorgen dat je negentien wordt.'

48

Het werk in de fabriek biedt Lydia wat afleiding van haar zorgen om Nora. Elke keer als het gepieker de overhand krijgt, houdt ze zichzelf voor dat haar dochter veilig in Engeland zit, en dat er een reden moet zijn dat ze zo weinig van haar hoort. De post functioneert niet meer goed. De Duitsers brengen schepen tot zinken, dus veel brieven komen helemaal niet aan.

Intussen hebben Huib en zij het drukker dan ooit, want de vraag naar kaas uit het buitenland is enorm. Duitsland heeft het moeilijk. Veel vee is geslacht, de paarden zijn afgevoerd ten behoeve van de oorlog en landarbeiders zitten aan het front. Daardoor zijn er voedseltekorten ontstaan, en de export van Nederlandse kaas en boter is verviervoudigd.

Daarentegen zijn steenkool en elektriciteit, die uit Duitsland en Engeland moeten komen, schaars en duur. Die kosten drukken de winst behoorlijk, maar Lydia is allang blij dat ze door kunnen gaan. Dat is te danken aan hun Belgische werknemers, met wie ze een goede band hebben gekregen.

Jean en Martine willen niet veel kwijt over wat er in Luik is gebeurd, maar hun dochter Odette van negen laat af en toe iets los. De opmerkingen komen fragmentarisch, alsof ze haar per ongeluk ontvallen, en doen Lydia huiveren.

'Er lagen kleren op straat,' zegt het meisje als ze Lydia helpt met het keren van de kazen.

'Kleren?'

'Ja, jurken en rokken, helemaal verscheurd.'

Lydia kijkt haar van opzij aan. Die paar zinnen schetsen een beeld waarvan ze zich nauwelijks kan voorstellen dat het klopt. Ze durft er niet op door te gaan, vraagt zich af waar Odette precies getuige van is geweest. Dan klinkt er een zacht gerucht achter haar: Martine.

'Ga maar spelen,' zegt ze tegen haar dochter.

Odette knikt en rent weg. Martine gaat naast Lydia staan en neemt Odettes werk over.

'Ik weet niet wat ze ervan begrepen heeft,' zegt ze. 'Meer dan goed voor haar is, vrees ik. We zagen het gebeuren vanuit het kelderraam. Gewoon buiten, terwijl de Duitse officieren toekeken. Iedereen werd uit huis gesleept en de meisjes en vrouwen werden op straat verkracht. De markt was bezaaid met kleren. Ik heb geprobeerd Odette af te leiden terwijl we in onze kelder verstopt zaten.'

Lydia wil iets zeggen, maar ze kan niets bedenken. Sprakeloos kijkt ze Martine aan.

'Ze vonden ons ook. Ze trapten de deuren in en sleepten ons naar buiten. Ik dacht dat Odette en ik aan de beurt waren en dat Jean vermoord zou worden, maar dat gebeurde niet. Ze dreven ons de stad uit, naar een grote groep mensen die ze als levend schild wilden gebruiken om weg te komen. Zo verlieten we de stad. Wie probeerde te ontsnappen of niet mee kon komen werd doodgeschoten.'

Uiterlijk onbewogen kijkt Martine voor zich uit, recht in

haar donkerste herinneringen. Alleen haar rechterooglid, dat onophoudelijk trilt, verraadt haar emotie.

'Ik weet niet wat ik moet zeggen...' fluistert Lydia.

'Er valt ook niets te zeggen. Goddank is het ergste wat kon gebeuren ons bespaard gebleven, maar die beelden zal ik de rest van mijn leven met me meedragen.'

Lydia knikt, en denkt aan Nora.

Ook de verhalen van de andere Belgische werknemers komen er stukje bij beetje uit, het ene nog erger dan het andere.

Ernest Poncelet, de nieuwe centrifugist, komt uit Visé, waar de Duitsers schietend door de straten liepen en de mensen uit hun huizen sleepten. Toen hij samen met zijn zoon zijn vrouw en dochters wilde beschermen, werd de jongen doodgeschoten. Zijn vrouw vluchtte met de jongste kinderen en hij raakte hen kwijt toen ze in groepen de stad uit werden gejaagd. Nu heeft hij geen idee waar zijn gezin is.

Achiel de Ley uit Diest vertelt hoe hij zijn leven en dat van zijn gezin redde door de boomgaard in te vluchten toen de Duitsers kwamen. Een paar soldaten hielden halt, staken de boerderij en de stal in brand, en schoten in het wilde weg in de boomgaard. Achiel en zijn gezin werden niet getroffen, maar het geloei van zijn koeien die verbrandden klinkt nog steeds in zijn hoofd.

De drieëntwintigjarige Aline Vanhove is in haar eentje naar Nederland gekomen. Ze komt uit Schiplaken, een dorp tussen Leuven en Mechelen, waar de Duitsers de bevolking bijeendreven en de mannen in rijen opstelden. Vervolgens kregen de mannen om de drie een nekschot, waarna de gespaarden de doden moesten begraven. Hun vrouwen werden verkracht.

Aline vluchtte en probeerde de trein naar Nederland te nemen, maar elke keer als er een het station binnenkwam, werd die bestormd door duizenden mensen. Toen ging ze maar lopen, net als vele anderen. Nu werkt ze als inpakster in de kaasfabriek.

'Als Nora in Engeland zit, waarom hoor ik dan niets van haar?' Lydia staart uit het raam van de fabriek. Het erf is opgeruimd, de werknemers lopen terug naar de boerderij, de werkdag is voorbij.

'Misschien omdat de post er niet doorheen komt,' zegt Huib, terwijl hij een lege, net schoongespoten melkbus op het rek tilt. 'Ik hoor ook al een tijdje niets meer van Wouter.'

'Maar niet zó lang. Ik begrijp het niet. Wij kunnen toch ook kaas verschepen naar Engeland, waarom zouden er dan geen brieven kunnen komen? Weet je wat ik denk?'

Achter haar komt geen antwoord.

'Ik denk dat Nora nog in België is. Anders zou ze me beslist geschreven hebben. Huib, ik ben zo bang!'

'Ik weet het. Ik ook,' zegt hij zacht, en hij trekt haar dicht tegen zich aan.

Nog een paar dagen houdt de onzekerheid Lydia in haar greep, maar dan komt er een brief. Ze leest hem, rijdt meteen naar De Purmer en stormt het kantoor binnen.

'Ze leeft!' roept ze.

Huib springt zo wild overeind dat zijn stoel omvalt. 'Echt waar? Is ze ongedeerd?' Hij pakt de brief aan en leest hem snel door.

'Ze zit nog steeds in Veurne. Ralph is naar Engeland gevlucht en heeft haar in Veurne achtergelaten. En nu wil ze scheiden.'

'Schéíden?'

'Ze heeft groot gelijk. Maar die scheiding is niet belangrijk; ze leeft!'

'Goddank,' zegt Huib.

Ze omhelzen elkaar en als vanzelf gaat die omhelzing over in een kus die eindeloos lijkt te duren. Lydia voelt de stoppels op zijn kin, zijn vertrouwde geur, zijn handen op haar lichaam. Ze slaat haar armen om zijn nek en geeft zich over aan het duizelingwekkende geluksgevoel dat haar overvalt.

Als ze de kus uiteindelijk beëindigen kijken ze elkaar in de ogen.

'Het spijt me zo,' zegt Lydia zacht. 'Ik hou van je.'

'Ik hou ook van jou. Dat is nooit overgegaan, en dat zal ook nooit gebeuren. Ik wil je weer in mijn leven, ook op jouw voorwaarden.'

'Die heb ik allang bijgesteld,' zegt Lydia met een glimlach.

49

Begin december is er groot nieuws: Marie Curie komt naar Veurne en zal het hospitaal bezoeken.

'Marie wie?' zegt Nora.

'Marie Curie! Ken je haar niet?' roept Rosa uit. 'Ze is pas zevenenveertig maar ze heeft al twee keer de Nobelprijs gekregen voor haar onderzoek naar radioactiviteit. Ze heeft mobiele röntgentoestellen ontworpen die ze meeneemt naar de hospitalen aan het front. Dokter Daels heeft haar gevraagd hiernaartoe te komen, en ze zei ja.'

'Je klinkt alsof je haar erg bewondert.'

'Ik vind haar geweldig! Ze is een voorbeeld voor alle vrouwen, met wat zij heeft bereikt.'

'Mijn moeder zei altijd dat vrouwen alles kunnen wat mannen doen.'

'Dan is je moeder een wijze vrouw,' zegt Rosa.

Op 5 december arriveren Marie Curie en haar dochter Irène. Ze logeren in hotel Die Nobele Rose in de Noordstraat, schuin tegenover Frederikes huis.

Het is een opwindend idee dat er een beroemdheid zo dichtbij verblijft. Nora schaamt zich een beetje dat ze nog nooit van Marie Curie gehoord had, maar nu haar naam op ieders lippen ligt, is ze snel op de hoogte van haar geweldige prestaties. Marie heeft niet alleen twee Nobelprijzen ontvangen, ze is ook nog professor aan de Sorbonne en directrice van het Radiuminstituut in Parijs. Het is verbijsterend dat ze dat als vrouw allemaal bereikt heeft.

Wat zou mama het geweldig vinden om haar te ontmoeten, denkt Nora.

De dag na haar aankomst bezoekt Marie het hospitaal, samen met haar dochter. Irène Curie is een lang, donker meisje met een ernstige blik.

'Het schijnt dat ze even intelligent is als haar moeder. Ze helpt haar bij haar onderzoek, en ze is pas zeventien,' zegt Rosa zachtjes tegen Nora, als het bezoek iedereen de hand schudt.

Marie en Irène hebben geen tijd voor verdere formaliteiten. Ze dringen erop aan dat iedereen snel verder gaat met zijn werk, en laten zich een ruimte aanwijzen waar ze zelf aan de slag kunnen. Dat wordt de studiezaal van het Bisschoppelijk College. Onder grote belangstelling installeren ze er hun radiografieapparaat, en ze gaan er meteen mee aan de gang. Een voor een worden de soldaten naar binnen gedragen. Marie neemt röntgenfoto's en Irène ontwikkelt ze.

In de deuropening kijkt Nora toe. Het liefst zou ze een kijkje nemen, maar ze durft de twee vrouwen niet te storen. Ze schrikt als Irène zich omdraait en op haar af komt.

'Kan ik iets doen? Hebben jullie iets nodig?' vraagt Nora.

'Iets te drinken zou fijn zijn,' zegt Irène. 'Als ik je niet van je werk hou tenminste.'

'Nee, helemaal niet. Is thee goed? Er is eigenlijk weinig anders.'

'Thee is prima. Dank je wel.'

Nora haast zich weg en is snel terug met twee bekers thee. Marie is druk bezig foto's te maken van een soldaat die zijn been heeft gebroken. Ze knikt als Nora de mokken neerzet, maar heeft er weinig aandacht voor.

Irène neemt wel even pauze, en na een korte aarzeling spreekt Nora haar aan.

'Wat doet dat apparaat nou precies?' vraagt ze.

'Dat is een ingewikkeld verhaal, maar het komt erop neer dat het fotografeert wat zich in je lichaam bevindt. Zo kunnen we zien waar kogels en shrapnel zitten, en kunnen we breuken opsporen.' Irène pakt een foto en laat hem zien.

Gefascineerd kijkt Nora naar het zwart-witbeeld, waar heel duidelijk een bot op te zien is. 'Dat is geweldig!'

'Ja,' beaamt Irène. Ze drinkt met een paar slokken haar thee op, bedankt Nora en gaat weer aan het werk.

Voor ze de zaal verlaat kijkt Nora om naar moeder en dochter, die met de hoofden dicht bij elkaar over een röntgenfoto gebogen staan. Het beeld veroorzaakt een steek van pijn.

In een week tijd maken Marie en Irène röntgenfoto's van alle patiënten in het Sint-Jansgasthuis en het Bisschoppelijk College. Daarna nemen ze afscheid en rijden ze door naar het veldhospitaal in De Panne.

Een dag na hun vertrek is Nora bezig een paar dozen met rollen verband uit te pakken als er een sirene begint te janken. Verschrikt kijkt ze op. Tot nu toe was Veurne een bombardement bespaard gebleven, maar dit geluid komt haar bekend voor.

Iedereen kijkt in paniek om zich heen, alsof er een mogelijkheid is om het gevaar te ontlopen. Het Bisschoppelijk College heeft een kelder, maar die is niet groot genoeg voor allen. Er is ook geen tijd om de gewonden ernaartoe te brengen, en in de operatiezaal zijn de artsen druk bezig.

De eerste explosies klinken. Tafeltjes vallen om, allerlei voorwerpen kletteren op de grond. Iedereen werkt gewoon door. Bij elke inslag krimpt men in elkaar, maar niemand verlaat zijn post.

Ook Nora niet. Ze trilt over haar hele lichaam en het liefst zou ze haar oren dichtdrukken tegen het angstaanjagende geronk van vliegtuigmotoren en het geloei van het alarm, maar ze blijft verbanden aandragen.

Samen met Rosa sleept ze Kristof, die net is geopereerd, met strozak en al bij het raam vandaan. Geen moment te vroeg.

Een immense dreun doet het gebouw trillen, het stucwerk komt van de muren en het houtwerk kraakt. Het is alsof ze in een orkaan zitten; alle ruiten vliegen eruit en overal klinkt gedreun en gegil.

Nora verwacht elk moment de balken en bakstenen van het gebouw op haar hoofd te krijgen en kijkt angstig omhoog. Maar ook al worden de deuren uit hun scharnieren gerukt, het College weerstaat de aanval. De inslagen vinden vlakbij plaats, niet op het hospitaal zelf.

Langer dan een paar minuten duurt het bombardement niet. Opeens wordt het weer rustig en vindt Nora zichzelf languit op de grond terug, te midden van brokstukken en glas. Om haar heen stijgt een enorm gekerm op.

Wie niet meer op zijn voeten staat, krabbelt overeind, bekommert zich om de gewonden die onder de glasscherven in hun bed liggen. Velen van hen hebben snijwonden opgelopen, maar die zijn niet levensbedreigend.

Tijd om bij te komen van wat ze doorstaan heeft is er niet en dat is maar goed ook, beseft Nora. Aanpakken moet ze. Opruimen, verbinden, geruststellen.

'Ik denk dat de Duitsers er lucht van hebben gekregen dat koning Albert in Veurne zit,' zegt Rosa later, als ze even pauze nemen op de binnenplaats.

'Dat denk ik ook, we zijn nog nooit gebombardeerd. Maar dat betekent dat het vaker kan gebeuren.'

Rosa knikt.

'Denk je nooit: was ik maar thuisgebleven?' vraagt Nora.

'Tijdens zo'n bombardement wel. Ik heb het natuurlijk in Antwerpen al eens meegemaakt, jij ook. Toen dacht ik dat ik zou sterven. Maar ik bleef leven en toen het voorbij was ging ik gewoon weer verder met mijn werk.'

Ze drinken hun koffie en kijken naar de brokstukken en dakpannen waarmee de binnenplaats bezaaid is.

Dan zegt Rosa: 'Ik denk dat God ons op de plaatsen laat belanden waar we nodig zijn. Het is in Zijn handen, Nora. We blijven leven of we sterven, daar hebben we geen enkele invloed op.'

Eind november ontvangt Nora de brief waarop ze al twee maanden zit te wachten. Ralph schrijft dat Emiel, Adriana en hij veilig zijn aangekomen in Engeland, en hij vraagt hoe het met haar gaat.

Nora neemt zich voor om terug te schrijven, en dan na de oorlog nog één keer, om hun scheiding te regelen. Het doet haar meer dan ze had gedacht, ook al zijn haar gevoelens voor Ralph verflauwd.

December gaat met plensregens voorbij. In de loopgraven is de situatie vreselijk, volgens Mairi en Elsie. Maar zelfs de grootste verschrikkingen wennen. Schrok Nora er eerst nog voor terug om bebloed verband op te rapen en te verbranden, nu loopt ze een paar keer per dag met een bak geamputeerde ledematen naar de binnenplaats om ze op het vuur te gooien. De stank is zo overweldigend dat ze een doek tegen haar neus moet drukken om haar werk vol te kunnen houden.

En dan zijn er nog de lijken van al die jongens en mannen, die voortdurend worden weggedragen. Een speciale ruimte van het College dient als mortuarium, en één keer per dag komt er een kar die, helemaal volgestapeld, de lichamen naar de begraafplaats brengt. Twee dagen voor kerst ligt dat van Kristof er ook bij.

Met de kerstdagen houden de bombardementen plotseling op. De alarmsirenes zwijgen en het kanongebulder aan het front komt tot rust.

Iedereen begroet de korte adempauze met opluchting. De verpleegsters zetten een kerstboom neer. Met takken en glimmende ballen worden overal versieringen aangebracht, een soldaat met een mondharmonica zet een liedje in en ze zingen met z'n allen.

Tussen de middag gaat Nora naar buiten om een luchtje te scheppen. Ze trekt een dikke jas aan en loopt de binnenplaats bij de abdijpoort op, waar de ambulances staan. De wielen zitten onder de modder, en aan de achterkant van een van de wagens kleeft geronnen bloed.

'Tijd voor een schoonmaakbeurt, hè?' Mairi komt de binnenplaats op lopen, een sigaret in haar hand. 'Maar ja, wie heeft daar nou tijd voor?'

Nora loopt om de wagen heen. 'We hebben nu tijd, maar ik zou er liever in rijden dan hem schoonmaken.'

'Echt? Dat kan, hoor. Zullen we een ritje gaan maken? Ik ga de sleutel halen.' Mairi draait zich om en gaat naar binnen. Even later is ze terug, opent de poort en geeft de sleutel aan Nora. Die kijkt haar verbaasd aan.

'Wat moet ik daarmee? Ik kan niet autorijden, ik heb zelfs nog nooit in een auto gezeten!'

'Dan wordt dat hoog tijd. Elsie en ik hadden het er laatst over dat er te weinig vrouwen zijn om de ambulances te besturen. Wil jij het leren?'

Een huivering van opwinding glijdt over Nora's rug. 'Denk je dat ik dat kan?'

'Waarom niet? Ik kan het toch ook? Zo moeilijk is het niet. Wacht, ik rij hem wel even naar buiten.'

Mairi pakt de sleutel terug, stapt in de auto en rijdt hem vakkundig de poort door. Vervolgens schuift ze op zodat Nora kan gaan zitten.

Een beetje zenuwachtig neemt Nora plaats en luistert naar de instructies van Mairi. Ze leert waar ze haar voeten moet zetten, hoe ze gas moet geven en remmen, en dan, met ingehouden adem, rijdt ze daadwerkelijk een stukje.

'Goed zo,' zegt Mairi. 'Rij dit straatje maar uit. Aan het einde moet je even stoppen, kijken, en dan de bocht om.'

Nora doet wat ze zegt en stuurt de wagen voorzichtig de Abdijstraat uit. De bocht nemen is even spannend, maar als ze daarna gas bijgeeft en langzaam de weg oprijdt, vraagt ze zich af waarom ze dacht dat ze dit niet zou kunnen.

In een rustig tempo verlaten ze Veurne, en ze slaan de weg naar Pervijze in. Overal in de kasseienweg zitten grote gaten van bominslagen. Langs de kant staan geen bomen meer, alleen nog gespleten stammen zonder kruin. Verderop, in de velden, tekenen zich de trieste restanten van kapotgeschoten boerderijen af tegen de grauwe lucht.

'Wat ziet het er verschrikkelijk uit,' zegt Nora. 'Het is moeilijk voor te stellen dat hier nog geen halfjaar geleden mensen woonden.'

Mairi lijkt niet onder de indruk. 'Dan moet je eens aan het front kijken, of rond het gebied dat onder water staat. Dat ligt vol lijken. Ze komen zo aandrijven.'

Nora zegt niets. Ze kijkt strak op de weg, waar twee magere, verwilderde honden oversteken.

'Vorige week was het geen rijden hier,' zegt Mairi. 'Die kuilen zaten vol water en het was één grote modderpoel. Nu alles bevroren is gaat het beter. Pas op bij die bocht, die ziet er glad uit.'

Voorzichtig stuurt Nora om een bevroren modderpoel heen en Mairi knikt goedkeurend.

'Je hebt aanleg,' zegt ze.

Nora glimlacht. 'Als mijn moeder me zo eens kon zien!'

'Zou ze het erg vinden?'

'Erg? Ze zou het geweldig vinden.'

'Als je wilt, leid ik je op,' zegt Mairi. 'Dat hoeft niet lang te duren.'

De auto schudt heen en weer op een slecht stuk weg, zodat Nora even haar aandacht erbij moet houden. Zodra ze op een beter begaanbaar deel komen, kijkt ze Mairi aan en zegt: 'Dat wil ik heel graag.'

50

De dag na kerst is het gedaan met de rust en beginnen de bombardementen weer. De Grote Markt wordt zo zwaar getroffen dat het plein bezaaid is met dakpannen, bakstenen en stukken hout. Tussen het gegier van de bommen en de instortende huizen door klinkt het geluid van tientallen zwerfhonden die hun longen uit hun lijf janken.

Nora kan het nauwelijks geloven, maar het schijnt dat de geallieerden en de Duitsers in de loopgraven kerst met elkaar hebben gevierd. Op kerstavond verschenen er met kaarsjes verlichte boompjes langs de Duitse loopgraven en begonnen de soldaten kerstliedjes te zingen. Een paar kilometer verderop luisterden de Belgen en de Engelsen verbaasd. Toen het 'Stille nacht, heilige nacht' wegstierf, applaudisseerden ze en zetten ze een *Christmas carol* in. De volgende ochtend, op eerste kerstdag, is er niet gevochten. In plaats daarvan verlieten de soldaten aan beide kanten de loopgraven. Halverwege gaven ze elkaar een hand en wensten ze elkaar een gelukkig kerstfeest.

De spontane verbroedering schijnt beide kerstdagen te hebben geduurd, langs het hele front. Toen de officieren van hun verlof terugkeerden, konden ze hun ogen niet geloven en bevalen ze om het gevecht onmiddellijk te hervatten.

Nora weet niet goed wat ze van het verhaal moet geloven, maar alle soldaten die sindsdien de hospitalen worden binnengebracht vertellen hetzelfde, dus moet het wel waar zijn. Het geeft haar weer een beetje hoop. Niemand wil deze oorlog, de Duitse soldaten ook niet, en op een dag zal hij voorbij zijn.

Maar voorlopig ziet het daar nog niet naar uit. Op 27 december razen er Duitse vliegtuigen over die meer dan veertig bommen op de stad werpen. Behalve soldaten komen er ook veel burgerslachtoffers in het hospitaal te liggen.

In de laatste dagen van het jaar 1914 klingelt de bel van de abdijpoort meerdere malen per dag ten teken dat er een ambulance voor de poort staat, en steeds opnieuw worden er soldaten naar binnen gedragen.

'Het zijn allemaal oudere mannen,' zegt Nora, terwijl ze de brancardiers laat passeren.

'Ja, we zijn bijna door de jongere lichting heen. Nu zijn de oudjes aan de beurt. Help je me even?' Rosa legt haar hand op Nora's schouder en ze lopen samen naar de brancard.

Binnen, in het College, knippen ze het uniform van een soldaat open. Hij schreeuwt het uit en Nora pakt zijn hand. Dat is officieel niet toegestaan, want zo'n door pijn bezeten man zou haar kunnen bezeren.

Rosa werpt een blik op Nora, maar die negeert haar. De man klampt zich aan haar vast, en even krijgt ze het benauwd, maar ze slaagt erin hem te kalmeren door rustig tegen hem te praten. 'Het komt goed, we gaan je helpen. Hoe heet je? Ik ben Nora.'

'Mart,' zegt de jongeman hijgend. 'Ga ik dood?'

Nora reageert wijselijk niet. Pas als de soldaat zijn vraag herhaalt zegt ze: 'Rustig maar. De dokter gaat eerst je verwondingen bekijken.'

Ze hoeft geen arts te zijn om te zien dat de toestand van de soldaat zorgwekkend is. Hij bloedt uit vele wonden en van zijn linkerarm en -been is weinig meer over.

Rosa en een arts bekommeren zich over de man en Nora draait zich om om verder te gaan. Mairi komt op haar af rennen en roept: 'Nora, kom! Bij Pervijze liggen er nog veel meer.'

Ze drukt Nora een autosleutel in de hand en ze rennen naar de ambulances. Een beetje zenuwachtig neemt Nora plaats achter het stuur en ze start de motor. Ze heeft veel geoefend de afgelopen week, ze kan dit. Na een keer flink in- en uitademen zoekt haar voet het gaspedaal en ze rijdt weg.

Pervijze is niet alleen verlaten, het is compleet verwoest. Geen huis is onbeschadigd en de meeste zijn ingestort. De straten zijn bedekt met een dikke laag gruis.

De woning waarin Mairi en Elsie hun intrek hebben genomen is er niet veel beter aan toe. Het huis staat nog maar half overeind. De bovenverdieping is verdwenen, zodat het plafond van de benedenverdieping als dak fungeert. Binnen ligt het vol gewonden, Elsie is er druk bezig. Ze knikt Nora toe en gaat zonder iets te zeggen verder met haar werk.

'Hier liggen de zwaargewonde soldaten,' zegt Mairi. 'De jongens die zelf de trap op en af kunnen, liggen beneden. Maar dat zijn er niet zoveel, iedereen moet snel weg. Het is te gevaarlijk hier.'

Nora had een normaal huis verwacht. Beschadigd, maar bewoonbaar. Wat ze hier ziet slaat haar met stomheid, en vol ongeloof volgt ze Mairi.

Via een steile trap dalen ze af naar de kelder.

‘Pas op voor de soldaten die hier liggen,’ zegt Mairi, en als ze beiden beneden zijn voegt ze eraan toe: ‘Nou, hier wonen we.’

Zwijgend kijkt Nora om zich heen. Haar ogen moeten even wennen aan het schemerdonker, maar dan ziet ze strozakken op de grond waar mannen op liggen, een tafel en twee stoelen, huisraad, manden met levensmiddelen. Het blad van de eettafel is nauwelijks zichtbaar door de rollen verband en vele potjes, flesjes, scharen en tangen. Er hangt een muffe grondlucht en iedere vorm van comfort ontbreekt.

‘Neem jij deze mannen mee,’ zegt Mairi. ‘Zij kunnen zelf naar de ambulance lopen. Wij volgen met de anderen.’

Nora knikt en begint de mannen overeind te helpen. Ze gaan moeizaam de trap op en worden boven opgevangen door Mairi en Elsie.

‘Opschieten. Het is verdacht rustig hier, dat kan nooit lang duren,’ zegt Elsie.

Ze heeft die woorden nog niet uitgesproken of een oorverdovend mitrailleursalvo barst los. Nora vliegt de ambulance in. Een van de soldaten, die gewond is aan zijn hoofd en naast haar zit, kijkt ongerust om zich heen.

‘Dat was wel heel dichtbij,’ zegt hij.

‘Ja, we gaan.’ Nora schuift achter het stuur en terwijl vijftig meter verder de hel losbarst, rijdt ze met hoge snelheid weg.

Ondanks het gevaar rijdt Nora vanaf dat moment voortdurend heen en weer. De eerste keer dat ze met een volle ambulance terugkeerde bij het hospitaal, viel Rosa’s mond open. Ze schoot toe om te helpen en nadat de gewonden allemaal naar binnen waren gebracht, hield ze Nora staande.

‘Wat goed van je. Als je een keer hulp nodig hebt, moet je het zeggen,’ zei ze.

Over het algemeen redt Nora het wel, maar als ze zwaargewonden moet ophalen die medische verzorging nodig hebben, vergezelt Rosa haar.

Op een dag moeten ze, vanwege een bominslag die een krater heeft veroorzaakt, een kleine omweg maken. Zo komen ze op een pad dat langs het onder water gezette gebied leidt. Het front ligt maar een paar meter verder.

'Ik vind dit geen prettige route,' zegt Rosa.

Naast hen ligt het overstroomde gebied. Kapotgeschoten boerderijen steken erboven uit. Op hogergelegen stukken grond liggen dode dieren en soldaten te rotten. In het water drijven lijken. De zware uniformen en wapens houden de soldaten meestal wel op de bodem, maar soms laat de modder zijn vracht los en komen er een paar naar boven drijven.

'Kijk maar de andere kant uit.' Nora houdt haar ogen op de weg gericht.

Inmiddels is zij gewend aan de omgeving waarin Mairi en Elsie leven, maar Rosa komt er niet zo vaak, en ze schudt verbijsterd haar hoofd.

'Hoe houden ze het hier vol,' zegt Rosa. 'Ik heb zoveel bewondering voor die twee. Mairi is niet eens verpleegster, en toch verricht ze de meest gecompliceerde medische handelingen. En dat terwijl ze voortdurend gevaar loopt. Ze had ook een onbezorgd leven in Engeland kunnen hebben. Uitgaan, verliefd worden... Dat geldt trouwens ook voor jou, Nora.'

'Ik had geen keus. Mairi en Elsie zijn hier uit vrije wil naartoe gekomen, net als jij. Mij is het allemaal maar overkomen.'

'Onzin, je had ook naar Nederland terug kunnen gaan. Dat is niet onmogelijk, weet je.'

'Toen niet, nu wel.'

'Nee hoor, er zijn echt wel manieren. Die zijn niet zonder

gevaar, maar dat is het leven hier ook niet.' Rosa kijkt opzij, naar wat overgebleven is van de huizen. 'Wat ga je doen na de oorlog?'

'In ieder geval niet trouwen en kinderen krijgen. Uiteindelijk wil ik dat wel, maar niet alléén dat.' Nora parkeert de auto voor het huis van Mairi en Elsie en zet de motor uit. 'Mijn ouders hebben een kaasfabriek, en op een dag is die fabriek van mijn broer en mij. Misschien ga ik het vak wel leren.'

Met drie patiënten in de laadruimte keren ze een kwartier later terug naar Veurne. Twee van de mannen zijn bewusteloos, de derde ligt te kermen. Rosa gaat achterin zitten om hem bij te staan en de twee anderen in de gaten te houden.

'Rij voorzichtig,' zegt Elsie, als Nora de motor start.

Nora zou kunnen zeggen dat ze altijd voorzichtig rijdt als ze patiënten vervoert, maar ze knikt alleen.

Via dezelfde weg keren ze terug. Het meer met zijn verschrikkingen ligt net achter hen als in de verte een aanzwellend lawaai klinkt.

'Een vliegtuig! Duitsers!' roept Rosa.

Onmiddellijk geeft Nora extra gas. Verderop ligt een stuk bos, als ze dat bereiken zijn ze veilig. Maar het vliegtuig komt sneller dichterbij dan zij kan rijden. Het geronk achter haar wordt steeds luider en Nora laat alle voorzichtigheid varen. Ze jaagt de ambulance over de ongelijke weg, probeert de grootste gaten te omzeilen en gaat er dwars doorheen als het niet anders kan. Zelf kan ze zich vasthouden aan het stuur, maar Rosa, achter in de laadbak, moet alle kanten op vliegen. Af en toe hoort ze haar kermen, en ook de soldaat schreeuwt, maar Nora neemt geen gas terug.

'Sneller!' roept Rosa.

Ze redden het niet. Het bos is te ver weg, en vanuit het vliegtuig wordt met een mitrailleur op hen geschoten. De kogels fluiten om hen heen, belanden met harde, scherpe tikken tegen het metaal van de ambulance, doorboren het.

'Hij zit boven ons!' schreeuwt Rosa.

De open zijkanten van de ambulance, bij de portieren, vormen het grootste gevaar, en daar lijkt de schutter nu op te richten. Het enige wat Nora kan doen, is het hem zo moeilijk mogelijk maken.

Als een wilde rijdt ze van links naar rechts. Ze wordt zo hevig door elkaar geschud dat ze bijna de macht over het stuur verliest. Er druipt iets langs haar arm, iets warms waarvan de geur haar bekend voorkomt. Maar ze voelt geen pijn en ze kijkt niet, daar heeft ze de tijd niet voor. Vreemd genoeg wordt ze opeens heel rustig. Ze is getroffen, maar ze halen het wel. Niets aan de hand.

Met de kiezen op elkaar geklemd legt ze de laatste meters naar het bos af en dan rijdt ze de beschutting van de bomen in. De ambulance vliegt dwars door het struikgewas, passeert rakelings een boom, alles kraakt, de voorruit barst, en dan komt hij in een greppel tot stilstand. Maar de vaart was er al uit, en ook al klapt Nora naar voren, het had erger gekund.

Een tijdlang blijft ze versuft zitten. Achter in de ambulance is het stil geworden. Om haar heen is het ook stil. Het eerste geluid dat tot Nora doordringt is het wegstervende geronk van het vliegtuig. Het tweede is Rosa's stem, die om haar heen golft, maar die geen woorden lijkt te vormen.

Ze kijkt omlaag, naar het bloed dat uit haar arm stroomt, en verbaast zich erover dat het zo veel is. En dat ze nog steeds niets voelt. Maar op het moment dat ze dat bedenkt, komt de pijn.

51

'Je hebt mijn leven gered,' zegt Rosa. 'Je had in paniek kunnen raken toen je merkte dat je bloedde, maar je bleef doorrijden tot we veilig waren.' Ze kijkt naar Nora, die met één arm in een mitella zo goed mogelijk haar werk probeert te doen.

'Ik had weinig keus. Als we gestopt waren, hadden de Duitsers de auto doorzeefd.'

'Dat kan wel zo zijn, maar ik vind toch dat je het geweldig hebt gedaan. En daarom wil ik je iets geven.' Rosa haalt een gouden kettinkje met een kruisje eraan tevoorschijn. 'Dit heb ik voor je gekocht. Ik draag er zelf ook een. Ik heb het van mijn ouders gekregen toen ik naar België ging. Het beschermt me, en zal jou beschermen.'

Ontroerd neemt Nora het kettinkje in ontvangst en doet het om. 'Wat lief! Dat had je niet hoeven doen. Jij hebt mijn leven ook gered door de kogel eruit te halen en me te verbinden.'

Glimlachend kijken ze elkaar aan, en vervolgens gaan ze weer aan de slag. Tussen haar werkzaamheden door raakt Nora af en toe het kettinkje even aan. Het is een lief gebaar van Rosa, maar ze heeft niet het gevoel dat ze dit cadeau heeft verdiend.

Het was meer geluk dan wijsheid dat ze aan dat gevechtsvliegtuig ontkomen zijn, en daarbij: twee van de gewonde soldaten die achter in de ambulance lagen hebben de wilde rit niet overleefd. Daar voelt ze zich verantwoordelijk voor, al kon ze er weinig aan doen.

Terwijl Nora verbanden aandraagt, loopt dokter Daels de ziekenzaal in en hij roept het team bij elkaar. Ze verzamelen zich in de hal, waar hij hen vanaf de trap toespreekt.

'Het wordt te gevaarlijk hier in Veurne,' zegt hij. 'Zojuist is bekendgemaakt dat de koning naar Houtem vertrekt en dat wij ook moeten evacueren.'

Een ontsteld gemompel stijgt op.

'Ja, beste mensen, dat wordt een moeilijke en gevaarlijke klus, maar het kan niet anders. We hebben al te lang geluk gehad, een dezer dagen valt er een bom op het hospitaal. Maak alles klaar voor vertrek naar Adinkerke.'

Nora zoekt Frederike meteen op.

'Ga jij mee?' vraagt Frederike.

'We kunnen hier blijven, maar wat moeten we thuis? Daar kan ook een bom vallen.'

'Dat risico neem ik. Als ik wegga uit Veurne kan Henri me niet bereiken.'

Het lijkt Nora sterk dat Henri nog leeft, aangezien hij nog niet één keer heeft geschreven, maar ze knikt begrijpend.

De evacuatie wordt meteen in gang gezet. Het hospitaal waar ze naar uitwijken ligt tegenover het spoorwegstation van Adinkerke. De gewonden zullen naar een leegstaande loods worden overgebracht, van waaruit ze met de trein naar Frankrijk of Engeland worden vervoerd, zodat er ruimte is voor nieuwe patiënten.

Met een lange omhelzing neemt Nora afscheid van Frederike, en ze bedankt haar voor haar gastvrijheid.

'Wat doen we dramatisch, we zien elkaar echt nog wel een keer,' zegt Frederike, lachend door haar tranen heen.

'Ik kom je opzoeken,' belooft Nora.

In de dagen voor vertrek rijden Nora, Mairi en Elsie voortdurend heen en weer om alle patiënten zo snel mogelijk in Adinkerke te krijgen. Op de laatste dag van januari zijn Nora en Rosa als enigen over in het hospitaal. De brancardiers leggen drie gewonde soldaten in de ambulance en Nora gaat achter het stuur zitten.

'Ga je mee?' vraagt ze, als Rosa geen aanstalten maakt om in te stappen.

Rosa schudt haar hoofd. 'Ik moet nog even naar mijn hotel om mijn spullen te halen. Mairi komt zo, ik rij met haar mee.'

'Goed, tot zo dan. Wees voorzichtig.' Nora start de motor. Ze zwaait en rijdt de binnenplaats van het College af.

In het hospitaal in Adinkerke wacht ze op haar vriendin, maar na een paar uur is Rosa er nog niet. Ongerust kijkt ze telkens naar buiten of ze Mairi al ziet aankomen. Als ze eindelijk het geluid van een ambulance hoort, loopt ze vlug de tent uit.

Alleen Mairi is er, en aan haar gezicht te zien heeft ze slecht nieuws.

Als verlamd blijft Nora staan. Mairi loopt recht op haar af. Ze huilt, en dan weet Nora het wel.

'Ze is dood,' zegt Mairi schor. 'Rosa is dood. Ze is op de Grote Markt door een granaatscherf getroffen, en haar rechterbeen is afgerukt. Ik kwam net aan en heb eerste hulp verleend, maar ik zag al meteen dat ze kansloos was.'

'Is ze daar gestorven? Op straat?' fluistert Nora.

'Nee, ik heb haar naar l'Océan in De Panne gebracht. Dat

is het beste hospitaal in de omgeving. Ik dacht, als ze nog een kans heeft dan is het daar. De artsen hebben hun uiterste best gedaan om haar leven te redden, maar het was te laat. Het bloedverlies was te groot.' Mairi barst opnieuw in tranen uit.

'Het is niet jouw schuld,' zegt Nora terwijl ze haar vriendin stevig vasthoudt. 'Je hebt gedaan wat je kon.'

'Ik weet het,' zegt Mairi met gesmoorde stem. 'Het voelt alleen helemaal niet zo.'

52

De Duitsers hebben hun woord gegeven dat de Belgische vluchtelingen veilig kunnen terugkeren, en in het voorjaar van 1915 doet een groot aantal van hen dat ook. Maar de werknemers van De Purmer blijven allemaal.

'Misschien ga ik wel helemaal niet meer terug,' zegt Aline. 'Ik heb niets meer in België.'

Dat geldt ook voor andere mensen. Wat een korte oorlog met een klinkende overwinning voor de geallieerden had moeten worden, is uitgelopen op een uitputtingsslag die nog jaren kan voortduren.

In Lydia's eigen leven is ook weer wat licht verschenen: Huib heeft haar ten huwelijk gevraagd en ze heeft ja gezegd. Het is alsof de klok een kleine twintig jaar is teruggedraaid; ze zijn weer dag en nacht samen. Het enige wat ontbreekt is Nora, en dat legt een schaduw over alles. Ze beseft dat het voor Huib nog erger is: hij heeft twéé kinderen om zich zorgen over te maken.

Het graf van Jantine ziet er fleurig uit. Huib zit op zijn knieen en plant tulpen, haar lievelingsbloemen. Hij heeft ze met bol en al uit de tuin van de boerderij getrokken en meegenomen.

Hij denkt nog elke dag aan Jantine, maar meer uit schuldgevoel dan omdat hij haar mist. Zijn wekelijkse gang naar het kerkhof is een vorm van boetedoening, en een gelegenheid om stil te staan bij zijn zorgen om Wouter. Niet dat hij er hardop over praat, maar hij heeft wel het gevoel dat Jantine zijn gedachten op de een of andere manier opvangt.

Met Lydia kan en wil hij er niet over praten, zij heeft genoeg aan haar eigen problemen. Ze slaapt 's nachts slecht en daarom heeft hij tegen zijn Belgische werknemers gezegd dat ze terughoudend moeten zijn met hun verhalen.

Huib komt overeind en klopt wat zand van zijn broek. Hij werpt nog een laatste blik op het graf en loopt het kerkhof af. Buiten de hekken wacht zijn paard, dat voor de wagen gras staat te eten.

Even later rijdt hij terug naar huis. Ondanks de zon is het koud, 's nachts vriest het nog licht. Huib huivert en laat de leidsels wat harder op de paardenrug neerkomen. Het is zondag, de fabriek is dicht en hij wil naar huis, koffiedrinken met Lydia. Thuis is nu Welgelegen, want op de boerderij wonen de vluchtelingen.

Na een kwartier rijden komt hij erlangs en kijkt naar de kinderen die in de boomgaard spelen. Als ze hem voorbij zien komen zwaaien ze, en Huib steekt zijn hand op.

Het voelt vreemd om de boerderij links te laten liggen en door te rijden naar Welgelegen, maar voor nu is het een goede oplossing.

Na nog eens tien minuten slaat hij de oprijlaan in. Helemaal aan het einde, bij het huis, staat Lydia met iemand te praten. Ze heeft haar arm om de bezoeker heen geslagen en ze zwaait als ze Huib ziet aankomen. Als de bezoeker zich omdraait wordt de lucht uit Huibs longen geslagen.

Eerst denkt hij dat hij dingen ziet die er niet zijn. Dat hij zich dit moment zo vaak heeft voorgesteld dat zijn ogen hem voor de gek houden. Maar dat is niet zo; het beeld blijft hetzelfde. Blijkbaar was zijn bezorgdheid groter dan hij zich realiseerde, heeft hij die diep weggestopt, want opeens valt er een enorme last van zijn schouders. Hij spoort het paard aan tot draf, terwijl de bezoeker met een brede lach in zijn richting komt lopen.

Het is hem echt. Hij lijkt amper meer op de jongen die twee jaar geleden kwaad wegliep, maar hij is het.

Nog voor de wagen tot stilstand is gekomen, springt Huib eraf. Met grote stappen loopt hij op Wouter af en omhelst zijn zoon. 'Wouter! Hoe kom jij opeens hier?'

'Dag pa, hoe is het?' Lachend beantwoordt Wouter zijn omhelzing en slaat zijn vader een paar keer op de rug.

'Het gaat goed. Prima!' Huib laat zijn zoon los en houdt hem op een afstandje. Wat hem eerst niet opviel is nu duidelijk zichtbaar: littekens. Veel littekens, allemaal aan de rechterkant van Wouters gezicht.

'Ik ben er niet mooier op geworden,' zegt hij.

Huib slikt zijn emotie weg. 'Je hebt het overleefd, goddank. En je bent gegroeid. Jee, je bent echt een kerel geworden! Waarom ben je in burger? Heb je het leger verlaten?'

'Hij heeft verlof,' zegt Lydia. 'Laten we naar binnen gaan, dan kan Wouter alles vertellen.'

Met zijn arm om zijn zoon heen geslagen gaat Huib het huis in, nog steeds niet bekomen van zijn verbazing. 'Vertel! Wat is er allemaal gebeurd?'

Ze gaan in de eetkamer rond de tafel zitten, terwijl Mies

koffie en cake neerzet. Wouter vertelt over zijn ervaringen in het Nederlandse leger, waar hij het niet lang heeft uitgehouden.

'Er was niets te doen,' zegt hij. 'Een beetje langs de grens heen en weer lopen, meer niet. Om ons bezig te houden liet de leiding ons sporten en lange marsen maken, maar daar had ik na een paar maanden wel genoeg van. Ik wilde écht iets doen, een verschil maken. Daarom heb ik me aangemeld bij het Franse leger.'

'Waarom niet bij het Belgische?' vraagt Lydia.

'Omdat dat geen partij was voor de Duitsers. Ik had meer vertrouwen in de Fransen.' Wouter vertelt verder, over zijn ervaringen op het slagveld, over de loopgraven, de vrienden die hij heeft gemaakt en verloren, en over zijn bevordering tot kolonel.

'Dan moet je wel iets klaargespeeld hebben,' zegt Huib. 'Je wordt niet zomaar bevorderd.'

'Ik had een vriend gered. Een officier.'

Het klinkt eenvoudig, alsof het niet veel voorstelt, maar Huib krijgt onmiddellijk visioenen van een regen aan granaten en zijn zoon er middenin, slepend met zijn vriend. Terwijl hij zijn koffie opdrinkt observeert hij hem, dankbaar en ontroerd.

Lydia zegt niet veel, en onder tafel legt Huib zijn hand op haar bovenbeen. Ze legt die van haar erop, en op dat moment stopt Wouter met vertellen, alsof hij de verandering in de atmosfeer voelt.

'Het spijt me,' zegt hij. 'Van wat er allemaal gebeurd is.'

Huib knikt. 'Ik begrijp het wel. Je had net je moeder verloren.'

'Dat maakt niet uit, ik had het Nora niet mogen vertellen. Niet op díé manier.'

'Nee,' zegt Lydia.

In de stilte die valt slaat Wouter zijn ogen neer en roert hij wat in zijn koffie.

'Dus ze zit in Engeland.'

'Dat dachten en hoopten we, maar nee,' zegt Lydia. 'Ralph is naar Engeland gegaan en heeft haar in België achtergelaten.'

'Wát?'

'Blijkbaar ging het niet zo goed tussen hen. Ze gaan scheiden.'

'En dus heeft hij haar gewoon in de steek gelaten? Wat een zak!'

'Wij weten ook niet precies wat er is gebeurd. Dat heeft ze niet verteld. Maar ze zit dus in haar eentje in Veurne.'

'Dat ligt vlak bij het front,' zegt Huib. 'In de krant staat dat er veel bommen vallen.'

'Ja, omdat de koning er zat, maar die is intussen vertrokken,' zegt Wouter. 'Maar dat weten de Duitsers niet, dus ze blijven bombarderen. Als Nora nog naar huis wil moet ze opschieten. De Duitsers zijn bezig de grens tussen Nederland en België af te sluiten met elektriciteitsdraden.'

'Elektriciteit?'

'Ja, er komen drie versperringen, waarvan de middelste onder stroom komt te staan. Tweeduizend volt. Als je zo'n draad alleen maar met je nagel aanraakt word je geroosterd. Bij de grens met Duitsland zijn ze al bezig.'

Lydia schuift haar stoel naar achteren en staat op. 'Ik ga even een luchtje scheppen.' Ze verlaat de eetkamer en Huib kijkt haar na.

Met een dikke sjaal om zich heen staat Lydia in de tuin. Ze laat haar blik over de uitbottende struiken en bomen glijden en ademt diep in en uit.

Het duurt niet lang voor ze iemand aan hoort komen. In de verwachting dat het Huib is draait ze zich om, maar het is Wouter.

'Ik haal haar terug,' zegt hij.

Lydia kijkt hem een paar seconden zwijgend aan. 'Je bent veranderd,' zegt ze dan, zonder in te gaan op wat hij zegt.

Hij kijkt terug, wendt dan zijn blik weer af. 'Ik heb veel tijd gehad om na te denken,' zegt hij, en hij voegt eraan toe: 'Het spijt me echt.'

Met een knikje accepteert Lydia zijn excuus. 'Je was nog erg jong toen het gebeurde. Wat zeg ik? Je bent nog steeds jong. Er zijn maar twee jaren verstreken.'

'Het lijken er wel tien.' In gedachten verzonken staart Wouter voor zich uit, en Lydia begrijpt dat hij heel andere dingen dan de tuin ziet.

'Meende je wat je zei? Dat je Nora terug wilt halen?' vraagt ze.

'Ja. Ze moet niet in Veurne blijven, die stad ligt voortdurend onder vuur.'

'Maar kán het? Jullie zouden door bezet gebied heen moeten. Om over die elektriciteitsdraden nog maar niet te spreken.'

'Is dat niet gevaarlijk?' Ongemerkt heeft Huib zich bij hen gevoegd en hij kijkt zijn zoon met gefronste wenkbrauwen aan.

'Je kunt de grens over, als je de juiste passen maar hebt. Nora en ik zijn Nederlands, dus dat zal geen problemen geven. Ik moet natuurlijk wel in burgerkleding reizen, dat heb ik nu ook gedaan. Anders was ik niet ver gekomen.'

Lydia kijkt naar Huib, die een twijfelende uitdrukking op zijn gezicht heeft.

'Ik weet het niet,' zegt ze.

Huib zwijgt.

'Geloof me, in Veurne loopt ze pas echt gevaar,' zegt Wouter. 'Ze kan beter naar huis komen. Via het leger kan ik die passen regelen. Zeg het maar. Zal ik haar gaan halen?'

'Ja,' zegt Huib.

53

Het gaat maar door, al wekenlang. Er is geen begin en geen einde, alleen het nu, eindeloos uitgerekt, met de nacht als korte pauze. 's Nachts komt alles tot stilstand en heeft Nora even rust, tot de verschrikkelijke beelden die ze overdag heeft geprobeerd te negeren op haar netvlies verschijnen. Ze is te moe om er wakker van te liggen, maar ze neemt ze met zich mee als ze de duisternis intuimelt.

Ze is overgeplaatst naar hospitaal l'Océan, in de Panne, omdat daar de spoedgevallen naartoe moeten. Elke ochtend ontwaakt Nora uit angstige dromen, om te ontdekken dat de werkelijkheid nog veel erger is. Elke dag begint alles opnieuw. De bombardementen. De gewonden die binnenstromen. De doden.

Zou het ooit ophouden? Zou er ooit een einde aan de oorlog komen?

Dit jaar nog, zeggen ze tegen elkaar. Nog even volhouden. Ze kunnen niet eeuwig in die loopgraven blijven liggen, de Duitsers noch de geallieerden. Op een gegeven moment zal één partij het bijltje erbij neergooien, misschien als er geen jongens en mannen meer zijn om de oorlog in te sturen. Of misschien verschijnen dan de soldaten die nu nog kinderen zijn, maar nee, zo wil ze niet denken. Dit wordt het laatste jaar.

Nora's nieuwe onderkomen is een kamertje in een paviljoen voor mensen die aan hospitaal l'Océan zijn verbonden. Vóór de oorlog was het gebouw een chic vakantiehotel. Op initiatief van koningin Elisabeth, die in een villa in De Panne verblijft, is het pand omgebouwd. Met vier verdiepingen en in totaal zesenveertig houten bijgebouwen is het het grootste fronthospitaal van Vlaanderen.

De koningin bezoekt l'Océan bijna dagelijks, en helpt zelfs met de verpleging. Maar haar belangrijkste rol ligt in het luisteren naar de verhalen van de gewonden en het bieden van troost.

De winter van 1914 op 1915 is een van de strengste van die jaren.

Duizenden jongens sterven, en als het zo doorgaat zullen er nog duizenden volgen. Gevochten wordt er niet meer, het Belgische leger zit veilig achter het overstroomde land. De belangrijkste gevechtshandelingen vinden plaats in het gebied rond Ieper, waar de Fransen en Britten de Duitsers tegenhouden. Veel gewonden worden naar De Panne overgebracht.

Maar ook in de loopgraven achter het IJzerfront vallen nog dagelijks slachtoffers door bombardementen. En als de vijand je niet vermoordt, dan doet het leven in de modderige loopgraven dat wel.

Maar dan, van de ene op de andere dag, breekt de lente aan. Het wordt warmer en de bomen botten uit, alsof de natuur zich niets aantrekt van wat de mensheid aanricht.

Op een mooie dag in april realiseert Nora zich dat ze geen vogels hoort. Ze ziet er ook niet één. Ze moeten zijn gevlucht voor het lawaai van het front, en gelijk hebben ze. Stilte is iets wat ze niet meer kent, wat haar nerveus maakt.

Vermoeid leunt Nora tegen de wand van het hospitaal en heft haar gezicht naar de zon. De warmte doet haar goed. Een tijdlang blijft ze zo staan en dan opent ze haar ogen weer, knipperend tegen het licht. Voor haar ruist de zee, af en aan. Aan de zee verandert niets, hij is er altijd, troostend en kalmerend. In de grijze golven baden een paar soldaten. Aan de overkant is Ralph.

Waar is Julien? Zal ze daar ooit achter komen of is hij toegevoegd aan de eindeloze lijst van vermisten?

Voetstappen klinken en Nora kijkt opzij. Het is een van de verpleegsters.

'Er is een blindganger in de loopgraaf terechtgekomen. Elsie en Mairi waren hier net met gewonden. Ze zijn teruggegaan om de rest op te halen.'

'Moet ik ook rijden?'

De verpleegster knikt en Nora snelt naar de ambulance. Onderweg ziet ze een man over de Zeedijk in haar richting lopen. Hij valt haar niet alleen op omdat hij jong is, maar ook omdat hij zijn ogen strak op haar gericht houdt. En hij heeft iets bekends.

Nora fronst licht haar wenkbrauwen, maar hoe ze ook kijkt, ze kan hem niet plaatsen. Dat komt pas als hij voor haar staat.

'Nora,' zegt hij.

Eerst herkent ze zijn stem en dan pas zijn gezicht, dat aan één kant lelijk is toegetakeld. Brandwonden, ziet ze meteen. Te laat behandeld, waardoor er grote littekens zijn ontstaan.

'Wouter,' zegt ze stomverbaasd. 'Wat doe jij nou hier?'

'Ik kom voor jou.'

'Voor mij?' In verwarring kijkt Nora van haar halfbroer naar de brancardiers die komen aanlopen.

'We moeten gaan,' zegt een van hen op dringende toon.

'Ja, ik kom.' Nora wendt zich tot Wouter, die naar haar legerjas en kniebroek staat te kijken. 'Als je wilt, kun je meerijden. Dan praten we onderweg.'

'Rijd jíj de ambulance?' Verbaasd loopt Wouter mee naar het voertuig. 'Waar moet je naartoe?'

'Naar de hulppost in Pervijze. Ga je mee?'

Wouter knikt en schuift op de bijrijdersstoel. De brancardiers klimmen achterin en Nora neemt plaats achter het stuur.

'Waar heb je leren autorijden?' vraagt Wouter, terwijl zij start.

'Hier, natuurlijk. Bij gebrek aan mannen. Dat zal overal aan het front wel het geval zijn.'

'Klopt, ik had alleen niet verwacht dat jíj zoiets zou doen.'

'Ik ben niet meer dat meisje van toen, Wouter. Er is veel veranderd.' Ze rijdt de Zeedijk op en geeft gas. 'Hoe is het thuis?'

'Goed. Ze gaan trouwen.'

Een brede glimlach trekt over Nora's gezicht. 'Echt waar? Dat is geweldig. Wat fijn voor mama. Heeft ze mijn laatste brief ontvangen?'

'Ze weet dat je in Veurne zit, maar dat is dus niet meer het geval. En ze weet dat je man in Engeland is en dat je wilt scheiden.'

'Dat klopt.'

'Waarom is dat?'

'Dat vertel ik je nog wel een keer.'

'Goed, maar het betekent dus dat je kunt doen wat je zelf wilt. Ik heb samen met mijn... onze vader een route uitgestippeld en ik heb passen geregeld. We kunnen gaan wanneer je wilt.'

Onderzoekend kijkt Nora hem aan. 'Gaan?'

'Ja, naar huis. Ik kom je halen. Alles is geregeld.'

Het duurt even voor Nora reageert. Zwijgend rijdt ze door, terwijl ze nadenkt over Wouters woorden.

'Waarom doe je dit?' vraagt ze uiteindelijk.

'Wat?'

'Mij ophalen. We zijn niet bepaald leuk uit elkaar gegaan.'

'Nee, maar zoals je net al zei is er veel veranderd. Ik ben ook niet meer die jongen van toen. Ik zie de dingen nu heel anders. En je bent mijn zus.'

Er valt een stilte, die Nora verbreekt door met een glimlach te zeggen: 'Eén die een broek draagt en autorijdt.'

'Wat ik geweldig vind.' Wouter glimlacht ook. 'Echt geweldig.'

In de resterende tien minuten die ze nodig hebben om Pervijze te bereiken zeggen ze niet veel meer. Nora heeft al haar aandacht nodig bij het slechte wegdek, en Wouter helpt haar door te wijzen op kuilen en verraderlijke modderplassen. Niet dat dat nodig is, Nora kent de weg als geen ander, maar ze laat hem. Af en toe werpt ze een blik op Wouter. Wat ze ook van hem mag vinden, hij is haar broer. En hij is voor háár gekomen.

Ze naderen Pervijze, waar de stukgeschoten kerktoren zich boven de puinhopen verheft, en rijden door de desolate straten.

'Hoe dicht zitten we hier bij de loopgraven?' vraagt Wouter.

'Vijftig meter.' Nora rijdt de Veurnestraat in en parkeert voor de bouwval waar de hulppost is gevestigd. Ze springt uit de wagen, en achter haar doen de brancardiers hetzelfde.

De gewonde soldaten liggen binnen in een rij op de grond. Mairi en Elsie geven instructies wie als eersten vervoerd moeten worden. Wouter helpt een handje en in een mum van tijd ligt de ambulance vol kermende jongens.

Snel maar voorzichtig rijdt Nora terug. Wouter zwijgt en ook zij zegt niets. Twintig minuten later wordt in de verte de hoge toren van het hospitaal zichtbaar. Niet lang daarna draait ze de Zeedijk op en parkeert ze voor de hoofdingang. Onmiddellijk komen er dokters en verpleegsters aanlopen, en Nora stapt uit om de instructies van Mairi en Elsie door te geven.

De brancardiers trekken de brancards uit de wagens en dragen de slachtoffers het hospitaal in. Een spoor van helder bloed blijft op de grond achter.

Als de zwaargewonden naar binnen gebracht zijn, draait Nora zich om naar Wouter, die tegen de ambulance geleund staat.

'Dus dit doe je iedere dag,' zegt hij.

'Ja.'

'Wie had dat ooit gedacht.'

'Dat denk ik ook heel vaak.' Nora's blik glijdt over zijn gezicht en blijft rusten op de littekens. 'Brandwonden.'

Wouter knikt. 'Een lang verhaal. Ik ben blij dat jou niets overkomen is.'

'Er is mij van alles overkomen. Maar niets onherstelbaars.'

'Goddank.'

Het klinkt zo hartgrondig dat Nora hem onderzoekend aankijkt. 'Je neemt het jezelf toch niet kwalijk dat ik hier ben?'

'Een beetje wel...'

'Het was mijn eigen keus om te trouwen en naar België te gaan. Jij kon er ook niets aan doen dat er oorlog uitbrak. Anders was ik allang weer thuis geweest.'

'Dus je bent niet boos op me?'

'Nee, ik ben niet boos. Niet meer.'

'Wat is er dan? Ik zie aan je gezicht dat er iets is.'

Hoe moet ze hem dit uitleggen? Nora's blik glijdt van de zee naar de houten paviljoenen die zich langs de Zeedijk uitstrekken. Herstellende soldaten zitten met windsels om hun hoofd en ledematen in de lentezon, of ze strompelen op krukken rond. Herstel waaraan zij een bijdrage heeft geleverd.

'Luister,' zegt ze. 'Ik vind het heel lief dat je mij komt halen. Dat is niet zonder gevaar. En ik ben echt niet meer boos om vroeger, maar ik ga niet met je mee. Ik blijf hier.'

'Wat?'

'Ik ben hier nodig. Er is nog zoveel te doen.'

'Maar de oorlog kan nog wel een jaar doorgaan. Misschien wel langer!'

'Ja, dat kan.'

Wouter steekt een sigaret op en rookt een tijdje zwijgend. Vervolgens zegt hij: 'Wat moet ik in vredesnaam tegen je moeder zeggen als ik zonder jou terugkom?'

'Ik zal haar een brief schrijven, dan kun je die aan haar geven. Ik hoop dat ze het begrijpt.'

'Dat je liever in een oorlogsgebied blijft waar je hele dagen heen en weer rijdt en elk moment door een granaat getroffen kunt worden? Daar ben ik niet zeker van.' Wouter blaast de rook voor zich uit.

'Begrijp *jíj* het?'

Hij knikt langzaam. 'Jawel.'

Ze kijken enige tijd zonder iets te zeggen naar de zee.

'Weet je, de dingen waar ik me vroeger druk over maakte, vind ik niet zo belangrijk meer,' zegt Nora ten slotte. 'Ik begrijp mijn moeder nu veel beter. Ik begrijp dat je soms tot bepaalde keuzes gedreven wordt. En dit is *míjn* keuze: hier blijven. Misschien ga ik me ooit bezighouden met de kaasfabriek, gaan we die wel samen voortzetten, maar op dit moment moet ik dit doen.' Ze wijst naar het hospitaal.

Wouter knikt langzaam, en met respect op zijn gezicht kijkt hij haar aan. 'Ik zal het zeggen. En schrijf die brief, ik kan echt niet zonder thuiskomen.'

'Ik zal het meteen doen. Kom, dan gaan we een kop koffie drinken.' Nora neemt haar broer mee naar de keuken, waar lange tafels en banken staan. Terwijl Wouter twee emaillen bekers vult met koffie, haalt Nora pen en papier. Ze gaan zitten en langzaam en zorgvuldig schrijft Nora haar brief. Tot haar verbazing valt het haar zwaar, en als ze klaar is komen de tranen.

'Gaat het?' vraagt Wouter zacht.

Ze knikt en glimlacht flauwtjes. 'Ik heb hier vrienden gemaakt, België is ook een beetje *míjn* land geworden. Voor het eerst in mijn leven voel ik me nuttig. Ik kan niet terug naar hoe ik vroeger leefde, Wouter. Dat zou me geen enkele voldoening geven. Vertel mijn moeder dat ik van haar hou en dat ik haar mis. Zeg tegen Huib dat ik hem graag beter wil leren kennen, maar dat het nog even moet wachten.'

Wouter knikt langzaam. 'Weet je het zeker?'

'Ja,' zegt Nora, en ze schuift de brief naar hem toe. 'Heel zeker.'

In Vlaamse velden klappen rozen open
Tussen witte kruisjes, rij op rij,
Die onze plaats hier merken, wijl in 't zwerk
De leeuweriken fluitend werken, onverhoord
Verstomd door het gebulder op de grond.

Wij zijn de doden. Zo-even leefden wij.
Wij dronken dauw. De zon zagen wij zakken.
Wij kusten en werden gekust. Nu rusten wij
In Vlaamse velden voor de Vlaamse kust.

Toe: trekt gij u ons krakeel aan met de vijand.
Aan u passeren wij, met zwakke hand, de fakkel.
Houdt hem hoog. Weest gíj de helden. Laten de Doden
Die wij zijn niet stikken of wij vinden slaap noch
Vrede – ook al klappen zoveel rozen open
In zovele Vlaamse velden.

John McCrae, 'In Flanders Fields',
mei 1915 (Vertaling Tom Lanoye)

Nawoord

Kaasfabriek De Purmer is gebaseerd op Freia, een bedrijf in het Friese Veenwouden dat in 1879 door Mindert Bokma de Boer werd opgericht. De resultaten waren teleurstellend, en uiteindelijk verkocht Mindert zijn bedrijf aan Hero Brouwer. Ook hij hield er na een paar jaar mee op.

Het tij keerde toen de fabriek in handen kwam van Gentius Tigler Wybrandi, die echter in 1905 overleed. Klaas Anema nam het stokje over. Hij maakte gebruik van elektriciteit, waardoor het bedrijf snel groeide. Freia werd een van de grootste zuivelfabrieken in Friesland, maar moest in 1970 toch zijn deuren sluiten. Twintig jaar later werd het gebouw afgebroken en heropgebouwd in het Nederlands Openluchtmuseum in Arnhem.

Omdat *De kaasfabriek* in het jaar van mijn vijfentwintigjarig schrijversjubileum zou verschijnen, leek het me leuk om zelf op het omslag van dit boek te staan. Ik nam contact op met het Nederlands Openluchtmuseum, huurde negentiende-eeuwse kleding en vervolgens heeft mijn man, Wim van der Vlugt, de foto voor het omslag gemaakt. Het was een bijzondere ervaring om daar in die mooie kleding rond te lopen. Dichter bij Lydia kon ik bijna niet komen!

De Edammer kaas

In de middeleeuwen was Edammer kaas al net zo bekend als tegenwoordig. De kleine, ronde Edammertjes waren erg geliefd, vanwege de smaak en omdat hun formaat ze bijzonder geschikt maakte voor de export. In veel middeleeuwse documenten wordt gesproken over *cleyne Edammer casekens*. De Edammertjes onderscheidden zich van andere kazen door de bereiding uit niet-afgeroomde melk, wat ze een volle, zoetige smaak gaf die ze de bijnaam *soetemelck kaes* bezorgde.

Typerend was de rode korst, gemaakt van een afkooksel van spaanders van de fernambukboom uit Brazilië, die de kaas langer houdbaar maakte en daardoor bestand tegen de langdurige zeereizen op VOC-schepen. Die houdbaarheid heeft zeker bijgedragen aan de bekendheid van de Edammer en zijn verspreiding over de wereld.

Anders dan de naam doet vermoeden werden de kazen niet in Edam zelf geproduceerd, maar op boerderijen in de wijde omgeving, dus ook rond Purmerend.

De Eerste Wereldoorlog

In 1914 dacht iedereen dat de oorlog met een paar maanden voorbij zou zijn, maar het duurde tot november 1918 voor de vrede eindelijk werd getekend. Vóór het zover was hebben de strijdende partijen elkaar heel wat verschrikkelijks aangedaan.

De oorlog begon met de grootmachten Frankrijk, het Britse Rijk, Rusland, Oostenrijk-Hongarije en Duitsland. In het westen liep de strijd algauw vast in de loopgraven, die over een lengte van ruim zevenhonderd kilometer van de Zwitserse grens tot aan de Belgische kust liepen. In het oosten zocht het Russische leger met wisselend succes de confrontatie met het Duitse leger.

Steeds meer landen begonnen zich met het conflict te bemoeien. De (voormalige) koloniën Australië, Nieuw-Zeeland, Canada en India steunden Engeland. Op 23 augustus 1914 sloot ook Japan zich bij de geallieerden aan. In mei 1915 gaven de Italianen hun neutraliteit op en kozen ze eveneens de kant van de geallieerden. Het Ottomaanse Rijk (een islamitisch wereldrijk dat een groot gebied in Turkije, Noord-Afrika, Azië en Europa besloeg) stond samen met Oostenrijk-Hongarije aan de kant van de Duitsers.

In het jaar 1915 nam de oorlogvoering een gruwelijke wending toen de Duitsers besloten gas in te zetten. Op 22 april plaatsten ze tussen de Belgische plaatsen Steenstraat en Langemark een lange rij cilinders met chloorgas langs de voorste linie van hun loopgraven. Aan het einde van de middag, toen de wind eindelijk in de juiste richting blies, draaiden ze de cilinders open. Een dodelijke geelgroene wolk dreef langzaam naar de Franse stellingen. De Franse soldaten hadden geen idee wat er op hen afkwam en stierven een zeer pijnlijke verstikkingsdood. Maar het kon nog erger. In 1916, tijdens de Slag om Verdun, werd fosgeen ingezet, dat niet alleen de longen verbrandde maar ook enorme blaren op de huid veroorzaakte.

Op het water vonden de belangrijkste gevechten plaats op

de Noordzee, het Kanaal en de Atlantische Oceaan. Daar waren de Britten met hun snelle slagschepen heer en meester. Toch ging het ook weleens mis. In april 1915 verliet het passagiersschip de Lusitania de haven van New York met als bestemming Liverpool. Het schip kwam nooit aan: op 7 mei kreeg het een voltreffer te verduren van een Duitse onderzeeboot. De Lusitania zonk en van de 1258 opvarenden kwamen er 1200 om het leven. Voor Amerika was dat een belangrijke reden om zich met de oorlog te gaan bemoeien. Het duurde nog even, maar in april 1917 trok ook die grootmacht tegen de Duitsers ten strijde. Vanaf dat moment had het grootste deel van de wereld de wapens tegen elkaar opgenomen.

Ieper, Aisne, Somme, Verdun, het zijn namen die onlosmakelijk met de Eerste Wereldoorlog zijn verbonden en die bekendstaan om de vreselijke slachtingen die zich daar hebben afgespeeld. Maar uiteindelijk kwam de oorlog toch tot een einde. Dankzij de Amerikaanse hulp werden de Duitsers steeds verder teruggedreven. Op 11 november 1918 om elf uur 's morgens zwegen de kanonnen eindelijk. De Duitsers legden zich bij hun nederlaag neer en sloten in Compiègne de wapenstilstand. Op 28 juni 1919 werd in Versailles het vredesverdrag getekend.

Aan geallieerde zijde had de oorlog circa vijfenhalf miljoen soldaten het leven gekost, aan de andere kant sneuvelden er in totaal ongeveer vier miljoen. Daarnaast hadden ook nog eens zo'n zes miljoen burgers het leven verloren.

In Nederland is er, door de neutraliteit, weinig dat herinnert aan de Eerste Wereldoorlog. In Amersfoort staat het Belgenmonument, gebouwd door Belgische soldaten, 'als getuigenis der dankbaarheid van het Belgische volk voor de edelmoedige hulpvaardigheid aan de Belgische uitgewekenen gedurende den Wereldoorlog 1914-1918 door het Nederlandse Volk bewezen'.

Voor de research van dit boek ben ik op veel plekken geweest waar de Eerste Wereldoorlog heeft huisgehouden. Heel indrukwekkend zijn de immense begraafplaatsen vol witte kruisen, waar voornamelijk jonge jongens onder de grond liggen.

Ook de ceremonie bij de Menenpoort in Ieper ontroerde me diep. In niet één stad zijn zoveel geallieerde soldaten, merendeels Engelsen, gesneuveld. De aantallen zijn zo groot dat de Engelsen aanvankelijk wilden dat de treurige overblijfselen van het verwoeste Ieper als gedenkplaats bleven staan. Dat is niet gebeurd, de Belgen wilden hun stad terug en Ieper is herbouwd in oude stijl. Maar de gedenkplaats kwam er toch, bij de Menenpoort, waar 54.896 namen van Engelse soldaten op de muren staan geschreven. Er waren veel meer slachtoffers, en hun namen kun je vinden op de begraafplaats bij Passendale. In Ieper wordt 's avonds om acht uur onder de Menenpoort de *Last Post* geblazen. Het is er elke avond druk.

De positie van de vrouw

Soms komt uit verschrikkelijke dingen ook iets goeds voort. In de negentiende eeuw was het voor vrouwen uit de betere stand die wilden werken alleen toegestaan om zich in te zetten voor goede doelen. Het beroep van verpleegster werd schoorvoetend geaccepteerd, maar door velen nog als ongepast gezien. De Eerste Wereldoorlog maakte daar een einde aan. Hoe langer de oorlog duurde, hoe groter de verliezen waren, en op een gegeven moment waren er niet genoeg mannen meer om de oorlog en de economie draaiende te houden. Ze hadden geen andere keus dan hun plek door vrouwen te laten innemen. In Engeland, waar een groot tekort aan arbeiders was, ging dat sneller dan in Nederland. Vrouwen werden niet alleen ingezet in fabrieken en op kantoren, ze trokken ook naar België om in het leger dienst te doen als verpleegster of ambulancechauffeur. Velen van hen leerden niet alleen rijden, maar ook wagens onderhouden en repareren.

Na de oorlog werden er pogingen gedaan om de oude orde te herstellen, maar de vrouwen lieten zich hun net verworven vrijheid niet ontnemen. De oorlog heeft de weg naar het kiesrecht geopend, al duurde het in Nederland nog een paar jaar voor het echt zo ver was: pas in 1922 mochten vrouwen voor het eerst stemmen bij de Tweede Kamerverkiezingen.

Historische personages

In dit boek loopt een aantal personages rond dat echt heeft bestaan, zoals Gentius Tigler Wybrandi, burgemeester Gijsbert van Tienhoven, Thérèse Schwartze, Jeltje de Bosch Kemper en Cécile Goekoop-de Jong van Beek en Donk. Maar zij vervullen slechts een bijrol. Over de hoofdpersonen zal ik wat meer vertellen.

CLEMENTINE BRANTJES-VAN RIJN
22 mei 1849 - 6 februari 1917

De familie Brantjes nam in de negentiende eeuw een belangrijke positie in Purmerend in. Naast de steenfabriek, die Clementine na de dood van haar echtgenoot erfde, bezaten ze een houtzaagmolen, traankokerij, mosterdfabriek, wijnhandel, cementfabriek en een tegelfabriek.

Na het overlijden van haar man Nicolaas Brantjes nam Clementine Brantjes-van Rijn de leiding over het bedrijf N.S.A. Brantjes over. In 1895 werd de steenfabriek omgevormd tot aardewerkfabriek. In hoeverre zij betrokken was bij dat bedrijf is onduidelijk.

Clementine verhuisde met haar kinderen naar Haarlem, waar ze op Spaarne 72 ging wonen. In 1917 overleed ze in Den Haag, zevenenzestig jaar oud.

De woningen die de familie Brantjes in Purmerend liet bouwen staan er nog steeds. Villa Clementine en Huize Louise zijn te vinden aan de Plantsoengracht, en Villa Houtheuvel en Werfhuis De Oude Haven aan de Purmersteenweg.

In 2015 werd het vervallen Villa Clementine schitterend gerestaureerd. Tegenwoordig doet het dienst als trouw- en evenementenlocatie.

DE FAMILIE BOISSEVAIN

De bekendste telg uit het geslacht Boissevain is Maria, of Mia. (1878-1959). In 1915 schreef ze het autobiografische *Een Amsterdamsche familie*, dat een leuk inkijkje geeft in het leven van een familie aan het einde van de negentiende eeuw.

Het huis aan Kloveniersburgwal 74, waar Mia Boissevain

haar kinderjaren heeft doorgebracht, bestaat helaas niet meer, maar andere huizen waarin ze heeft gewoond wel. In 1891 verhuisde de familie Boissevain naar Keizersgracht 717 en in 1898 naar Herengracht 386. In dat laatste pand is nu Museum Het Grachtenhuis gevestigd, zodat je kunt rondkijken in de woning waar Mia als twintigjarige leefde. In die tijd zat zij in het laatste jaar van de Gouden School en was ze het enige kind van het gezin dat nog thuis woonde.

Als je er een kijkje gaat nemen: de studeerkamer van vader Jan bevond zich rechts van de gang, links was de werkkamer van haar broer Matthijs, die zich na zijn studie rechten mr. M.G.J. Boissevain mocht noemen.

Mia heeft een interessant leven geleid, zeker voor die tijd. Ze werkte nauw samen met vrouwen als Rosa Manus, Aletta Jacobs, Jeltje de Bosch Kemper en Johanna Naber in de strijd voor vrouwenkiesrecht, en tijdens de Eerste Wereldoorlog zette ze zich in voor Vlaamse vluchtelingen.

Mia trouwde nooit. Ze bleef kinderloos en overleed in 1959 op tachtigjarige leeftijd.

MAIRI CHISHOLM EN ELSIE KNOCKER

Mairi was van oorsprong Schots. Ze werd geboren in Nairn, maar verhuisde naar Engeland toen ze nog klein was. Haar vader reed graag motor en Mairi erfde die liefde al op jonge leeftijd van hem. Op haar achttiende leerde ze Elsie Knocker kennen, die verpleegster was en in haar vrije tijd graag motor reed. Op die manier hebben de vrouwen elkaar ook leren kennen; ze waren beiden lid van de Gypsy Motorclub.

Het moeten stoere, ondernemende meiden zijn geweest. De oorlog in België schrok hen niet af; in 1914 reisden ze samen naar het front.

In Gent sloten Mairi en Elsie zich aan bij het medisch team Flying Ambulance Corps van Hector Munro. Na de val van Gent vluchtten ze naar de Westhoek, waar ze de hele dag met ambulances rondreden om gewonde soldaten op te halen.

Omdat veel soldaten die rit niet overleefden, kwam Elsie op het idee om een hulppost direct aan het front te beginnen, waar de soldaten de eerste medische zorg konden krijgen. In november 1914 gingen ze aan de slag in hun hulppost in Pervijze, op vijftig meter van de frontlijn. Dichterbij kon bijna niet. Hun leefomstandigheden waren er heel primitief.

De vriendinnen hebben vele levens gered. Ze sleepten gewonde soldaten achter de linies vandaan en waagden zich zelfs in de loopgraven om naar slachtoffers te zoeken.

Mairi en Elsie verhuisden een paar keer, uit angst dat de Duitsers hun verblijfplaats in de gaten zouden krijgen. Intussen hadden ze zich ook ontfermd over een hond die ze heel toepasselijk Shot noemden, en die een aantal keren hun leven redde door hen te waarschuwen voor een gasaanval.

Tegen het einde van de oorlog ging het toch bijna mis. Elsie raakte ernstig gewond door de gasaanval van 17 maart 1918 en werd naar Londen gerepatrieerd. Mairi herstelde en keerde in haar eentje terug naar Pervijze. Hun hond Shot had de aanval niet overleefd, en toen een maand later een tweede gasaanval plaatsvond, was er niets of niemand die haar daarvoor waarschuwde.

Opnieuw ernstig gewond werd Mairi naar het Rode Kruishospitaal in De Panne gebracht. Eenmaal hersteld werden Mairi en Elsie in Engeland onderscheiden met twee medailles: die van de Order of Saint John of Jerusalem voor hun verpleegwerk, en in 1917 de Military Medal voor het redden van Britse piloten.

Tijdens de oorlog, in 1914, had koning Albert van België hun al een decoratie opgespeld: het Ridderschap in de Orde van Leopold II. Ook zijn vrouw, koningin Elisabeth, had hen onderscheiden met een persoonlijk ereteken.

Mairi vestigde zich in Schotland, in haar geboorteplaats Nairn. Ze trouwde niet en heeft geen kinderen gekregen. Door de gasaanvallen was haar gezondheid zwak, maar toch deed ze aan autoracen en behaalde ze een hoge leeftijd. Ze stierf op haar vijfentachtigste aan longkanker.

Wat Elsie betreft: de verschrikkingen van de Eerste Wereldoorlog weerhielden haar er niet van om zich te blijven inzetten in de zorg. Ook tijdens de Tweede Wereldoorlog reisde ze af naar het front. Daarna keerde ze terug naar Engeland, waar ze tot haar dood woonde in Ashtead, Surrey. Ze stierf op drieënnegentigjarige leeftijd.

MARIE CURIE

7 november 1867 - 4 juli 1934

Maria Salomea (Marie) Skłodowska werd geboren in Warschau maar trok in 1891 naar Parijs om scheikunde, natuurkunde en wiskunde te studeren aan de Sorbonne. Tijdens haar onderzoek naar de magnetische eigenschappen van gehard staal leerde ze de natuurkundige Pierre Curie kennen, die eveneens onderzoek deed naar magnetisme. Niet alleen tussen het staal sprong de vonk over, en op 26 juli 1895 trouwden de twee.

Marie ging onderzoek doen naar uraniumstralen en ontdekte dat straling een eigenschap is van de atoomkern. Ze noemde dat verschijnsel radioactiviteit.

In 1903 kregen Marie en Pierre de Nobelprijs voor Natuurkunde en vervolgens werd Marie benoemd tot hoofd van het natuurkundig laboratorium van de Sorbonne. Na de dood van haar man schopte ze het ook nog tot lector, waarmee ze zich de eerste vrouwelijke hoogleraar aan de Sorbonne kon noemen. In 1911 mocht ze een tweede Nobelprijs in ontvangst nemen, 'als erkenning voor haar diensten ter bevordering van de scheikunde door de ontdekking van de elementen radium en polonium, door de isolatie van radium en de studie van de aard en samenstelling van dit opmerkelijke element'.

Tijdens de Eerste Wereldoorlog trok Marie, samen met haar oudste dochter Irène, langs het Franse en Belgische front met haar zelf ontworpen ambulante röntgenapparaten, die ze aan een aantal hospitalen schonk.

Marie heeft ontzaglijk belangrijk werk verricht, maar de jarenlange blootstelling aan straling had grote gevolgen voor haar eigen gezondheid. In 1934 stierf ze op zesenzestigjarige leeftijd aan leukemie.

ROSA VECHT
18 juli 1881 - 23 januari 1915

De in Elburg geboren Rosa Vecht was verpleegster in hart en nieren. Ze volgde in Rotterdam de verpleegstersopleiding, slaagde in april 1907 voor het examen en ging als particulier verpleegster werken. Zodra de Eerste Wereldoorlog uitbrak, vertrok ze naar België om zich daar nuttig te maken.

Ze kwam terecht in Antwerpen, waar ze in het Belgian Field Hospital ging werken. Na het bombardement op de stad vluchtte ze naar Veurne en verzorgde ze gewonde soldaten in het Bisschoppelijk College. Ze was er niet intern, maar verbleef in hotel Die Nobele Rose in de Noordstraat, waar ook Marie Curie logeerde toen ze Veurne bezocht.

In januari 1915 werd de stad onophoudelijk gebombardeerd en moesten de medische staf en de patiënten evacueren. Rosa was een van de laatste verpleegsters die vertrok. Op de 23ste liep ze 's morgens van het hospitaal naar haar hotel, net toen de Grote Markt onder vuur werd genomen met granaten. Rosa's been werd afgerukt. In hospitaal l'Océan in De Panne heeft men nog geprobeerd haar leven te redden, maar het was te laat. Ze stierf door bloedverlies, drieëndertig jaar oud.

Ter nagedachtenis aan Rosa is in Elburg een straat naar haar vernoemd en hangt er een plaquette aan de gevel van haar geboortehuis, Beekstraat 38.

Dankwoord

Voor het maken van de omslagfoto hebben Wim en ik alle medewerking gekregen van het Nederlands Openluchtmuseum, waarbij ik Carlotta van der Woude en Floor Nooy speciaal wil noemen. Leendert van Prooije, Wetenschappelijk Medewerker Presentatie en Educatie van het Nederlands Openluchtmuseum, voorzag me van aanvullende gegevens over de eigenaren van Freia.

Mijn man Wim en mijn vrienden Sylvia Beljon en Ko Barhorst lazen het manuscript mee op fouten, wat prettig is als je zelf het verhaal bijna uit je hoofd kent.

Een speciaal woord van dank is voor mijn redacteur Monique Postma, die me zoals altijd wist te motiveren om het uiterste uit mezelf te halen, en voor Liesbeth Vries, Sabine Mutsaers en Cécile van Son voor de puntjes op de i.

Ook de rest van het team van Ambo|Anthos, Tanja Hendriks, Marije Lenstra, Maartje de Jong en Kanta van Zonneveld, ben ik erkentelijk voor de aandacht waarmee ze dit jubileumboek omringen.

Tot slot wil ik alle boekhandelaren bedanken die me de afgelopen vijfentwintig jaar in de winkel hebben ontvangen, mijn boeken op een mooie plek hebben uitgestald en me aan een publiek hebben geholpen.

Mijn lezers noem ik als laatste, maar jullie zijn natuurlijk het belangrijkst. Bedankt dat jullie altijd met zovelen naar mijn lezingen en signeersessies komen, bedankt voor de brieven en e-mails, de bloemen en lieve woorden, de gezelligheid op Facebook en Instagram, maar vooral voor het enthousiasme waarmee jullie elk nieuw boek lezen. Ik ben van plan er nog heel veel te schrijven.

Liefs,
Simone

Bronnen

Ameeuw, Jozef, *Veurne in de Grote Oorlog*, Brugge: Uitgeverij De Klaproos, 2014.

Burg, B. van der, S. Hepkema, 'De kaasbereiding in de fabriek', in: *Zuivelbereiding IV*. Koninklijke Nederlandse Zuivelbond, 's-Gravenhage, 1952.

Joris, Frieda, *Grote liefdes in de Grote Oorlog*, Leuven: Davidsfonds Uitgeverij, 2014.

Koch, Koen, *Een kleine geschiedenis van de Grote Oorlog*. 1914-1918, Amsterdam: Uitgeverij Ambo/Manteau, 2010.

Köhne, G., *Iemand uit Noord-Holland*, Historisch Genootschap Oud West-Friesland.

Kraaijenstein, Martin, Paul Schulten, *De Grote Oorlog. De canon van de Eerste Wereldoorlog 1914-1918*, Zutphen: Uitgeversmaatschappij Walburg Pers, 2014.

Lankveld, J.M.G., *Zuivelfabrieken kwamen en gingen. Melk- en melkverwerking: de historische dynamiek*, Uitgeverij Fagus, 2012.

Lauwers, Koen, *Antwerpen en de Eerste Wereldoorlog*, Antwerpen: Pandora Publishers NV, 2015.

Leijnse, Elisabeth, *Cécile en Elsa, strijdbare freules*. Een biografie, Amsterdam: De Geus, 2015.

Moeyes, Paul, *Buiten schot. Nederland tijdens de Eerste Wereldoorlog 1914-1918*, Amsterdam: Uitgeverij De Arbeiderspers, 2014.

Montijn, Ileen, *Leven op stand 1890-1940* (zesde druk), Amsterdam: Thomas Rap, 2000.

Otsen, Jack, *Vijf generaties ondernemers in Purmerend*. Nog ongepubliceerd manuscript, 2019.

Reinders, Pim, Aad Vernooij, *Alles van melk. Geschiedenis van de Nederlandse Zuivelindustrie*, Zwolle: W Books.

Schaepdrijver, Sophie de, *De Groote Oorlog. Het Koninkrijk België tijdens de Eerste Wereldoorlog*, Houtekiet/AtlasContact, 2013.

Unipers Uitgevers. *Hoe de Edammer de wereld veroverde*, Edam: Historische Reeks Vereniging Oud Edam.

Vanleene, Patrick, *Op naar de Grote Oorlog*, Koksijde: Uitgeverij De Klaproos, 2001.

Verleyen, Misjoe, De Meyer, Marc. *Augustus 1914. België op de vlucht*. Antwerpen: Uitgeverij Manteau/WPG Uitgevers, 2013.

Vonderen, Barbara M.M. van, *Deftig en ondernemend. Amsterdam 1870-1910*, Amsterdam: Meulenhoff, 2013.

Meer lezen van Simone van der Vlugt

bij Ambo|Anthos *uitgevers*?

De reünie
Beste thrillerdebuut 2004 door Crimezone
Nominatie voor de NS Publieksprijs 2005

Schaduwzuster

Het laatste offer
Nominatie voor de NS Publieksprijs 2007

Blauw water
Nominatie voor de NS Publieksprijs 2008
Nominatie voor de Gouden Strop 2008
Winnaar Zilveren Vingerafdruk 2009

Herfstlied

Jacoba, Dochter van Holland

Op klaarlichte dag
Winnaar NS Publieksprijs 2010
Beste Nederlandstalige thriller 2010 door Crimezone

In mijn dromen
Nominatie voor de NS Publieksprijs 2012

Rode sneeuw in december

Aan niemand vertellen
Nominatie voor de NS Publieksprijs 2013
Beste thriller Radio Noord-Holland
Beste thriller Vrouwenthrillers.nl
Oeuvreprijs Alkmaarse Cultuurprijs

Morgen ben ik weer thuis

Vraag niet waarom

De ooggetuige & Het bosgraf

De lege stad

Nachtblauw
Nominatie Hebban Award voor Beste Roman

Toen het donker werd
Nominatie voor de Gouden Strop 2017

Ginevra

Het schaduwspel

Schilderslief

Met Wim van der Vlugt

Fado e Festa. Een rondreis door Portugal

Friet & Folklore. Reizen door feestelijk Vlaanderen

Simone van der Vlugt ontving in 2006 de Alkmaarse Cultuurprijs voor haar tot dan toe verschenen werk